U0519770

观乎人文，意义之美。

文学×思想
译丛

译丛总序

"文学与思想译丛"这个名称,或许首先会让我们想到《思想录》一开篇,帕斯卡尔对"几何学精神"与"敏感性精神"所做的细致区分。但在做出这一二分的同时,他又特别指出相互之间不可回避的关联:"几何学家只要能有良好的洞见力,就都会是敏感的",而"敏感的精神若能把自己的洞见力运用到自己不熟悉的几何学原则上去,也会成为几何学家的"。(《思想录》,何兆武译,商务印书馆,1995年,第3—4页。)

历史的事实其实早就告诉我们,文学与思想的关联,从来就不是随意而偶然的遇合,而应该是一种"天作之合"。

柏拉图一生的写作,使用的大都是戏剧文体——对话录,而不是如今哲学教授们被规定使用的文体——论文;"德国现代戏剧之父"莱辛既写作了剧作《智者纳坦》,也是对话录《恩斯特与法尔克》和格言体作品《论人类的教育》的作者；卢梭以小说《爱弥儿》《新爱洛伊丝》名世，也以《社会契约论》《论人类不平等的起源》而成为备受关注的现代政治哲学家。我们也不该忘记，思想如刀锋一样尖利的维特根斯坦，在他的哲学中讨论了那么多文学与哲学的对话关系；而桑塔亚纳（George Santayana）干脆写了一本书，题目即为《三个哲学诗人：卢克莱修、但丁和歌德》；甚至亚当·斯密也不仅仅写作了著名的《国富论》，还对文学修辞情有独钟。又比如，穆齐尔（Robert Musil）是小说家，却主张"随笔主义"；尼采是哲学家，但格外关注文体。

毋庸置疑，这些伟大的作者，无不自如地超越了学科与文体的规定性，高高地站在现代学科分际所形成的种种限制之上。他们用诗的语言言说哲学乃至形而上学，以此捍卫思想与情感的缜密与精微；他们又以理论语言的明晰性和确定性，为我们理解所有诗与文学作品提供了富于各自特色的路线图和指南针。他们的诗中有哲学，他们的哲学中也有诗。同样地，在中国语境中，孔子的"仁学"必须置于这位圣者与学生对话的上下文中来理解；《孟子》《庄子》这些思想史的文本，事实上也都主要由一系列的故事组成。在这样的上下文中，当我们再次提到韩愈、欧阳修、鲁迅等人的名字，文学与思想的有机联系这一命题，就更增加了丰富的层面。

不必罗列太多个案。在现代中国学术史上，可以置于最典型、最杰出成果之列的，或许应数王国维的《红楼梦评论》和鲁迅的《摩罗诗力说》。《红楼梦评论》，不仅在跨文化的意义上彰显了小说文体从边缘走向中心的重要性，而且创造性地将《红楼梦》这部中国文学的伟大经典与叔本华的唯意志论哲学联系了起来，将文学（诗）与思想联系了起来。小说，在静庵先生的心目中不仅不"小"，不仅不只是"引车卖浆者之流"街谈巷议的"小道"，而且也对人生与生命意义做出了严肃提问甚至解答。现在看来，仅仅看到《红楼梦评论》乃是一则以西方思想解释中国文学经典的典范之作显然是不够的。它无疑启发我们进一步思考文学与更根本的存在问题以及真理问题的内在联系。

而《摩罗诗力说》，也不仅仅是对外国文学史的一般介绍和研究，不仅仅提供了比较文学法国学派意义上的"事实联系"。通读全文，我们不难发现，鲁迅先生相对忽视了尼采、拜伦、雪莱等人哲学家和诗人的身份区别，而更加重视的是他们对"时代精神"的尖锐批判和对现代性的深刻质疑。他所真正关注的，是如何通过召唤"神思宗"，从摩罗诗人那里汲取文学营养、获得精神共鸣，从而达到再造"精神界之战士"之目的。文学史，在鲁迅先生那里，因而既有其独立存在的价值，也实际上构成了精神史本身。

我们策划这套"文学与思想译丛"主要基于以下两个考虑。首先以拿来主义，激活对中国传统的再理解。这不只与"文史哲不分家"这一一般说法相关；更重要的是，在中国的语境中，我们应该格外重视"诗（文学）"与"经"的联系，而《诗经》本身就是经的一个重要组成部分。正如刘勰在《文心雕龙》中所揭示的那样，《诗》既有区别于《易》《书》《春秋》和《礼》而主

"言志"的"殊致"："摘《风》裁'兴'，藻辞谲喻，温柔在诵，故最附深衷矣"；同时，《诗》也与其他经典一样具有"象天地，效鬼神，参物序，制人纪，洞性灵之奥区，极文章之骨髓"的大"德"，足以与天地并生，也与"道"不可分离（参《宗经》《原道》二篇）。

这样说，在一个学科日益分化、精细化的现代学术语境中，自然也有另外一层意思。提倡文学与思想的贯通性研究，固然并不排除以一定的科学方法和理论进行文学研究，但我们更应该明确反对将文学置于"真空"之下，使其失去应该有的元气。比喻而言，知道水是"H_2O"固然值得高兴，但我们显然不能停止于此，不能忘记在文学的意义上，水更意味着"逝者如斯夫，不舍昼夜"，意味着"弱水三千，我只取一瓢饮"，也意味着"春江潮水连海平，海上明月共潮生"……总之，之所以要将文学与思想联系起来，与其说我们更关注的是文学与英语意义上"idea"、"thought"或"concept"的关联，不如说，我们更关注的是文学与"intellectual"、"intellectual history"的渗透与交融关系，以及文学与德语意义上"Geist（精神）"、"Geistesgeschichte（精神史）"乃至"Zeitgeist（时代精神）"的不可分割性。这里的"思想"，或如有学者所言，乃是罗伯特·穆齐尔意义上"在爱之中的思想（thinking in love）"，既"包含着逻辑思考，也是一种文学、宗教和日常教诲中的理解能力"；既与"思（mind）"有关，也更与"心（heart）"与"情（feeling）"涵容。

而之所以在 intellectual 的意义上理解"思想"，当然既包含着对学科分际的反思，也在很大程度上，是对过于实证化或过于物质化（所谓重视知识生产）的文学研究乃至人文研究的某种反悖。因为，无论如何，文学研究所最为关注的，乃是"所罗门王曾经祈求上帝赐予"的"一颗智慧的心（un cœur intelligent）"（芬基尔克劳语）。

是的，文学与思想的贯通研究，既不应该只寻求"智慧"，也不应该只片面地徒有"空心"，而应该祈求"智慧的心"。

译丛主编 2020 年 7 月再改于京西学思堂，时在庚子疫中

译者序

埃里希·奥尔巴赫是 20 世纪德国的著名学者,在比较文学、文学批评界享有盛誉。他的名著《摹仿论》在世界范围内产生了巨大影响。相比较而言,他用法文撰写的另一部著作,直译为《罗曼语语文学研究导论》(*Introduction aux études de philologie romane*,以下简称《导论》)至今未能引起国内学界的足够重视。[1]事实上,这部著作对于研究奥尔巴赫的文学观和文学史观,是极具价值的参考文献。本书是《导论》的首个中译本,根据编辑的建议,最终采用《伊斯坦布尔讲稿:罗曼语语文学导论》这

---

[1] 在笔者翻译此书之前,中文学界对此书的介绍只有一篇,参见成沫:"奥尔巴赫与《罗曼语文学入门》:罗曼语文学研究初探",《中世纪与文艺复兴研究》2019 年第 2 期,第 229—238 页。(本书所有页下注,如无特别说明,皆为译者注。)

一书名，期盼此书能为更多的中文读者所了解。

《导论》产生于1943年的伊斯坦布尔，与《摹仿论》写于同一时期、同一地点。它起先是一份用于教学的法文讲义，旨在为他的土耳其学生呈现罗曼语语文学的源流和概况。次年即1944年，由苏黑拉·拜拉夫（Süheyla Bayrav）女士翻译的土耳其文译本问世。1948年，在朋友们的建议下，奥尔巴赫对《导论》的法文原稿加以修订。1949年，《导论》由德国法兰克福的维托里奥·克洛斯特曼出版社（Verlag Vittorio Klostermann）出版，其后多次再版，被译为多种语言。这篇序拟对《导论》进行评析，从多重视角审视该书的文学史书写特点，深化对奥尔巴赫治学路径的理解。

一 以语文学为基础的文学史书写

《导论》对罗曼文学史的书写可谓别具一格。全书正文包含三大部分：1）语文学及其不同形式；2）罗曼语言的起源；3）文学时期概览。其中的"文学时期概览"是一部罗曼文学简史，占据了正文五分之三的篇幅。另有第四部分即"书目指南"，包含长达几十页的语文学研究参考书目。与一般意义上的文学史相比，此书的独特之处在于，首先讲述语文学的概貌和罗曼语言的源流，而后才对罗曼文学史娓娓道来。这种篇章结构反映出的思路是：若要讲文学史，就要从语言讲起；若要讲语言，就要追根溯源，从语文学讲起。

在法语和德语中,"语文学"均为Philologie,源于希腊语的philologos,由philos和logos组成。Philos是"爱",logos的基本词义是"词"或"话语",也引申为"理性"或"思想"。这一构词显示出语文学与语言的密切关联。在《导论》的开篇,奥尔巴赫这样定义语文学:"语文学是运用某种方法研究人类语言的各类活动之总和,以及用该语言撰写的艺术作品。"按照这一定义,语言学研究和文学研究均是语文学的分支。由此可见,语文学构成了奥尔巴赫文学史书写的基础。

在《导论》的第一部分"语文学及其不同形式"中,奥尔巴赫将语文学分为"文本校勘"、"语言学"、"文学研究"和"文本解释",依次加以介绍。按照奥尔巴赫的论述逻辑,文本校勘和语言学是奠基性的工作;文学是语言的艺术,要建立在对语言的研究之上;而文本校勘与语言学在从古代走向现代的过程中都面临着许多问题。

文本校勘是语文学的经典形式。文本校勘有其古老的源头,涉及经典文本的保存和校订,也许可追溯到柏拉图和亚里士多德。现代意义上的文本校勘始于文艺复兴。当时的人文主义者想要最大程度地恢复古代文本的原貌,便建立了一套严格的方法,通过各种残缺的手稿重构原始文本,形成可靠的校勘本。印刷时代的来临使得手抄本中常有的异文现象大大减少,但也带来新的问题,如标准底本的确立、真伪的考释,等等。

谈到语言学,奥尔巴赫指出,在语言学革命的作用下,有三种最主要的流派为当代罗曼语言学奠定了基础:其一是费迪南·德·索绪尔（Ferdinand de Saussure）的现代形式的系统化倾向，确立了一种静态的共时语言学；其二是以卡尔·福斯勒（Karl Vossler）为代表的"精神史"（Geistesgeschichte），意在通过语言现象找寻个人、民族和时代的天才；其三则是以儒勒·吉列龙（Jules Gilliéron）为代表的方言研究和语言地理学研究，试图揭示与语言发展相关的心理与社会因素，将语言和物质文明相联系。[1] 奥尔巴赫的特别之处在于，他站在思想的源头处，强调要从这三种语言学流派中汲取营养，不仅要重视语言的结构，同时也要看重语言与时代和社会背景的密切关联。

关于"文学研究"，奥尔巴赫在《导论》中分别从"目录学和传记"、"审美批评"和"文学史"三个方面去分析。在他看来，目录学意在提供一份有关作家和作品较成体系的清单，传记是对作家生平资料的研究，两者都是文学研究的基本工具。然而，目录学和传记只是研究的基础，真正的文学研究则要从审美批评开始。

奥尔巴赫还指出了审美批评的古今之别：从古典时代至18世纪末的传统审美批评是教条而客观的，倾向于为每种艺术门类确定不变的范例，以此作为评判作品的根据。从18世纪末发展起来的现代审美批评始于德国浪漫派对法国古典主义的反叛，在审美批评中引入了历史意识。奥尔巴赫强调，这一历史意识为个人趣味的发展提供了空间，也使人们拥有更加开阔的眼界，得以欣赏

---

[1] 在此之外，奥尔巴赫特别解释，此书着重讨论与罗曼语相关的语言学流派，故而并未谈及1930年代的布拉格学派。

民间艺术、"原始"艺术以及欧洲以外的艺术。

由此观之，按照奥尔巴赫的理解，文本校勘和语言学为文学研究奠定了基础，而在文学研究中，目录学、传记和审美批评又为文学史奠定了基础。从这个角度出发，文学研究就与那种将文学仅仅看成语言的结构，要从形式系统的角度进行分析的倾向区分开来。这与从俄国形式主义，经布拉格学派到法国结构主义的发展线索有着明显的不同。

在奥尔巴赫看来，文学研究的基本方法是"文本解释"（l'explication des textes）。这里主要指以利奥·斯皮策（Leo Spitzer）的风格研究[1]为代表的现代文本解释，即从微观角度分析文本的语言和艺术形式，专注地审视文本本身，排除有关文本和作者的其他信息。文本解释与英美新批评所主张的"文本细读"（close reading）有着诸多相似之处，与海因里希·沃尔夫林（Heinrich Wölfflin）的艺术史研究、贝内德托·克罗齐（Benedetto Croce）的直觉主义美学以及埃德蒙·胡塞尔（Edmund Husserl）的现象学哲学亦有内在思路的一致性。

然而，奥尔巴赫所理解的文本解释又有其独特性。用他自己的话说，文本解释之所以重要，是因为"它并不会一开始就把感兴趣的现象从其周边环境中孤立出来……而是会考虑这些现象所

---

[1] 关于斯皮策的风格研究及其特点，瑞士文艺批评家斯塔罗宾斯基（Jean Starobinski）曾有过颇为精当的总结，参见 Jean Starobinski, "Leo Spitzer et la lecture stylistique", in Leo Spitzer, *Études de Style*. Paris: Gallimard, 1970, pp. 7-39。

处的真实环境，只是一点点将其抽离出来，却并不破坏其特有面貌"。换言之，奥尔巴赫认为在仔细分析文本的同时，也要将文本置于历史发展进程中，结合既有的观察，衡量其历史价值。这种研究思路在《摹仿论》和《导论》中均有所体现。

二 两种文学史叙述模式：《导论》与《摹仿论》的比较

为了更好地呈现奥尔巴赫的文学史书写观念，我们不妨将《导论》与同一时期的《摹仿论》做个对比。两书堪称姊妹篇，也展现出两种可以互为补充的文学史叙述模式。两种模式的特点可以总结如下：其一，《导论》侧重于梳理宏观历史脉络，以广度见长，而《摹仿论》从细致的文本分析出发，以深度见长；其二，《导论》包含对时代特征的整体描述，《摹仿论》则更强调具体的作家和作品。

1. 深度与广度的互补

《摹仿论》(*Mimesis*)的副标题是"西方文学中现实的再现"(*Dargestellte Wirklichkeit in der abendländischen Literatur*)，名义上以整个西方文学为分析对象，但是如果仔细审视全书的二十个章节，就会发现，罗曼文学所占的比例高达三分之二。其中第八章和第九章分析《神曲》和《十日谈》，第十四章分析《堂吉诃德》。关于法国文学的内容更多，从中世纪文学的各类文体（第

五、六、七、十章），到 16 世纪的拉伯雷和蒙田（第十一、十二章），到 17 世纪的古典主义戏剧和 18 世纪的小说和回忆录（第十五、十六章），再到 19 世纪的现实主义和唯美主义（第十八、十九章），几乎完整地涵盖了法国文学的各个时段。另外，第四章分析的是法国历史上的重要文献、公元 6 世纪末以拉丁语写成的《法兰克人史》（Historia Francorum），第二十章则用一定的篇幅分析了普鲁斯特的《追忆似水年华》。可以说，《摹仿论》以罗曼文学为主干，而法国文学又是其中最完整的线索。

因此，《摹仿论》和《导论》两书均根植于奥尔巴赫的罗曼语语文学研究，其内容亦有诸多相互呼应之处。在《导论》第三部分梳理罗曼文学简史时，奥尔巴赫的叙述带有欧洲视角，超越了国别和民族的界限，却又以法国文学作为贯穿古今的主线，如第一节"中世纪"和第二节"文艺复兴"按法国、意大利、西班牙文学的线索分别论述，第三节"现代"则以法国文学为主，从 17 世纪讲到 20 世纪初。

试以《罗兰之歌》为例，来审视两书在深度和广度上的特色。

《罗兰之歌》（Chanson de Roland）是中世纪法国文学中武功歌的代表。《摹仿论》的第五章（"罗兰被任命为法兰克远征军后卫部队司令"）[1]分析了《罗兰之歌》第 738 行至 782 行的内容，即第 58 至第 62 个"籁司"（laisse）。这段引文讲的是罗兰

---

[1] 埃里希·奥尔巴赫：《摹仿论——西方文学中现实的再现》，吴麟绶、周新建、高艳婷译，商务印书馆 2018 年版，第 112—144 页。

被甘尼仑提名为法兰克人后卫部队指挥官的故事。奥尔巴赫对这四十几行诗进行了细致的分析，从句法层面的并列排比句式入手，认为这是崇高文体的新形式，并着力探究其中所反映的程式化秩序和狭小的空间范围。从语言分析出发，奥尔巴赫将以《罗兰之歌》为代表的中世纪法国武功歌与《伊利亚特》、让·拉辛的《贝蕾妮丝》(Bérénice) 以及诞生于民族大迁徙时代的日耳曼英雄史诗《希尔德布兰特之歌》(Hildebrandslied) 和《尼伯龙人之歌》(Nibelungenlied) 等作品相对照，以凸显《罗兰之歌》所体现的高度一致的理想观念和无可置疑的秩序。与此同时，奥尔巴赫也引用《圣阿莱克西之歌》(La Chanson de Saint-Alexis)，认为这篇古法语长诗的文体和世界观均与稍晚的《罗兰之歌》有着相似性，而这也体现出古典时代后期文化的僵化和狭隘。最后，奥尔巴赫也强调，以《罗兰之歌》为代表的武功歌虽然表现的是封建社会上层人物的事迹，却也具有大众性，同时也为神职人员所用，被不断重新加工，在社会各阶层产生广泛的影响。

　　《摹仿论》对《罗兰之歌》的解读始于对一小段文本的分析，并通过与其他文本的对比，凸显该作品及其所代表的武功歌这一文体的鲜明特色。这是一种见微知著、管中窥豹的文学史叙述模式，奥尔巴赫试图从语言层面出发，进而把握文体的核心特点以及文本背后的诸多观念。

　　《导论》对《罗兰之歌》的叙述则呈现出另一种特点。奥尔巴赫首先从整体上描述《罗兰之歌》的押韵方式、风格特点和基本内容，强调这部作品虽然讲述的是一个公元8世纪的故事，反映的却是第一次十字军东征前后即作品诞生时期的习俗和观念。从这一描述出发，他开始讨论一个更加深刻的问题，即以《罗兰之歌》为代表的武功歌有着怎样的起源。他列举了两种较有代表性的思路，即浪漫主义和实证主义的解读。按照浪漫主义的解读，此类史诗是民间天才长期酝酿的产物，由口口相传的民间传说和歌谣积淀融合而成。实证主义的解读则将武功歌更多地视为诗人的个人创作，强调《罗兰之歌》与12世纪这一时代背景的密切关联。在奥尔巴赫看来，这两种倾向各有一定的道理。一方面，行吟诗人的创作与当时教士的庇护有着密切关系，而《罗兰之歌》提及的地名往往也是至圣所或修道院的所在地。另一方面，武功歌所呈现的历史故事是对史实的极大简化和调整，而这种根据民众趣味和时代语境所做的编排亦根植于一种悠久的传统。

与《摹仿论》的细致评析和旁征博引相比，《导论》更有概括性，令读者得以迅速把握《罗兰之歌》的基本特色和研究现状，其中一些论述更可以与《摹仿论》形成补充和对照。如前所述，在《摹仿论》中，奥尔巴赫通过具体实例，指出了《圣阿莱克西之歌》与《罗兰之歌》在文体和世界观上的相似之处，而在《导论》中对《罗兰之歌》的叙述中，奥尔巴赫展现了更为宏阔的视野，呈现了教会对俗语诗从抑制到利用的过程，并特别强调以《圣阿莱克西之歌》为代表的法语古诗在诗律方面如何上承古典拉丁语诗歌和教会拉丁语圣歌，同时与武功歌的"籁司"存在亲缘关系。

2. 微观与宏观的互补

《导论》与《摹仿论》两书对微观层面的作品手法与宏观层面的时代趋势的处理同样引人注目，试以法国19世纪文学为例来说明这一点。《摹仿论》第十八章"德·拉默尔府邸"[1]和第十九章"翟米妮·拉赛特"[2]的讨论重点均是19世纪法国文学。第十八章先后引用和分析了司汤达《红与黑》、巴尔扎克《高老头》以及福楼拜《包法利夫人》的相关段落，并由此展开，分析这几位代表性作家的写作特点。在奥尔巴赫看来，司汤达的作品首次展现了一种现代的现实主义意识，首次将那个时代的历史、政治和社会环境纳入故事情节之中。这与以雨果为代表的浪漫派将崇高与怪诞的文体混用形成反差，后者并不以刻画现实为目的。与司汤达相似，巴尔扎克同样书写日常生活现实，却有着更为宏大的计划，即通过文学来研究19世纪的风俗史。由此，巴尔扎克更强调对环境的真实再现，更看重人和历史的有机联系，并带着历史主义的眼光，对笔下的人物和环境加以展示。与司汤达和巴尔扎克相比，19世纪下半叶的福楼拜受实证主义的影响，对日常生活现实的书写也更为冷静客观，并不直接表达作者的思想感情，而是将其寓于字里行间，寓于情节的安排之中。与此同时，福楼拜又有着唯美主义的艺术追求，与一般读者之间存在着某种鸿沟。第十九章以龚古尔兄弟的长篇小说《翟米妮·拉赛特》(*Germinie*

---

[1] 埃里希·奥尔巴赫：《摹仿论——西方文学中现实的再现》，第535—583页。
[2] 同上书，第584—617页。

Lacerteux）的序言为开篇。该序言对小说这一文体的作用做了总结，主张小说可以是文学研究和社会调查的生动形式，具有科学性，也可以将下层民众纳入表现对象，同时对一般读者的审美观加以指责。奥尔巴赫认为这篇序言具有很强的代表性，因为它一方面引出了以左拉为代表的深受实证主义方法影响的自然主义，另一方面也引出了19世纪法国文人的唯美主义、普通读者的庸俗趣味以及两者之间日益增大的鸿沟。从第一条线索出发，奥尔巴赫引用了左拉《萌芽》的选段并加以评析，而从第二条线索出发，他谈到了福楼拜、波德莱尔，以及巴纳斯派（Le Parnasse）及其代表人物勒孔特·德·里尔（Leconte de Lisle）等人，并总结了唯美主义与日常现实的关联。总体而言，这两个章节在描绘19世纪法国文学时，以小见大，从文本出发，论及作家和时代的整体特点，其中诸多讨论都体现出奥尔巴赫的独到眼光和独特趣味。

相比之下，《导论》的"19世纪一瞥"在叙述以法国文学为主的19世纪文学时，采用了一种宏阔的历史视角。在简短的篇幅内，奥尔巴赫没有依照时间顺序梳理重要人物和事件，也没有一一列举文学流派的名称，而是勾画了这一时期的六个主要趋势：1）印刷术的进步、报纸杂志的大量出版带来了巨大的文学产量，而文学消费者的大量增加也导致了对文学作品审美水平的普遍下降；2）杰出作家和普通公众之间出现了一道鸿沟，前者积极开展各种艺术革新，并不寻求让自己的作品通俗易懂，且对后者的庸俗趣味充满鄙视；3）思想和言论的自由，带来了发达的精神、文学活动和强大的公众舆论；4）抒情诗在各种形式上大量涌现，如浪漫派创造新的诗歌语言，又如以勒孔特·德·里尔为代表的巴纳斯派和以波德莱尔、马拉美、魏尔伦、兰波为代表的象征主义诗人对言语的唤起功能进行强调；5）对日常现实进行征服，如现实主义小说的开创者司汤达和巴尔扎克对政治、经济和社会生活做出书写，又如福楼拜对小资产者的精辟分析以及左拉在描写卢贡－马卡尔家族的"自然史"（histoire naturelle）时使用生物学的唯物主义方法；6）属于精英的极端主观主义和属于大众的新兴集体主义汇合，如巴雷斯（Maurice Barrès）和纪德从个人主义转向集体主义，而统一的现实亦被不同层次的现实所取代，也即一种有意识的视角主义（perspectivisme），以普鲁斯特的《追忆似水年华》为代表。

由此可见，上述《导论》的内容与《摹仿论》的论述有着一定的重合之处。然而，与《摹仿论》细密幽深的分析相比，《导论》对19世纪文学主流的归纳更加简明扼要，更加提纲挈领，便于读者领会和总结。

如果说，《摹仿论》从具体文段出发，透视作品和作家的特色以及时代的变迁，体现出奥尔巴赫深厚的语文学功底和敏锐的洞察力，《导论》则展现出奥尔巴赫开阔的研究视野与宽广的知识面。《导论》对文学史的梳理尽管只是粗线条的勾勒，其中很多表述却言简意赅、微言大义。对于初读《摹仿论》感到迷失的读者来说，《导论》是极好的入门导引。对于重读《摹仿论》的读者而言，《导论》又是有益的参照。

三 奥尔巴赫文学史书写的独特建构

奥尔巴赫选择了一条不同于传统语文学的文学研究路径，展现了对文学史的独到理解。在他的最后一部作品《拉丁古典时代晚期和中世纪的文学语言及其公众》(*Literary Language and Its Public in Late Latin Antiquity and in the Middle Ages*)的开篇导言《目的与方法》(Purpose and Method)一文中，奥尔巴赫将自己的治学路径和斯皮策的风格研究做了比较，认为斯皮策的首要关注是对个别形式的准确理解，而他自己则关注更为普遍的事物。他总结道："我的目的始终是书写历史。因此，我从不把一个文本作为一个孤立的现象来对待；我对文本提出一个问题，而我的首要出发点是我的问题，并不是文本。"[1]

在这段话中，奥尔巴赫分别谈到了他的研究目的和对待文本的态度。从"我的目的始终是书写历史"一语可以看出，他深受加姆巴蒂斯塔·维柯（Giambattista Vico）的历史主义影响，对同时代以新批评和形式主义文论为代表的科学主义研究路径多有批评，并试图超越既定的文学概念和范畴，努力凸显个人与大历史的内在关联。[2]而从他对待文本的态度，也可以看到，奥尔巴赫

---

1 Erich Auerbach, "Introduction: Purpose and Method", in *Literary Language and Its Public in Late Latin Antiquity and in the Middle Ages*. Princeton: Princeton University Press, 1965, p. 20.
2 张辉："'我的目的始终是书写历史'——奥尔巴赫论文学研究的命意与方法"，《天津师范大学学报（社会科学版）》2022年第2期，第53—62页。

尽管和斯皮策一样，受过扎实的语文学训练，却不愿意就文本谈文本，而是有着明确的问题意识。

那么，奥尔巴赫究竟如何实现他"书写历史"的目的呢？这在奥尔巴赫的诸多著作之中均有体现。前文也已经对《导论》和《摹仿论》的不同叙述模式做了对比，但是作为奥尔巴赫曾撰写的唯一一部文学史讲义，《导论》仍有其独特性，有三点值得特别强调和重视：第一是作者从常识的眼光和个人的阅读经验出发，不拘泥于既有的文学概念和分期；第二是此书突破了狭义的文学范畴，纳入了对多种社会历史因素的分析；第三是文本整体始终贯穿着以语言为中心的文学史书写理念。

我们首先来审视《导论》中一些基于个人阅读经验的观察。以"文学时期概览"的第三章第二节"18世纪"为例，奥尔巴赫从大处着眼，将其大致分为前后两阶段，对前一阶段（从1715年路易十四的去世到1750年《百科全书》的筹备）的特点概括为生活和艺术形式的极度优雅，认为后一阶段（从1750到1789年大革命爆发）的主要特点是哲学的通俗化运动。尽管奥尔巴赫并未使用"洛可可风格"和"启蒙运动"这两个名词，他的描述却颇为精准。在宏观的划分之后，奥尔巴赫更加具体地描绘了18世纪文学的一些主要趋势。他首先注意到，相较于路易十四时代的崇高风格和浮华气氛，审美和趣味的主要原则并未改变，却出现了一定的松动，"占据优势的是一种更随和，不那么崇高也不那么严厉的趣味"。由此便有了既非悲剧又非喜剧的"流泪喜剧"（comédie larmoyante）的出现，有了情色主义（érotisme）和放荡主义（libertinage）的盛行，而法语语言也变得更加灵活多样。其次，在社会结构方面，宫廷不再居于文化生活的中心，取而代之的是贵妇人的沙龙，以及更为大众化的咖啡馆，而出版业的日益壮大更使得政府难以控制思想的流通，也让文人得以通过写作谋生，享有更大的独立性。对于通常所说的启蒙运动，奥尔巴赫也提出，这场运动的宣传性大于创造性，目标也很明确，即与基督教以及所有天启宗教还有形而上学作斗争。而后，奥尔巴赫又围绕伏尔泰、孟德斯鸠、狄德罗和卢梭这几位大人物，将启蒙运动分为四个阶段，即：（1）伏尔泰的青年时代；（2）孟德斯鸠；（3）《百科全书》和伏尔泰的费内（Ferney）时期；（4）卢梭，并对其中的每一位做了精当而犀利的评述。例如，一般的文学史著作均强调《百科全书》对思想解放的推动作用，奥尔巴赫则是一方面肯定这项事业对思想革命、学科分类和知识普及的贡献，另一方面也以其语文学家特有的敏感，明确指出，撰稿人的众多和对普及性的追求使得《百科全书》的内容良莠不齐，总体上不再具有当时的大作家和哲人的优雅和自由精神。限于篇幅，《导论》中的论述很少有长篇大论，然而奥尔巴赫却能在只言片语之间显示出他对某位作家、某部作品或某个时代的独特观察。

《导论》的第二大特点是突破了狭义的文学范畴，包含了多学科的视角。在讨论19世纪文学时，奥尔巴赫在勾画这一时期的文学发展趋势之前，特别强调大革命的影响和物质、科学与技术的发展。具体而言，正是义务初等教育和义务兵役制，使得大革命的观念得以传播开来，让公众更加自觉地参与公共生活，正是物质、科学和技术的发展，带来了巨大的人口增长，让中产阶级得以占据统治地位，也让欧洲国家得以实现殖民扩张。在奥尔巴赫看来，这些因素看似与文学无关，却对19世纪文学的整体走向产生了极为深远的影响。与斯皮策和英美新批评对文本和风格的专注研究不同，奥尔巴赫尽管受过完整的语文学训练，却不愿把眼光局限于作家和作品，而是重视文学史与社会历史因素的密切关联。同样地，在介绍18世纪末和19世纪初的浪漫主义时，奥尔巴赫在试图为各国的浪漫主义找寻共同点时，特别强调的是浪漫主义对历史发展的理解。正如现代审美批评推翻了古典主义那种遵循单一典范的审美观，这种历史构想不再认为后一个文明阶段必然胜过前一个阶段，而是承认各个时代都有着完善的艺术和生活形式，将历史视为人类的各种形式的丰富演变。奥尔巴赫深受维柯的影响，也视维柯的《新科学》(*Scienza Nuova*)为这种浪漫主义历史构想的先声。如他所述，这种历史构想使得很多浪漫主义者崇拜传统，认为有着古老习惯的人民更接近自然，并反对大革命及其对传统习俗和制度的彻底破除。因此，很多浪漫主义者既反对革命、崇拜传统，又具有民众性，重视民间文化与民众中的天才，而他们这种历史构想不仅为文学语言带来了更大的丰富性和自由度，培育了一些重视个性、心理和乡土的小说和诗歌形式，也启发了19世纪的历史研究和语言学研究，催生出一套以黑格尔体系为代表的新的哲学。综上所述，在书写文学史时，奥尔巴赫并不局限于单一的文体或者学科，而是采用了多元化的视角，将文学文本的发展演变置于宏阔的历史语境之中。

《导论》的第三大特点是以语言为中心，试图将语言和文学史有机结合。相较于绝大多数文学史以作家、作品和流派为中心，奥尔巴赫的《导论》特别注重考察语言的历史渊源与流变，突出语言发展在文学史中的地位。在第三部分即"文学时期概览"中对罗曼文学史进行梳理之前，《导论》专门辟出第二部分即"罗曼语言的起源"，展现罗曼语言的形成过程，以此凸显罗曼语言与罗曼文学之间的密切关联。其中既有宏观层面的描述，又有微观层面的探析。

　　在探讨罗曼语言时，奥尔巴赫在"罗马与罗马的殖民"和"通俗拉丁语"两节中介绍过拉丁语的缘起和分化之后，便着重探讨两个对罗曼语言发展有着重大影响的历史事件，即"基督教"和"日耳曼人入侵"。日耳曼人的入侵摧毁了通俗拉丁语的统一性，使得原罗马帝国境内的各种地方土语在经过漫长的演化之后，形成了一些基于政治和地理边界的同质化的集群，即法语、意大利语、西班牙语、普罗旺斯语等罗曼语言。基督教一方面让日耳曼征服者迅速罗马化，另一方面也构成了一种文化纽带，使得欧洲西部联系在一起。基督教对文学语言、文学体裁以及作品主题的影响则要更加深远。如奥尔巴赫所言，在诗歌领域，教会所使用的晚期拉丁语（bas latin）产生了诸多宗教主题的诗歌，它们不像古典诗歌那样基于音节的音量，而是基于音节的性质、数目和韵脚，从而为中世纪诗歌和其后的所有欧洲诗歌奠定了基础。同样地，以俗语写成的对神圣故事的解述也往往采用戏剧形式，构成了欧洲戏剧的开端。出于布道的需要，教士们在讲述宗教故事的过程中，逐步发展出一种比日常生活用语更加考究也更富有文学性的俗语，即罗曼文学语言的雏形。正是从基督教开始，才有了一种充满谦卑精神的新的崇高观，这也是欧洲的悲剧现实主义的根源。

在宏观层面的梳理之外，奥尔巴赫也着眼于微观层面，从语音、词法、句法、词汇等角度审视罗曼语言的发展趋势和分布特点。例如，奥尔巴赫特别提出，法语明显区别于拉丁语和其他罗曼语言，也有着更加多样的词汇来源，而这一异质性源于两次拉丁化。第一次拉丁化指的是罗曼语言脱胎于拉丁语，因此，所有各门罗曼语言中，都有着大量的拉丁语的词汇。这些词汇构成了各门罗曼语言的基本词汇。与其他罗曼语不同的是，法语在中世纪晚期和文艺复兴时期又经历了第二轮的拉丁化，再次引入了大量拉丁语词汇。这一过程是由一批文人推动的，使得法语语言进一步雅化，形成了一些学术术语和新的文学表达。这两次拉丁化在法语中产生的词汇构成了两个明显不同的层次。奥尔巴赫的这一观察为我们理解法语语言的演变以及文艺复兴时期的法国文学提供了一个崭新的视角。

结　语

从对语文学及其不同形式的概述，到对罗曼语言发展源流的介绍，再到对罗曼文学史的勾勒和梳理，诞生于特殊历史情境的《导论》提供了一个实例，使人看到奥尔巴赫如何理解语文学，如何书写文学史,而这种书写又如何与奥尔巴赫的《摹仿论》和其他著作互为映照。《导论》彰显了奥尔巴赫的语文学根基,凸显出罗曼语言与罗曼文学之间的深厚联系,也令人得以领略奥尔巴赫在书写文学史时所具有的一种不拘泥于具体文学范畴或流派、不限于单一学科的恢弘手笔与开阔视野。

同时代的斯皮策和英美新批评家在开展风格研究和文本细读时,强调专注的微观阅读。这种文学研究方式的巨大价值自不待言,却也因为排斥历史视野,而难免有"只见树木,不见森林"之嫌。相形之下,奥尔巴赫走出了一条以语文学为基础、以语言为中心的独特研究路径。他一方面极力强调文本解释作为基本方法的重要性,强调语言和文学之间的密切关联,另一方面又不限于对文学语言的分析,而是从个人的阅读经验出发,将文学作品置于历史脉络之中,试图建构一种带有多学科视角的文学史,从历时和共时的角度"既见树木,又见森林"。或许可以这样总结,即《摹仿论》是这条治学路径的巅峰和集大成之书,《导论》则更加清晰地展现了奥尔巴赫的知识脉络和治学特色,同时呈现出与《摹仿论》既有关联又有差异的另一种文学史叙述模式。

高 冀

2024 年 3 月于北京海淀

目　录

前　言 ……………………………………………………… 1

第一部分　语文学及其不同形式 …………………………… 3

  A. 文本校勘 ……………………………………………… 3

  B. 语言学 ………………………………………………… 10

  C. 文学研究 ……………………………………………… 20

      I. 目录学和传记 …………………………………… 20

      II. 审美批评 ………………………………………… 21

      III. 文学史 …………………………………………… 26

  D. 文本解释 ……………………………………………… 35

第二部分　罗曼语言的起源 ………………………………… 41

  A. 罗马与罗马的殖民 …………………………………… 41

  B. 通俗拉丁语 …………………………………………… 48

  C. 基督教 ………………………………………………… 57

  D. 日耳曼人入侵 ………………………………………… 70

- E. 语言发展趋势 91
  - Ⅰ. 语　音 92
  - Ⅱ. 词法和句法 99
  - Ⅲ. 词　汇 108
- F. 罗曼语言列表 115

第三部分　文学时期概览 125

- A. 中世纪 125
  - Ⅰ. 导　语 125
  - Ⅱ. 法语和普罗旺斯语文学 136
  - Ⅲ. 意大利语文学 173
  - Ⅳ. 伊比利亚半岛文学 189
- B. 文艺复兴 200
  - Ⅰ. 导　语 200
  - Ⅱ. 意大利文艺复兴 213
  - Ⅲ. 法国 16 世纪 227
  - Ⅳ. 西班牙文学的黄金世纪 249
- C. 现　代 269
  - Ⅰ. 17 世纪法国古典主义文学 269
  - Ⅱ. 18 世纪 300
  - Ⅲ. 浪漫主义 331
  - Ⅳ. 19 世纪一瞥 345

第四部分　书目指南 359

书目指南 361

A. 语言学 361
 Ⅰ. 普通语言学和语言学方法论 361
 Ⅱ. 词　典 362
 Ⅲ. 语言地理学 369
 Ⅳ. 罗曼语语法和历史 369

B. 文　学 378
 Ⅰ. 概　论 378
 Ⅱ. 法国文学 381
 Ⅲ. 普罗旺斯文学 392
 Ⅳ. 意大利文学 393
 Ⅴ. 西班牙文学 394
 Ⅵ. 葡萄牙文学 396
 Ⅶ. 加泰罗尼亚文学 397
 Ⅷ. 雷蒂亚－罗曼文学 397
 Ⅸ. 罗马尼亚文学 397

C. 期　刊 398

索　引 403

译后记 417

前　言

　　1943年，这本小书写于伊斯坦布尔，目的是为我的土耳其学生提供一个宏观框架，让他们得以更好地理解自身所从事的研究的起源与意义。那时正值战争，欧美的图书馆又离得很远，我与我国外的同事几乎没有任何联系，而且已经很久没有看过新出版的书籍或期刊。如今我又忙于其他工作和教学任务，无暇顾及这篇导论的修订。数位曾读过本书手稿的朋友认为，这份手稿即使以现在的样态呈现，也可以有些用处。尽管如此，我还是要请挑剔的读者在审读时能记得本书的写作时间和目的，由此对大纲的若干特别之处，比如有关基督教的一章做出理解。

　　我在科隆大学的同事弗里茨·沙尔克（Fritz Schalk）先生指出了文本中的若干错误，并同意对参考文献加以完善，为此我对他表示衷心的感谢。在这里，我也深深感激几位在伊斯坦布尔时的朋友与合作者，感激他们在第一稿中对我的帮助，包括苏黑拉·拜拉夫（Süheyla Bayrav）女士（1944年土耳其文版译者），内斯特琳·迪尔瓦那（Nesterin Dirvana）女士，还有莫里斯·茹尔内（Maurice Journé）先生。

州学院[1]，宾夕法尼亚，1948年3月

埃里希·奥尔巴赫

---

[1] 1947年，奥尔巴赫移居美国。撰写这篇前言时，奥尔巴赫正在宾夕法尼亚州学院（Pennsylvania State College）做访问教授。1953年，宾夕法尼亚州学院改名为宾夕法尼亚州立大学（The Pennsylvania State University）。

第一部分

语文学及其不同形式

A. 文本校勘

语文学（philologie）是运用某种方法研究人类语言的各类活动，以及用该语言撰写的艺术作品之总和。由于这是一门极为古老的学科，也由于人们可以用许多不同方式研究语言，"语文学"一词含义便十分宽泛，包括了种种差异甚大的活动。文本校勘是语文学最古老的形式之一，可谓其经典形式，直至今日仍被许多学者视为最高贵与最可靠的形式。

当一个具有高度文明的民族开始对自身的文明产生自觉，当这个民族想要从时间的侵蚀中保存构成其精神遗产的作品时，就有了对编订可靠文本的需求。这不仅是使文本免于被遗忘，也是将其从通俗用法和抄写者的粗心所必然带来的增删中解救出来。这一需求早在公元前3世纪的希腊化时代即开始出现。那时的学者以亚历山大港为活动中心，以一种确定的形式编纂古希腊诗歌，特别是荷马作品。从那时起，对古代文本进行校勘的传统几乎持续了整个古典时代。在基督教神圣文本的编订中，文本校勘亦极为重要。

现代的文本校勘始创于文艺复兴时期，即15、16世纪。众所周知，这一时期的欧洲重新萌生了对古典时代的兴趣。这一兴趣固然一直存在，但在文艺复兴之前，其着眼点并不是大作家的原作本身，而是一些相对次要的修订和改编。例如，人们并不熟悉荷马的文本，而是通过古埃及晚期编纂的文本了解特洛伊故事，并根据它撰写一些新的史诗，或多或少有些幼稚地让特洛伊故事与那个时代即中世纪的需求和习俗相适应。至于文学技法和诗歌风格的各种规则，人们研究的并不是那些几近被遗忘的古典作家，而是一些后世的手册。这些手册源自古典时代晚期或中世纪，只能苍白地反映希腊罗马文艺的辉煌。

然而，种种不同的原因致使此类情形自14世纪起在意大利开始有所改变。但丁（1265—1321）向所有想用高雅风格写作母语作品的人倡导对古典作家的研究。这一风潮在其后的一代意大利诗人和学者中变得更为普遍。彼特拉克（1304—1374）和薄伽丘（1313—1375）成为作家与艺术家的典型。人们把这一典型称为"人文主义者"（humaniste）。这一风潮逐渐扩展到阿尔卑斯山之外，而欧洲人文主义于16世纪达到顶峰。

第一部分　语文学及其不同形式

人文主义者致力于学习和模仿古典时代的希腊和拉丁文作家，用类似的风格写作，或使用当时还是学术语言的拉丁文，或使用他们的母语。他们要丰富、美化并形塑母语，以使其足够美，足以表述古代语言中的高贵思想和伟大情感。为了达到这一目标，首先要拥有这些备受景仰的古代文本并确保其可靠性。战乱、灾祸、疏忽和遗忘使得古典时代的手稿几乎消失殆尽。所剩的只是复本，多数情况下由僧侣抄写，且分散在各地修道院的图书馆里。这些复本往往不完整，或多或少不准确，有时还残缺不全。很多过去的名作永远地失传了，未失传的则只存有残篇。几乎没有全部作品得以流传至今的古典作家，而相当一部分重要著作只有一个复本，往往还是残篇。人文主义者的当务之急便是找到尚存的手稿，加以比较，再试图从中得出作者真实所写的内容。这是一件极困难的任务。文艺复兴时期的收集者们找到了许多手稿，其余的则未找到，又花了好几个世纪才把剩余的集中起来。大部分的手稿则要到很晚才找到，直至18、19世纪才有发现。最近发掘的埃及莎草纸则丰富了我们对文本，特别是对希腊文学的了解。之后便是比较和判断手稿的价值，手稿几乎都是复本的复本，而原始复本很多时候也是在传承关系已非常模糊时写成的。文本中有着大量错误：某位抄写人没有认清范例中有时是好几个世纪以前的字迹；另一位可能因为下一行有某个同样的词而跳过了一段；第三位在抄写一段自己不明白的话时随意做了改写。他们的后继者看到这些残缺的段落，不惜代价以使文本能被读懂，又进一步歪曲，由此把残存的原有内容彻底消除。此外还有些段落被隐去或无法识读，有些书页缺损、被撕破或被虫蛀。千年的遗忘，加上灾祸连连，给这如此脆弱的珍宝所带来的各种可能的变质、缺损与破坏实在数不胜数。自人文主义者以来，一种严格的重构文本的方法开始一点一点被确立，这种方法主要体现于为手稿归类的技艺。在过去，若要给分散在各图书馆的手稿归类，首先要抄写（不经意间就会有新的错误产生），如今我们则能给它们拍照，这就排除了疏忽带来的错误，使得语文学家即编者省去了精力和费用。现在复印件虽可以邮寄，也使其失去了从前在图书馆之间旅行的快乐。当我们面对一部作品的所有已知手稿时，应当对它们加以比较，而后在大多数情形下便能将其归类。我们会认识到，例如，我们将几份手稿命名为 A、B、C，其中很多存疑段落是来自同一抄本。而 D 和 E 的共同之处则有异于其他手稿。第六份手稿 F，基本上依照 A、B、C，但包含一些无论是 A、B、C 还是 D、E 都没有的歧异。编者由此便可以构建某种手稿的谱系。以这个相对简单的例子来说，已失传的手稿 X 很可能曾（直接或间接地）一方面是 F 的范例，另一方面又是同样失传并衍生出 A、B、C 的 X 复本的范例。D 与 E 则属于 X 系列之外的另一系列。它们源于另一份原稿或失传的"原型"（archétype），我们以 Y 来指代。编者常能从手稿的笔迹得出宝贵的结论，因为笔迹可以揭示手稿的写作时间。而手稿被找到的地点，同一卷书所包含的有时由同一人抄写的其他文字，以及同类的一些其他情形，亦能为编者提供这些结论。确立手稿的谱系之后——这样的一个谱系可以呈现出很不同且有时很复杂的形式，编者就应决定更偏爱哪一种传承关系。有时，一份手稿或一个系列的手稿极为明显且无可争议地要好得多，以至于可以无视所有其他的手稿。但这是很罕见的。大多数情况下，原始版本似乎有时由某一组手稿保存，有时由另一组保存。完整的校勘本所提供的文本是依据编者在研究基础上对作者所写内容做出判断。编者会在每一页下面给出那些在其看来是错误的异文（"变体"），并用符号（"首字母缩合词"）注明每个异文出自哪个手稿，这样读者便能形成自己的看法。至于缺漏和已损坏得无可挽救的段落，编者则通过推测，即自己对相关段落原初形式的假设，来试着重构文本。当然应说明的是，这个例子只是他自己对文本的重构，如有其他人对同一段落的推测，也应一并加上。可以看到，如果手稿很少或只有唯一的手稿，校勘本一般来说做起来更容易。如果只有唯一的手稿，就只需审慎准确地印出来，必要时再加上一些推测。如果传承关系很深厚，也就是说，如果有大量价值相仿的手稿，归类的工作和最后定本的确立就可能变得极其困难。因此，尽管好几位学问家已几乎为此耗费了毕生精力，至今仍未有包含各变体的但丁《神曲》校勘本问世。

从上一个例子可以看出，文本校勘的技艺并不仅限于对古典时代希腊罗马作品的重构。16世纪的宗教改革用它确立了《圣经》的文本。最早运用科学方法的史学家——尤其是17、18世纪的耶稣会（jésuites）和本笃会（bénédictins）教士——将其用于历史文献的校勘。到了19世纪初，当人们对中世纪文明和诗歌的兴趣被重新唤起时，该方法又被应用于中世纪文本。最晚近的例子则是东方研究的各个分支。众所周知，这些研究在当今时代迅速发展。它们正在依循该方法来重构阿拉伯文、土耳其文、波斯文等文字的文本。这就不只是以纸张或羊皮纸为载体流传于世的手稿了，也包括铭文、莎草纸、各类书板等。

印刷术，也即文本的机械复制，使编者的工作变得容易了许多。文本一旦编订便可以照原样复制，而不会有因抄写者的个人疏忽而带来新谬误的风险。固然还会有印刷偏差，但印刷相对容易监督，而印刷错误也很少是危险的。在印刷术普及的时代即1500年以后，作者在写完作品后，绝大多数情形下都可以监督其印刷。这样，文本校勘的问题对其中许多人而言就不复存在或者很容易解决。尽管如此，还是有很多例外和特殊情况，需要编者即语文学家特别留心。蒙田（1533—1592）在出版了《随笔集》的几个版本之后即在几份印刷本的页边空白处做了许多增补和修改，目的是推出新的版本。这一新版本在他死后方才问世。然而，几位协助蒙田出版的朋友却没有完全用上这些增改。由此，当人们找到蒙田亲手评注的一份书稿时，就得以编订更为完整的文本。在这种情形下，现代编者们会将蒙田在前后各版本中给出的不同文本均编于同一本出版物呈现给读者，并用特殊字母或其他印刷符号来列出每一版本的变体，使读者可以对作者思想之演变一目了然。意大利哲学家维柯（1668—1744）的主要作品《新科学》在编订时，也遇到几乎同样的情况。帕斯卡尔（1623—1662）的情形则复杂得多。他为我们留下的《思想录》是诸多卡片汇集而成的，往往极难识读，也没有归类。自1670年起，编者们赋予这部名作以极为多样的形式。可以看到，自印刷术发明以来，文本校勘问题主要针对的是作者死后出版的作品，此外还有作家认为不值得发表的如年少之作、草稿、早期习作及一些残篇，另外还有一些私人通信，因审查被删除或其他原因被撤掉的出版物。还要考虑到这样一种常见情形，即作者本人，尤其是那些身兼舞台监督和演员的剧作家，并没有监督其作品的印刷，而是将这一工作交付给了别人。别人往往在其不知情与不得已的情况下印刷了质量低下的复本，最有名的一个例子便是剧作家莎士比亚。但在大多数情形下，现代作家的文本校勘问题要比印刷时代之前容易解决得多。

文本校勘显然不是一项完全独立的任务，它需要语文学其他分支的协助，甚至常常需要确切来说并不算是语文学的辅助学科的协助。当我们要编订和出版一个文本时，首先要能识读。然而书写字母的方式在不同时代有了很大变化。为了辨别不同时代所用的字母和缩写，古文书学（paléographie）这样一门特别的学问便作为文本校勘的辅助学科应运而生了。其次应认识到，我们所要编订的文本几乎总是古代文本，由死语言或极古老形式的活语言写成。要能理解文本的语言，编者就需要进行语言学和语法方面的研究。另一方面，文本常常为这些研究提供十分宝贵的素材。历史语法学，即不同语言的发展史，正是在古代文本的基础上才能够发展起来的，在后者当中找到的古老形式使19世纪的学者对某种语言的发展史以及作为宏观现象的语言学发展史有了清晰的观念。在关于语言学的一章里，我们还会谈及这一点。

即使当我们能够识读一个文本并理解书写该文本的语言，我们常常仍然不足以把握其意义。然而，要出版一个文本，我们需要理解其所有细微之处。否则，我们如何判断一个存疑段落是否正确和可靠呢？此处的门开得很大。按照每种情形的不同需求，对编者知识的要求是无止境的，如审美、文学、法律、历史、神学、科学、哲学等方面的知识。无论文本包含什么内容，编者都要获取前人研究所提供的所有信息，以判断某无名文本可能出自哪个时代哪位作者，以决定某个存疑段落是否符合该作者的风格和观念，某异文是否符合整体语境，以及考虑到时代和各种条件，某段落更应当按照手稿 A 而不是手稿 B 来识读。简言之，文本校勘包含了文本解释要求的所有知识。诚然，要想掌握这所有的知识往往是不可能的。一位审慎的编者往往必须向专家求教。由此，文本校勘与语文学的其他部分，有时还与许多其他知识门类，紧密相联。文本校勘向语文学和其他门类寻求帮助，也常常为其提供宝贵素材。

B. 语言学

语文学的这一部分与文本校勘同样古老，运用某种方法对其进行研究亦是从公元前 3 世纪亚历山大港的学者开始发展的，这在当今时代却完全改换了对象和方法。这些变化的原因和面貌是多样而极为复杂的，且取决于哲学、心理学及社会观念的变化，但其结果却可以简要概述。语言学的对象是语言的结构，即我们

第一部分　语文学及其不同形式

通常所说的语法。然而直至19世纪初乃至中叶，语言学几乎完全关注书面语言，口头语言则几乎被排斥，或至少只是被视为说话技巧（修辞学），即属于文学。日常语言，尤其是民众的语言，也包括受过教育者的一般语言，被完全地忽视了。方言和职业话语自然亦是如此。传统语言学里文学性与贵族性的这一面首先反映在其追求的目标上。它倾向于确立法则以区分对错。换言之，它要确立规范，成为言说和书写形式的仲裁者。这样的语言学当然只可能基于理性和所谓"上等作者"与"上流社会"的用语，它必然局限于有着高度文明之民族的若干种语言，甚至局限于文学语言与社会精英用语。其他的一切几乎都不存在。因而，这种语言学显然是静态的，把任何语言变化都视为衰落，试图以确立不变的范例来校正和美化风格。此外，因为只是在文本中研究客观化形式的、如同艺术品一样的语言，它自然倾向于将其理解为存在于人类之外的客观现实。自一个多世纪以来，所有这一切完全地改变了。观念的变化仍在进行，而新方法与新观念也层出不穷。最近一段时间，人们喜欢以"语言学"一词来替换容易令人联想到传统方法的"语法"一词。这所有的现代观念都有一个共同点，即把语言首先视为口头语言，视为一种独立于其各种书面表现方式的、出于人类本能的活动。这些现代观念关注语言的各个方面及其地理与社会分布，将其视为与人相伴且由人们持续创造的生动事物。所以，语言被视为是持续的创造，因此也处在持续的演变中。这些将语言视为人的活动及持续性创造的观念早已由维柯

（1744年去世）与赫尔德[1]（1744—1803）及其后的威廉·冯·洪堡[2]（1767—1835）以较为思辨的方式表述过。自19世纪上半叶起，人们开始从这些人的著作中引出一些内容，对语言学研究产生了实际影响。

  一位现代语言学家可能会带着些许轻视看待其先行者。当他读一本19世纪初的科学语法书，看到其中混淆语音（son）与字母（caractère）的概念，可能不禁莞尔。然而，正是传统语法的大量分析构成了现代研究的基础：对句子各个部分（主语、动词、宾语等）及其关系的定义，词尾变化（变格、变位等）的框架，对各类分句（主句与从句；肯定句、否定句、疑问句；从句的划分；直接引语与间接引语等）的描述，还有类似的许多其他内容。这是好几个世纪的成果，其思考带有严格的逻辑性与分析性。只要还有人研究语言学，它们就会是语言学这座大厦的支柱。尽管现代的研究趋势在几十年间也产生了惊人的宝贵成果，但其根本价值与稳定性或许还难以与这些观念相比。

  语言学可研究宏观的语言及其比较，这就是由梵文专家弗朗茨·博普[3]（1791—1867）始创的普通语言学；或者可以研究一组近似的语言：罗曼语言学、日耳曼语言学、闪米特语言学等；也

---

1 约翰·戈特弗里德·赫尔德（Johann Gottfried von Herder），德国哲学家、诗人、文艺批评家，"狂飙突进运动"的领袖，对浪漫主义产生了深远影响。
2 威廉·冯·洪堡（Wilhelm von Humboldt），德国语言学家、政治家，也是柏林洪堡大学的创立者。其弟亚历山大·冯·洪堡（Alexander von Humboldt, 1769—1859）为著名自然科学家和自然地理学家。
3 弗朗茨·博普（Franz Bopp），德国语言学家，因其印欧语言研究而闻名。

可以研究某一专门的语言：英语语言学、西班牙语语言学、土耳其语语言学等。语言学关注其研究对象在某一特定时期比如当下的情形，这就是描写语言学（linguistique descriptive），或用瑞士语言学家索绪尔的话说是共时（synchronique）语言学；还关注语言的历史与发展，即历史语言学（linguistique historique），或用索绪尔的话说是历时（diachronique）语言学。

至于其各个部分，人们一般来说接受这样的划分：1）语音学（对语音的研究）；2）有关词汇的研究；3）词法学（对动词、名词、代词等形式的研究）；4）句法学（对句子结构的研究）。词汇研究更细分为两部分：词源学，即对词汇来源的研究；语义学，即对词汇意义的研究。

刚刚提及的语言学革命始于19世纪初比较方法的发现。发现者是博普（《梵文变位体系》[Système de la conjugaison du sanscrit]，1816）。差不多同时，几位受到德国浪漫主义启发的学问家构想出语言发展的观念，这使他们得以在几种语言中观察语音与形式在几个世纪间有规律的演变。雅各布·格林[1]（《德语语法》[Deutsche Grammatik]，1819—1837）和弗里德里希·迪茨[2]（《罗曼语言语法》[Grammatik der romanischen Sprachen]，

---

1 雅各布·格林（Jakob Grimm, 1785—1863），德国语言学家、神话学家和法学家。他的弟弟是德国语言学家和民间文学研究者威廉·格林（Wilhelm Grimm, 1786—1859）。兄弟二人曾搜集、整理、加工完成《格林童话》，并因此为世人所熟知。
2 弗里德里希·迪茨（Friedrich Diez, 1794—1876），德国语言学家，在罗曼语言研究领域贡献卓著。

1836—1838）分别观察了日耳曼语言和罗曼语言演变中的主要现象。这使他们得以把整个历史语言学，尤其是词源学，建立在更为准确的科学基础上。在语音发展的主要事实被发现之前，词源学只是随意消遣而已。

不过，格林、迪茨和他们的第一代学生还不是现代意义上纯粹的语言学家。他们对语言的观察基于文学文本。这些人主要是编者和古代文本的注释者，从这些文本中搜集用于其语言学研究的素材。尽管极为熟悉语言演变的观念，他们却并不通过口头语言来研究。而他们判断语言现象的方式也留有传统方法的某些痕迹，往往更是逻辑和抽象的而非心理和现实的。

从那以后，这一点完全地改变了。这一变化源自多种多样的原因，我在此处只想列举其中几个。首先是自然科学中实证主义精神的影响。这种精神想把语言学变成一门精确的科学，偏向于这样的构想，即把语言视为口头语言，视为人的生理和心理机制及人脑与发音系统协作的产物。其次则是民主与社会主义的精神。这一精神挑战传统语言学中的文学性与贵族气，而对民众的语言感兴趣，并倾向于用社会学来解释语言现象。还有地区性的传统主义会起到对方言研究的喜爱、培育和推广的作用。另有欧洲列强的殖民帝国主义引发了对相对原始的、没有任何文献的民族语言的研究。从19世纪末开始，对原始事物的兴趣在欧洲极为盛行。这类研究极有意思，提供了前人知之甚少的素材和观察，其成果受到热烈欢迎。此外还有弱小民族的民族主义。这些民族想要培育民族传统，重视对民族语言的研究，并常能得到某个强大邻国的支持。对后者来说，这是一种不花多少钱就能取悦人的方式。最后，这也是一种直觉与审美上的印象主义，乐于将语言理解为个人的创造和人类灵魂的表达。以上所列当然是不完整和粗略的，却足以显示，导致语言学革命的诸多原因就其来源和目的是何等不同。但所有这些原因均反对传统方法中排他的、贵族的、文学的与逻辑的精神。大量素材被搜集和归类，包含整个地球的各门语言，比先前各时代的素材要丰富得多也准确得多。它们被用于比较研究和综合研究。此类研究极有意思，对心理学、民族学和社会学而言也十分宝贵。我们将仅简要分析对罗曼语言研究领域有显著影响的语言学新方法。

自19世纪下半叶起，开始有一些罗曼语言学家不再只把研究建立在文学文本基础上。我们首先要提及的是胡戈·舒哈特[1]（1842—1927），他也是精神最为活跃的现代语言学家之一。他的大量作品（利奥·斯皮策先生出版过一本他的作品选，Schuchardt-Brevier，1928年第二版）显示出语言中人的特质，展现了极为丰富的构想。他与那些想以这一时期的自然科学为范例，在语言学中确立一系列法则的倾向作斗争，从而形成了这些构想。威廉·迈尔－吕布克[2]（1861—1936）的巨作在其所依据的一般思想方面并不那么有价值，但他对19世纪罗曼语言学领域的著述做了总结并加以完善（我们可以列出他的《罗曼语言语法》

1　胡戈·舒哈特（Hugo Schuchardt），德国语言学家，尤以罗曼语言研究和巴斯克语研究闻名。
2　威廉·迈尔－吕布克（Wilhelm Meyer-Lübke），瑞士罗曼语言学家。

[*Grammaire des langues romanes*], 1890—1902, 和《罗曼语言词源词典》[*Dictionnaire étymologique des langues romanes*], 1935年第三版)。受到偏爱研究活语言特别是方言的一些流派影响, 吕布克写的东西远不像前人那么偏重文学。自从他最早的作品面世以来, 出现了为数众多的流派、方法和倾向。尽管许多杰出专家在著作中有意或无意的混杂使用, 使它们变得难以界定, 但我仍然相信能够在最近五十年的罗曼语言学中引出三大主要流派。

现代形式的系统化倾向在日内瓦学派的创始人索绪尔所著的《普通语言学教程》(*Cours de linguistique générale*, 1916年作者死后出版, 1931年第三版)中有所体现。索绪尔有意识地违抗潮流, 即他不接受现代历史语言学只强调动态视角的观点。他确立了一种与现代历史语言学并列, 甚至高于现代历史语言学的静态语言学, 描述一种语言在特定时刻的状态, 而不作历史方面的考虑。当然, 他在此类研究中不采用传统语法的审美与规范性的精神, 而代之以严格的现代实证主义科学精神, 即借助实验来确认事实并尽量将其纳入一个体系。此外, 他的方法论努力将语言学研究对象与所有按照其理论并非语言学的对象相区别, 如民族学、史前史、生理学、语文学等。对他而言, 语言学从属于"符号学", 即研究社会生活中符号的科学。即使是社会生活, 在他的理解里也颇为宏观和抽象。藉由定义明确的分类体系, 索绪尔成功地深化了有关语言运作机制的各种构想。其中有的分类对当今的研究极富意义。例如语言(社会事实, 所有个体蓄积的言语表象之总和, 言语活动的静态要素)与言语(体现个人意愿和才智的行为，其中个体以或多或少个人化的方式使用语言代码，这构成言语活动的动态要素）的区分，共时语言学（研究某一特定时刻语言的状态）与历时语言学（研究前后相继的各时期语言的演变）的区分等。索绪尔试图证明这两种语言学相互对立，其方法和原理也完全不同，以至于不可能把这两种视角纳入同一个研究中。

我要谈的另外两个流派则显然是动态的，只不过是以一种很不同的方式。卡尔·福斯勒[1]先生（1872年生）的所谓唯心（idéaliste）的学派受到一些德国哲学家和历史学家所表述的关于历史分期的观念影响，尤其受到克罗齐[2]先生（1866年生）美学思想的启发。这一学派在语言中看到人的不同个体形式的表达，而这些形式在各个历史时期持续地演变与发展。因此，用索绪尔的术语讲，福斯勒先生和他的追随者们研究的只是言语而并非语言。他们只考虑历史的视角，试着在语言演变的诸多事实中辨析出不同时期文明的证据。这批学问家的最特别之处在于，相较于物质文明，他们更感兴趣的是深层倾向，是由语言表达并向阐释者揭示的观念、图像及本性的整体形式。他们在语言现象中找寻个人、民族和时代中独特的天才。这就是我们讲文学史时还会谈到的"精神史"（Geistesgeschichte）语言学派别。这一派别影响巨大，甚至影响到它的许多反对者，但它在寻找准确的方法和清

---

[1] 卡尔·福斯勒（Karl Vossler, 1872—1949），德国文学史家和罗曼语语文学家。
[2] 贝内德托·克罗齐（Benedetto Croce, 1866—1952），意大利著名文艺批评家、历史学家、哲学家。

晰的术语时也遭遇了许多重大困难。

就实践方法的发展和成果之丰富而言，与方言研究相关的第三个流派最为重要。把方言现象记录在地图上的观念源自19世纪中叶：一位天才人物，儒勒·吉列龙（Rules Gillíeron，1854—1926），即《法国语言学地图》(*L'Atlas linguistique de la France*，与埃德蒙·埃德蒙[1]于1902至1912年合作撰写)的作者，发现了这一观念的全部价值并成为了语言地理学，或者说语言地层学（stratigraphie linguistique）的创始人。对方言现象的细微观察使人们得以贴近研究语言变化的运作机制，并从中引出宏观的观察。无论从纯语言学的视角还是从历史学与社会学的视角看，这些观察都极有意思。吉列龙有关语言的构想也完全是动态的。但他的构想受到生物学的启发，所关注的并非人的生命，而是语音、词语与形式的生命，并将后者视为强者与弱者间的战斗，其中有胜利者，有病人，也有死伤者。依靠他的这些方法，吉列龙和他的后继者们揭示出大量影响语言发展的心理学与社会学因素。例如，受过教育者的语言更接近官方语言和文学语言，因其声望而对方言产生影响。这些发现对改变有关19世纪下半叶流行的"语音法则"的过于狭窄和僵硬的构想具有很大作用，也使我们得以对语言事实有了丰富得多也真实得多的理解。此外，将对词语的地理学研究和对它们指称对象的研究相结合，即"词与物"（Wörter und Sachen），这也催生了对物质文明的富有成果的研

---

[1] 埃德蒙·埃德蒙（Edmond Edmont, 1849—1926），法国语言学家。

究，对农业史和工艺史亦尤为宝贵。总之，语言地理学作为宏观历史的辅助学科相当重要。方言常常保留了语言更早的，有时甚至是极古老形式的一些痕迹。因此，这些研究经过融会贯通，并由地名研究与考古发掘补充完善，能够为相关国家的殖民史研究打下基础，即民族怎样来此定居，在几个世纪间如何与原住居民共存并或多或少与之融合。日耳曼人入侵时期罗曼语言发展的物质史几乎是完全建立在语言地理学研究的基础之上的。下一章将对此加以概述。

突出当代罗曼语言学最重要的这三个学派，并不是说索绪尔、吉列龙和福斯勒先生就是上一代最伟大的语言学家，这样会对其他许多人不公平。我只需举出一个名字，即伟大的西班牙语历史学家梅嫩德斯·皮达尔[1]先生。至于当今一代的语言学家，许多人并不是完全归属这三个学派的其中一派。但是这三个学派确实提出了问题，而且为当代罗曼语言学方法提供了基础。

（在这匆匆写就的草稿中，我未曾谈及一场极有意思且在精神上与索绪尔一脉相承的现代运动，这便是由"布拉格语言学小组"几位俄罗斯语言学家阐述的音位学。据我所知，音位学尚未在罗曼语言研究领域产生重要反响。）

1　拉蒙·梅嫩德斯·皮达尔（Ramón Menéndez Pidal, 1869—1968），西班牙语文学家和历史学家。

C. 文学研究

I. 目录学和传记

文学史是一门现代学科。19世纪以前人们所了解并从事的文学研究有目录学、传记及文学批评。

作为文学学科必不可少的工具，目录学以最体系化的方式列出作者和作品的清单。这项工作在大图书馆里最容易做，那里汇集了大部分甚至是全部的材料。古代目录学正是在亚历山大港著名的图书馆里发展起来的。目录学的工作一直是文学领域的重要组成部分。一位作者的目录首先应包含一份可靠作品及其各种版本的清单，其次还要包含存疑的被归于该作者的作品，最后还要包含别人对该作者的研究。如果这一清单包含手稿，还应标出其收藏地点并详细描述其形式。就印刷书而言，应在完整题目旁边说明其出版地点和年份、版次（例如"修订第五版"）、校勘点评者或翻译者姓名、印刷商或出版社名称、卷数和每卷页数、格式等。有些目录还给出其他补充说明，因情形需要而异。较之古典时代的目录学，现代目录学的组织要广泛和多样得多。各大图书馆（伦敦的大英博物馆，巴黎的国家图书馆，德国的一些图书馆，华盛顿的国会图书馆等）的印刷书目可作为普遍目录。在此之外还有专门目录，针对每一学科和分支、所有主要国别文学、各类期刊、诸多著名作家（但丁、莎士比亚、伏尔泰、歌德等）等。英、法、德、美等国书商或国家性的组织还会出版每日、每周、每月及每年的本国出版物清单。学术期刊会列出相关领域最新出版物的目录,并常常附上简短的介绍。大多数学科都有一本或几本专门做目录或书刊介绍的期刊。

传记关注著名作家的生平,或者更确切地说是宏观意义上著名人物的生平。传记亦是古希腊人自公元前 5 世纪发展起来的。在公元前 3 世纪的希腊化时期,人们就有方法地收集和编写有关诗人和作家生平的资料。从一本条分缕析的传记汇编出发,是可以发展出一部真正的文学史的。但古典文明似乎并未产生过这样的文学史,而只产生了词典和传记汇总,正如当今时代人们也在做的一样。传记当然还包含了目录学的信息,至少在绝大多数的情形下。仅仅谈论作者生平而不提及其作品、出版日期和出版方式是不太可能的。只要它局限于对作者外在生平诸概念的汇总和分类,传记就如目录学一样,更多地是一门边缘学科。传记和目录学要求从事相关研究的学者具备这一博学的工作所需的全部技术性准备,却又不允许学者凸显其自身可能具有的想法和创造力。

II. 审美批评

审美批评(la critique esthétique)则完全不同,就其本身而言是批评者个人化和创造性的作品。在古典时代、中世纪乃至文艺复兴时期,这是人们所了解和实践的审视文学作品的唯一方式

（但"审美"［esthétique］[1]一词只是在18世纪才创造出来的）。除早先的一些开端外，严格意义上的文学史是现代的产物。而现代也绝未放弃审美批评。当然，现代审美批评整体上与传统审美批评完全不是一回事，并受到文学史的影响，包括历史的、相对主义的和主观的种种考虑。传统审美批评是教条的、绝对的和客观的，从希腊罗马古典时代（antiquité gréco-romaine）一直统治到18世纪末。它考虑的是某一门类的一件艺术作品，如悲剧、喜剧、史诗或抒情诗，应采取何种形式才能有绝对的美。它倾向于为每种艺术门类确立不变的范例，并以靠近这一范例的程度来评判作品。它试着为诗歌和散文艺术（诗学、修辞学）给出概念和规则，并将文学技法视为一个范例模仿——这范例或是具体的，如果有某个或某组（如"古典时代的作品"）被视为完美的作品；——或是想象的，如果柏拉图式批评家要求模仿作为神灵之特性的美的观念。然而不应认为古代审美不了解或不欣赏灵感和诗歌天才。这完美的范例恰恰在有灵感的诗人之魂中实现，以使其作品臻于绝对的美。诚然，在理性主义盛行的时代，这种审美有时想过要把诗歌简化为人们能够且应当学习的一套规则，但模仿一个绝对美的范例的观念处处都占据统治地位。无论是古典时代的理论家，还是中世纪、文艺复兴乃至17世纪的理论家都秉持这种观念。尽管趣味大相径庭，这些不同时期的理论家们在根本观

---

1 对应德文的 Ästhetik 和英文的 Aesthetics。该词于18世纪由德国哲学家鲍姆加登（Alexander Gottlieb Baumgarten, 1714—1762）首先使用，中文依语境译为"美学"或"审美"。

点上是一致的，即只存在一种绝对的美，且大家都试图在不同诗体中建立所应达到的这种绝对的美的法则或规则。因此，传统审美批评整体上是一种诗体的审美。它把诗歌按体裁区分，并为每种体裁定下适合的风格。古典时代的诗体划分对我们仍有重要意义，它在中世纪曾一度模糊，而后在文艺复兴时期重新受到重视。这一划分大体上为人们所熟知，包括剧体诗（悲剧、喜剧）、史诗、抒情诗等，其中每一体裁可以再细分成几部分。艺术散文亦可以按体裁细分：历史、哲学论文、政治演讲、司法演讲、故事等。人们试着为其中每一种体裁定下规则及理想形式，并赋予其较高雅或低俗的语言风格。例如，悲剧、伟大史诗、历史及政治演讲等属于崇高的风格；通俗喜剧、讽刺文学等则属于低俗的风格。两者之间还有"中间"风格，包括田园诗和爱情诗，其中的伟大情感应当是被一定量的快活、亲昵和现实的元素中和了。

我在这里勾画的只不过是一幅很简略粗糙的图景而已。传统审美批评是一套庞大的体系，充满了精细的洞察，历经多个世纪而慢慢完善。在古典时代和文艺复兴时期，传统审美批评创造了欧洲最为根本性的审美观念。即使在其绝对统治结束后，这些观念依然构成了其替代者的基础。如果对此略加思考，就会认识到，先前说过的传统语言学和此处谈及的传统审美批评之间存在某种相似性，后者亦是教条的、贵族的和静态的。说它是教条的，是在于它确立了一些固定的规则，而艺术作品即应按照这些规则来制作和评判；说它是贵族的，不仅因为它制定了一套体裁和风格的等级，也因为它在试着强加一种不变的美之范例时，必然会把每种不符合该范例的文学现象视为是丑陋的。由此，17世纪乃至18世纪的法国人作为传统形式文学批评的最晚近也是最极端的代表，便是把英国戏剧特别是莎士比亚的戏剧评判为丑陋的、毫无趣味的及野蛮的；最后，传统审美批评还是静态的，即反历史的，因为刚才所述的有关同时代外国作品（莎士比亚）的评价也适用于过去的文学现象，特别是起源时期的和所谓"原始"的现象。一位17或18世纪的法国人会轻视旧时的法国诗歌，视其为野蛮的和丑陋的，因为没有依照他自己想象的美之范例。这个范例被他看作是绝对的，但事实上只不过是他自己的国家和其时代上流社会的理想而已。

自18世纪末开始，传统审美批评走向坍塌。对它酝酿已久的反叛首先在德国爆发，很快波及其他欧洲国家，包括曾经长期是保守与教条趣味之堡垒的法国。正如反对传统语法学的斗争一样，这一革命的原因是多种多样的。先是有一批德国年轻诗人反对法国古典主义实施的对趣味的压制，这一反对不断扩展，便形成了欧洲浪漫主义。然而，浪漫主义所感兴趣的是民间的与古代的，尤其是起源时期的艺术与文学。于是它在批评中引入历史意识，亦即不再承认一种唯一的美，即一种独特且不变的理想准则，而是认识到，每种文明和每个时期都有特定的美的观念，评价每种观念要按照其自身的尺度，理解艺术作品也要联系其所源自的文明。莎士比亚和拉辛有不同的美，但并非有高下之分。从艺术领域借用几个例子来说，即一尊希腊雕塑的美并不排斥一尊印度佛像的美，而雅典卫城建筑的美也不排斥一座哥特式主教座堂或一座由希南[1]建造的清真寺的美。的确，在19世纪期间，人们有关东方艺术作品、欧洲中世纪及其他多少有些"原始"的文明的了解有了极大的增长。旅行的便捷、研究成果的普及以及复制技术的发展激发了人们对新鲜事物的趣味，而社会主义与地方主义也滋养了带有自发性且摆脱了规则羁绊的民间艺术。对精英而言，占据统治地位的不再是各类范例的权威，而是极强的个人特色。生活的新形式催生了一大批新的体裁，有时会以令人颇为惊讶的方式改造旧有体裁。面对着新生事物和更加开阔的眼界，传统审美批评已明显力不从心。毫无疑问，历史意识使人们得以理解和欣赏外国艺术品及过去的建筑物之美，是人类精神的宝贵成果。另一方面，审美批评因为这一发展而失去了一切确定的规则和一切既有的被广泛承认的评价尺度。审美批评变得不守秩序，比以往任何时候都屈从于时尚，而且从根本上对赞许或批判举不出任何理由，除非是按照当下的趣味或批评家的个人直觉。可这就把我们引至现代审美批评了。谈论现代审美批评，就一定要介绍19世纪产生的新的处理文学作品的形式，即文学史。这是我们下一段要谈到的。

---

1 米马尔·希南（土耳其语为"Mimar Sinan"，意为"建筑师希南"，约1488/1490—1588）是奥斯曼帝国苏丹苏莱曼一世、塞利姆二世及穆拉德三世的首席建筑师及工程师，著名作品包括土耳其埃迪尔内的塞利米耶清真寺和伊斯坦布尔的苏莱曼尼耶清真寺。

III. 文学史

可以看到，自16世纪起，在学问家中日益增长了一种对本国文明史的兴趣，这使他们开始搜集文学史的材料。这在法国可初见端倪，如帕基耶[1]与福谢[2]的研究。18世纪时，人们运用一些方法继续开展这些研究。圣莫尔修道会（congrégation de Saint-Maur）的本笃会士们开始编订篇幅巨大的《法兰西文学史》（19世纪的人们则用更为现代的方法继续这项工作），而意大利的耶稣会学者迪拉博斯基[3]亦在撰写同样是鸿篇巨制的《意大利文学史》。这两部令人仰慕的著作更多地将他们的国家视为某种地理单位而不是民族单位，因此其大纲中包含了民族文学语言形成之前写于其国境内的拉丁文学的历史。从我们的视角看，这两部书，还有另外几部类似的书，与其说是严格意义上的历史，不如说是汇编和文集。对我们而言，历史是重构各种现象之发展及其主导思想的一种尝试。我们希望文学史家能够解释某种文学现象何以产生：或通过之前的影响，或通过该现象所出自的社会、历史和政治情境，或通过作者的独特天赋。所有这些在刚才提及的文集中都并不完全是缺失的。声称它们完全缺失将是错误的，尤其对迪拉博斯基而言。但它们所缺乏的是对不同文明和不同时代多样性的理

---

1 艾蒂安·帕基耶（Étienne Pasquier, 1529—1615），法国著名大法官和历史学家，此处提及的是他的代表作《法兰西的追寻》（*Les Recherches de la France*）。

2 克劳德·福谢（Claude Fauchet, 1530—1602），法国国王亨利四世的官方史学家，曾搜集整理大量编年史及作家作品。

3 吉罗拉莫·迪拉博斯基（Girolamo Tiraboschi, 1731—1794），意大利文学史家。

解，是历史意识，是用于确立各发展阶段的更为准确的方法。被遗漏的还有各个时代的特性，以及充斥于每个时代且在每位作家身上都能感受到的气氛。

在现代意义上书写历史则始自19世纪初。这不是渊博的材料堆砌，也不是审美批评，即以假定为绝对的理想作为尺度来评价各种现象与各个时代，而是要试图理解每种现象和每个时代的独特个性，并同时确立它们之间的关系，理解某个时代如何从前一时代的基础发展而来，个人又如何通过其时代及其特有环境的交汇影响来塑造自我。这种书写历史的方式当然不限于文学史，我们已经谈到过设想语言历史的新方式，人们也开始以同样的方式书写政治经济史、法律史、艺术史、哲学史、宗教史等等。

然而，在这样的基础上书写文学史的任务可以用许多不同方式去设想和实践，而19世纪和20世纪也确实显示出，从事该工作的学者有着极为不同的倾向。要想描述全部这些倾向将是一项很长很复杂的研究，特别是它们之间曾持续相互影响。尽管有些粗略，我们仍可以将其分为两大流派：

1）德国的浪漫主义或历史学派是整场运动的缘起，对整个欧洲产生了巨大影响。这一流派将人类精神活动，特别是诗歌与艺术，视为"民族精神"（Volksgeist）的一种近乎神秘的流露。因此，它首先对民间诗歌和起源时期格外感兴趣，倾向于把历史神圣化，并在历史进程中看到模糊且神秘的"动力"的缓慢演变，这些"动力"在每个时代和每一伟大个人中的显现即构成了神的无数面目中某一面的完美启示，而历史学家的任务便在于发现并充分凸显每一种"动力"的特质。这一流派的学者所关注的是个人化的现象。尽管其所有研究都笼罩着一层形而上和神秘的意味,他们仍完成了大量属于严谨的语文学的工作,首先是在中世纪领域,其次是在现代各个不同的民族文学范围内。运动的开端要追溯到赫尔德和歌德的青年时代即 1770 年前后,其高潮则是在 19 世纪初(施莱格尔兄弟[1]、乌兰德[2]、格林兄弟等;法国有历史学家米什莱[3];意大利有弗朗切斯科·德·桑克蒂斯[4])。受到黑格尔(1831 年逝世)哲学体系的影响及某些修正,浪漫主义和形而上的倾向在 19 世纪下半叶或多或少被实证主义倾向压抑了。后者我下面还会谈到。可是,自 1900 年起,还是在德国,这一倾向经过更新之后再次出现,吸收了与其对立的实证主义的方法,但完整保留了其有关历史动力的综合且近乎形而上的构想。这一转

---

[1] 施莱格尔兄弟指的是奥古斯特·威廉·冯·施莱格尔(August Wilhelm von Schlegel, 1767—1845)和弗里德里希·冯·施莱格尔(Friedrich von Schlegel, 1772—1829)。两人都是著名的文艺批评家,德国浪漫主义的倡导者和奠基人,主编的刊物《雅典娜神殿》(*Athenaeum*)在当时产生了广泛影响。弗里德里希·冯·施莱格尔还著有《印度人的语言和智慧》(*Über die Sprache und Weisheit der Indier*),是德国梵文研究和比较语言学的创始人。

[2] 乌兰德(Johann Ludwig Uhland, 1787—1862),德国诗人、语言学家和文学史家。

[3] 儒勒·米什莱(Jules Michelet, 1798—1874),法国著名历史学家,凭借其影响深远的巨著——十七卷本《法国史》名垂青史,此外还著有《罗马史》《法国革命史》等历史著作,以及一些自然科学著作。

[4] 弗朗切斯科·德·桑克蒂斯(Francesco de Sanctis, 1817—1883),著名意大利文学史家,代表作为《意大利文学史》(*Storia della letteratura italiana*)。

向是由多种思潮造成的，其中我想强调两位思想家威廉·狄尔泰[1]（1833—1911）和贝内德托·克罗齐[2]以及一位诗人即斯特凡·格奥尔格[3]（1868—1933）的影响。在德国，接续浪漫主义传统的是一种名为"精神史"的倾向，其在文学史方面最有名的代表人物是弗里德里希·贡多尔夫[4]（1880—1931）。

2）实证主义流派与奥古斯特·孔德（Auguste Comte）的著作联系在一起，排斥历史构想中的任何神秘主义，并想要尽可能地让历史和文学研究的方法接近自然科学方法。比起对个人化的历史形式的了解，这一流派更关注的是支配历史的法则。在文学史方面（对于宏观历史亦然），它的第一个代表人物是伊波利特·丹纳[5]（1828—1893）。为准确解释历史与文学现象，实证主义倾向于求助两门公认严谨的学科：心理学和社会学。这两门学科受到19世纪法国实证主义的喜爱和精心培育，而它们在上个世

---

[1] 威廉·狄尔泰（Wilhelm Dilthey），德国哲学家、历史学家、心理学家、社会学家，主张建立一种有别于自然科学且强调主观性的"精神科学"（Geisteswissenschaften）。

[2] 贝内德托·克罗齐提出了"精神哲学"（filosofia dello spirito）这一概念。

[3] 斯特凡·格奥尔格（Stefan George），德国诗人、翻译家，深受法国象征主义影响，主张"为艺术而艺术"，团结在他周围的文人被称为"格奥尔格派"（George-Kreis）。

[4] 弗里德里希·贡多尔夫（Friedrich Gundolf, 1880—1913），德国文学学者和诗人，曾追随斯特凡·格奥尔格。

[5] 伊波利特·丹纳（Hippolyte Taine），法国文艺理论家和史学家，重要著作包括《艺术哲学》（Philosophie de l'art），《英国文学史》（Histoire de la littérature anglaise），多卷本《现代法兰西渊源》（Les Origines de la France contemporaine）等。

纪所取得的巨大发展也有目共睹。实证主义学者常做的对文学现象的心理学（近来又有精神分析学）解释与浪漫主义者的唯灵论形成近乎强烈的反差。他们的分析精神和对人的偏生物学的构想令许多人感到震惊。那些人将人类灵魂视为综合的、不可分析的和自由的，认为灵魂深处是严谨的研究所难以企及的。社会学的解释亦是如此：浪漫主义者用以解释一些现象的精神动机被排除或被贬为次要的，取而代之的是经济要素。例如不把十字军东征解释为宗教热情的冲动，而是解释为某些有势力的封建领主或资本家群体要向东方扩张以获取利益。对历史的社会学解释自然受到社会主义运动的热烈欢迎，尽管有这样的矛盾，即社会主义观念之现代根源并非实证主义而是对黑格尔体系的某种唯物主义阐释，丹纳本人作为历史研究中实证主义的推广者，其政治观念却是较为保守的。实证主义对历史研究和文学的贡献极为重要和宝贵，使我们学会，在解释人的行动和工作时要脚踏实地，以及尽管物质要素并不总能完全解释文学现象，但对其不加考虑却是荒谬的。此外，实证主义所找到的方法使我们可以更严谨地把文学现象置于时代框架中，更准确地建立这些现象与同时代其他活动的联系，且运用现代科学如遗传学所能提供的知识来完善作家的传记。由此，第一种流派，即精神史流派的多数学者一方面在对历史的唯灵论理解上坚持浪漫主义传统，另一方面在其研究框架内都接受了实证主义的方法和结论。总体上，绝大多数现代学者均以不同方式结合了这两种思潮，使得当今欧美的文学史研究呈现出极为丰富和多样的面貌。

第一部分　语文学及其不同形式

即使是对 19 世纪而言，要把每位重要的学问家归入两种流派之一也有很大困难。有些人自 19 世纪下半叶起就有意识地想要结合这两种方法，如德国的威廉·舍雷尔[1]，还有为数众多的人纯粹只是积累渊博的知识，并没有考虑这些整体构想，而且他们恰恰已不自觉地被影响了，甚至没有意识到自己不可避免地必须使用的一般术语从何而来以及其具体意涵为何。除去上述这些人，有几位极为杰出的学者开创了一条属于自己的道路，且他们只受到过这两种流派极为表面化的影响。以瑞士历史学家雅各布·布克哈特[2]（1818—1897）为例，他写过《意大利文艺复兴时期的文化》、《世界史观》及另外几部重要著作，大概是那个时代最具洞察力也最有包容性的学者。他的一生优裕而平静，几乎全部在他教了四十多年书的家乡巴塞尔度过，却预见了欧洲正在酝酿中的所有灾难。他既未接受浪漫主义者的神秘主义和理想主义的观念，又未接受黑格尔的哲学，也未接受实证主义者的心理学和社会学方法。他的学识极为广博，涵盖宏观历史及古典和文艺复兴时代的文学艺术史，并拥有准确而丰富的组合与想象能力，以及清晰的判断。这一切使他写的书具有强大而严谨的综合性。他自己把这种综合性命名为"文化史"（Kulturgeschichte）。布克哈特提出的"文化史"与"精神史"的区别在于，其整体构想极为灵活，

1　威廉·舍雷尔（Wilhelm Scherer, 1841—1886），德国语文学家和文学史家，代表作为《德意志文学史》（*Geschichte der deutschen Literatur*）。
2　雅各布·布克哈特（Jacob Christoph Burckhardt），瑞士文化史家，以《意大利文艺复兴时期的文化》（*Die Kultur der Renaissance in Italien*）闻名于世。

并不包含任何历史哲学的体系或历史的神秘主义。它也区别于实证主义方法，因为布克哈特不需要心理学或社会学方法。对他而言，对事实的广泛和准确的了解，辅以不带偏见的直觉判断，这便已足够。他在方法和精神上找到了一位可以与之相比的继承人，这便是尼德兰学者赫伊津哈[1]，他曾写过一本后来很有名的有关中世纪之衰落的书（1919 年尼德兰第一版）。

我刚才所勾勒的是根据其方法和主导思想来对文学史做的一种分类，还可以根据文学史所完成和提出的任务来分类，这也并不容易，因为此类任务是极为多样的。人们撰写包括世界文学史、各国文学史（英国、法国、意大利等）、不同时代如 18 世纪整个欧洲或某个国家的文学史等。人们还撰写关于某重要人物的专题著作，如但丁、莎士比亚、拉辛、歌德等。这些专著与一般传记的不同之处在于，它们不只是给出相关人物生平表面上的事实，而是试图令人理解其作品的缘起、发展、结构与精神。这些专著通常旨在提供比标题所述更多的内容，比如有许多关于但丁和莎士比亚的专著想要还原主人公所生活的整个时代。之后要提及的是文学体裁史，如悲剧和小说的历史等。它们一般而言会专攻一个国家和一个时代。批评也可以算作一种文学体裁，有多部著作专门讲审美批评史。尽管一部文学史的宏观历史据我所知尚未出现，不少准备性的研究业已发表，而事实上，至少已经有一

---

[1] 约翰·赫伊津哈（Johan Huizinga, 1872—1945），尼德兰语言学家和文化史学家，著有《中世纪的衰落》（*Herfsttij der Middeleeuwen*）。

第一部分　语文学及其不同形式

本关于宏观史学史的重要著作[1]（由克罗齐先生撰写）。在文学体裁史之外，还要提及文学形式史，即格律、散文技法、各种抒情形式（颂歌、十四行诗）等。最后还不能忘记比较文学史，其对象是不同时代、流派和作者间的比较（例如，法国浪漫主义和德国浪漫主义）。能够为重要的文学史著作提供主题的内容大概就是这些，但如果你翻阅众多杂志中的某一种，你还会发现颇多其他的东西。你首先会在其中发现许多未曾发表的文本，包括信件、残篇、草稿等，源自各个图书馆和档案馆，还有作者的亲朋好友及继承人。这更多地属于文本校勘范畴，我们在第一章中已经谈过。其次，你还会找到许多有关来源问题的论文，比如歌德是在哪里找到的浮士德主题？莎士比亚又是在哪里找到的哈姆雷特？但丁是依据什么为恺撒画上掠食鸟的双眼？又是依据什么把荷马画成手持利剑的人？人们根据作者了解和使用的可能性，来寻找、比较和判断各种不同的来源。与之相关的则是影响问题。卢梭对席勒青年时代的作品有怎样的影响？阿拉伯爱情诗又如何得以影响12世纪普罗旺斯诗人的骑士爱情理想？"来源"（sources）与"影响"（influences）为学者提供了无穷无尽的内容。差不多同类型的"主题"（motifs）问题亦是如此，如吝啬鬼的主题是被盗取的隐秘宝藏，无辜女人的主题是受诽谤而被丈夫嫉恨杀害，还有无数的主题是关于女人耍花招欺骗丈夫。所有这些主题从何而来，

---

[1] 此处指克罗齐的《历史学的理论和实际》（*Teoria e storia della storiografia*）一书。

何时第一次出现,又怎样从一国来到另一国呢?它们的不同版本有怎样的变异,又如何相互影响?你在期刊中还会找到一种类型的论文,确切说是审美类型的。它们谈论作者的技法,如撰写作品的方式、描写人物和描画风景的技法、语言风格、对隐喻和对照的使用、诗体及散文韵律等。此类研究可针对某位作家,或可与他人比较,也可针对整个时代。另外的一些论文研究某类对一位作家或一个时代而言格外值得关心的深层问题,例如蒙田的宗教思想、18世纪的异域风情,以及语言风格特点(如拉伯雷作品中新词的构造),因其可能会深刻影响对该作家的理解。为数众多的论文会探讨一些生平细节,如两个人之间的关系,当然前提是这种关系对于作品溯源是有意义的,好几位学问家就曾研究歌德在韦茨拉尔(Wetzlar)的生活,他在那里认识的一些人成为其笔下维特(Werther)形象的原型。有一批题目关于社会学与文学之关系及其相关问题,在当下颇为流行;近年来讨论特别热烈的是公众问题,即某部作品所指向和针对的人群。最后,正如我在谈论目录学时说过的,有的期刊专门或部分刊登书评,对各类出版物进行评判和讨论。有的书评只谈新近出版的一本书,有的则概述某一领域几年间的研究和成果,比如涵盖近来所有关于莎士比亚或浪漫主义的著作。

不言而喻,文学史在其研究中常会使用语言学概念。在有关某作者或某时代风格的调研中,这些概念都有其必要。语言学问题对于讨论作者身份存疑的作品的可靠性就尤为重要。在缺乏文献证据时,这类讨论常会由语言学方面的考虑来决定,比如存疑

第一部分　语文学及其不同形式

之作的词汇、句法及风格是否多少与该作家真正的作品有相似之处呢？但语言学在文学史中的重要性不只限于此类问题。文学作品是用人类语言写成的；最近一段时间里，这种想要尽量接近人类语言并把握其本质的意愿，为以语言学为基础的文学文本分析注入了新的生机。现今人们做文本分析或文本解释，不仅仅是要理解其具体内容，而且是要把握其心理学、社会学、历史学的特别是审美的要领。而文本解释居于文学史和语言学之间，其现代发展在我看来亦极为重要，因此我将辟出专门一节论述。

D. 文本解释

文本解释自语文学诞生之日起即已出现（见第15页［书中提及页码均为原书页码，即本书边码］）。面对难以理解的文本时，有必要努力将其弄清楚，理解之困难可能有好几类。难点可以是纯语言的，如某种陌生的或不再使用的语言，某种特别的风格，使用了新的含义的词，过时的、随意的或非自然的结构等等；难点也可以是文本内容上的，比如包含一些人们不再理解的暗示，或者是一些难以把握的需要特殊知识才能理解的思想；作者还可能将文本真实含义隐于欺骗性的外表下，尤其是（但不全是）宗教文学。不同宗教的神圣经卷，以及关于神秘主义与礼拜仪式的论著，几乎全部包含或被认为包含某种隐秘含义。而要力图把握这一隐秘含义，就需要对其讽喻或象征加以解释。

文本解释自古典时代即有，在中世纪和文艺复兴时期变得格外重要。当它是整部作品的系统解释时，又被称为"评释"（commentaire）。中世纪的很大一部分学术活动即以评释的形式开展。如果你翻开中世纪的基督教经卷和亚里士多德乃至某位诗人的手稿或古版印刷书，你往往会发现，每一页的文本只有寥寥数行大字，被页面上下左右的大量评释所环绕。这些评释或为手写体或为印刷体，一般而言是小字。还有很多手稿和书籍只包含评释而没有文本，或者是把文本的句子作为段落标题相继插入评释。评释可以包含各类内容：对疑难字眼的解释；作者思想之概要或释义；对意思类似的其他段落的参照；对曾谈及同一问题或使用相似风格表达的其他作者的引用；思想详述，其中评释者一边解释作者观念一边加入自身观念；对隐秘含义的阐述，倘若文本为象征性或被认为是象征性。自文艺复兴以来，寓言式的评释逐渐被废弃，表达评释者自身观念的思想详述也消失不见。此后的学者偏爱通过其他形式表达自己的观念。评释变得更明显地属于语文学，直至今日依然如此。一位西塞罗书信或但丁《神曲》的现代评释者会首先对某个词或某个句法结构的所在段落作语言上的解释。他会讨论内容存疑的段落（见 A 部分），会对文本中提及的人和事加以准确说明，并试图增进对作品所包含的哲学、政治、宗教观念及审美形式之理解。当然，现代评释者也会借鉴前人在该项工作中的成果，并在文本中时常加以引用。

然而正如我刚刚在上一段末尾所讲的，一段时间以来，文本解释运用了其他方法，以追求其他目的。至于方法的来源，依我看应当到学校的教学实践中去找。在各个地方，尤其是在法国，学生被要求分析上课所读的一些作家作品选段，很少是整部作品，而是一些诗篇或精选段落。这种分析首先有助于对语法的理解，其次有助于对诗法及散文韵律的研究。而后，学生便能理解并用自己的话表述该段落所包含的思想、情感和事件的结构。最终，学生便被引导着发现文本中对作者及其时代而言格外有特点之处，或是内容上的，或是形式上的。有些聪明的教师甚至能做到让学生理解内容与形式的统一，即在大作家笔下，内容何以必然产生与之相适应的形式，而对语言形式稍加改动便常常会破坏整个内容。这种方法的好处在于，以学生对文学作品中趣味与美感的自觉发现来替代依靠教材与教师授课的纯被动学习。然而，几位现代语文学家（在罗曼语语文学家中尤其要提到利奥·斯皮策先生）极大地发展和丰富了这种方法，使之超越了学校的实践。这一方法被运用于对作品的直接与基本的理解，不再只是学校中观察与确认已有知识的方法，而是一种推进研究及新发现的工具。现代思想的多个流派曾对该学科的发展做出过贡献：克罗齐的"作为表达的科学和普通语言学"的美学；胡塞尔（1859—1938）的"现象学"哲学，其方法是从个别现象的描述出发达到对本质的洞察；上一代最知名的学者之一沃尔夫林[1]（1864—1945）所给出的艺术史分析范例；此外还有许多其他流派。文学解释最好是应用

1　海因里希·沃尔夫林（Heinrich Wölfflin），瑞士美术史家，代表作为《文艺复兴与巴洛克》（*Renaissance und Barock*）、《古典艺术》（*Die Klassische Kunst*）和《美术史的基本概念》（*Kunstgeschichtliche Grundbegriffe*），对后世艺术史研究影响深远。

于篇幅有限的文本，从可以说是微观的分析开始，分析该文本的语言与艺术形式、内容所包含的主题，以及文本的创作。这一分析要用到目前所有的语义学、句法学和心理学方法，但在此过程中，必须要撇开我们先前拥有或者自以为拥有的一切有关该文本和作者的知识，包括作者的传记、有关他的评判和意见以及他可能受到过的影响等。要只看文本本身，带着强烈而持久的专注来观察文本，以至于任何语言和内容的演进都无所遁形。这样做远比那些从未实践过该方法的人所想象的难得多。认真看，认真辨别既有的观察，确立其相互关系并将其统一于有条理的整体，这几乎是一门艺术，而其自然发展还受到我们在脑中累积的并带入研究中的成形观念之束缚。

文本解释的全部价值即在于此：要带着新鲜、自发且持久的注意力去阅读，并小心地避免过早归类。只有当该文本在所有细节和整体上都已完全被重构，我们才应着手进行比较并做历史的、传记的及宏观的评述。在这方面，该方法明确反对有些学者的做法，即分析大量文本以便从中找寻某个令其感兴趣的特点，如"16世纪法国抒情诗中的隐喻"或"薄伽丘故事中丈夫被欺骗之主题"。通过对精选文本的认真分析，我们几乎总能得到有意思的结果，有时还会得到全新的发现。而这些结果与发现几乎总是会具有某种可以超越文本本身的普遍意义，并且提供关于作家、时代、某种思想之发展以及艺术与生活形式的信息。诚然，如果这任务的第一部分即对文本本身的分析已极为困难的话，那么第二部分，即把文本置于历史发展进程中并且公允地评价既有的观察，就难上加难。一位初学者可以被训练做文本分析，学习阅读并培养观察能力。这甚至会令他感到愉悦，因为该方法使其能在学习之初就充分开展自觉的和个人化的活动，之后再到教材中费力地积攒大量理论知识。可是一旦要对文本和与之相关的既有观察进行定位和评价且不出太多差错，就显然需要极为渊博的学识和极其罕见的嗅觉。由于文本解释常常会得出新结果和新的提出问题的方式，并且正因此而格外珍贵，语文学家想要把握并突出其观察之意义时，在先前的成果中就只能找到很少的支持。他不得不对文本做一系列新的分析，以确认其观察的历史价值。如果他只是从单一文本出发，那么其观点之错误便几乎不可避免且会十分频繁地出现。

尽管其方法有着明显的限定范围，文本解释还是能够用于多种多样的目的，因其所选文本类型而异，也因人们如何关注对文本的不同观察而异。文本解释可以只针对文本的艺术价值及作者的特别心理。它可以是意在深化我们关于某个文学时代的知识，也可以把对某一特别问题（语义、句法、审美或社会学等）的研究作为最终目的。在后者当中，文本解释区别于传统方法之处在于，它并不会一开始就把感兴趣的现象从其周边环境中孤立出来，这使得太多的传统研究显得像某种机械、粗俗且毫无生气的汇总，而是会考虑这些现象所处的真实环境，只是一点一点将其抽离出来，却并不破坏其特有面貌。在我看来，从整体上看，文本分析是当今使用的文学调研方法中最为健全也最为多产的方法，从教学角度和对学术研究来说都是如此。

第二部分

罗曼语言的起源

A. 罗马与罗马的殖民

罗马是一座由拉丁人建立的城市。拉丁人是一个印欧（indogermanique）[1]部族，在印欧人大迁徙时进入了意大利。在几个世纪的发展过程中，罗马城实现了对亚平宁半岛所有民族的统治。不同群体的印欧人纷纷来此定居，并融入本地的前印欧

---

[1] "印欧"（Indogermanique）直译为"印度-日耳曼"。奥尔巴赫是德国学者，"印度-日耳曼部族"和"印度-日耳曼语系"是当时德国学术界的习惯用法。在本书中，奥尔巴赫所用的"印度-日耳曼"均按《不列颠百科全书》的词条 Indo-European 和中文学界的通行用法译为"印欧"，如"印欧部族""印欧语系"，等等。

人中，使人口变得极为混杂。除了那些与拉丁人相对较有亲缘关系者（即奥斯肯-翁布里亚[osco-ombrien]语支的古意大利人[Italiques]），南方还有一些希腊人的殖民地；属于前印欧民族的伊特鲁里亚人（Étrusques）分布于好几个地区，特别是今日的托斯卡纳（Toscane）一带；而在亚平宁半岛北部的波河（Pô）河谷中，还有凯尔特人或高卢人。这样一幅甚为粗疏的示意图有助于让我们理解一点，即罗马对所有这些民族的征服及相互间的融合持续了很长时间，且这一进程从一开始就得益于罗马在战略和商业上的优越位置。公元前3世纪上半叶，罗马业已控制整个意大利，只有波河河谷除外，那里的高卢人仍然保持独立。作为地中海西部的一股强大力量，罗马成为了迦太基的劲敌。迦太基地处非洲海岸，是一座富庶的商业城市，由腓尼基人建立。两座城市间的斗争持续了六十年之久。到公元前200年前后，罗马取得了胜利，成为地中海西部无可争议的领导者。西西里岛、撒丁岛、科西嘉岛、西班牙的一大部分，都落入罗马之手，波河河谷也一步步被罗马掌控。在此后的两个世纪里，罗马进入西班牙的剩余部分和当时称为外高卢（Gaule transalpine）的法国南部，而后在公元前50年前后，又进入法国中部和北部。面对各个地方在民族和政治方面纷繁复杂的情形，罗马人得以一步步团结不同民族，实现相互间的融合。在同一时期，也就是在与迦太基的战争之后的两个世纪中，受到政治情势的驱使，罗马人也将目光投向地中海东部。亚历山大大帝及其继承者所建立的秩序在缓慢地崩解，罗马人便因此得以控制当时被人们称为"整个世界"

第二部分　罗曼语言的起源

(*orbis terrarum*)的地域,即人们已知的世界。罗马对地中海西部的征服不仅带来了政治控制,也带来了文化和语言的控制。可是,在古典时代最丰富也最美丽的希腊文明的熏染下,地中海东部尽管服从罗马的行政管辖,文化上却并不受其影响,依然固守希腊文化,甚至对罗马征服者自身的文明产生了深刻影响。从那时起,罗马帝国就有了两种官方语言,拉丁文和希腊文,而帝国也成为希腊文化的继承者和捍卫者。即使在拉丁文中,科学、文学和教育也在效仿希腊。这是罗马人生活中的一个深刻变化。在此之前,罗马人是农民、军人和行政管理者。这也恰与罗马政治组织中的一个根本变化相呼应。罗马曾是一座城市,一个"城邦"(cité),实行寡头政治,与古典时代几乎所有的独立城邦一样。对于一个如此庞大的行政体系而言,寡头政治的架构逐渐不再适用。通过一个世纪内(前133—前31)几乎从未间断的一系列变革,罗马变身为君主政体,而城邦在组织上也变成了名副其实的帝国。作为君主国的罗马继续开疆辟土,罗马皇帝们征服了日耳曼尼亚(Germanie)、阿尔卑斯山一带、大不列颠,还有多瑙河下游流域的大片领土。但是总体而言,皇帝们的政策更倾向于罗马势力的稳定而非扩张。自公元2世纪末开始,这项工作变得愈发困难。从这时起,帝国便明显处于守势。由于一些早已讨论过的原因,帝国的资源在耗尽,而来自外部的压力也在不断增大,特别是北面的日耳曼人和东面的帕提亚人(Parthes)所造成的。然而,罗马进行了漫长而艰苦的斗争。在3世纪的诸多灾难之后,戴克里先(Dioclétien)和首位基督徒皇帝君士坦丁

（Constantin）最后一次得以重组行政体系并巩固边界。直至5世纪，帝国的西半部分才最终与旧都一并陷落（476年）。以君士坦丁堡（Constantinople）为首都的东罗马帝国又持续了千年之久，直到15世纪被土耳其人征服。至于西半部分，帝国的崩塌并未终结罗马文化根深蒂固的影响。留存给后世的有拉丁文，有对罗马政治、司法和行政制度的记忆，还有对古典时代各种文学艺术形式的模仿。直至现代，欧洲文明的每一种革新和每一次再生，都要从罗马文明中汲取养分。对于中欧和西欧而言，罗马文明就代表着整个古典文明。直至16世纪，我们所能拥有的关于古希腊的一切知识，都要经由拉丁语言这一中介才能到达欧洲。

罗马人并不是现代意义上的一个国家或者一个民族。"罗马民族"（peuple romain）很快就不再是一个地理或种族概念，而变为一个法律用语，指的是一种政治标志或者政府体系。这很容易理解：一座小城的居民后裔不足以征服和统治整个世界。后来被称为"罗马人"的是一个混合体，包含了相继被罗马化的不同人口。起初，罗马曾是一个城邦，与古典时代的大多数市镇相类似，在其中共同生活的人包括享有完全公民权的公民、无政治权利的公民以及奴隶。其后的种种变革和征服将"罗马公民"的范围逐步扩大，而古时的市镇统一体则被一点点破坏殆尽，最终仅仅成了一种幻象。早在罗马共和国末期，几乎所有的意大利自由居民都成为了罗马公民。当军队开始在各省份吸纳兵员时，"罗马公民"（civis romanus）这一头衔的覆盖面越来越大。在君主政体下，该头衔变得与地理位置彻底无关。来自帝国各个部分各个行省的人

第二部分 罗曼语言的起源

都能取得该头衔。到了三世纪，帝国的所有自由居民似乎都已被授予"罗马公民"的头衔。希腊人、高卢人、西班牙人以及非洲人在文学上扮演了重要角色。从君主政体确立开始，一些来自各个行省的人进入元老院并占据高位。在帝国最后的几个世纪里，大多数皇帝也不是意大利人。在最后的危机中，那些试图保卫帝国免受日耳曼人侵袭的将领自身大多也是日耳曼裔，而那些最早征服意大利的日耳曼人则通过君士坦丁堡的皇室来为自己授予各种头衔，以便被纳入罗马的体系。此后，从查理曼开始，很多德意志国王到罗马来被加冕为"罗马皇帝"（empereur romain）。这一头衔象征着对全世界的统治，直到1803年的拿破仑危机[1]中才消失。

如果说，"罗马民族"这一术语并不是一个种族上的概念，那么这样一个堪称政治权力和政府运作方式之典范和象征的帝国得以形成，则仍旧要得益于旧有的拉丁种族的某些特质。这些特质在强大的传统的作用下，播散和渗透到不同的人群之中。这些人群经过代代更替，构成了帝国的统治阶级，尤其是行政、司法和军事等阶层。罗马并不是因为快速的开疆辟土而变得强大。在长达六个世纪的时间里，罗马民族经受了可怕的挫折与血腥的变革，一步步完成了一项起初难以料想的任务。我们或许也可以将其归为一系列偶然，因为在各种极为不同的状况下，有时还是在一些

---

[1] 拿破仑于1804年12月2日在巴黎圣母院加冕成为法兰西帝国皇帝。与神圣罗马帝国的君主不同，拿破仑并未前往罗马，而是让教宗庇护七世到巴黎来为他加冕。

大势已去的情境之中，天选罗马所具备的政治优越性每一次都能以耀眼的方式显露出来。他们并没有想让世界臣服，而是在命运的裹挟下，几乎身不由己地前行。坚韧不拔的精神、合乎情理的判断、持久而镇静的勇气，还有形式上的极端保守，此外还有那种在任何根本变革面前都寸步不让的强大适应能力、对复杂情形中关键点的预见本能。在我看来，这些主要特质让罗马得以取得后来的成就，并得以抵消那些不计其数的错误、犹疑不定的时刻、有时极为严重的腐败现象，以及直至共和国终结都几乎从未间断的内部争吵所产生的负面效果。

由于罗马具有特别的国家结构，也由于罗马越来越以法律和意识形态而不是种族和地理为基础，罗马的殖民便与在其之前和之后的大多数殖民，例如日耳曼人的殖民，有着显著不同。罗马的殖民是一个"罗马化"（romanisation）进程，意味着被征服的各民族逐渐成为罗马人。尽管往往受到官僚和税务部门的残酷剥削，他们一般而言都能保留其土地、城镇、信仰，甚至经常能保有其地方行政系统。由于罗马民族并不贪恋土地，殖民便不全是通过罗马殖民者对一个地方的占领而实现的。这种类型的"罗马殖民地"（colonies romaines）相对稀少，一般是出于一些特殊的政治或军事原因而建立。在绝大多数情况下，罗马化进程是缓慢且自上而下的。一些部队军官、公职人员还有批发商到被征服民族的地区首府定居。这些人或是罗马人，或是先前被罗马化的人。随后便有了各种学校，各类娱乐、体育和奢华场所，还有一家剧院。地区首府变成了一座城市。行政管理和重要商业活动所使用

第二部分　罗曼语言的起源

的语言变成了拉丁语。由此，在罗马文明的声誉和现实利益的双重作用下，拉丁语被逐步接受。首先是那些被征服民族中地位较高的阶级。他们为了让儿子们能有更好的职业前途，将其送到罗马学校接受教育，平民便也纷纷效仿。那时的乡村要比现在更加依赖中心城市。城市一旦变成罗马式的，乡村便也同样被罗马化，尽管速度要慢得多，往往要持续好几个世纪。帝国在经济和行政上的统一推动了这一发展过程，甚至连宗教信仰也变得趋同，人们将地方神祇认同为朱庇特、墨丘利、维纳斯等等。诚然，在地中海东部，人们的共同语在很长时间内一直是希腊语，而希腊语的声誉或许还要高于拉丁语。但是在西部的罗马行省中，拉丁语逐渐将罗马征服之前曾被使用的各种独立土语消灭殆尽。在其中的大多数行省中，拉丁语得以彻底扎根，这些就是我们所称的罗曼语国家，或者按照一个公元330至442年间首次出现在拉丁文本中的名称，是罗曼语区（Romania）[1]。这包括伊比利亚半岛、法国、比利时的一部分、阿尔卑斯山地区的西部和南部、意大利及其附属岛屿，最后还有罗马尼亚（Roumanie）。罗马尼亚是欧洲东部唯一被彻底罗马化的国家，比其他国家都要晚得多，而且是在一些我们很快会谈及的特殊状况之下。在这些欧洲的罗曼语国家之外，还需要加上一些由它们建立的位于大洋彼岸的殖民地。即便这些殖民地后来取得了政治上的独立，其居民仍然继续讲宗

---

[1] Romania 一词指的是所有讲罗曼语族语言的地区，本书根据语义译为"罗曼语区"，与作为东欧国家的"罗马尼亚"（法语为 Roumanie）相区分。

主国的语言。那些被西班牙人和葡萄牙人殖民的美洲国家就在此列,另外还有加拿大法语区。在所有这些欧洲或大洋彼岸的国家中,人们都在讲某种新拉丁语或者罗曼语。

B. 通俗拉丁语

所有人都能看出,我们的书写和言说不一样。一封私人书信的风格有时会接近口头语言。我们一旦写给陌生人,尤其是写给公众时,风格的差异就会十分明显。各种表达方式要经过精心挑选,句子结构也会更完整,更符合逻辑。对话中充斥的各类习用短语,各种缩略的、自发的、情感的形式,在书面语中则很少。我们言说和聆听时语调、面部表情和肢体动作所传达的全部含义,书面文本都要通过风格的准确性和连贯性来加以补充。

在古典时代,言语和书面文本的这种差异要比现在大得多,也刻意得多。在当今时代,我们追求尽可能写得"自然"(naturellement)。诚然,大多数科学是例外,它们有自己的一套特殊术语。而一些伟大的现代诗人,尤其是上个世纪的伟大抒情诗人,也运用一种极为考究、极为精致,且与日常语言相去甚远的风格来创作诗歌。可是在此之外,还有一种通常被称为"现实主义"(réalisme)的更加普遍得多的文学技法。该技法尝试模仿口头语言,向读者呈现语调和肢体动作,甚至会使用方言和俚语,不仅在喜剧作品中这样做,而且在悲剧和极严肃的主题中更是如此,我们只需参照现代小说。

第二部分　罗曼语言的起源

然而，古典时代的情形是截然不同的。在上一章里，我已经提到过一种看法，有关每种文学体裁所需要运用的不同风格。这种看法有着悠久的传统，可以上溯至公元前5世纪的希腊作家，而它的所有细节都曾被深入阐释。依照该传统，口头语言只有在通俗喜剧的"低级"（bas）风格中才有容身之地，而其中得以流传至今的作品仅是极少数。在所有其他文学作品中，人们不会倾向于模仿日常口头语言，反而会尽量远离。现今的中学生所学习的拉丁语是罗马文学黄金时代的文学语言。备受推崇的风格之典范首先是作家西塞罗（前106—前43）。他因其政治和法律演说、有关演讲术和哲学的专论以及各种书信闻名于世。还有诗人维吉尔（前71—前19），他曾撰写了罗马帝国的民族史诗《埃涅阿斯纪》，并因其《牧歌》中的一首诗[1]赞美了一位神童的诞生，从而在中世纪被视为基督的预言者。这些作者和与他们相似的人使用一种纯文学的风格写作。这一风格固然有很多细部差异，例如西塞罗在书信中有时会运用一种平易的风格，但是这种平易也是高雅而富有艺术性的。在所有情形下，他们所写的拉丁语都与日常语言相去甚远。

但是，构成各种不同罗曼语言之基础和原始形态的却不是这种文学化的拉丁语，而是日常口头语言。这是很自然的。学问家们用"通俗拉丁语"（latin vulgaire）来指称这种拉丁口语。这一

---

[1] 这里指维吉尔《牧歌》（*Eclogae*）的第四首，其中包含这样的预言，一个婴孩的降临将终结黑铁时代并带来黄金时代，这首诗作于公元前42年前后。后世的基督徒将其视为对耶稣诞生的预言。

表达的发明人确实并不是现代学者。早在古典时代晚期和中世纪的最初几个世纪，人们就把民众的语言与文学语言相对立，称其为"乡野"（rustique）或"通俗"（vulgaire）的语言（乡野和通俗拉丁语［*lingua latina rustica,vulgaris*］）。因此，罗曼语言本身也长期被人们这样称呼。对于一位中世纪的意大利人、西班牙人、法国人而言，其自身的母语在很长时间内都是"通俗的语言"（langue vulgaire）。但丁将他的一本著作命名为《论俗语》（*De vulgari eloquentia*），并在其中谈论如何用母语撰写文学作品。直到 16 世纪，也就是说直到文艺复兴时期，对罗曼语言的这一称呼方式仍然盛行。而事实上，罗曼语言只不过是通俗拉丁语发展过程中的当前形式而已。

罗曼语言或新拉丁语言是由通俗拉丁语发展演变而来，这是罗曼语语文学的根本概念之一。现在让我们试着稍微更加准确地描述这一概念的含义。通俗拉丁语是什么？是拉丁口语，所以并非某种不变或稳定的事物。在印刷术和义务教育来临前，大多数国家的拉丁口语曾有极其显著的地域差异。今日的报纸、官方出版物和小学教材以整个国家通用的文学语言写成，处处传达着对这种通用语言的认识和了解。这些印刷品变得人人能懂，而对它们的阅读便在脑海中呈现一幅民族语言的标准化图像，逐步消减各种地区或方言的差异。尽管受到电影和广播的影响，这些差异仍旧存在，甚至继续保持。但是在印刷时代之前，这些差异要深刻得多。现在，请想象一下通俗拉丁语的地方差异。人们在意

第二部分　罗曼语言的起源

大利、高卢、西班牙、北非以及很多其他地区（pays）[1]讲这种语言。在其中的每个地区，通俗拉丁语都要叠加于当地居民在被罗马征服以前所讲的另一种语言之上，例如伊比利亚语言（langue ibérique）[2]或者凯尔特语言（langue celtique）[3]。若是用专门术语来说，通俗拉丁语每一次都叠加于另一种底层语言（langue de substrat）之上。底层语言逐渐不再有人讲，仅剩下一些发音习惯、词法和句法规则的残留，被那些刚刚罗马化的人带入他们所讲的拉丁语中。他们也会保留从前的语言中的一些词语，或是因为这些词语有着极为深厚的根基，或是因为在拉丁语里找不到对应的词语，如植物名称、农业用具、衣物和菜肴，总之，所有同气候差异、农村习俗和地区传统紧密相关的事物尤其符合这种情形。只要罗马帝国保持完整，各个不同行省之间的经常性交流，包括地中海周边极为发达的商业活动，就阻止了语言的完全分隔，人们仍能相互理解。但是在帝国彻底崩溃之后，从 5 世纪开始，各种交流就变得困难且稀少。各个国家彼此孤立，而每个地区也越来越按照自身特有的方式发展。与此同时，本应继续充当罗马化世界各部分间纽带的文学文化也陷入了极度的衰颓。再没有什么能制衡语言孤立的步步扩展，而各种各样的事件，还有各个不

1　法语原文 pays 一般译为"国家"，也可以有"家乡"或"地区"的意思。由于这里谈论的是原罗马帝国的各个部分，且包含"北非"，故而处理成"地区"。
2　这里指的是伊比利亚半岛被罗马征服之前的本土语言。
3　凯尔特语言属于印欧语系，包括古高卢语、爱尔兰语、苏格兰盖尔语、威尔士语、布列塔尼语，等等。

同行省的历史发展，更加剧了这种孤立。

以上便是通俗拉丁语的地域分化。现在让我们审视时间分化。语言与语言的言说者共存，并与其一道发生变动。每个言说的个人，每个家庭，每个社会或职业团体都会创造新的语言形式，而其中的一部分也会进入民族的共同语言。新的政治形势、新的发明、新的活动形式（例如，社会主义、广播、体育）会催生新的表达，有时还会催生一种能改变语言整体结构的新的生活节奏。所以，每一种语言都会随着代际更新而改变。在土耳其，一个著名的例子是四个世纪前来此定居的西班牙犹太人。在这一时期内，他们一直坚持讲西班牙语。可是由于和西班牙的联系受到阻隔，他们的语言便以迥异于西班牙本土的方式发展。他们的语言甚至保留了一些今日西班牙语不再具备的古老特征，以至于一些专家会通过研究这种犹太西班牙语来重构 15 世纪西班牙语的语言状况。然而，我们很容易便能理解，口头语言的变化要比书面语言和文学语言快得多。文学语言是语言发展中保守而迟缓的要素。文学语言要的是正确无误，意即倾向于一次性地确立何为正确，何为错误。文学语言的拼写规则、词语和表达法的含义，以及句法，都要遵从某种稳定的传统，有时甚至要遵从某种官方规定。官方的规定并不会立刻追随语言的演变而更新，而一般来说（有一些例外情况），语言的演变也是民众或民众中若干群体的几乎是无意识的产物。按照普遍的规则，只有当其进入日常口语很长时间以后，语言的革新才会被文学语言采纳。在我们这个时代，这一情形已稍有改变，因为很多作家寻求尽快把握民众的语

第二部分 罗曼语言的起源

言革新情况，甚至寻求通过革新自身的语言超前于民众，但这是一种很晚近的现象。在古典时代，以及在所有深受古典观念对文学语言的影响的时代，文学语言极为保守，要在很长时间以后才会追随民众语言的发展，大多数情况下则完全不会追随。可以回忆一下我先前（第24页）关于古典时代的审美批评所讲的内容。审美批评将美视为某种稳定的完美典范，若是稍有改变，就必定会失去一部分美。文学语言当然也是这样。因此，拉丁口语（或通俗拉丁语）的变化要比文学拉丁语快得多，也要激进得多。保守倾向并未使文学拉丁语彻底免于变化。在几个世纪间，文学拉丁语也经历了诸多改变，但是这些改变与通俗拉丁语的深刻变化相比可谓微不足道。深刻的变化，再加上地区间的差异，让通俗拉丁语逐渐变为法语、意大利语、西班牙语等等。在之后的时代里，文学拉丁语中的声音、形式以及大多数词语的含义都保持不变，只有句子结构发生了显著改变。而在通俗拉丁语中，整个语音体系、词法、词语的用法和含义，当然还有句法，都被彻彻底底颠覆了。如果想要对拉丁语的几种最重要的形态做个简明的分类，我们可以区分出：1）古典的文学拉丁语，从约公元前100年到约公元100年达到高峰，后来被文艺复兴时期的人文主义者模仿，正如我们将要看到的那样；2）古典文明衰落时期和中世纪的文学拉丁语，一般被称为"晚期拉丁语"（bas-latin）或者"教会拉丁语"(latin de l'Église)[1]，因为它曾经并且仍然是天主教会的语言；3）通俗拉丁语，即拉丁语在各个时期的口语，逐步演化为新拉丁语或罗曼语的不同形式。

从我们刚刚对通俗拉丁语地域分化和时间分化的叙述，可以得出结论，即它不是一门语言，而是一个概念，包含了各种千差万别的方言。一个公元前3世纪的罗马农民和一个公元3世纪的高卢农民所讲的话完全不同，然而两人讲的都是通俗拉丁语。人们可以学习文学拉丁语，或是古典拉丁语，或是晚期拉丁语，却没法学习通俗拉丁语，而只能研究其诸多形式中的某一种，或者尝试确认它的所有已知形式具有哪些共同特质或共同倾向。说到底，所有鲜活的口语都有着相同的情形。一个土耳其人在学习德语时所学的是书面语，以及大城市里受过教育的人所讲的口语，而不是全部的德语。他不会去学习12、13世纪的中高地德语（moyen haut allemand），也不会去学习文艺复兴时期的德语，更不会去学习现今在普鲁士东部、莱茵兰（Rhénanie）、巴伐利亚、瑞士、奥地利等地人们所讲的数量众多的方言。对一种口语的整体研究包含了长时间的艰苦调查，且需要具备专门的语言学训练。对一门古典语言的口语进行整体研究，比对一门现代语言的口语进行整体研究困难得多。首先，正如我刚刚解释的，古典语言中文学语言和口语的差异要比现在大。然而，我们拥有相当

---

[1] 在法语中，"教会拉丁语"的固定名称是 latin ecclésiastique，有时也称为 latin d'Église 或 latin de l'Église。奥尔巴赫采用的是后者。

第二部分　罗曼语言的起源

大数量古典时代以文学拉丁语写成的文献，却几乎完全缺失可供研究口语的资料，少量遗迹也只是出于偶然才得以留存至今。人们不会想要将口语保存下来并传给后世，因为认为不值得。即便想要这样做，人们也还没有精密的仪器；我们现今使用碟片保存那些令人感兴趣的口语和方言，而那时还没有碟片。当然，最首要的困难是，通俗拉丁语已经不再有人讲了。我们可以研究法国人、德国人或英国人的口语，至少是所有仍在使用的形式，正如那些绘制语言地图的人所做的那样。而通俗拉丁语只存续于罗曼语言中，后者可以说只不过是通俗拉丁语的孙辈或遥远的后代。尽管如此，对罗曼语言的比较研究仍为我们了解通俗拉丁语提供了最丰富的知识来源。罗曼语言在发音演变、词法的各种形式、词汇以及句子结构等方面的共性，似乎在很大程度上能被归结到某些时期的通俗拉丁语。那时，帝国各行省的语言分化还没有发展到妨碍相互理解和对同一门语言的认同感的地步。可是，关于通俗拉丁语，我们也拥有一些古老而直接的知识来源。在普劳图斯（约前200年）[1]的喜剧中，常会出现一些通俗语言，并在罗曼语言中留有痕迹。在西塞罗的书信中，我们有时也能找到一些通

1　普劳图斯（Plautus, 约前254—前184），古罗马喜剧作家，在当时享有盛誉，对文艺复兴时期之后的欧洲戏剧亦有深远影响，留存至今的主要作品有二十余部，如《一坛黄金》《孪生兄弟》《普修多卢斯》等。

俗语言。一位尼禄时代的作家佩特罗尼乌斯写过一部小说[1]，其中留存至今的那一部分就包含了对新贵们的一场筵席的讽刺性描述。新贵们所讲的是一种充斥着俗话（vulgarisme）的商人间的行话。庞贝古城曾于64年被维苏威火山湮没，近几个世纪才因考古发掘而重见天日。在这座古城的墙壁上，我们找到了大量涂鸦，毫无文采可言，往往颇为放纵。尽管极不完整，这些涂鸦却忠实地反映了当时的口头语言。在一些留存至今的建筑、农业、医学或兽医等技术性和实用性主题的文字中，我们也能找到一些俗话，因为写下这些文字的人往往并没有受过文学教育，而有些时候，他们写作的主题也让其不得不使用一些日常语言中的字眼或短语。在古典文明的衰落时期，通俗拉丁语的来源甚至变得更加丰富了些。这一时期的很多作家由于没有受过足够的文学教育，难以用纯粹的风格写作，就会在不经意间写下一些俗话。在几位教父所写的文字中，在《圣经》的拉丁语译本中，在散布于帝国各个行省的各种铭文特别是墓葬铭文中，我们也能找到很多通俗形式。有一部流传至今的巴勒斯坦旅行记录，大约于6世纪写成，作者大约是来自法国南部的一位修女（修女的出身或者旅行的时间难

---

1 这里指古罗马作家佩特罗尼乌斯（Petronius, ?—66）的《萨蒂利孔》（*Satyricon*）。佩特罗尼乌斯曾是古罗马皇帝尼禄的亲信，被历史学家塔西佗在《编年史》中描述为"风雅裁决者"（arbiter elegantiae），故而也被称为"裁决者佩特罗尼乌斯"（Petronius Arbiter）。"萨蒂利孔"的意思是"好色之徒的故事集"，讲述了三个青年冒险家在意大利南部的漫游，描绘了当时的享乐生活。此书被视为后世欧洲流浪汉小说的鼻祖，全书共有20卷，目前仅存14、15和16卷的部分内容。

第二部分　罗曼语言的起源

以准确证实）。这份题为《埃吉利亚的朝圣之旅》(*Peregrinatio Aetheriae ad loca sancta*)的记录里很多地方都显露出口头语言的各种形式。6世纪末图尔教会主教格列高利（Grégoire de Tours）撰写的《法兰克人史》(*Histoire des Francs*)[1]亦是如此。另外的证据则来自于一些语法学家的文字。他们渴望维护优良的传统，对高雅风格的衰颓深感不满，于是编写了一些关于语言的正确用法的教材。他们引用并批判的各类错误形式使我们得以一窥口头用语的实际使用。从所有这些证据出发，再加上罗曼语言所提供的证据，我们便能重构出一幅通俗拉丁语的图像。这一图像固然极不完整，也极为粗疏，却让我们得以研究通俗拉丁语的主要趋势和特质。

可是，若要继续呈现罗曼语言的发展，就需要谈论两个历史事件。这两个历史事件曾对罗马化民族的文明进程以及它们的语言产生过深刻影响，这就是基督教的扩张和日耳曼人的入侵。

C. 基督教

从共和国晚期开始，巴勒斯坦的犹太人就生活在罗马的控制之下。其中的很多人并不居住在巴勒斯坦，而是生活在一些帝国的大城市，尤其是在帝国东部。但是无论在何处，大多数犹太人

---

[1] 此书以拉丁语写成，原题为 *Historia Francorum*，共有十卷，从创世一直讲到591年，详细介绍了墨洛温王朝的各方面情况，是珍贵的历史资料。

都与其他居民相分离，拒绝被希腊化或者罗马化，带着一种顽强的戒备心固守自身的宗教传统。这些传统曾在早前的时代受到多种外来影响，最终凝结定型，与周围人群的习俗截然不同，并引发蔑视、仇恨、好奇和兴趣。无论从形式还是内容看，他们的宗教信仰都显得颇为奇特。从外表看，犹太人以其对男性实施割礼的习俗，以及他们在饮食方面极为严格的戒律，而与周围的人相区别。这些戒律使他们难以与周围的人共同生活。就其信仰的内容而言，他们崇拜唯一的神。这位神绝不是有形的（他们厌恶宗教图像，而在其主要诫命中，就有一条明确禁止为自己制作神的图像），但也并非一种哲学而抽象的构想，而是一个具有鲜明性格的人物，会表示出一些往往难以理解的偏爱和愤怒。这位神独一无二、无所不能、公正公平，却也神秘莫测，且充满嫉妒。然而，希腊人和罗马人，或者更确切地说，地中海一带希腊化或罗马化的各民族，都很能理解民间宗教中对众神祇图像的崇拜。他们也能理解那种对一位哲学性神明的崇拜，至少其中受过教育的人是如此。哲学性的神明是完美的理性与智慧的综合，是无形且非人格化的纯粹观念。但是，一位既非前者又非后者，既非具体图像又非哲学观念的神，一个意图深不可测且要求盲目服从的无形的人格化存在，这种构想对于前述希腊化或罗马化各民族而言是奇怪、可疑且令人不安的，却又能在他们身上，尤其是在讲希腊语的民族中，施展某种魅力，引发诸多联想。可是，仇恨和蔑视仍然很普遍，更何况，犹太人是在等待一位救世主的降临，一位能够使他们摆脱异族统治，且能让他们和他们的神变成世界唯一主人的弥赛亚。此外，尽管与自己宗教以外的人严格分离，犹太人自己在对教理（doctrine）的解读上也绝不一致。他们在这种内部争斗中带有一种吹毛求疵的狂热精神，引发其他民族的强烈反感。而其他民族这一时期在宗教方面大多较为宽容，对新的宗教体验也感到很新奇。管理巴勒斯坦的罗马官员尤其难以理解这种宗教纠纷的含义，并时时刻刻对此感到忧虑，似乎颇为憎恶这个不易相处、难以同化且不善交往的民族。在巴勒斯坦一带犹太人的统治阶层中，有两个针锋相对的派别，另外还有被极端的先知们频繁挑起的民众骚动，让情况变得更加复杂。

在罗马第二位皇帝提比略执政（14—37年在位）[1]末期，一批来自巴勒斯坦北部的朴素单纯、教育程度很低的人，宣称耶稣即是弥赛亚，从而在耶路撒冷制造骚乱。这些人是他们的一位同乡即拿撒勒的耶稣（Jésus de Nazareth）的门徒。耶稣的言语简洁有力，他施行神迹、宣扬爱德（charité），颇能打动人心。在一段时间里，耶稣似乎在耶路撒冷拥有众多追随者。但是，两个主要派别尽管平日不和，却团结起来反对耶稣，并希望通过消灭耶稣来让整场运动覆灭。这是因为，按照他们和绝大多数犹太人的认识，弥赛亚应当是一位得胜的君王。若是耶稣死去，就能证明他是个骗子。于是，他们将耶稣抓捕起来，设法让罗马总督判他死刑，而耶稣则在受尽侮辱之后，被钉死在十字架上。

---

[1] 提比略（Tiberius，前42—37），因其母利维亚改嫁奥古斯都而成为皇帝的义子。公元14年，他以56岁的年龄继承奥古斯都，成为罗马帝国的第二位皇帝。

可是统治集团的期待落空了。这场运动并未被摧毁。在失望消沉了一阵之后，耶稣最忠实的一批门徒回想起来，耶稣早已预言过自己的受难，并视其为不可避免之事和传道过程中的一个固有部分。其中最为清晰可辨的是西门·矶法（Simon Képhas）即日后的圣彼得（Saint-Pierre）使徒。一些异象更让他们确信，耶稣不仅没有死，反而得以复活并升天。此类异象证实了这批门徒的信仰，他们在心灵中形成一个有关弥赛亚的更加深刻的构想——神是在牺牲自己来为世人赎罪，是在为实现人类的救赎而化身为最卑微的人形，并忍受种种最可怕也最屈辱的折磨。神的自我牺牲并不是一个全新的观念，它在早前的一些神话中也以不同形式存在过。但是，该观念与人的罪和堕落相结合，与一个实际发生过的事件相联系，又有着关于耶稣这一人物的回忆和耶稣的各类言语的支撑，就变成了一种极能引发联想也极为丰富的全新的启示。尽管官方正统犹太教持反对态度，这一运动还是在巴勒斯坦的犹太人中传播开来。然而，假若没有一个新人物即日后的圣保罗（Saint-Paul）使徒为该运动的发展带来新的、意料之外的趋势，那么该运动很可能永远无法超越犹太教教派的范围。圣保罗不是巴勒斯坦人，而是流散在外的犹太人，生于西利西亚（Cilicie）的塔尔苏斯（Tarsos）。他似乎出身于一个富裕且备受尊重的家庭，因为他父亲同他一样已经是罗马公民。他的受教育程度要比耶稣最初的信徒高得多，对世界的了解要远远胜过后者，视野也要开阔得多。与大多数居住在巴勒斯坦以外的犹太人一样，他会希腊语，而且曾经向耶路撒冷的一位知名教授学习犹太神学。

第二部分　罗曼语言的起源

他极为正统，曾经激烈地迫害最早的一批基督徒。但是，一个由异象引起的突如其来的危机使他受到深深的震动，他成为了基督徒。在经过一段细节不为人知的心路历程之后，他有了一个新的观念，即向全世界传播福音，不只是传给犹太人，也要传给多神教徒（païens）[1]。诚然，他的这份决心只是从耶稣所宣扬的关于爱德的教理所得出的必然推论，但是在成为基督徒的犹太人中，似乎没有任何其他人想到过这个如此具有革命性的观念。因为这一观念意味着与犹太教形式甚至是一部分内容的明确分离。圣保罗大概保留了犹太教中有关神的构想，即神是一种精神，是无形的，却也绝非一种哲学性的抽象事物，而是一个人格化存在，甚至曾经化为一个人的肉身。但是他认为需要放弃割礼，以及那些有关饮食的戒律。圣保罗走得还要更远。他教导人们，整个犹太教只不过是一个预备阶段，随着弥赛亚的到来，犹太教的律法已变得毫无意义，只有对耶稣基督和爱德的信仰才是重要的。这样的教理不仅引发了正统犹太教的愤怒，也在耶路撒冷最早的基督徒中引起了强烈而固执的反对。后者视耶稣基督为弥赛亚，却仍想继续做忠于律法的犹太教徒。但是，圣保罗不只是一个口若悬河、充满热情且极富感染力的受到启示之人，他还是一位手腕灵活的政治家，有能力评判和运用社会的各种力量，以及人们的各类倾向和情感。他的性格兼有勇敢和变通的特点，即使面对最困难的

---

[1] 此处的 païen，即英语的 pagan，指的是希腊罗马多神教的信徒，故而此处翻译成"多神教徒"，而不是从基督教立场出发的"异教徒"。

状况也能有所准备。他有过多次旅行，经历了诸多动荡，人生各个阶段在其书信和《使徒行传》(Actes des Apôtres)中都有反映。他与正统犹太教水火不容，受到后者迫害。他总是要考虑耶路撒冷的犹太基督徒那摇摆不定，有时还颇有敌意的态度。他总是要考虑罗马当局的怀疑。在向多神教徒传播福音时，他总是要考虑他们的不解、蔑视，往往还有暴力。他也总是要考虑新入教者的软弱和退缩。在几位合作者的协助下，他得以成功地在帝国的许多重要城市里建立基督教团体，由此为基督教在世界范围内的组织奠定了基础。在随后的三个世纪里，基督教逐步扩张到整个罗马帝国，有时速度极快，有时趋于迟缓。当君士坦丁皇帝将基督教定为帝国的官方宗教（325年）时，基督教早已得到很大一部分人口的认同。这一惊人的成功背后的原因很难用三言两语总结。很长时间以来，希腊人和罗马人旧有的民间宗教已经不再能满足民众的宗教需求。那些宣扬某种理性的有神论的哲学体系只适用于少数受过教育的人。当时有很多不同的基于神秘启示的宗教从东方进入罗马帝国，其中基督教是最能引人联想的，因为它的教理既神秘又简明，或者用教父们（Pères de l'Église）的话说，既崇高又谦卑。关于信仰和爱德、堕落和救赎的教理能够被所有人理解，而这一教理与一个关于神化为肉身并牺牲自我的神秘构想相关联。这种构想又与一个历史上实际发生的事件和一个崇高而谦卑的人物联系在一起。这位人物既能像人一样受人喜爱，又能像神一样被人崇拜。还要加上一点，即基督徒所写的一些文字，以及他们对犹太教传统所作的象征式阐释，提供了一种对普遍历

第二部分　罗曼语言的起源

史的解释，具有统一、简明和宏大等突出特点。各类迫害终归只能让信仰更加强化。成为殉教者是一种荣耀，更何况殉教是对基督受难的模仿。很多信徒渴盼这样的死法，便通过挑衅性的行动和言语来逼迫当局为他们定罪，且拒绝以任何方式逃命。一般而言，罗马当局较为宽容，会设法避免宗教迫害。但是，最早的基督教带有神秘主义的性质，而任何一个文明国家都厌恶秘密结社，更何况一部分人口会将各种罪行归咎于基督徒，其中首先是犹太人，其次是多神教祭司，还有一切与祭品和旧信仰有着商业利益的人。另外的复杂情形则源于基督徒拒绝在皇帝的画像前献祭，这是官方规定的对政府宣示效忠的形式。最终，当基督教的影响不断扩大，有可能成为政治中的一个重要因素时，各种墨守成规的本能、阴谋诡计及强烈的情感开始发挥作用。在更大的范围内，出现了种种通过暴力阻止基督教扩张的尝试。

到了4世纪初，基督教的胜利已成定局，它所面临的任务便是确定信条（dogme）和重组教会。从2世纪起，人们关于如何解读信条有过很多激烈的争论。在古典时代末期，很多哲学和宗教流派纷纷涌现。基督教将它们一点点取代，但基督教神学家们也受到这些流派的影响，进而产生了诸多争执。让信条变得稳定，并对教会进行改组，这是4世纪和5世纪的主教会议和教父们所做的工作。在西方的教父中，最重要的是圣哲罗姆（Saint-Jérôme，早于350—420），即拉丁文《圣经》的主要译者，还有圣奥古斯丁（Saint-Augustin，354—430），古典时代衰落期最有影响的天才人物。圣奥古斯丁是多神教徒出身，但幼年时深受基督徒母亲的影响。他学习文学，成为修辞学老师，先在他的非洲老家，而后在罗马和米兰任教。在人生的这一时期内，他经历了许多内在危机，他的灵魂被诸多哲学和神秘流派争夺。他最终接受了基督教（387年），辞去教职，成为神父。他亲历了罗马和古典文明的逐渐衰颓，这给他留下了深刻印象。他是一位大作家。他的著作，如关于三位一体和基督教教理的书[1]、《上帝之城》和《忏悔录》，还有他的书信和布道词，均反映出当时古典传统和基督教之间的斗争。圣奥古斯丁的著作作为这种斗争提供了一条解决之道，既与基督教深度契合，又运用古典文明的全部资源。与此前各类哲学体系中关于人的观念相比，这些著作所创造的关于人的构想远远没有那么唯理主义，而要更加个人化，更加内在，更倾向于唯意志论，也更加综合。圣奥古斯丁逝于430年，当时他担任非洲北部希波（Hippone）的主教，而该城正被一个日耳曼部族即汪达尔人围困。他的影响极为深远，不仅影响了同时代人，也不仅影响了中世纪，而且影响了整个欧洲文化。欧洲传统中的自觉内省（introspection）和自我求索（investigation）全都要追溯到他。

尽管如此，无论是主教会议还是教父们，都未能彻底化解关于信条的种种争执。各种纷扰和分裂继续存在。可以说，在基督教的漫长历史中，内部较为安宁和谐的只是极少的几个时期。基

---

[1] 这里指的是《论三位一体》（*De Trinitate*）和《论基督教教理》（*De doctrina christiana*）。

督教在发展和生存的过程中，经历了种种最为可怕的争斗和危机。我想，基督教之所以能在如此长的时间内保持其能量与活力，并随着各类人、各种历史情境和观念而改变自身，与其说是受制于这些争斗和危机，不如说是得益于这些争斗和危机。不过，在古典时代的最后几个世纪里，以罗马为中心的西方教会的某种统一性还是得以确立。圣彼得使徒在罗马度过了生命的最后几年，并在那里殉教。作为他的继承人，罗马主教便享有了崇高的声誉，罗马这座城市本身的声誉也为其增色不少。这就是教廷的起源。罗马拥有了某种宗教影响力，而它的政治影响力自此只不过是某种象征和记忆。这种影响力固然是宗教的，却也有着实际的重要性。作为教廷所在地的罗马是一个组织中枢，建立并指导各个省级中心，传教士便是从这些中心出发，让蛮族多神教徒皈依基督教。继罗马化而来的是基督教化，基督教化本身亦是某种罗马化。西方的修道院（圣本笃会规，约 529 年），即由一些想脱离俗世并全心全意服侍神的人组成的群体，也要追溯到这一时期。对于西方文明而言，修道院极为重要。在古典文化衰落之时，修道院是文学和科学活动的唯一中心。古典时代的各类作品在修道院中被保存和复制，而那些为基督教中世纪的艺术、文学和哲学做准备的各项活动也是在修道院中得以展开的。但是，修道院也承担了一些更加实用的工作。在罗马帝国崩溃和蛮族入侵后的世界里，私有权的概念几乎不复存在，到处充斥着个人暴力，修道院则是安宁之地，是庇护所，亦是仲裁机构。修道院往往还是经济中心，向人们传授最好的农耕方式，组织垦荒，鼓励手工业，并保护那些在交通线中断后仍然存留的商业活动。诚然，我们在修道院中也会看到各种各样的罪恶，尤其是那个时代特有的一些罪恶，如暴力、贪婪，以及最原始也最无情的野心。但是，修道院的指导观念要强于人的种种不完美之处。可以假定，倘若没有修道院的活动，倘若没有整个教会在实用性和组织性方面的活动，那么文明和正义等观念本身便会消失不见。如前所述，可以看到，在罗马帝国崩溃之后的时期内，西方基督教会的发展明显变得偏于实用和富有组织性，与前一个时期甚为流行的关于信条细微之处的各类争论形成鲜明反差。在最后一位伟大教父，即教宗格列高利一世（即大格列高利，逝于604年）的著作中，我们可以观察到这种新的心态。

西方教会在语言上的影响也要从实用的角度去考虑。西方的礼拜仪式使用的语言是拉丁语，所有的智识活动都要用拉丁语表达。如此，教会便保留了以拉丁语作为文学语言的传统，尽管这已不再是古典拉丁语。教会的文献以一种经过了若干改变，被称为"晚期拉丁语"（见第46页）的文学拉丁语写成。教会使用的晚期拉丁语产生过一些极美也极重要的作品。在人文主义的影响下，晚期拉丁语曾长期被现代学者轻视，但是在上个世纪被重新发现，此后备受推崇。首先是宗教诗，如圣歌，其传统至少要追溯到4世纪的米兰主教圣安布罗斯（Saint-Ambroise）。宗教诗在整个中世纪都很繁荣，它所运用的韵律体系奠定了全部欧洲诗歌的基础，与古典诗歌的韵律体系截然不同。古典诗歌是基于音节（长音节或短音节）的音量（quantité），而基督教圣歌及后来

第二部分　罗曼语言的起源

的欧洲诗歌的诗律是基于音节（重读音节或非重读音节）的性质（qualité）、数目（nombre）和韵脚（rime）。至于以晚期拉丁语写成的散文，则是逐渐才发展出自身的形式，变成了一个具有非同寻常特性的、有力而灵活的工具。中世纪的哲学和神学，还有历史学家的编年史，都是通过散文这一工具表达出来。我们之后还将谈及这一点。

可是，对于罗曼语言的发展而言，教会的影响还有更重要的一面。正如我刚刚所讲的，礼拜仪式的语言是晚期拉丁语，也即一种文学拉丁语。但是到了某一个时刻，甚至很可能是某个较早的时刻，这种文学拉丁语和口语（通俗拉丁语，或者更确切地说是初生的罗曼诸语言）之间的差异增大到了一定程度，使得民众难以理解礼拜时所用的言语。尽管如此，天主教会仍坚持以传统的拉丁语形式做礼拜，直至今日[1]。不过，还是有必要创造一种能够直接理解的交流方式，这就是神父向民众发表的布道词，以及用通俗语言写成的对神圣文本的解述（paraphrase）。诚然，我们所拥有的这类文献仅仅来自一个相对较晚的时期，在留存至今的以某种罗曼语写成的解述中，最早的可以追溯至 10 世纪。而在我们所拥有的布道词中，几乎没有早于 12 世纪的。可是我们知道，例如以 813 年的图尔敕令（édit de Tours）为见证，人们使用通

---

[1] 在奥尔巴赫撰写此书的 1943 年，天主教会仍然以拉丁语为礼拜用语。在 1962 至 1965 年召开的梵蒂冈二次主教枢机会议，天主教会决定将礼拜用语改为民族语言。需要说明的是，此处的礼拜用语指的是一些为信众所熟悉的短小的仪式性用语，而不是长篇的布道词。

俗语言布道要早得多。由于被认为不值得以通俗形式书写并记录，那些布道词未能流传至今。事实上，保存下来的古法语布道词只有寥寥数篇，往往还是从拉丁语回译的。然而，这些最早的布道词和解述为通俗语言赋予了某种新的高贵性。这是通俗语言之文学形式的一次初步尝试，其后它将会发展成型。这是因为，要想用通俗语言表现信仰的奥秘，表现耶稣基督的诞生、生活及受难，哪怕是表现得很简单，也都需要创造一整套新的词汇，所采用的风格要比先前那种只用于生活实际需求的风格更高级，更考究。这是文学用法的开端。与其他语音近似的词相比，很多教会领域的词（如受难、爱德、三位一体［passion, charité, trinité］）所保持的形式要与拉丁语接近得多，或者从中世纪开始就已在通行形式之外发展出某种文学形式（在 cherté 之外，另有 charité 表示"爱德"）。此外，神圣故事的俗语解述很大一部分以戏剧形式写成。这些戏剧体的解述将《圣经》中的一些场景编成对话，对神圣故事和信条加以解释，使其通俗易懂。这便是整个欧洲戏剧的开端和根源。

　　通俗语言里文学风格的发端产生于教士的需要，即与民众建立某种直接的语言联系，使其更熟悉信仰所包含的真理。这种文学风格明显区别于古典时代对文学的构想。正如我在语言领域屡次提及的那样，文学领域的古典趣味在主题的处理方式中也显示出某种贵族性。在悲剧性和"崇高"（sublime）的主题中，任何现实主义，尤其是低级的现实主义，都应当避免。古典时代的悲剧人物是神祇，是神话中的主人公，是君王和贵族。他们往往面临可怕的遭遇，但此类遭遇又需要维持在崇高的框架之内。低级的现实主义、日常生活，还有一切看上去能使人蒙羞的事物都要被排除在外。然而对于基督徒而言，耶稣基督的故事即是崇高性和悲剧性的范例。可是，耶稣基督化身为一位木匠之子，在尘世度过的整个生命都在与社会底层，与民众中的男人和女人为伍，而他的受难更是极尽羞辱。这个人物本身，还有他和各位门徒所宣讲的福音，其崇高性便恰恰在于这种低下和谦卑。基督教之崇高与其谦卑密不可分。这种崇高与谦卑的结合，或者毋宁说这种基于谦卑的新的崇高观，在神圣历史与所有殉道者和忏悔者的传说中俯拾皆是。其结果便是，一般的基督教艺术，特别是文学这门艺术，并不知道要如何处理古典时期关于崇高的构想。一种新的、充满了谦卑精神的"崇高"得以确立，它能接纳民间人物，且在任何日常现实面前都不会退缩。更何况，基督教艺术的目的并非取悦于精英，而是要让神圣（sacré）历史和基督教的教理为民众所熟悉。一种新的关于人的构想得以确立。我在谈到奥古斯丁时便已提及这一点，他曾清楚地预见并表述这一构想在文学中的结果。对于欧洲而言，这些结果影响巨大，远远超出了严格意义上的基督教艺术。欧洲的全部悲剧现实主义均依存于这些结果。若是没有这种源于基督教的关于悲剧人物的现实主义构想，那么，仅举几个最著名的例子来说，塞万提斯和西班牙戏剧的艺术，还有莎士比亚的艺术，都将是难以想象的。只有到了刻意模仿古典理论的时代（例如，17 世纪法国古典主义），人们才重新捡起早先的构想。

D. 日耳曼人入侵

在讨论通俗拉丁语时，我已经解释过，底层语言，即罗马殖民之前使用的一些土语（parler），如何为通俗拉丁语赋予了某种多样性，而通俗拉丁语的诸多地方形式之间也有着显著的不同。在帝国走向末日的漫长时间里，各行省变得日益独立，而罗马城的影响日渐式微。受过教育的阶层趋于没落，取而代之的是一批目不识丁的军官，往往是蛮族出身。社会结构的变化也作用于语言，而这些变化在不同行省中亦有差别。总之，一系列去中心化的现象削弱了拉丁语言的统一性。尽管如此，这种统一性在帝国的西半部很可能仍然感觉得到，直至该部分在日耳曼人入侵的冲击下轰然崩塌，而一批几乎都很短命的新政权便在其废墟上建立。到了加洛林王朝（Carolingiens）时期，局势才变得相对稳定。在公元第一个千年的下半叶，很可能早在 6 世纪和 7 世纪，通俗拉丁语的统一性被彻底摧毁，各种地方土语成为了独立的语言。

入侵西罗马帝国并最终导致其解体的日耳曼人（Germains）并不是一个统一的民族，而是一大群部落和部族，分布在欧洲北部、中部和东南部的一些地方。各个部族之间有山峦和河流相隔，而他们的政治军事组织也仍然不甚发达。但是这些日耳曼人喜欢打仗，很容易想要离开故土，到别处掠取战利品，占有更肥沃的土地，并追求更惬意的生活。从公元前 1 世纪起，日耳曼人

第二部分　罗曼语言的起源

的入侵即已对罗马形成威胁。在君主制[1]的最初几个世纪里，罗马人不得不对日耳曼人连年用兵，有些战事属于进攻性质，有些则属于防御性质。但是对于罗马人而言，进攻性战事也只是一种预先的防御而已。然而这些战事都没有造成严重的危害，直到167年，一支日耳曼部族即马科曼尼人（Marcomans）受到另外一些日耳曼部落的挤压，长驱直入至罗马帝国的行省潘诺尼亚（Pannonie）。该行省在多瑙河湾一带，位于维也纳－布达佩斯一线以南，直至德拉瓦河（Drave）。经过了长达十四年的战争，罗马帝国皇帝、著名的斯多葛派哲学家马可·奥勒留（Marc-Aurèle）才将他们驱赶出国境。

公元3世纪时，最饱受日耳曼人入侵之苦的是多瑙河下游和高卢地区。271年，罗马人被迫放弃多瑙河下游北岸的一个行省即达契亚（Dacie），将其让给哥特人（Goths）。一百七十年以前，该行省被罗马殖民者征服，很快被罗马化。罗马人以激进的方式让此地罗马化，以便巩固边境，使之免受威胁。这是帝国东部唯一被彻底罗马化的行省，却也第一个落入敌手。可是，无论是哥特人的占领，还是此后其他民族如日耳曼人、蒙古人（Mongoles）、斯拉夫人（Slaves）、突厥人（Turcs）、马扎尔人（Magyares）的多次入侵，都未能消灭已被罗马化的居民。这就是现在的罗马尼亚人（Roumains）。不过我们无法确切得知，他们在如此长的世纪里是一直留在故土，还是先离开，而后迁徙回

---

[1] 公元前27年，罗马共和国变为罗马帝国。

乡。在3世纪和13世纪之间巴尔干人的历史中，与罗马尼亚人有关的文献极为稀少。可以证明的是，10世纪、11世纪和12世纪，马其顿（Macédoine）、色雷斯（Thrace）、加利西亚（Galicie）[1]和色萨利（Thessalie）等地曾有讲罗曼语的居民，现今则不再有，而在罗马尼亚，有关罗曼语言说者最古老的证据也只能追溯到13世纪。在罗马尼亚人之外，我们还知道其他少数讲罗曼语的巴尔干人，即现时仍分布于伊斯特拉半岛（Istrie）的莫拉克人（Morlaques）；还有达尔马提亚语（dalmate），是罗曼语言的独立分支，其最后一位代表于1898年死于韦利亚（Veglia）岛。至于在高卢，则有阿勒曼尼人（Alemans，日耳曼部族，其名称在法语里被用于指整个德意志民族）不断攻击莱茵河以外的罗马阵地，即今日的巴登（Bade）和符腾堡（Wurtemberg）[2]一带。按照当时那里实行的税收制度，这些前哨阵地被称为"十营房"(agri decumates)，即需要缴纳十分之一收成的土地。260年前后，罗马人被迫放弃了这些土地。从那时起，莱茵河成为了边界，正如多瑙河是帝国东部的边界一样。3世纪末期和4世纪初年的局势要平静一些。诚然，日耳曼人继续向罗马帝国境内渗透，但这种渗透以较为和平的方式进行。日耳曼人成群结队越过边界，而罗马行政当局赐予其土地，并使其定居。日耳曼人还加入罗马军队。在罗马帝国末期的军官甚至将领中，很大一部分都是日耳曼裔。

1　东欧的历史地区名，位于今日的波兰南部和乌克兰西部一带。另有同名地区位于西班牙西北部。

2　即今日德国西南部的巴登‐符腾堡州。

第二部分　罗曼语言的起源

但是，所有这一切都只不过是序曲而已。375年前后，匈人（Huns）入侵欧洲，开启了一场被称为"民族大迁徙"（migration des peuples）的运动。无论他们是否受到蒙古人的直接冲击，几乎所有的日耳曼部族都离开故土，向西面和南面迁移。这一灾难性事件导致了西罗马帝国的崩溃。我们在此简要列举日耳曼各部族最重要的几次迁徙：

1）在公元400至450年之间，汪达尔人（Vandales）穿越匈牙利、阿尔卑斯山地带、高卢、西班牙等地。罗马政府在西班牙拨给他们土地，其中有一个以他们命名的地区，即安达卢西亚（Andalousie）[1]。他们最终到达非洲，建立了一个独立王国。他们还征服了西西里岛（Sicile）、萨丁尼亚岛（Sardaigne）和科西嘉岛（Corse），但由于他们人数太少，不足以开展殖民或是巩固战果。他们的王国于533年为拜占庭人（Byzantins）所灭，而汪达尔人则消失不见。

2）西哥特人（Visigoths）也是从东边出发，穿越巴尔干半岛，到达伯罗奔尼撒半岛（Péloponnèse）[2]，又往回走，数次侵入意大利，一直推进到卡拉布里亚（Calabre）[3]，之后返回，先到高卢，又进入西班牙。在那里，他们曾在一段时间内听命于罗马，与其他日耳曼部族作战。其后，他们被帝国政府召回至高

1　位于西班牙最南端，与非洲大陆隔直布罗陀海峡相望。
2　位于希腊南部，北面以科林斯地峡同希腊中部相连，因古希腊的伯罗奔尼撒战争闻名于世。
3　意大利南部的地区，包含了那不勒斯以南形状像"足尖"的意大利半岛。

卢，作为同盟者定居于高卢西南部。图卢兹、阿让（Agen）、波尔多、佩里格（Périgueux）、昂古莱姆（Angoulême）、桑特（Saintes）、普瓦捷（Poitiers）等地均臣服于他们。425年，西哥特人取得独立，图卢兹成为王国的首都。八十年以后的507年，西哥特人被法兰克人驱逐，退到西班牙，但是法国南部很多地名仍保留着他们的痕迹。他们在西班牙与罗马居民完全融合。早在那个时代，这个由西班牙哥特人组成的天主教王国就已发展出某种近乎现代的民族情感。两个世纪以后的711年，该王国在临近加的斯（Cádiz）的赫雷斯－德拉弗龙特拉（Jérez de la Frontera）战役中为阿拉伯人所灭。基督徒失去了整个西班牙，只有位于半岛西北部山区的阿斯图里亚斯（Asturies）除外。从那里出发，基督徒开始了持续近八个世纪的"收复失地运动"（Reconquista）[1]。

3）勃艮第人于公元400年前后从美因河（Main）河谷出发，穿过莱茵河，作为罗马的同盟者定居于沃尔姆斯（Worms）和施派尔（Spire）地区。后来他们被匈人赶出这一地域，几乎被赶尽杀绝。这就是著名德意志史诗《尼伯龙人之歌》（*Das Nibelungenlied*）的来源。幸存者定居于萨瓦（Savoie）地区，或许也定居于纳沙泰尔（Neuchâtel）湖和日内瓦湖之间的地区。他们继续做罗马的同盟者，与讲罗曼语的居民也保持良好的关系。他们皈依了天主教，而在此之前，他们与这一时期的很多日耳曼

---

[1] 伊比利亚半岛基督徒对抗穆斯林的长达近八百年的斗争，从718年的科法敦加战役开始，一直持续到1492年西班牙王国攻陷格拉纳达，也被翻译为"复地运动""光复运动"或"再征服运动"。

第二部分　罗曼语言的起源

部族一样，也曾经加入一个在4、5世纪间影响甚广的异端，即阿里乌主义（arianisme）。在帝国崩溃之时，从460年起，他们向北、西、南三个方向挺进，攻克里昂，占领勃艮第和罗讷河谷，直至迪朗斯河（Durance）。他们被西哥特人阻挡，未能抵达地中海沿岸，却把阿勒曼尼人（Alémans）逐出弗朗什-孔泰（Franche-Comté）地区。从500年起，法兰克人对高卢地区其他日耳曼民族的进攻将他们卷入血腥的战争之中。勃艮第人比西哥特人的抵抗时间更为长久，最终在534年被归入法兰克人的王国。

4）阿勒曼尼人本来在康士坦茨（Constance）湖一带，首先尝试定居于弗朗什-孔泰地区，被勃艮第人阻拦，后于470年前后渗入瑞士北部的罗马行省即雷蒂亚（Rhétie）省。阿勒曼尼人的步步进逼切断了高卢和瑞士其余地区之间的语言纽带。与那些居于帝国疆土内的大多数日耳曼部族不同，阿勒曼尼人并未被罗马化。恰恰相反，他们将这一地域日耳曼化，而在罗马征服前，该地曾属于凯尔特人。此外，他们在相当长的时间内也一直是多神教徒。阿尔卑斯山北麓的日耳曼化（因为在更东面，即今日的蒂罗尔［Tyrol］，巴伐利亚［Bajuvare］[1]部族的进逼也带来了类似的发展）使得诸罗曼土语向南退缩，在阿尔卑斯山的高谷中被孤立成小块并经历了单独的演变。这就是雷蒂亚-罗曼语诸语言

1　今日的巴伐利亚正是因该部族而得名：对于该部族的名称，英语学界一般拼写为Baiuvari(i)、Bavarii或Bavarians，德语学界拼写为Bajuwaren，法语学界有Bavarii, Baioarii或Bavarois的拼法，奥尔巴赫的拼法应当是基于该部族的德语名。

（langues rhétoromanes）。

5）476年，罗马军队的一位高级军官，来自赫鲁利（Hérules）部族的日耳曼人奥多亚塞（Odoacre）将最后一位西方皇帝推翻，在拜占廷皇帝纯属虚构的保护之下自立为王。这标志着西罗马帝国的终结，因为奥多亚塞的统治只限于意大利。那几个仍在罗马统治之下的行省纷纷独立，其中高卢北部的一个省是在罗马将军的领导之下。十三年后，奥多亚塞在与东哥特人（Ostrogoths）部族的战争中兵败被杀。东哥特人部族在其国王狄奥多里克（Théodéric）的带领下进入意大利。他就是德意志传说中的伯尔尼的迪特里希（Dietrich von Bern）[1]，"伯尔尼"（Bern）指的是维罗纳（Vérone）。东哥特人在意大利建立的王国曾经很强大，维持了四十年之久，却并没有留下深刻的印记。只有少数几个地名提醒人们，王国曾经存在过。这些地名大多分布在波河河谷和托斯卡纳北部一带。看上去，大多数东哥特人便定居于那里，靠近饱受威胁的帝国边境。从535到552年，在漫长的战争过后，拜占庭军队将东哥特王国推翻，部落也消失不见，活下来的人加入了拜占庭军队。在二十五年的时间里，意大利成了

---

[1] 原型为公元493—526年在位的意大利东哥特国王狄奥多里克，其英雄事迹在多种中世纪德意志史诗之中均有记述，与《尼伯龙人之歌》亦有一定的关联。

第二部分　罗曼语言的起源

拜占庭的一个省，名为"督区"（Exarchat）[1]。568 年，一些新的日耳曼征服者走上历史舞台，这就是我们之后会谈及的伦巴第人（Lombards）。

6）从公元 3 世纪起，北海沿岸的日耳曼海盗就持续骚扰高卢和不列颠尼亚（Britannia）即今日大不列颠（Grande Bretagne）的海岸。这些人属于撒克逊部族。411 年，罗马将最后一批军团撤出不列颠群岛。从那时起，本地的凯尔特居民便节节败退，大片土地陷于海外的日耳曼人，即撒克逊人（Saxons）和盎格鲁人（Angles）之手。一部分凯尔特居民（或布列塔尼居民）渡海到大陆定居，抵达一个人烟稀少的半岛阿摩里卡（Armorique）[2]。这个半岛从此便被冠以他们的名字：布列塔尼（Bretagne）。这批人在那时尚未被罗马化，便得以保留凯尔特语，直至今日布列塔尼的农民仍然讲布列塔尼语（breton），而那些来自高卢的凯尔特人（Celtes）在其更为保守的远房亲戚登陆定居之时，就已被罗马化很久了。

7）法兰克人是一个强大的日耳曼民族，由好几个部族组

---

[1] 拜占庭帝国统治下的政治或宗教行政区，于 6 世纪开始设置，目的是加强对距离君士坦丁堡较远的地区的控制，如"意大利督区"（Exarchate of Italy）和"非洲督区"（Exarchate of Africa）。在欧洲的语境下，"督区"往往指的就是"意大利督区"。"意大利督区"的首府设在拉韦纳，故而又被称为"拉韦纳督区"（Exarchate of Ravenna）。

[2] 拉丁语的 Armorica，是高卢西北角（今布列塔尼）的拉丁名称。在罗马帝国治下，阿摩里卡是高卢的一部分，但没有被罗马彻底同化。在公元 5 世纪，此地接受了来自不列颠群岛的很多凯尔特移民。

成。公元5世纪上半叶，法兰克人便定居于莱茵河右岸，在科隆（Cologne）北面。460年前后，他们占领了科隆这座城市（位于河的左岸），在莱茵河另一侧的地区继续向前推进。由好几个法兰克部族组成的联盟在来自墨洛温家族（Mérovingiens）的年轻国王克洛维（Clovis）的率领下，于486年占领了从帝国覆灭起就保持独立地位的罗马行省高卢［见第61页，5）］。由此，法兰克人便抵达了塞纳河与卢瓦尔河（Loire）河谷一带。507年，克洛维击败西哥特人［见第60页，2）］，一直推进到比利牛斯山。克洛维生命的最后几年是在与其他法兰克部族首领的征战中度过的。在他于511年去世时，他已是所有法兰克人的国王。他的儿子们推翻了勃艮第人的王国［见第60页，3）］，趁着拜占庭进攻东哥特人［见第61页，5）］之时，占领了该地区西南部，而此地先前一直处在两支哥特民族的保护之下。从536年起，法兰克人的统治延伸至地中海。诚然，普罗旺斯即罗讷河以东的滨海地区仍然保持相对独立。直到两个世纪以后，在其经济实力因阿拉伯人的入侵而受到削弱后，该地区才完全臣服于法兰克人。但是整体而言，从6世纪开始，法兰克人就成为了以他们的名字命名的地区的主人，这就是法国，即罗马人所称的高卢。关于这些人在种族、语言和文化上的影响，已经有过诸多讨论。由于他们在高卢罗马的全部版图内均已被罗马化，19世纪的大多数学者，特别是历史学家，便认为他们只产生了浅层次的影响，而在法国的法兰克人也只是一个为数很少的由支配者组成的阶层，并不是佃农。最近一段时间的语言学和考古学研究大大改变了这一看法。通过对地名的研究，人们发现，很大一部分地名，尤其是在卢瓦尔河以北，都起源于法兰克人的语言。在同一地带的农业术语也吸收了很多源自法兰克人的词语，而只有与行政或者战争相关的词语得以逾越卢瓦尔河的界线，扩展至法国南方。这似乎证明，法兰克人曾在法国北部大量定居，而在卢瓦尔河以南，他们的活动完全是行政和军事性质的。墨洛温王朝诸位国王的政策倾向于促进法兰克人和高卢罗马人之间的融合。这些墨洛温国王将高卢罗马贵族吸引到宫廷，为其提供一些职位，就像他们给自己民族的大人物提供职位一样。他们还沿用罗马的行政机构，而高级官员的头衔很大一部分都继承自罗马（公爵、伯爵），军事和司法术语亦是如此。然而颇有意思的是，日耳曼法逐渐在卢瓦尔河以北得以确立，法国南方则保留了罗马法（法律体系的这种差异一直持续到1789年大革命），这再次证明，法兰克人对法国北部的实际生活有着更为显著的影响。克洛维及其臣民皈依天主教更是促进了法兰克人和高卢罗马人的融合，融合的结果大概就是法兰克人的罗马化。然而，即使在文化和心理方面，法兰克人也为语言提供了一些重要的词，如"傲慢"（orgueil）和"羞耻"（honte）。总的来说，应当这样推测，即法兰克人在卢瓦尔河以南定居的数量很少，而在法国北部则要多得多，甚至要多于在罗曼语区其他地方定居的日耳曼人。按照瑞士语言学家瓦尔特·冯·瓦特堡[1]的估算，法

---

[1] 瓦尔特·冯·瓦特堡（Walther von Wartburg, 1888—1971），瑞士语文学家和词典学家，代表作为多卷本《法语词源词典》（*Französisches Etymologisches Wörterbuch*）。

兰克人占到了总人口的15%—25%。另外一些学者走得更远，认为法国北方已几乎完全被日耳曼化，而今日法语和日耳曼诸语言之间的界限是后来6世纪至8世纪间缓慢的再罗马化所致。无论如何，法兰克人的入侵似乎都进一步破坏了高卢罗马地区语言的统一性。在此之后，一种新的罗曼语在法国北部形成，这就是日后的法语。由于日耳曼人的影响极小（西哥特人并未产生持久影响），加之民风更趋保守，法国南方保留并发展出了一种不同的语言，语音结构更接近拉丁文，这被称作奥克语（langue d'oc）[1]或者普罗旺斯语（provençal）。两种高卢罗曼语（galloroman）[2]之间的分化很可能在早先的发展中就有所准备，因为地中海沿岸所受的古典文明和罗马化影响要远远早于法国北方。但是很显然，法兰克人的入侵加剧了这种分化，使之变得具有决定性。今日法语和普罗旺斯语之间的界线从波尔多开始，以一条向北弯的巨大弧线绕过中央高原，在瓦朗斯（Valence）偏北一点的地方穿越罗讷河，继续向东，朝着阿尔卑斯山的方向走。这当然指的是口头语言之间的，特别是农民所讲的语言之间的界线，因为今日的文学语言到处都已是北方的法语，城市里的口头语言也日益变得如此。在中世纪早期，这一语言界线要更加偏北，讲南方土语的地

---

[1] 中世纪法国南部的语言用"奥克"（oc，来自拉丁语 hoc）表示"是"，故而被称为"奥克语"（langue d'oc）。与之相对，同时期的法国北部用"奥尔"（oïl，来自拉丁语 hoc ille）表示"是"，故而被称为"奥尔语"（langue d'oïl）。今日的标准法语即是从奥尔语发展而来。

[2] 高卢罗曼语是罗曼语族的一个语支，由原高卢境内的通俗拉丁语发展而来，包括法语、普罗旺斯语、法兰克-普罗旺斯语等等。

第二部分　罗曼语言的起源

区包含了桑通日（Saintonge）、普瓦图（Poitou）、贝里（Berry）南部、布尔多奈（Bourdonnais），还有莫尔旺（Morvan）的一部分，只有那些有大批法兰克人定居的地区才讲北方土语。在高卢罗马的疆域东面，还有一个语言区域（在日内瓦、里昂、格勒诺布尔等城市周围）情况较为特殊，介于法语和普罗旺斯语之间，被称为法兰克-普罗旺斯语（franco-provençal）。该区域的形成或许是由于勃艮第人［见第60页，3）］的定居。

8）公元568年［见第61—62页，5）］，来自潘诺尼亚的伦巴第人（Langobards）被一支蒙古民族阿瓦尔人（Avares）驱赶，进入当时处于拜占庭统治下的意大利。他们征服了波河平原，以帕维亚（Pavie）为首都，继续向南挺进。他们成为托斯卡纳的主人，又在半岛南部建立了斯波莱托（Spolète）和贝内文托（Bénévent）公国。国王居住在帕维亚，这两个公国事实上是独立的。拜占庭所能控制的只是几片分散的土地，其中最大的是罗马和拉韦纳（Ravenne）及其周边地区，普利亚（Pouille）[1]南部和卡拉布里亚。双方都在试图保护交通线。拜占庭人要保护罗马与拉韦纳之间的联系，而伦巴第人则要保护托斯卡纳与几个公国之间的联系。因此，佩鲁斯（Pérouse）地区成为了一个战略意义上的中心，双方都在此建立一些堡垒。由于中央组织颇为薄弱，加之在其统治初期曾经残酷对待那些讲罗曼语的民众尤其是贵族，

---

[1] 普利亚（Puglia），又称阿普利亚（Apulia），位于意大利东南部的大区，处于意大利半岛的"鞋跟"位置。

65 伦巴第人未能给意大利带来政治统一，也未能从民众与拜占庭之间日益增长的矛盾以及拜占庭势力的衰落中得到好处。罗马城的主教，也就是教宗，成为了意大利罗曼语区的核心。在754年即征服之后的两个世纪，一位伦巴第国王占领了拉韦纳，转而反对教宗，后者便向法兰克人求援。在那时的法兰克人中，墨洛温家族已被加洛林家族所取代。法兰克人先是削弱而后摧毁了伦巴第人的统治，查理曼于774年攻占伦巴第。他们拥有了意大利的大片土地，并将教宗重新安置在罗马。意大利南部（普利亚、卡拉布里亚、西西里）仍然属于拜占庭人。因此，在两个世纪的时间里，伦巴第人统治了意大利的大片土地，占领了北部的托斯卡纳和翁布里亚（Ombrie），经由贝内文托公国，将其统治延伸至巴里（Bari）地区。在这一时期内，伦巴第人亦被强烈地罗马化，但是也在意大利语言和文明中留下了非常重要的印记，尽管不像法兰克人在法国北部留下的印记那样深。伦巴第人的影响体现在所占地区（特别是在北方）耕地和市镇的组织。按照现代学者的看法，伦巴第大区和托斯卡纳大区市镇的蓬勃发展要归因于伦巴第人。来自伦巴第人的地名大多集中于首府帕维亚周围。意大利罗曼语（langue italoromane）[1]中的伦巴第词语要少于法语中的法兰克词语，但是其数量和重要性均远远胜过法国南部和西班牙诸语言中的哥特词语。伦巴第词语主要与物质生活相关：房屋、家

---

1 奥尔巴赫有意使用"意大利罗曼语"而不是"意大利语"，为的是强调意大利各地区的各种罗曼语变体，并与后来以托斯卡纳方言为基础形成的标准意大利语相区别。

庭、行业、动物、土地形态、衣物、身体部位等。还有一些表达心理细微差别的形容词，如 gramo（悲伤）和 lesto（迅捷、灵活、微妙、狡猾）。但是整体而言，上等阶层的词汇似乎并未受到多少影响。意大利土语中伦巴第词的分布有些奇特，有时它们局限于某个或某几个地区，这很好理解；可是有些时候，伦巴第词的地域会超出伦巴第人的政治统治范围。在拉韦纳周围的罗马涅（Romagna）地区也有伦巴第词语，可是这片土地先是属于拜占庭，后来属于教宗，从未属于伦巴第人。越往南走，语言中伦巴第词语的出现率就越低。在那不勒斯、卡拉布里亚和普利亚地区南部，伦巴第词语就完全没有了。

9）公元 7 世纪末，阿拉伯人在非洲北部节节挺进，将当地的罗马文明和拉丁语言消灭殆尽。在那之前，地中海西部沿岸的罗马文明和拉丁语言似乎都得以在灾祸中幸免于难。8 世纪初，阿拉伯人进入西班牙，于 711 年在赫雷斯 - 德拉弗龙特拉，仅靠一次战役便推翻了西哥特人［见第 60 页，2)］建立的业已罗马化的王国。这是欧洲历史的一个转折点。在很长时间内，地中海盆地西部不再是一个"欧洲内湖"，基督教和罗马文明的中心也永久向北移动。阿拉伯人继续挺进，并越过比利牛斯山。但是在 732 年，法兰克人的领袖也就是查理曼的祖父查理·马特（Charles Martel）在图尔和普瓦捷两地之间取得一场大胜，阻挡了阿拉伯人的步伐。从那时起，阿拉伯人撤至比利牛斯山以南。西班牙西哥特人的余部在该国西北部的坎塔布连（Cantabre）山脉[1]避难，在那里建立了阿斯图里亚斯王国。从9世纪起，阿斯图里亚斯的国王便向南挺进，一点点收复失地，一直打到杜罗河（Duero）。他们以莱昂（Léon）为首府，而收复的地区即老卡斯蒂利亚（Vieille-Castille，来自 castellum，意为"要塞"）是他们势力的中心。与此同时，法兰克人从东北方向一路挺进。然而，在半岛余下的地区，罗马和基督教文明并未被摧毁。身为穆斯林的阿拉伯人在其统治初期颇为宽容，与那些讲罗曼语的臣民相处融洽。后者大多数依然保持基督徒身份，也继续讲罗曼语。其后，持续至15世纪末的"收复失地运动"的不断推进，使得半岛的各种罗曼语土语分裂为三组。位于中央地带的一组属于那些从阿斯图里亚斯和老卡斯蒂利亚出发的征服者。他们在政治、军事和精神上最为强大。他们将自己的语言即卡斯蒂利亚语（castillan）推展到半岛的一大部分地区，甚至包括南方的各省，一直抵达直布罗陀海峡，这就是现今的西班牙语。在西面有一群人从加利西亚（Galicie）[2]出发，一点点征服大西洋沿岸。这群人的语言即加利西亚语（galicien），以葡萄牙侯爵（曾经臣属于卡斯蒂利亚国王，从1100年起独立）做后盾。该语言保留了某种特别的性质，这就是葡萄牙语（portugais）。在东面，法兰克人帝国的"西班牙边境省"(marche espagnole)与法国南方保持密切关系。当这个边

---

1 西班牙北部沿海岸的一组山脉，穿过阿斯图里亚斯，止于加利西亚。
2 此处的"加利西亚"指西班牙西北部的地区，与东欧的"加利西亚"名称相同，但不是一个地方。

境省从法兰克人统治下独立（巴塞罗那侯爵，加泰罗尼亚大公国，约 900 年），甚至于此后先是被并入阿拉贡（Aragon），后来又于 1479 年被并入卡斯蒂利亚（Castille）[1]之后，该地区的语言也仍然保持着活力。相对于卡斯蒂利亚的西班牙语，该语言更接近普罗旺斯语，这就是加泰罗尼亚语（catalan）。

尽管讲罗曼语的人和阿拉伯人在伊比利亚半岛曾经长期共存，在很长时间内也曾和平相处，他们所讲的两门语言都未能占据上风。与那些生活在帝国旧有疆域内的日耳曼人不同，阿拉伯人并未被罗马化，但也未能做到把讲罗曼语的居民阿拉伯化，即便他们在政治上居于统治地位，文明也极为昌盛。这可以解释为宗教间的差异，不过此种差异也并未阻止一定程度的种族融合。阿拉伯人的统治在语言上仅有的残留便是让相当数量的词进入了罗曼土语，在卡斯蒂利亚语和葡萄牙语中尤其如此。

10）从公元 8 世纪起，一些斯堪的纳维亚的日耳曼人，即诺曼人（Normans）或维京人（Vikings），开始袭扰欧洲海岸。他们所扮演的角色，与几个世纪前撒克逊人和盎格鲁人的角色相类似。9 世纪和 10 世纪时，他们曾好几次长驱直入，直至巴黎。从 912 年起，这些人定居于法兰克国王主权之下的一个地区，这就是后来以他们为名的诺曼底（Normandie）。他们在那里迅速被罗马化。11 世纪时，这些法国海岸的诺曼人侵入英格兰，即 1066

---

[1] 西班牙语为 Castilla。

年的黑斯廷斯（Hastings）战役[1]。他们的国王及其随从在英格兰形成了一个统治阶层，讲的是一种法语方言即盎格鲁-诺曼语（anglo-normand）。该方言曾在中世纪的文学中占据重要地位。不过，英格兰的第二次罗马化只是停留于表层而已。这次罗马化与12世纪封建骑士制度的巅峰时期相吻合，之后便消失不见。其他诺曼人于11世纪和12世纪在意大利南部和西西里岛定居，先后同拜占庭人、穆斯林、教宗以及不同的封建主作战。从1130年起，他们的领地被称为那不勒斯和西西里王国。12世纪末，这个王国通过继承关系落入德意志的霍亨斯陶芬（Hohenstaufen）皇室家族手中。但是这些意大利的诺曼人在语言方面并未产生重要影响。

现在，让我们试着对这些重要运动所产生的政治与文化结果做一番概览。

帝国的统一早已被破坏；将欧洲西部联系在一起的唯一纽带便是天主教会。在世界的这一部分，教会成功地排除所有危险的异端，并继续缓慢且执着地让那些仍然信奉多神教的民族皈依天主教。全部的智识与文学活动都集中于教会。这一时期的所有作家、诗人、音乐家、哲学家和教授都出自神职人员，而在不同的

---

[1] 1066年10月14日，诺曼底公爵威廉一世（Guillaume Ier de Normandie）的军队与当时的英格兰国王哈罗德二世（Harold II）的盎格鲁-撒克逊军队在英格兰南部濒临加来海峡的黑斯廷斯交战，以威廉一世获胜告终，这一事件史称"诺曼征服"（Norman Conquest），是英国历史的重要转折点，在政治和社会领域产生了深远影响，也使得法语方言盎格鲁—诺曼语成为数百年间英国的宫廷语言，大量法语词汇由此进入英语。

第二部分　罗曼语言的起源

日耳曼王侯的宫廷中，教会的影响也日益增强。在男爵（baron）、伯爵（comte）和公爵（duc）之外，主教和神父成为国王的顾问，往往不仅要负责与教会和心灵相关的事务，也要在管理和政策方面提供指导。毫无疑问，教会凭借其声誉，对大多数日耳曼征服者的迅速罗马化做出了很大贡献。

除法兰克人的王国以外，这些日耳曼王国都没有能延续很久。西班牙西哥特人的王国被阿拉伯人推翻；法国的西哥特人，还有位于里昂和日内瓦湖与纳沙泰尔湖之间的勃艮第人，均被法兰克人征服。意大利的东哥特人为拜占庭所灭，两个世纪以后，他们的后继者伦巴第人也让位于法兰克人。阿尔卑斯山以北的阿勒曼尼人和巴伐利亚人也生活在法兰克人的统治之下。后者已将其统治范围向东延伸，征服了一些到那时为止仍然保持独立的位于现今德国北部和中部的部族。查理曼是法兰克人国王中最伟大的一位，于800年被加冕为皇帝。查理曼在位时，欧洲的政治统一似乎在一段时间内重新得以确立。他统治了法国全境、到易北河（Elbe）[1]为界的德国、意大利的一大部分，甚至还有西班牙东北部的一个地区。但是，在其后继者的统治下，查理曼的帝国分崩离析。870年，阿尔卑斯山以外领地的日耳曼部分与罗曼部分彻底分离。一个成为德国，另一个成为法国，而意大利则经历了长期动荡。即使在法国和德国，诸位国王也并没有足够的势力，将其

---

[1] 易北河是欧洲中部的主要河流之一，发源于捷克西北部地区，先后流经德国东部和北部的德累斯顿、汉堡等城市，最终注入北海。

国家的行政管理集中于中央。这是政治经济结构使然，该结构赋予各地区的领主以很大的自由。这些领主一部分是世俗的，如公爵、伯爵、男爵，另一部分则是教会的，如主教和修道院长。这就是封建制度（système féodal）。封建制度根源于罗马帝国末期，却由于日耳曼统治者的习惯而发展成型，并于加洛林王朝统治末期最终确立。

从公元3世纪起，罗马帝国的居民变得日益贫困。这导致很多人放弃土地，离开自己的行业或者职位，以便逃避国家和军队征收的捐税。诸位皇帝试图通过限制行动自由来解决这一问题，农民变为依附于土地的佃农，任何人都无权改换职业。行业与职业变为世袭，社会结构亦失去了一切弹性，变得僵化，成为一种阶级划分极为清晰的制度。城市中富有的市民，那些拥有世袭性、荣誉性，也就是无俸禄的市政职位（被称为元老院[1]职位）的人，便在这场危机之中倒下了。各类反叛、入侵和海上劫掠所导致的商业衰颓使得这些市民破产。由于不再有权离开职位，又因其职位往往花销甚巨，他们的破产便格外迅速。得以幸存的只是一小批土地主。他们却更愿意离开日益凋敝的城市，前往他们所拥有的土地，与那些土地上的佃农为伴，这就是古典城市文明之终结。这些佃农尽管原先是自由的，却也已变得世代相传。中央权力的式微和交通的阻绝，使得这些土地主作为各自独立的小小封建领

---

[1] 此处原文为法语形容词curial(e)(s)，来自拉丁语 *curia*，用来形容与古罗马元老院相关的职位。

第二部分 罗曼语言的起源

主生活在乡间。他们试图自给自足，并在佃农中招兵买马，组织武装。因此，在帝国的疆域内，几乎到处都出现了难以计数的小块地盘。这些地盘在经济上和军事上能够自足，封建领主甚至可以在其地盘内行使司法权。

墨洛温和加洛林时期的领地制度（régime domanial）似乎只是这一情形的延续。属于领主并由佃农耕种的大片领地（grand domaine）构成了一个封闭的小世界，与外界往来极少。领主有时是公爵或男爵，或是日耳曼人，或是罗曼人，有时是一位主教或一位修道院长。大片领地具有异乎寻常的稳定性。在法国，有一些领地从高卢罗马时期开始，经过墨洛温和加洛林时期，一直延存到法国君主制的确立。而现今的很多法国市镇的范围往往就是旧时的某块大片领地。当然，领主往往会发生变化，许多大片领地亦是在被日耳曼征服之后才得以形成，因为国王通过赠予被征服的土地即赐地（beneficia）或封地（fiefs）[1]来奖励军功，同时保留对该领土的宗主权（suzeraineté），还有被赠予人的个人奉献和军事服务。领主因此成为国王的封臣（vassal），同时也有自己的封臣，在类似的条件下给予他们封地，还要求实物甚至金钱形式的税捐，并以此类推。佃农则被束缚于耕地之上，处于最低的等级。

教会财产也采用了这样一套制度。虔信者相信可以通过捐赠来救赎其罪行，故而教会的财产增加了很多。自由的土地所有权

---

[1] Beneficia 是拉丁语 beneficium 的复数形式，指的是这一时期的君主向有功之人赏赐的土地。其后，被赏赐者逐步将土地变为世袭的财产，而"赐地"也开始转化为"封地"（fief），也译为"采邑"。

逐渐消失了，或者变得罕见。贵族依附于封地，变成了某种物质性的事物。自10世纪起，骑士便成了这样一个人：他被君主置于一块封地，在马背上履行其职责。由于封地实际上是世袭的，就形成了一种与封地相联系的新式贵族。然而，在一个通讯缓慢而困难的世界里，要管理一片像法国或德国一样广袤的领土，存在着难以解决的行政方面的问题。不言而喻，封建联系在高层比在底层要弱得多。这就是中央权力在墨洛温王朝和加洛林王朝时期封建制度建立之时软弱无力的原因，也是中世纪的国王为了恢复这种中央权力和统一国家而不得不坚持长期斗争的原因。

封建制度是逐步才得以确立的，其形式在各地也并不完全相同，而且与之相关的诸多问题仍有很大争议。但是没有人会怀疑，领地制度是封建制度的基础，而这种发展也造成了中世纪以前各君主国中央权力的虚弱。权力的分散、各个地区和大片领地的自给自足以及人类活动的分化是这一时期最典型的特点。这一时期始于罗马帝国的灭亡，一直持续到十字军东征的开端，即1100年之前不久。唯有文学活动保留了某种统一性，而文学活动仅限于少数人（因为很少有人会读写），且完全掌握在教会手中。教会是这一时期唯一的国际化势力（这个词不太恰当，因为那时还没有现代意义上的国家）。在这种情况下，通俗拉丁语彻底丧失了统一性，形成了大量的地区性土语。由于政治和地理原因，这些土语产生了一些相对同质化的集群，即罗曼语言，如法语、普罗旺斯语、意大利语等等。在很长一段时间里，这些语言被教会的拉丁语压制，而后者被视为唯一的文学语言。直至11世纪，罗曼语言

第二部分　罗曼语言的起源

才得以发展出某种文学，但是以书面文件形式出现的最古老的痕迹可以追溯到842年。在那一年，有两位加洛林王朝的国王在斯特拉斯堡（Strasbourg）缔结联盟，并在他们的军队面前用法语和德语进行宣誓[1]。同时代的一位历史学家[2]将这些誓言的原始文本嵌入他的拉丁语编年史中，这篇法语誓言便是以罗曼语写成且流传至今的最古老的文本。

E. 语言发展趋势

罗曼语言与古典拉丁语相比，在发展过程中显示出很多共同的趋势，还有另一些趋势是某一组或某一门罗曼语言所特有的。因而我本应在前文关于通俗拉丁语的那一章里谈论所有语言的共同趋势，在本章中则只保留那些可以假定是后来才发展起来，即

---

1 这里指《斯特拉斯堡誓言》(Serments de Strasbourg)，是查理曼之孙、东法兰克人国王日耳曼人路易（Ludwig der Deutsche）即路易二世（Louis II）和他的异母兄弟、西法兰克人国王秃头查理（Charles le Chauve）即后来的查理二世（Charles II）宣誓结盟，同时反对他们的长兄洛泰尔一世（Lothar I）而在斯特拉斯堡一带发表的联合宣言。宣读誓言时，两位君主各自以对方的语言宣誓，为了让双方士兵听懂，使用了罗曼语口语和古高地德语口语。《斯特拉斯堡誓言》是现存最早的法语文本，被视为法语书面语的起源。

2 指尼特哈德（Nithard, 790—844），法兰克人历史学家，其著作为今人了解查理二世统治时期的历史提供了宝贵的第一手资料。此处引述的是他的四卷本《关于虔诚者路易的儿子们的纷争》(De dissensionibus filiorum Ludovici pii)，又名《历史》(Historiae)。这部编年史于841至843年间以拉丁语写成，包含了《斯特拉斯堡誓言》，也是唯一一份以宣读时的语言记录这份誓言的历史文献。

帝国不同部分之间的语言接触已经彻底中断之后才发展起来的特有的趋势。但是在这里，我更愿意总结我想讲的关于罗曼语言在其文学形式出现之前的结构。这种方法可以使其更加简明而连贯，也可以避开一些往往备受争议的问题，即关于某种语言变化发生的确切时间。我在这里所给出的只是一些语言演变的原理和范例。这本书不是一部手册，而是一个大纲性质的概要。

I. 语　音

a. 元音体系

评注：在下文中，我们将区分开元音（voyelles ouvertes）和闭元音（voyelles fermées），特别是 e 和 o 的区别。我们对开元音的转写将是 ę 和 ǫ，对闭元音的转写将是 ẹ 和 ọ。开元音的 e 出现在法语词语 bref 和 fais 中，而闭口的 e 出现在 blé 中。开元音的 o 出现在 porte 和 cloche 中，而闭元音的 o 出现在 mot 和 eau 中。请注意，拼写并不重要，重要的是语音。

元音转换的主要施动者是重音（accent）。与古典时期的罗马社会相比，那些操着通俗拉丁语习语的民族对元音的强调力度要大得多。古典时期的罗马社会对元音的区分更多地是根据它们的持续时间（长或短），而民众则是根据重音来区分。民间用语的重音以巨大的力量落在它所敲击的音节上，将元音加以扩大，并经常使其双元音化，该词的其他非重读音节则在发音中被忽视，变得很弱，而这些非重读音节的元音也或多或少消失不见。

α）第一种现象，即重音压力下的元音扩张（dilatation）和二合元音化（diphtongaison），主要影响到音节末尾的元音（未受阻的元音[1]）。然而在伊比利亚半岛，这一现象有时也会影响处于受阻位置的元音[2]。此外，元音扩张和二合元音化对某些元音如ę和ǫ的影响要比其他元音更为普遍。不过，有几种罗曼语，特别是北方地区的法语，将这一现象扩展到已被二合元音化的ę和ǫ，甚至扩展到a，使其加长并变为e（前提是这些元音始终是重读且不受阻）。拉丁语单词petra的开元音e是重音且位于音节末尾，因此petra这个词在意大利语中变为pietra，在法语中变为pierre。而在伊比利亚半岛，可以发现一种没有二合元音化的形式pedra（葡萄牙语），还有一种二合元音化的形式piedra（西班牙语）。在拉丁语单词terra中，ę受到音节末尾的第一个r阻挡，二合元音化在法语的terre和意大利语的terra中均未发生，却发生在西班牙语的tierra中。ǫ的情形几乎完全相同，这个音在同样的条件下二合元音化，变为uo或ue。在法国北部，ę和ǫ若是重音且位于音节末尾，就分别被二合元音化，变为ei和ou，而a也在同样的条件下变为e（拉丁语mare，意大利语mare，西班牙语mar，但法语是mer）。可是，从3世纪起，古典拉丁语的短i和短u一般分别被读作ę和ǫ。故而，只有长i和长u才会在重音下在各地保持不变，尽管u在非常广阔的范围内具有ü的发音。

β）第二种现象即非重读元音的消失，这一点在三音节词语

1　未受阻元音（Voyelle non-entravée）：处于以元音结尾的音节中的末尾元音。
2　受阻元音（Voyelle entravée）：处于以辅音结尾的音节中的元音。

中体现得尤为明显。这些词的重音在第一个音节上,且往往会失去第二个音节,成为双音节词。对于四音节词也是如此,其中的第二个音节位于两个或多或少重读的音节之间,趋向于消失不见。早在古典拉丁语时期,人们就以 caldum(法语 chaud,意大利语 caldo,等等)替代 calidum,以 valde 替代 valide,以 domnus 替代 dominus。其后,西边的语言,也即高卢和伊比利亚半岛的语言,将首音节带有重音的几乎所有三音节词均简化为双音节词;东边的语言则要更加保守。可以对拉丁语 fraxinus 在不同罗曼语言中的形式做个比较:意大利语是 frassino,罗马尼亚语是 frasine,但西班牙语是 fresno,普罗旺斯语是 fraisse,法语是 frêne。对于四音节拉丁语单词中介于两个重读之间的音节,法语只保留那些元音从 a 弱化为哑音 e 的音节,如 ornamentum 变为 ornement。在某些条件下,连这个 e 也消失了,如 sacramentum 变为 serment。对于处在这一位置的其他元音,法语则将其完全删去,例如:拉丁语 blastimare(文学形式为 blasphemare),法语是 blâmer,但西班牙语是 lastimar;拉丁语 radicina,法语为 racine,罗马尼亚语却是 rădăcină。可以从这些例子中看出,即便在这里,其他语言也比法语要更为保守。然而,还有很多情形,其中介于两个重读之间的音节在各处或几乎各处均被删去,例如:拉丁语是 verecundia、alicunum、bonitatem;意大利语是 vergogna、alcuno、bontà;西班牙语是 verguenza、alguno、bondad;法语则是 vergogne、aucun、bonté。位于词首和词尾的无重音音节得以更好地抗拒这一现象。可是在法语中,词尾的非重读音节均消失不见，只有那些元音为 a 的音节除外。在得以幸存的音节中，元音被弱化成哑音 e，如拉丁语是 portum，法语是 port，但意大利语是 porto，西班牙语是 puerto；拉丁语是 porta，法语是 porte，但意大利语是 porta，西班牙语是 puerta。

b. 辅音体系

语音标记：Y（法语 *yeux*, *lieux*）；š（法语 *ch*ant）；z（法语 *z*èle, be*s*oin）；ž（法语 *j*our）；χ（德语 a*ch*）

就辅音而言，语言发展中最为显著的事实是两种趋势。其一是塞音（consonnes occlusives）弱化的趋势，不论是单词中的无声辅音（k、t、p）还是有声辅音（g、d、b），特别是当它们出现在两个元音之间或者处于元音和流音（l、r）之间时。其二是擦音化（assibilation）或者腭音化（palatalisation）的趋势，即在腭上发音，这在某些条件下会影响到辅音 k 和 g 以及大量辅音组。其中，有以 l 结尾的塞音，有包含辅音 y 的辅音组，还有 gn、ng、kt、ks，等等。在所有这些情形中，都有一种趋势，即把辅音或辅音组打碎、分解，并以一种腭部的擦辅音（son fricatif palatal）取而代之。在此，就这两种趋势而言，法语中发生的变化又最为深刻。

α）从 2 世纪末起西班牙铭文的错误拼写中，可以看出词内两个元音之间或者元音和流音（liquide）之间塞音的弱化，如 immutavit 被拼为 immudavit，lepra 被拼为 lebra。而早在庞贝城中，人们就发现 pacatus 被拼为 pagatus。随后，这种塞音的弱化便散播开来。上述位置的 k、p 和 t（要记住，拉丁语中的 k 写成 c）到处都倾向于变为 g、b 和 d。这就是我们在西班牙语中碰到的现象，saber、mudar 和 seguro 被用于替换拉丁语的 sapere、mutare 和 securum。

74　　但是，这一现象在意大利语中并不总是能实现。意大利语有 sapere、mutare 和 sicuro，却也用 padre 来表达拉丁语的 patrem。此外我们还注意到，法语中的演变大大超出了西班牙语的种种形式，因为来自 p 的 b 在 savoir 中进一步减弱为 v，而来自 t 的 d 则在 muer 中彻底消失。同样，来自 k 的 g 在 sëur 中亦是如此，而 sëur 是现代词 sûr 的中世纪形式。有时候，k 被保留为辅音 y，pacatus，即意大利语的 pagato，在法语中变成了 payé，这是一种腭音化现象（见下文）。至于原有的 g、b 和 d，d 在普罗旺斯语中弱化并成为 z（拉丁语 videre，普罗旺斯语 vezer），在意大利语中得以完整保留（vedere），但是西班牙和法国（西班牙语 ver，法语 voir）则将 d 舍弃。原有的 g 在东方仍得以保留，在意大利则是时而被保留，时而被舍弃（reale 源于 regalem，可 legare 却源于 ligare），在伊比利亚半岛亦是如此；在法语中，原有的 g 和来自 k 的 g 有着同样的处理方式，即在大多数情况下被抹去（lier；在 royal 中被腭音化）。最后，原有的 b 很早就变为 v（拉丁语 caballus，意大利语 cavallo，法语 cheval，普罗旺斯语 cavall；西班牙语却是 caballo；相反地，罗马尼亚语是 cal）。

β）腭音化现象则要复杂得多。我们先谈谈那些涉及简单辅音 k 和 g 的现象。在撒丁岛以外的各处，它们在 e 和 i 前面都会发腭音，甚至很早就是如此。但是各地的结果不尽相同。在东边是tš，有时是š，在西边却是ts，后来是s。因此，在单词的首字母中，拉丁语caelum（古典发音为［kelum］）中的k在法语中变成了［ciel］，发音为siel，在西班牙语中变成了cielo，s的发音略有不同，而意大利语的cielo却是按［tšelo］发音。单词内部则有着相同的发展，只是西边的s浊化成了z：拉丁语的vicinus（［vikinus］）在意大利语中变为vicino（［vitšino］或［višino］），但是在古西班牙语中却是vezino，而法语中voisin的s也按z发音。在e或i前面的首字母g先是变成了y，例如在西班牙语中仍然是这样（拉丁语generum，西班牙语yerno）。但是在大多数其他国家，这个y被强化成dy，最后变成dž或ž，这可以通过相应的意大利语和法语单词genero和gendre的发音得到验证。在这个词中，意大利语也有着同样的情形（拉丁语的legem产生了意大利语的legge，发音时带有dž）。在西班牙语和法语中，最后一个音节已经脱落，g变成了y，与前面的元音形成二合元音，如西班牙语的ley、普罗旺斯语和古法语的lei、现代法语的loi，而loi目前的发音是相对晚近才有的。又过了很久，腭音化又扩展到a前面的k和g，但是仅限于高卢北部和阿尔卑斯山一带的国家。这是法语区别于普罗旺斯语和其他大多数罗曼语言的典型特点之一。在a前面腭音化的结果是，š替代了k，ž替代了g：拉丁语的carrus意为"车"，在法语中变成char，gamba则变成jambe，而在几乎所有其他地方，a之前的k或g都保持完整，例如意大利语的carro和gamba。

至于那些经历过腭音化的辅音群，我只举几个例子来显示其普遍趋势。词首的 kl、gl、pl、bl、fl 在拉丁语中颇为常见（clavis、源自 glans 的 glanda、plenus、blastimare、源自 flos 的 flore）。在这方面，法语的变革性要小于大多数其他罗曼语言。法语完整地保留了这些辅音组，如 clef、glande、plein、blâmer、fleur。尽管如此，腭音化仍存在于某些方言中。但是，意大利语让这些辅音组进行了腭音化处理，如 chiave（发音为 [kyave]）、ghianda（发音为 [gyanda]）、pieno、biasimare、fiore。西班牙语要走得更远，往往完全失去了塞音元素（élément occlusif），尤其是在重音之前，所以我们有了 llave 和 lleno 这些形式，以腭化的 l 为初始音。而拉丁语的 placere（意大利语 piacere）在西班牙语的 placer 中完整保留了 pl，其重音也和拉丁语一样，放在第二个音节上。在各个词语的内部，kl 和 gl 变得腭化，甚至在法语中也是如此。根据我们在 α、β 两节（第72页）中所述，拉丁语的 oculus 变成了 oclus，在意大利语中呈现为 occhio（发音为 [okyo]），在西班牙语中则呈现为 ojo（发音为 [oxo]），而在法语中则去掉词尾，呈现为 œil（[öy]，带有辅音 y）。

原先带有 y 的辅音组在 y 这个音里含有一个促使辅音组分解的因素。其中最典型的是 ky 和 ty。拉丁语单词 facia（古典形式为 facies，发音为 [fakya]）在法语里变成 face，发音时带有 s，但是在意大利语里变成 faccia，发音为 [fatša]。至于 ty，我们选择拉丁语 fortia（[fortya]）的例子，它在意大利语里变成 forza，在西班牙语里变成 fuerza，在法语里则变成 force。意大利语和西班牙语拼写中的 z 的语音值（valeur phonétique）是 ts，法语词中 c 的语音值则是 s。当 ty 位于元音之间时，在法语中变成了 z 的发音，例如 priser 就源于拉丁语的 pretiare。这种现象还有其他一些变种。

我们最后再提一下 gn 这个辅音组。它几乎在各处都变成了腭化的 n，如拉丁语的 lignum，古法语的 leigne，意大利语的 legno，西班牙语的 leño。在后三门语言中，发音是一样的，这个词的意思是"木头"，有时是"船只"。在现代法语中，我可以举出 agneau 的例子，来自拉丁语 agnellus。

当然，还有很多腭化现象我并没有提到。在我讲过的腭化现象中，也有很多我没有提及的细微差别。不过我相信，若能仔细阅读我对腭音化的介绍，就能了解该现象的本质，而这也正是罗曼语言演变中最重要的现象之一。

II. 词法和句法

拉丁语源于印欧语系，是一门屈折语言（langue flexionnelle）。拉丁语的基本词语，如名词、动词、形容词和代词，都有两个不同的部分：一个是固定的部分，为单个词赋予含义，还有一个是可变的词尾（désinence），让这个词产生屈折变化，即表现出这个词与句中其他词之间的关系。拉丁语的单数变格是 homo、hominis、homini、homine 和 hominem，复数变格是 homines、hominum、hominibus、homines，现在时的变格则是 amo、amas、amat、amamus、amatis、amant。然而，若是你们现在观察一门罗曼语言，就会发现，所有的词尾几乎都消失了。

拿法语来说，拉丁语的结构被改变得最为彻底。Homme 即"人"这个词在所有的格里都是一样的。即使是 s，即复数的标志，也只是一个图示符号，并不发音，除非是在元音之前的联诵中。对于动词 aimer 的现在时，单数的各个人称和复数的第三人称在语音上相同（ęm），只有复数的前两个人称 aimons 和 aimez 保留了独特的词尾。其他的罗曼语言在词尾上则相对更加丰富，例如意大利语的现在时有着完整的屈折变位：amo、ami、ama、amiamo、amate、amano。但是对于 uomo 的变格，则不再有格的区分，而只有数的区分。单数的唯一形式是 uomo，而复数的唯一形式是 uomini。在词尾消失的地方，罗曼语言使用了辅助词，如介词、冠词、代词。也就是说，罗曼语言借助句法的一些手段来安排其变格和变位。因此，在总结语言学发展的一些最重要的趋势时，我把词法和句法放在同一章。拉丁语大部分词尾的消失几乎完全摧毁了变格的屈折体系，还对变位体系造成了严重破坏。取而代之的是另一个最初是句法性和分析性的体系。诚然，其目前的功能也可以被解读为由前缀构成的屈折[1]。例如，在法语变位中，旧有的代词 je、tu、il、ils 早已失去了作为独立代词的全部价值。现在这些词仅仅作为变位的前缀来使用，它们作为独立代词的功能

---

[1] 与拉丁语不同，法语的动词已经无法单独使用，而要与人称代词相配合。例如，拉丁语中第三人称单数现在时的"爱"是 *amat*，由固定部分 *am* 和词尾 *at* 构成，人称和时态均由词尾的屈折变化表达。在法语中，第三人称单数现在时的"爱"是 il (elle) aime，人称代词"他"（il）或"她"（elle）可以被视为动词的某种前缀。

第二部分　罗曼语言的起源

则已被 moi、toi、lui、eux 替代。总而言之，在法语变格中，通过词尾来变化的屈折体系几乎完全消失了。在变位中，该体系的重要性也大大降低。至于代词的变格，旧有屈折形式的某些残余被保留下来，如与格（datif）的 lui 和 leur。但是总体而言，这个屈折体系已经瓦解了，以至于无法再把句法性的辅助词省去。有时候，唯有句中词语的顺序才能让人理解词语之间的关系。例如，在"保罗爱彼得"（Paul aime Pierre）或"猎人杀死狼"（le chasseur tua le loup）中，只有通过词的位置才能知道"保罗"和"猎人"是主语，而"彼得"和"狼"是宾语。在拉丁语中，动词最好置于句末，而在 Paulus Petrum amat 和 Petrum Paulus amat[1] 之间则可以任选。

造成屈折体系被舍弃的是哪些原因呢？可以举出好几个原因。首先，拉丁语的屈折体系相当复杂。拉丁语有四个系列的变位类型，五个系列的变格类型。在这些系列之外，还有许许多多的特殊性和所谓的例外，即一些个例。随着拉丁语的广泛传播，越来越多的人群开始运用拉丁语，而一个如此复杂的体系对他们而言变得很不方便。民众会混淆和简化，许多类同的变化也随之发生。这一事实与其说是种族层面的，不如说是心理和社会层面的，因为它发生在整个帝国。然而，各个地区的变化也有着很大不同。试举几例如下：在拉丁语中，有一系列带 a 的名词，均

---

[1] 这两个句子"*Paulus Petrum amat*"和"*Petrum Paulus amat*"意思均为"保罗爱彼得"。奥尔巴赫想以这个例子说明，拉丁语是屈折语言，句子成分由词尾决定，故而词序较为灵活。而法语由于丧失了屈折体系，便十分依赖词序。

为阴性，如 rosa。除此之外，还有一系列带 es 的阴性名词，如 facies 和 materies。它们几乎在各地都变成了 facia 和 materia，并被当作带 a 的阴性词。同样的变化也出现在大量带 a 的中性复数词中。它们被视为单数阴性词，例如 folia，即"叶子"。拉丁语里的动词 venire 属于另一个系列，不同于动词 tenere。可是在某些地区，例如高卢，人们却按照 venire 的模式处理 tenere。因此在法语中，tenir 和 venir 被放在一起。在罗曼语言词形的演变中，类同（analogie）起到了非常重要的作用。然而，如此之多的类同变化造成的结果是，词形变化（flexion）发生了某些混乱，这种混乱又削弱了词形变化。

另一个语音方面的原因更加重要，即在通俗拉丁语中，词尾的发音位置很弱。这一点从古典拉丁语时期就可以感觉到。根据语法学家的证明，那时末尾的 m 不再发音，而这是非常重要的宾格（accusatif）标记。在罗曼语区的东部，如罗马尼亚和意大利，末尾的 s 亦有同样的命运，但这对于词形变化同样必不可少。在法语中，末尾的 s 被保留了很长时间，直至 14 世纪。所以直到那时，主格（nominatif）的 murs（拉丁语 murus）和宾格的 mur（拉丁语 murum）仍有区别。另一方面，法语已经失去或者大大减弱了末尾非重音音节的元音。拉丁语的 murus、porta、cantat 在意大利语和西班牙语中变为 muro、porta、canta（末尾的 t 也已消失不见，它只存在于最初几个世纪的古法语中），在法语中的形式则是 mur、porte、chante。若要解释这种语音发展，就需要记住我们在以上第一节 α 和 β（第 72 页）部分说过的话，即重音（accent d'intensité）居于主导，通过弱化无重音的音节，总是把最后一个音节弱化。而在拉丁语中，最后一个音节从不带重音。当然，在拉丁语中，也有一些多音节的词尾，其第一个音节带有重音，如 -amus、-atis、-abam 等等。因此，它们对语音发展的抗拒要远远强过单音节词尾，即便在法语中也是如此。

但是，在这些对屈折体系造成破坏的纯负面原因之外，还有其他一些相当正面的原因，使我们感觉到，被罗马化的各个民族是受到哪些本能的驱使，才会偏爱新形式的变格和变位，而这些形式起初是句法性的。通过说 ille homo（"这个人"）而不是 homo，通过说 de illo homine 或 ad illum hominem（"这个人的"或者"给这个人"）而不是 hominis 或 homini，人们可以说是使用手指，指示了所提及的人（ille 原本是一个指示代词），并强调属格（génitif）的动作是从自身出发，而与格（datif）的动作则是趋向于自身。这是一种把言语所表达的现象具体化甚至戏剧化的趋势。在通俗拉丁语的大量事实中，都可以观察到这一趋势。我们从文学作品中了解到的古典拉丁语言是具有高度文明的精英人士、管理者和组织者的工具。他们的语言与其说是为了把特定的事实和行为具体化，不如说是为了在一个庞大而有序的体系内对它们进行安排和大致分类。他们不太强调各种现象的显著特点，其语言表达的努力首先是用于明确和清晰地建立各个现象之间的关系。与之相反，民众的语言则倾向于具体地呈现特定的现象。[79]人们想要看到这些现象，并敏锐地感知这些现象。对于身处有限的日常生活中的人们而言，这些现象的秩序和关系并不令人感兴趣，自从帝国衰落和崩溃以来，他们的视野也不再包含地理意义上的整个大地或者人类知识的全部世界。他们所面临的任务不再像古时的世界大师那样，后者要对极大数量的现象进行分类，且其中很大一部分只能以间接而抽象的方式，通过报告和书籍进入其知识范围；他们则要很好地把握、感受并深入了解发生在其眼前的有限的事实。

这是一场深刻的转变。从通俗拉丁语的诸多句法特征中，可以观察到该转变的结果。正如在新的变格形式中一样，对具体化和戏剧化的需求在变位形式中也能有所体现，也就是在动词的人称之前使用代词 ego、tu、ille 等。这种用法在通俗拉丁语中要比在古典拉丁语中更加频繁。然而，这种用法直到很久以后才具有强制性，且仅限于法语。人们可能会倾向于借助词尾的脱落来解释这一现象。在法语中，词尾的脱落要比在其他语言更加彻底。但是最近已经确定，在古法语散文中，代词的使用或者省略是独立于词尾的。在某些情况下，人们对代词的频繁使用要远早于词尾的脱落。在这个过渡期内，起着引导作用的似乎是一种节奏感。这个小例子表明，对一个句法现象的解释往往相当复杂。在大多数情况下，一个现象是多个原因共同作用所致。

通俗拉丁语还运用了其他的句法手段，实际上是一些迂回说法，以便让动词形态更加具体。在动词 habere 的协助下，通俗拉丁语引入了一个新的过去时，即复合过去时（passé composé）。正如过去常说 habeo cultellum bonum 即"我有一把好刀"，人们也可以用被动分词来组成同样的表达方式，说 habeo cultellum comparatum 即"我有一把买来的刀"。而后者很快就有了"我买了一把刀"的含义。这就是具体化所催生的句法构造（formation syntaxique），在各地均被采用。由于可以从中发展出一种复合愈过去时（plus-que-parfait composé），如 habebam cultellum comparatum 即"我曾买过一把刀"，还可以从中发展出相应的虚拟式，这种句法构造便格外强大，也格外有生命力。至于旧有的屈折形式，完成时如 comparavi 被保留了下来，这就是现代罗曼语言的简单过去时（passé simple）。简单过去时的虚拟式如 comparaverim 已经消失，并与未完成过去时（imparfait）的虚拟式如 compararem 一样，在几乎所有罗曼语言中都被取代了。取而代之的是从原有的愈过去时虚拟式如 comparavissem 中派生出来的形式。原有的愈过去时直陈式如 comparaveram 在中世纪的罗曼语言中留有一些痕迹，现今则只存在于伊比利亚半岛，而在中世纪和现代的大多数情形中，它已不再具有最初的含义。

　　类似的演变也发生在将来时（futur）中。古典拉丁语的将来时有两种不同类型：其一是来自 cantare 的 cantabo，也包括以 ebo 结尾的类似形式，其二是来自 vendere 的 vendam。前者由于从 b 到 v 的变化（见第 74 页），常常与完成时的相应形式相吻合，如将来时的 cantabit 和完成时的 cantavit。后者来自虚拟式现在时，亦有着容易与其混淆的缺点。此外，古典拉丁语还拥有一个最近将来时的迂回说法，即 cantaturus sum。但是通俗拉丁语并没有采用这些形式。通俗拉丁语曾长期在几个迂回说法之间摇摆不定，例如与英语相类似的 volo cantare 即"我想唱歌"，而这一说法只残存于巴尔干地区的罗曼语。此后，绝大多数行省都采用了一种迂回说法即 cantare habeo，其最初的含义曾是"我有歌要唱"。随着语音的发展，这种形式也逐步改变，并变得缩约，产生出各种不同罗曼语言的将来时，如法语的 chanterai，意大利语的 canterò，西班牙语的 cantaré，等等。

最后，拉丁语屈折体系中的被动式，如 amor、amaris、amatur 等，在各个地方和所有动词时态中都被迂回说法所替代。其中最重要的类型是根据 bonus sum 即"我很好"和 amatus sum 即"我是被爱的"这两者的类比而构成的。

关于句子的结构，我在这里只限于一般性的考虑。古典拉丁语拥有一个体系，包含非常丰富的从属方式。这使得古典拉丁语可以将大量语言事实及其相互关系归入单一的句法单位。一个句子往往很长，却非常明确而清晰，被称为圆周句（période）。从属方式有很多，像多样化且富于细腻差别的连词，其中的每一个连词都有着准确含义，比如地方性的、时间性的、因果的、最末的、连续的、让步的、假设的，等等。另外还有带有从属不定式的分句，如 credo terram esse rotundam 即"我相信地球是圆的"，以及各类分词式结构，例如独立夺格句（ablatif absolu）。然而，我们刚刚说过，通俗拉丁语不再如以前那样感到有必要对事实进行分类和排序。因此，圆周句的技艺便陷入了衰颓。就其本性而言，圆周句更适合书面语和精心准备的话语，而不是民众的口头语言。分词式结构（constructions participiales）和带有从属不定式（infinitif subordonné）的结构被用得更少了，原本数量极大

第二部分　罗曼语言的起源

的富于细腻差别的连词亦显著减少。那些存留下来的连词的含义也远不像先前那样清晰。在表达事实之间的联系，特别是原因与结果之间的联系时，古典式的准确性亦不复存在。古代文献中的通俗拉丁语和罗曼语显示出对并列结构非常明显的偏爱。主句占据主导，从句则属于非常简单的类型。直到很久以后，当罗曼语言本身也逐步成为文学工具时，这种状态才有所改变。在1300年前后，可以看到最早的圆周句，它们在一系列语言事实中占据主导，这在但丁的作品中尤为明显。

另一方面，对于时间和地点副词如"这里"（ici）、"现在"（maintenant）等，带有时间和地点的条件补语的分句如"在……后"（après）、"在……前"（devant）等，以及时间性或地点性连词如"在……期间"（pendant que）、"自从……以后"（depuis que）、"在……地方（时候）"（où）等，通俗拉丁语倾向于将它们强化，以使其更加具体，也可说是标出这些词所象征的时间或空间运动的步调。这种强化或是通过一个图像，如"现在"（pendant）和"在……期间"（pendant），或是通过几个词缀的累积，如"在……以前"（avant）、"在……的后面"（derrière）、"自……以来"（depuis），以及由四个法语词 de、or、en、avant 组成的"从今以后"（dorénavant）。后一种方式格外常见。有时候，这种具体的强化要在 ecce 一词的协助下完成，如"这里"（ici）即来自 ecce hic。对 ecce 的运用在很大程度上是要让指示代词更加生动，它们的旧有形式被用于构成冠词和人称代词，似乎太缺乏表现力。

在所有这些演变中，都可以观察到同一种趋势，即在视觉和感官层面实现个别现象的具体化，并放弃将各类现象安排和归类为一个整体的努力。

III. 词　汇

关于罗曼语词汇中的非拉丁语元素，我已经有机会谈过一些最重要的事实。首先，有些词源自罗马征服之前各民族所讲的语言，即底层语言（langues de substrat，见第44页）。其中，凯尔特语提供了最大数量的词，这是古高卢人或凯尔特人的语言。例如，在法语中，有 alouette、bercer、changer、charrue、chêne、lande、lieue、raie、ruche，或许还有 chemise 和 pièce。随后有所贡献的是日耳曼征服者的语言，而对于西班牙而言，则是阿拉伯人的语言。征服者的语言叠加在先前建立的语言之上，这被现代语言学家称为上层语言（langues de superstrat）。

为罗曼语言提供过词汇的日耳曼语言包括哥特人、勃艮第人、法兰克人、伦巴第人的语言。其中，最重要的是法兰克语，其次是伦巴第人的语言。我在谈到这些民族的入侵时，已经举过几个例子（第62页及以下和第64页及以下）。我想在这里增加一份列表，包含几个极为知名的有着日耳曼来源的法语词。有些词在整个罗曼语区西部均能找到，如 baron、éperon、fief、gage、garde、guerre、heaume、表示"边境"词义的 marche、maréchal、robe、trêve，这些都是战争和法律用语。还有一些日常生活的，甚至是身体各部分的词，如 banc、croupe、échine、 gant、hanche、harpe、loge。另有抽象和道德词汇，如 guise、honte、orgueil。在形容词中，有 riche，在颜色词中，有 blanc、brun 和 gris。在动词中，有 bâtir、épier、garder、gratter、guérir。而 hache、haie、choisir、bleu 则是法语特有的词。有几个词在法国以外的地方也广泛流传，早在日耳曼人入侵之前就由日耳曼血统的士兵传入。还有一些词起初仅限于高卢北部，后来被其他罗曼语言接纳。当然，这个列表仅仅代表了日耳曼人的一小部分贡献。当我们研究那些被日耳曼部族殖民得最密集的地区的方言时，这一贡献就显得更为重大。

最后，在底层语言和上层语言所提供的词汇之外，罗曼语言里还有很大数量的希腊语词汇，作为借词存在于古典时代的日常拉丁语中。

尽管如此，罗曼语言中的绝大多数词汇还是源于拉丁语。那些构成语言结构的词，如冠词、代词、介词、连词等，也都源于拉丁语，几乎无一例外。不过，罗曼语言并没有保留所有的拉丁语词汇。其中有些已经被舍弃，另一些则得以幸存，只是含义有所改变。在这些舍弃和含义改变的情况之中，可以观察到某些总体趋势：

a）我们可以看到一种趋势，即有些词被舍弃不用，不论它们是名词还是动词。在语音的历史发展中，这些词的语音主体已大为简化。例如，在法语中，拉丁语的 apis（"蜜蜂"）一词本该变为 ef，发音为 é。在各种不同方言中，它或是被缩略词

（diminutif）取代，如abeille或avette[1]，或是被迂回说法取代，例如mouche à miel（"有蜜的蝇虫"）。同理，动词edere（"吃"）几乎普遍被舍弃，取而代之的或是其复合词comedere（西班牙语的comer），或是一个通俗的同义词manducare（意大利语mangiare，法语manger）。另有一些例子，如os被bucca（法语bouche，意大利语bocca，普罗旺斯语、加泰罗尼亚语、西班牙语、葡萄牙语的boca等等）取代，而equus则被caballus（法语cheval，意大利语caballo等）取代。Bucca和caballus亦是民间词汇，且带有几分粗野。

b）相较于典雅的文学词汇，通俗拉丁语的一个普遍趋势是偏爱民间的、具体的词，甚至往往是那些带有一点贬义、嘲讽或放荡意味的词。除了已经提到的例子，我们在这里还能举出casa（"小屋"）或mansio（"住处""黑店"）用于指代"房子"（普罗旺斯语、加泰罗尼亚语、西班牙语、意大利语casa，法语maison），而传统的domus一词则被留给大教堂（意大利语duomo，法语dôme）。dorsum（"后面的东西"）替代了tergum，表示"后背"（意大利语dosso，法语dos等等）。testa（先是"碎瓷片"，后是"颅骨"）在"头"（法语tête，意大利语testa等等）的含义中替代了caput，而在大多数罗曼语的土语中，caput仅仅以其转义（法语chef，意大利语capo）继续存在。crus即"腿"

1　Abeille和avette均是法语中的"蜜蜂"，前者是现代法语中的通行词汇，后者则是较为古老的说法，已很少使用。

第二部分　罗曼语言的起源

或是被原意为"接合的"和"骸骨"的 gamba（法语 jambe）取代，或是被 perna（西班牙语 pierna）取代，其最早表示"大腿"和"臀部"。最后，一个来自爱情语言的词 bellus 替换了古典拉丁语用于表示"美"的词。其中的一个词 pulcher 已经完全消失，另一个词 formosus 只在伊比利亚半岛（西班牙语 hermoso，葡萄牙语 formoso）和罗马尼亚语中仍被使用。

c）还可以看到一种对于缩略词和语义强化词（intensif）的明显偏爱。abeille 的例子已经举过了。我们还可以再做补充，如 auricula 替换 auris（法语 oreille，意大利语 orecchio 等）；genuculum 替换 genu（法语 genou，意大利语 ginocchio，古西班牙语 hinojo 等）；agnellus（法语 agneau）替换 agnus；avicellus（意大利语 uccello，法语 oiseau）替换 avis；cultellus（法语 couteau）替换 culter，但是 culter 一词在几个国家也以"锋利的犁头"（法语 coutre）的含义继续存在。至于动词，则可以列举出几种语义强化的形式，如 cantare（"歌唱"）替换 canere，adjutare（"帮助"）替换 adjuvare。

d）尽管还不能谈及一些明确的趋势，却出现了一些非常有趣的变化和词义转移。我想引述几个例子。语义学（sémantique）研究往往很引人入胜，几乎每种情形都需要具体的解释，而且往往揭示了历史、文化或心理的发展。一些极为常见的拉丁语单词已经消失了，例如 res（"东西"）在几种语言中仍然存在，或是在

"某个东西"的含义上,或是在"没有任何东西"[1](法语 rien)的否定含义上。但是,在其旧有的含义中,res 被 causa 所取代,而后者最初的意味是"原因""法律问题""诉讼""事务",如意大利语和西班牙语的 cosa,法语的 chose。法语 cause 的形式则来自后世的文学创作。有几门罗曼语言舍弃了"安放""放置"意义上的 ponere 一词,而用 mittere(法语 mettre)代替,mittere 的旧有含义是"派送"。更加奇怪的是,ponere 在几门语言中以有限的、专门的词义继续存在,如法语 pondre des œufs("下蛋")。有着类似限制的例子屡见不鲜:necare("杀死")在其一般含义中被其他词取代,但是在特殊含义中被保留,如"用水淹死"(法语 noyer,西班牙语、葡萄牙语、加泰罗尼亚语 anegar,意大利语 annegare);mutare("改变")已被一个源于凯尔特语的词(意大利语 cambiare,法语 changer 等)取代,可是在法语的 muer 中,它却能以动物学的特殊含义出现[2]。而 pacare("安抚")在"安抚债权人"的意义上变得专门化,变成了 payer("支付")。还出现了一些语词的错合,如 debilis("弱")和 flebilis("催泪"或"悲惨")便是相互错合,形成了 faible("弱")。另外还有一些词义转移的有趣情形:captivus("囚徒")转而具有"悲惨""坏"(法语 chétif,意大利语 cattivo)的含义;ficatum iecur("用无花果喂养的鹅肝")是一道非常美味的菜肴,造就了一个用于

---

1 这里的"东西""某个东西"和"没有任何东西"的法语原文分别是 chose, quelque chose, aucune chose。
2 法语 muer 的意思是指动物换毛、蜕皮、蜕变。

表示"肝"的新词，这就是本意为"用无花果喂养"的形容词 fictatum，即意大利语的 fegato、法语的 foie 等等；单独生活的公猪，即 singularis porcus，变成了 sanglier（"野猪"）。让我们以一个与宗教历史相关的进展作结。在希腊语中，parabolē 一词指的是比较，即比喻（parabole），把一个事实或一个对象与另一个并列，并加以比较。然而，福音书中的基督喜欢通过比喻，以讽喻（allégorie）来表达自己的意思。因此，parabolē 一词在使用时便带有"基督的言语"（paroles du Christ）的含义。它们是最典型的"言语"，可这样一来，parole 这个词就变得一般化了。从中产生了意大利语的 parola 和 parlare，法语的 parole 和 parler，而这些词均是有规律地从 parabola（缩约成 paraula）和 paraulare（第二个非重读的音节被去掉了，见第 72 页）派生出来的。法语的 parabole 一词有着精巧的构成。而在古典拉丁语中表示"言语"（parole）和"言说"（parler）的词 verbum 和 loqui 则消失了，或者只在特殊含义中存留，如法语的 verve。

通俗拉丁语和罗曼语言在其早期历史中也形成了一些新词。在绝大多数情形中，这些新词都不是真正的创造，而是已有材料的新的组合。对于这些组合，可以辨别出两种方法：派生（dérivation）与合成（composition）。

a）派生是依靠一个词尾、一个后缀，从一个旧词中提取出一个新词的方法。这在拉丁语的各个时期都很常见，在罗曼语言中也时常被使用。由于所用的每个后缀都有特殊含义，对派生过程的研究便格外有趣。举例来讲：后缀 -ator 和 -ariu（法语 -eur，-

ier）指施动者，如"胜利者""言说者""巫师""鞋匠"；在中世纪以前的时期，后缀-aticu（法语-age）被附在名词上，用于指使用费（ripaticum 即过河费），而后取得某种集体意义，如 rivage、village、chauffage；后缀-one、-aster、-ardu 一般而言是贬义，其他的后缀则有缩略义、强化义，等等。当然，还有一些后缀可以构成动词或形容词。

b）合成是通过两个或者多个通常一起使用的词的黏着（agglutination）来形成的。这些词以句法为纽带相联结，最终只形成单一的概念和单一的词，如罗曼语中表示一周各天的词，像法语的"星期一"（lundi）就源于 lunae dies[1]。这个例子由一个名词 dies 与另一个属格名词 lunae 组合而成。还有另外几个合成方法：形容词与名词的合成，如源于 alba spina 的 aubépine[2]，还可以举出 milieu、vinaigre、chauve-souris[3]；几种并列关系和从属关系，其形式可以有很大的不同，如 chef-d'œuvre、chef-lieu、arc-

---

1 拉丁语 *dies* 的意思是"日子"，*lunae* 则是"月亮"的属格形式。*Lunae dies* 的意思就是"月亮的日子"。
2 在古典拉丁语中，*alba* 是"白色的"，*spina* 是"荆棘"，*alba spina* 是形容词与名词的组合，意思是"白色的荆棘"，指的是山楂。这个词在古法语中变为 *aubespin*，后来又发展为现代法语的 *aubépine*。
3 法语 Milieu 由 mi（"中间"）和 lieu（"地点"）组成，意思是"中间"，也引申为"环境"；vinaigre 由 vin（"葡萄酒"）和 aigre（"酸"）组成，意思是"醋"；chauve-souris 则由 chauve（"秃顶的"）和 souris（"老鼠"）组成，意思是"蝙蝠"。

en-ciel[1]；带有介词的合成过程，首先用于动词，如 combattre、soulever、prévoir[2]，但是也用于名词，如 affaire、entremets[3]。有一种方法在罗曼语早期特别受欢迎，这就是命令式和补语的组合，如 garderobe、couvre-chef、crève-cœur[4]，该方法也经常被用于构成人物名，如 Taillefer 或 Gagnepain[5]。

F. 罗曼语言列表

正是由于上述的事件和变化，罗曼语言才得以形成。在本部分的最后，我将根据瓦尔特·冯·瓦特堡先生在其新近出版的《罗曼

1　Chef-d'œuvre 由 chef（"首脑"）和 œuvre（"作品"）组成，意思是"代表作"或"杰作"；chef-lieu 由 chef 和 lieu（"地点"）组成，意思是"首府"；arc-en-ciel 由 arc（"弓"）和 ciel（"天"）组成，以介词 en（"在"）相联，即"天上的弓"，意思是"彩虹"。

2　Combattre 由前缀 co-（"与……一起"）和 battre（"打"）组成，意思是"与……作战"；soulever 由介词 sous（"在……下面"）和 lever（"抬起"）组成，意思是"稍稍抬起"；prévoir 由前缀 pré-（"在……前"）和 voir（"看见"）组成，意思是"预见"。

3　Affaire 由 à（"为了"）和 faire（"做"）组成，意思是"事务"；entremets 由 entre（"在……之间"）和 mets（"菜肴"）组成，指的是主菜和水果之间的甜食。

4　Garderobe 由动词 garde（"保存"）和名词 robe（"长袍"）组成，意思是"衣橱"；couvre-chef 由动词 couvrir（"覆盖"）和名词 chef（"头/首脑"）组成，指头部包带或帽子；crève-cœur 由动词 crever（"破裂"）和名词 cœur（"内心"）组成，意思是"心碎"。

5　Taillefer 由 tailler（"切削"）和 fer（"铁"）组成，是一个常见姓氏。Gagnepain 由动词 gagner（"挣""赢"）和 pain（"面包"）组成，既是一个常见姓氏，也是一个词，意思是"谋生手段"。

民族之起源》一书中提供的表格[1]，介绍罗曼语言在欧洲的分布。

1）罗马尼亚语，我在第 59 页已描述过其起源。该语言现在通用于罗马尼亚（1939 年的边界），也通用于其邻国的若干毗邻或孤立的地区，深受斯拉夫土语的影响。

2）在巴尔干地区存在着第二种罗曼语言，直至 19 世纪，这就是达尔马提亚语（Dalmate），通用于达尔马提亚（Dalmatie）的海岸和亚得里亚海几个邻近的岛屿。

3）意大利语通用于意大利的欧陆和半岛地区，也通用于芒通（Menton）地区、科西嘉岛、西西里岛、瑞士的提契诺州（Tessin）[2]，以及格劳宾登州（Grisons）[3]的几个山谷，却并不通用于撒丁岛（见第 4 节）。在意大利通过第一次世界大战赢得的地区里，有一些地区的语言是德语，如蒂罗尔（Tyrol），或者是斯拉夫语，如伊斯特拉半岛。在 1000 年前后，意大利南部的很大一部分地区讲的是希腊语，包括卡拉布里亚、普利亚和西西里。这些地方早先曾被希腊人殖民，并长期位于拜占庭的统治之下。在西西里，阿拉伯人曾于 900 年前后定居，而阿拉伯语也对希腊语构成竞争。然而，所有这些地方后来都被重新罗马化了。在卡拉布里亚，至今仍留有希腊语的一些残迹。

4）撒丁岛（科西嘉岛也是如此）在古典时代和中世纪极少

1　Walther von Wartburg, *Les origines des peuples romans*, Paris: Presses Universitaires de France, 1941, pp. 192-194.
2　此地意大利语名为 Ticino。
3　此地德语名为 Graubünden。

第二部分　罗曼语言的起源

受到交通和贸易的影响。在那里，一种非常古老的罗曼语言的形式得以保留，至今仍通行于撒丁岛的大部分地区，这就是撒丁语（sarde）。

5）雷蒂亚－罗曼语[1]（见我们在第 61 页关于阿勒曼尼人的叙述）通用于格劳宾登州的部分地区、博尔扎诺（Bolzano）[2]即蒂罗尔以东的一些山谷，以及弗留利（Friaul）平原。过去几年来，瑞士已承认它是该国的第四种官方语言，与德语、法语和意大利语并列。

6）葡萄牙语是伊比利亚半岛西部的语言（见第 66 页），通行于现在的葡萄牙和该国以北的西班牙加利西亚省。

7）西班牙语或卡斯蒂利亚语的使用范围包含今天的西班牙，除了讲葡萄牙语的地方（见第 6 节）或讲加泰罗尼亚语的地方（见第 8 节），以及比斯开湾（Golfe de Biscaye）一角的一块领土以外，这块领土上保留了一种前印欧语，即巴斯克语（basque）。西班牙语有一些非常独特的特征，使其区别于半岛上的其他罗曼语言，也区别于一般的其他罗曼语言。词首元音之前的 f 变成今天几乎不再发音的 h（拉丁语 filius；西班牙语 hijo；葡萄牙语 filho；加泰罗尼亚语 fill；法语 fils，等等）。从同一个例子中，也可以观察到西班牙语的特有发展，即 li 发展成 j，发音如德语 lachen 中的 ch。拉丁语单词内的 cl 也在西班牙语里变成 j（见第

1　作为瑞士的官方语言之一，雷蒂亚－罗曼语也被称为罗曼什语（Romansch）。
2　位于意大利东北部，毗邻奥地利，是意大利唯一一座说德语的城市。

75 页的 ojo），而在首字母中，cl 则转化为颚音的 il（见第 75 页）。kt 被颚音化为 ch，发音为 tš（拉丁语 factum，西班牙语 hecho，但葡萄牙语、加泰罗尼亚语和法语却是 feito、feit 和 fait，等等）。最后，重音 e 和 o 的二合元音化（见第 72 页）也发生在受阻的位置，如西班牙语的 tierra 和 puerta，但葡萄牙语和加泰罗尼亚语是 terra 和 porta，法语则是 terre 和 porte。

8）加泰罗尼亚语通行于加泰罗尼亚、巴伦西亚地区、巴利阿里群岛（Îles Baléares）[1]、法国的东比利牛斯省（Pyrénées Orientales）和撒丁岛北部的阿尔盖罗（Alghero）镇。关于加泰罗尼亚语的来源，见第 66 页及其后的部分。

9）普罗旺斯语，又称为欧西坦语（occitanien）[2]或奥克语（langue d'oc）[3]，是法国南部（不仅仅是普罗旺斯）的语言。我在原书第 64 页已经说过，普罗旺斯语的现有范围包含加斯科涅（Gascogne）、佩里格（Périgord）、利穆赞（Limousin）、马尔什（Marche）[4]的很大一部分、奥弗涅（Auvergne）、朗格多克（Languedoc）和普罗旺斯（Provence）。也就是说，普罗旺斯语的范围不再超过中央高原（Massif central）的北部，而在中世纪初期，它的范围还要更加偏北。普罗旺斯语是中世纪最重要的文

1　位于西地中海的群岛，是西班牙的一个自治区，西班牙语为 Islas Baleares，加泰罗尼亚语为 Illes Balears。
2　更常见的说法是 occitan。
3　朗格多克（Languedoc）地区的名称即是"奥克语"的音译。
4　马尔什（Marche）是法国中部地区旧省。

第二部分　罗曼语言的起源

学语言之一。时至今日，尽管米斯特拉尔（Mistral）[1]等人有过一些恢复其诗歌的美妙尝试，普罗旺斯语在文学上也只有次要的影响。长期以来，法国南部的文学语言一直是北方的法语。

10）法语最初是通行于高卢北部的罗曼语，其后成为整个法国的官方语言和文学语言，并成为法国绝大多数居民所讲的语言，而南部的种种土语只是方言而已。除法国之外，讲法语的还有比利时和瑞士的一部分、属于英国的诺曼底群岛（îles normandes）[2]，以及阿尔卑斯山西部位于塞尼山（Mont Cenis）以北的一小块意大利领土。另外，法国也有一些飞地，如布列塔尼语飞地（见第62页）、敦刻尔克周围的弗莱芒语飞地、阿尔萨斯和洛林的德语飞地、芒通的意大利语飞地、下比利牛斯省（Basses-Pyrénées）[3]的巴斯克语飞地，以及东比利牛斯省的加泰罗尼亚语飞地。如我在第64页所述，在杜河（Doubs）和伊泽尔（Isère）之间，在罗讷河上游两岸，有一个带有清晰特征的方言区，位于法语和普罗旺斯语之间的中间地带。这一区域的土语被称为法语－普罗旺斯语。

1　弗雷德里克·米斯特拉尔（Frédéric Mistral, 1830—1914），法国著名诗人，1904年诺贝尔文学奖得主，终生致力于复兴普罗旺斯语言和文化，曾用普罗旺斯语创作了大量文学作品，穷二十年之力编写了一部普罗旺斯语词典《菲列布里热词库》（Lou Tresor dóu Félibrige），还创办了一些普罗旺斯文化机构，代表作为叙事长诗《米赫尔》（Mirèio）。
2　位于英国和法国之间的群岛名，通行英语和法语，属于英国王室。英国称其为"海峡群岛"（Channel Islands），法国称其为"拉芒什群岛"（Îles de la Manche）或"盎格鲁—诺曼底群岛"（Îles Anglo-Normandes）。
3　下比利牛斯省已于1969年更名为比利牛斯－大西洋（Pyrénées-Atlantiques）省。

在所有西边的罗曼语言中，法语距离其拉丁语起源最远。这一点要归结为几个语音方面的特点，其中的大多数我已经提到过，但我还是想通过与普罗旺斯语的对比来加以强调。

a）法语最为彻底地弱化了两个元音间的塞音：

拉丁语 ripa	普罗旺斯语 riba	法语 rive	
拉丁语 sapere	普罗旺斯语 saber	法语 savoir	
拉丁语 maturus	普罗旺斯语 madur	古法语 mëur	现代法语 mûr
拉丁语 vita	普罗旺斯语 vida	法语 vie	
拉丁语 pacare	普罗旺斯语 pagar	法语 payer	
拉丁语 securus	普罗旺斯语 segur	古法语 sëur	现代法语 sûr
拉丁语 videre	普罗旺斯语 vezer	古法语 vëoir	现代法语 voir
拉丁语 augustus	普罗旺斯语 agost	古法语 äoust	现代法语 août，发音为 u
拉丁语 plaga	普罗旺斯语 plaga	法语 plaie	

b）法语把 a 之前的 k 颚音化：

普罗旺斯语 cantar	法语 chanter
普罗旺斯语 camp	法语 champ

c）法语最为彻底地弱化了末尾的非重读元音。普罗旺斯语固然对 o 也做了这样的处理，可是它却保留了 a，而法语把 a 弱化为 e：

意大利语 porto	普罗旺斯语 port	法语 port
意大利语 porta	普罗旺斯语 porta	法语 porte

d）法语对不处于受阻位置的重读元音加以改变，或者使之变

第二部分 罗曼语言的起源

成二合元音，i 和 u 除外。其他罗曼语言则只会对开元音 e 和 o 做这样的处理，而普罗旺斯语对待重读元音极为保守，甚至完整地保存了开元音 e 和 o：

拉丁语 pẹde	普罗旺斯语 pẹ	法语 pied	
拉丁语 ọpera	普罗旺斯语 ọbra	古法语 uẹvre	现代法语 œuvre
拉丁语 debẹre	普罗旺斯语 devẹr	法语 devoir	
拉丁语 flọre	普罗旺斯语 flọr	古法语 flour	现代法语 fleur

而对于 a：

| 拉丁语 cantare | 普罗旺斯语 cantar | 法语 chanter |
| 拉丁语 faba | 普罗旺斯语 fava | 法语 fève |

可以看到，这些演变在何种程度上改变了法语并抹去了拉丁语的特性。元音之间辅音的弱化往往破坏了两个音节之间的分隔，将两个音节变成同一个，为单词赋予一种新的形象。很难在 mûr 中辨认出 maturus，或在 voir 中辨认出 videre，或在 août 中辨认出 augustus，尤其是当我们只考虑发音的时候。由于末尾的非重读元音脱落或者弱化为哑音 e，法语单词的重音便统一落在最后一个音节上。这影响到了整个句子的重音，而整个句子也几乎总是带有唯一的句法重音，也就是位于句末的重音。这为法语赋予了一种节奏，与拉丁语或其他罗曼语言有着根本不同。最后，由于元音的变化和法国北部特有的鼻音化（nasalisation），法语的元音音色非常特别。随着缩合、弱化和鼻音化，很多词的语音变得简化，使得大量同音异义词得以形成。很少有语言有如

此之多的同音异义词，例如 plus、plu（来自 plaire）和 plu（来自 pleuvoir）[1]，或者 sang、cent、sans 和 il sent（来自 sentir）[2]。其中每个词的来源都与其他词迥异，而在任何其他罗曼语中，都不可能将这些词混同。例如，在意大利语里，这些词是 più、piaciuto、piovuto，还有 sangue、cento、senza、sente。这些变化的另一个结果是，法语词汇在一定程度上缺乏同质性。以下是这一结果的产生方式。

我们谈到过的几乎所有语音变化均出现在罗曼语言的前文学时期，或者至少在这一时期开始发展。然而，自从中世纪的拉丁语逐渐失去其文学上的垄断地位，轮到一些最重要的罗曼语言开始产生文学作品时，词汇便显得过于贫乏，不足以表达诗人和作家的情感和观念。人们又一次从他们所拥有的唯一来源即拉丁语中借用词汇。第二次拉丁化发生了，并于 14、15 和 16 世纪达到顶点。第二层的拉丁语单词当然地避免了在其进入罗曼语言前的语音发展。这些词以其拉丁语形式被纳入罗曼语言，并与通行的词法和发音相适应。在意大利语和西班牙语中，第二层拉丁语，

1　动词 plaire 的意思是"使人愉悦"，而 plu 是 plaire 的过去分词。动词 pleuvoir 的意思是"下雨"，而 plu 是 pleuvoir 的过去分词。Plus 的用法有多种，词尾的 s 是否发音依具体用法而定，若是不发音，则 plus 一词的发音与 plu 完全相同。

2　动词 sentir 的意思是"感觉"，sent 是 sentir 的第三人称单数现在时，il sent 即"他感觉"。Sang 是名词，意思是"血"，cent 是形容词和名词，意思是"百"，而 sans 是介词，意思是"没有"。这几个词的含义完全不同，但发音完全一致。

即"学术性词语"（mots savants），很容易与已有的词汇相混合。但是法语已经与拉丁语相去甚远，这些新词在法语中便构成了一个另外的层次。在以下情形中，可以很容易证实这一点：一个已经存在于法语中、形式却有了很大变化的拉丁语单词被第二次借用，因为这个单词不再能以其惯用形式被辨认出来，更何况其意义在很多情形下也或多或少有所改变。以下是几个例子。拉丁语的 vigilare 以 veiller 的通俗形式存在，却第二次被借用，产生了 vigilance 这个带有"学术性"的名词。拉丁语的 fragilis 亦是如此。该词的通俗形式是 frêle，学术形式是 fragile。而对于拉丁语的 fides 而言，其形容词是 fidelis，名词的通俗形式是源于古法语形容词 fëoil 的 foi，形容词的学术形式是 fidèle，从中产生了名词 fidélité。对于拉丁语 directum 而言，其通俗形式是 droit，学术形式是 direct。对于拉丁语 gradus 而言，其通俗形式是 (de)gré，学术形式是 grade。还有其他很多词都是如此。很明显，"学术"（savant）一词并不适用于当下的用法，而只适用于词语的来源和构成。相反，在通过这种二次拉丁化进入法语的大量词语当中，有很多词迅速进入了日常和当下的用法，就像我刚才提到的那些，还有其他的许多词，如 agriculture、captif（通俗形式为 chétif）、concilier、diriger、docile、éducation、effectif、énumérer、explication、fabrique（通俗形式为 forge）、facile、fréquent、gratuit、hésiter、imiter、invalide、légal（通俗形式 loyal）、munition、mobile（通俗形式 meuble）、naviguer（通俗形式 nager）、opérer、penser（古老的学术词，在文艺复兴以前很长时间就被借用，通俗形式为 peser）、pacifique、quitte 和 inquiet（前者很早就被借用，后者则是文艺复兴期间从拉丁语 quietus 借用，其通俗形式为 coi）、rédemption（教会词语，通俗形式为 rançon）、rigide（通俗形式为 raide）、singulier（通俗形式为 sanglier）、social、solide、espèce（源自拉丁语 species，通俗形式为 épice）、tempérer（通俗形式为 tremper）、vitre（通俗形式为 verre）。我们可以从这一小部分例子中看出，从拉丁语派生出的法语词汇形成了很容易辨别的两个层次。我们还可以从中认识到，现代法语的统一和高雅，是建立在非常混杂的历史元素基础上形成的一种融合。

在这个罗曼语言列表的结尾处，我想提醒读者的是，每一种罗曼语言的统一性都只是相对的（见第 70 页）。每一种语言都由许多方言土语构成。历史和政治使它们成为相对统一的群体，其统一性则体现于该群体成员所共有的文学语言。几乎总是有一种方言在文学语言的形成过程中占据主导地位，如托斯卡纳语（toscan）之于意大利语，法兰西岛的方言之于法语。

第三部分

文学时期概览

A．中世纪

I. 导　语

a）在先前的部分中，我们考察了（直至公元 1000 年前后）罗曼诸语言的发展和分化。在那个时期，罗曼诸语言只是口头语言，还不是文学语言，而这些语言的存在与形成也只能通过一些间接证据以及像《斯特拉斯堡誓言》这样的少量文件来证明。但是，从第二个千年开始，它们逐渐被应用于文学，开始成形，讲这些语言的民族将它们当作思想和诗歌的一般性（表达）工具。这些语言并不是在一夕之间成为文学语言的，这是一场持续了整个中世纪的长期演变，是一场漫长的斗争，针对的是一门被广泛认可为文学语言的国际语言，即中世纪形式的拉丁语，或晚期拉丁语。在很长一段时间里，晚期拉丁语作为书面语言，保持着绝对优势地位。神学、哲学、各门科学和司法系统都使用拉丁语来表达，同时拉丁语也是政治文件和外交通信所使用的语言。罗曼诸语言则被视为民众的语言，似乎只用于普及。即便是当时在法语、普罗旺斯语、意大利语、卡斯蒂利亚语[1]、加泰罗尼亚语和葡萄牙语等语言中逐渐诞生的诗，也在很长时间里被视为某种通俗的事物，不值得学者关注。

学问专属于教会。人的所有知识都隶属于神学，也只有在神学框架内才能被呈现，而教会的语言既然是拉丁语，也就唯有拉丁语才被承认为精神文明的工具。诚然，教会自身有时也被迫使用民众的语言，以便能为民众所理解。但是更多的时候，人们会觉得像布道词这样的作品不值得用文字记录，或者说，即便写下来，多数情况下也要将其重新翻译成拉丁语。鉴于民众的语言只是一些方言，尽管为数众多，但没有任何权威能够为其确定书面形式，这种状况也就得以维持。每个地区发展出了自己特有的土语，能读能写的人亦很少。而那些能读写的人，要想运用一种尚未被确立、在距离稍远的行省就几乎难以被理解的形式来将某种事物固定为文字，也会面临很多困难。与之相反，拉丁语是一种早已定型的语言，在各地都一样，是文学活动的专用语言，却只

---

[1] 即通常所说的西班牙语。

能为一个很小的国际群体即教士这一群体所理解。

虽说如此，各种俗语还是逐渐萌发出某种文学生命。在公元1000年之后，出现了越来越多的由教士撰写、以民众的语言写成的普及性读物。从12世纪初开始，首先在讲法语的区域内，形成了一些俗语文学的文明中心，一种为那些不懂拉丁语的人而作的诗体文学在这些中心诞生，这就是骑士文明，也是封建社会的文明。骑士文明兴盛于12、13世纪。从13世纪末开始，一种以市民为主的文明取代了骑士文明。这种文明不再只有诗歌，也包含了哲学和其他各门科学。不过，拉丁语在很多领域依然保持优势地位，直至16世纪，各种俗语才赢得最终的胜利。然而，16世纪是通常被称为文艺复兴的时代。从语言学的视角看，我们可以把中世纪定义为这样一个时期，即各种俗语逐渐获得了某种文学生命，但总是被视为一种颇为通俗的工具。拉丁语仍旧是学者的语言，是大多数外交使节的语言，更是宗教信仰所使用的唯一语言，而宗教信仰又统摄一切精神活动。文艺复兴则可以被定义为各种俗语（不只是罗曼诸语言，也包括日耳曼诸语言）占据决定性优势，渗入哲学和各门科学，甚至进入神学，并因此而撼动了拉丁语的统治地位。当然，我刚才概述的发展过程是一场缓慢的演变。在语言和文学领域，文艺复兴的趋势早在公元1500年之前就能被感觉到，而另一方面，在公元1500年之后的很长时间里，拉丁语在改变自身形式和功能的同时，也继续扮演着非常重要的角色。各门俗语相对于拉丁语的状况是我们描绘中世纪的最为重要的视角之一。当然，这并非唯一的视角，只是这个极为庞大的整体许多侧面中的一个。

b）从政治的视角看，中世纪是欧洲各个民族的特点逐渐变得清晰，民族意识也逐步兴起的时期。在这一时期开始之时，这些民族仅是一些地区和部族，按照小块领土组织起来，并由一位封建领主统治。这些领土构成了帝国的一部分，帝国的皇帝或国王的实际权力往往很虚弱，治下的臣民往往也颇为混杂。人们并不意识到自己是法国人、意大利人或者德国人。他们感觉自己是香槟人（Champenois）[1]、伦巴第人或者是巴伐利亚人，他们都自认为是基督徒。可是在这一时期结束时，宏观的民族统一体却已经十分明晰，深入人心。即便是在那些很久以后才实现政治统一的国家，例如意大利，民族意识也从中世纪结束以后便牢固地树立了起来。

显然，各门俗语的发展对民族意识的形成做出了巨大贡献。各个民族在感觉到他们拥有一种共同的民族语言的同时，又感觉到其民族的个性，这并非偶然。不过，民族意识的形成还有着其他原因。只有在意大利，民族意识才首先基于共同的文明和语言，同时也基于古典时代的辉煌过往。在西班牙，民族意识形成于与阿拉伯征服者的长期共同斗争之中。在法国，民族意识通过王权的威望而形成，王权在长达几个世纪的时间里锲而不舍地推行促进民族统一的政策，以对抗地方本位的封建主义，而这种政策很

---

[1] 指来自香槟（Champagne）地区的人。香槟是法国的历史和文化地区，范围与今日的香槟-阿登（Champagne-Ardenne）大区相当，香槟酒即因为发源于该地区而得名。

自然地赢得了市民（bourgeois）和农民的拥护。封建文明于12世纪达到顶峰，此后缓慢瓦解，城市的市民不再依附于封建领主之后，变得日益富裕，创造出一种属于自身的文明。这一发展的根源要追溯到十字军东征（1096—1291）。十字军东征是骑士制度最伟大也最荣耀的时代，大大促进了交流、贸易和商业。此类军事行动与西方骑士的经济基础相距甚远。如果没有一些比封建经济中自给自足的小块地区复杂得多也广泛得多的组织，这些行动是不可能付诸实施的。首先从这些军事行动中获益的自然是意大利位于地中海沿岸的一些港口。举例来讲，在第四次十字军东征期间，威尼斯强大到足以让十字军偏离其真正的任务，并利用他们来满足威尼斯自身的经济目的。因此，意大利北部的城市，如威尼斯、比萨、热那亚、佛罗伦萨，还有伦巴第的一些城市，其中最重要的是米兰，为中世纪市民的文明提供了最初的范例。不久以后，法国北部、尼德兰和德国若干地区的城市也朝着同样的方向发展。军事技术的演变，使得那些市民或雇佣军组成的步兵的攻击趋向于取代重装甲骑兵的战斗，火器的发明更是加速并完成了这一演变，在封建社会的解体中发挥了重要作用。到了中世纪末期，封建社会的基础已经摇摇欲坠。

然而，封建骑士制度究其本质是离心的、地方本位的。骑士制度的力量建立在小块领地的事实独立和自给自足之上；而市民出于发展工业、商业和增进交流的利益考量，需要更大范围的组织，便倾向于摆脱封建制的束缚，向中央权力即皇帝或国王寻求支持。在很多国家，这一趋势带来了国家层面的整合。整个欧洲本应都是如此，可是在某些情形（德国、意大利）之下，一些不利的条件迟滞了这一发展进程，使得国家的统合变得更加艰难且问题丛生。这两个国家的地方本位主义倾要比别处更强，且有皇帝和教宗两个中央权力，两者所追求的目标均偏于普遍性而非民族性。然而，皇帝和教宗所向往的普遍性均未能实现，导致两国在政治上的分崩离析状态一直续到 19 世纪。

c）从宗教的视角看，中世纪是天主教会在欧洲的巅峰时期，也是它实现完全统治的时期。可是，切勿认为这种统治是平静且毫无危机的，即便在宗教和精神领域也并非如此。在整个中世纪，异端学说层出不穷，往往造成严重的干扰，而一些得以进入信条的哲学学说也常常对教会的统一和权威构成威胁。但是，在很长一段时间里，直至 15 世纪末，教会克服了所有这些困难，并在精神上几乎享有某种绝对优势。教会之所以能长期保持这种优势，正是其可塑性使其得以吸纳各种哲学和科学体系，使之相互协和。更何况，教会的信条数量十分有限，为阐释民间想象、神秘异象、因地区而异的崇拜方式等留下了很大的自由度。尽管早在中世纪，教士阶层的腐败和贪婪就已经多次严重损害教会的声誉，教会仍然总是能在自身当中找到改革的动力，而每一次这样的内部改革都会引发重要的思想波动，如 10 世纪的克吕尼（Cluny）改革、12 世纪的熙笃（Cîteaux）改革，还有特别是 13 世纪创立的多明我会、方济各会等托钵修会（ordres mendiants）亦如此。这些改革，还有新修会的成立，分别对各自时代的道德、政治、经济和艺术产生了极为深刻的影响，也对建筑、音乐、雕塑、绘画以及拉丁语和通俗文学多有启发。中世纪天主教的宗教生活是极其有力、极其丰富，也极其大众化的。在几个世纪内，教会得以做成了一件事，而在此之后，此事也只能部分实现，即便是今日，也远未达到我们想要的程度。这件事就是，众民族和全社会阶层在智识生活上达到一种充满活力的统一。此种统一性在文艺复兴时期被打破，这要部分归咎于天主教会。那个时期的天主教会不再有力量以足够快的速度实现自身的调整和改革，未能挽救欧洲在精神上的统一性。

d）故而，中世纪的智识活动完全由教会掌握。从文艺复兴开始，中世纪的哲学和科学饱受批评和轻视，而它们的方法确实也只是在延续古典时代晚期的方法，即希腊拉丁文明的一些过时且僵化的形式。学者们不再追溯真正的根源，即古典时代伟大作家的文本。他们满足于一些归纳和简化的方法，而这些方法是古典时代衰落期的学者们干瘪乏味、毫无生气的发明。他们尝试将所有知识建立在大思想家的权威之上，并将知识组织成一个有着不变规则的固定体系，他们也不再运用直接的观察和鲜活的经验。源于亚历山大的七种自由艺术（arts libéraux）的体系构成了教育的基础。该体系分为两部分：三学科（*trivium*，即语法、辩证法——对应于我们所讲的逻辑学、修辞学）和四学科（*quadrivium*，即算术、音乐、几何、天文学）。但是，从12世纪开始，基督教在精神领域的生命力变得过于强大，不再受这些方法阻碍。在外部影响的加持之下，几位伟大人物凭借着其天才，撰写了一些作品，这些作品尽管充满着思辨和形而上的思考，却

96 有着统一的构想和大胆的观念，几乎罕见其匹。这就是神秘神学（théologie mystique）的一些作品，如圣明谷的伯纳德（Bernard de Clairvaux）、12世纪的圣维克多的理查德（Richard de Saint-Victor）、13世纪的圣波纳文图拉（Bonaventure）的作品，还有被称为经院哲学的百科全书式哲学的一些作品。这种中世纪哲学首先受到新柏拉图主义观念的影响，从13世纪初开始则被猛然出现的阿拉伯亚里士多德主义彻底地颠覆了。围绕亚里士多德主义的种种论争，催生了这件让基督教与亚里士多德主义相结合的宏大工程：托马斯主义（thomisme）的创始人托马斯·阿奎那（Thomas d'Aquin）的《神学大全》（*Summa theologica*），这是经院哲学最伟大的作品，也是整个天主教哲学最伟大的作品。这部书是最典型的天主教哲学，也受到那些文艺复兴时期酝酿的现代科学方法的思想流派的猛烈批评。中世纪的大多数哲学家和学问家都是僧侣，但是学术中心很快就从修道院转移到各大城市。从12世纪开始，在各大城市中成立了具备所有科学门类的通才性学校，被称为 *universitates*。这是一些由教授和学生组成的通才性组织，"大学"（université）一词即由此而来。最早的大学是博洛尼亚大学和巴黎大学，前者以其法学院知名，后者是经院哲学中心。按照巴黎大学的模式，大学教育被分配给四所学院（faculté）：艺术、神学、法律和医学。艺术即 *artes* 的意思是，自由艺术[1]应是通才性的准备，首先要通过这个学院，之后才能进入另外几所学

---

1 拉丁语为 *artes liberales*，英语为 liberal arts。

院中的某一所,而文艺复兴时期的人文主义将其变为我们所称的文学院或哲学院,与另外三所学院平行。文艺复兴时期的课程开始强调对古典时代伟大作家的文本的回归,废除了经院哲学方法,而最早的独立于教会和教士阶层的科学组织也于这一时期建立。

19世纪的大多数学问家认为,古典传统在中世纪已经消亡,只有到了文艺复兴时期才复活。近来,欧美学者的一些重要研究严重动摇了这种构想。古典传统从未停止在欧洲发挥其作用,这种作用在中世纪也很强大,尽管往往是潜移默化的。正是通过古典文明留下的材料,中世纪才得以建立各种宗教、政治和司法机构,发展出哲学、艺术和文学。可是,由于生活条件的彻底变化,人们不能也不愿保留这些材料的原有形式。中世纪让这些材料适应其自身的需求,并将它们化入其自身的生命。由此,这些材料进入了一个被解构和变更的历史过程,有时还被彻底变形,以至于变得难以辨认,唯有借助系统的分析才能揭示其来源。这类似于(古典)拉丁语向通俗拉丁语的演变。我们可以对通俗拉丁语的概念加以扩展,把中世纪文明称为"通俗古典时代"(antiquité vulgaire)。这是古典文明潜移默化的遗存,根深蒂固且富有创造力,而这遗存不仅处于持续变化之中,又是变形的,并不追求像文艺复兴的人文主义者所感受到的那种欲望,即按照真实的和原初的形式重构古典文明。

不仅如此,即便是对古典文明有意识地了解和学习,也就是人文主义(所做之事),这在中世纪而言也并不像许多人一直认为的那样陌生。12世纪的哲学家和神学家对古典时代有着非常全面地了解。像英格兰哲学家索尔兹伯里的约翰（John of Salisbury）那样的人，在古典文化方面的学识既广且深。古希腊罗马修辞学的准则在中世纪的教学和应用方式上往往颇为机械和腐朽，可是尽管如此，一个像圣明谷的伯纳德那样的人，他的拉丁语风格，以其艺术、力量和表达之丰富，较之最好的古典范例也毫不逊色。这不过是几则例子而已，其他的例子还有很多，并不必惊讶。诚然，在15世纪以前，西方几乎没有人懂希腊语，而在伟大的罗马作家中，甚至也有好几位不为人所知。可是，当时的人们可以读到波伊提乌（Boèce），也可以读到像马克罗比乌斯（Macrobe）和奥卢斯·格利乌斯（Aulu-Gelle）这样的评论家和编纂者的作品及他们丰富的语录。哲学家兼神学家们也有他们自己的导师，即教父，如圣安布罗斯、圣哲罗姆，特别是圣奥古斯丁。作为古典文明最后的伟大代表，教父们深受古典文明的熏染，并通过或与之斗争、或使之适应基督教的方式来传承古典文明，他们很大程度上是中世纪有关古典文化学识的主要来源。

然而，将文艺复兴与中世纪清楚区分的这一概念还是有着充分的根据。因为只有在文艺复兴时期，自觉的人文主义才得以系统并充分地发展起来，而其他种种趋势、发现和事件也与人文主义形成合力，创造出一种与中世纪文明截然不同的文明。我们之后在初步讨论文艺复兴时还会讲到这一点。

e）相较于欧洲历史上的其他时代，艺术在中世纪扮演的角色其实更为重要。这一断言可能显得很惊人，但这一事实是很自然的。从第一个千年的末期开始，欧洲的各民族就被深刻地基督教化了。他们充满了基督教奥秘的精神,而这种精神在他们中间创造出极为丰富多产的内在生命。虽然,除了艺术以外,这种内在生命几乎不可能有其他的表达,因为这些民族既不能读也不能写,亦不懂拉丁语,而唯有拉丁语才被视为一种配得上表达宗教观念的工具。他们的全部内在生命都在艺术作品中得以实现,而忠实的信徒也主要是通过这些艺术作品来了解和感受构成他们生命之基础的事物。不论是从主动的视角,即艺术家的视角,还是从被动的视角,即观者的视角,艺术都是各个民族内在生命的最重要也几乎是唯一的表达。因而,中世纪艺术要远远比古典时代或者现代艺术更富有"意味"(signification),也更富含教理。中世纪艺术不只是美而已,也不只是对外在现实的一种模仿,而是趋向于在艺术创造中,甚至是在建筑和音乐中,把教理、信仰和希望化为有形之物。这些事物往往非常深刻和微妙,却需要以最简单也最谦卑的方式将其表达出来,以便每个人都能从日常生活现实出发,迈向信仰的崇高真理。所以,若要理解欧洲中世纪的精髓,就必然要关注中世纪艺术。这在今天已相对容易,因为诸多艺术史类出版物附有极佳的复制品,可以让所有人了解相关知识,或者至少获得一些具体的印象。

在这些宏观评论之外,我仅再添加几点更特别的意见,因为本书的框架不允许我就该主题说得更多,而且还需要附上很多照片,才能让我的说明易于理解。中世纪艺术几乎专属于基督教,重要的建筑纪念物几乎全是教堂,而雕塑、装饰艺术和绘画的主题几乎无一例外取自《圣经》和圣徒生平。最早的典型体现中世纪风格的作品始于11世纪，出自法国和德国。这种风格在其后的世纪仍然盛行，被称为罗曼式风格（style roman）。从12世纪下半叶开始，首先在法国，开始酝酿一种深刻的变化，由此产生了通常被称为"哥特式"的风格。这个被广泛接受的名称是基于16世纪学者的错误。哥特式风格完全源于法国，与哥特人这一日耳曼部落毫无关系。罗曼式风格和哥特式风格（style gothique）这些名称原本只用于建筑，但是现在也被用于雕塑，还有细密画家的作品。在建筑领域，这两种风格之间的主要区别在于，罗曼式风格沉重而厚实，墙壁以厚重的块状竖立起来，并与屋顶或拱穹清楚分开；哥特式风格则以华丽的方式连接墙壁，并在拱形屋顶上延续这种连接方式，为整个建筑增添一种自下而上的动感。当然，这只是一个颇为粗疏的概览。哥特式风格占据了统治地位，并在文艺复兴以前的三个世纪内取得了很大的发展。这是最典型的中世纪风格和基督教风格，完美地表达了谦卑的现实主义与深刻的精神性之结合。文艺复兴的一些趋势从14世纪起即在意大利体现出来，而只有到了16世纪，它们才全面绽放。文艺复兴为艺术赋予了一种完全不同的功能，这一点我们之后会谈到。

II. 法语和普罗旺斯语文学

a）最初的作品

在流传至今的以某种罗曼语言写成的文学性文献中，最古老的均以法语写成。这是一些偶然保留下来的教会文书的俗语版，其中一份甚至能追溯到9世纪，即《圣女欧拉丽之歌》（*La*

Chanson de Sainte-Eulalie）。这是一部短小的作品，包含二十五行半谐音诗句（vers assonancés），意思是，诗句不是通过完整的韵脚，而是通过末尾元音的一致，两两相联。这首歌以一种几乎是抽象的方式，将诸多事件化为最简单的表达，讲述了一位基督徒妇女拒绝多神教徒皇帝"为魔鬼服务"的命令，也就是向多神教诸神献祭，并因此殉难。克莱蒙－费朗（Clermont-Ferrand）的图书馆存有一份10世纪的手稿，其中包含一首关于基督受难的诗，有129节，每节四行，以半谐音两两相和；还有一位高卢圣人莱奥德伽尔（Léodegar，古法语称为Letgier，现代法语称为Léger）的生平，分为多节，每节六行。这两首诗的诗句都是八音节，而《圣女欧拉丽之歌》的诗句则是十音节。关于圣女欧拉丽的小诗很可能来源于瓦朗谢讷（Valenciennes）一带，在皮卡第方言（dialecte picard）[1]和瓦隆方言（dialecte wallon）[2]的临界线上。至于克莱蒙－费朗图书馆手稿的两份文本，则很难确定其准确来源。

在这些古老的作品中，最有意思的文献当属《圣阿莱克西之歌》（La Chanson de Saint-Alexis），保存至今的手稿有三份，还有几种后世的改写。这三份手稿均在英格兰写成，用的是盎格鲁－

---

[1] 皮卡第（Picardie）是法国北部的古老地区，西临英吉利海峡和诺曼底，南邻巴黎及其郊区，包括阿拉斯（Arras）、亚眠（Amiens）以及今属比利时的图尔奈（Tournai）等地。Picard一词出现于13世纪，由piocheur（挖地者，引申为勤劳者、苦读的学生）衍生而来，这是当时的巴黎人对来自这些地方的学生的称呼。

[2] 瓦隆（Wallonie）是比利时南部的大区，面积约占全比利时一半，西面和南面与法国相接，通用法语。瓦隆方言是法语的一种方言。

诺曼语，也就是诺曼征服者们所讲的法语方言。但是，它们很可能只是一些改编，而原始版本写于11世纪中叶诺曼底的大陆地区[1]。这位圣人在整个基督教世界都很受欢迎，他是罗马一个富有的贵族家庭的独子。在新婚之夜，他离开新娘和父亲的家，将生命完全献给上帝，前往遥远的国度，像贫穷的乞丐一样生活。很久以后，一场暴风雨偶然把他带回罗马。他在罗马继续生活，就住在父亲家的楼梯下，像一位不知名的乞丐一样。他每日目睹父母和未婚妻痛苦不已，深受触动，可是他的决心从未动摇。他死后才终于获得认可，一个声音从天而降，宣布他是圣徒。这首诗分为25节，每节五行。各行均有十个音节，押韵方式是让每节只包含一个半谐音的元音，像此后的武功歌一样。这部作品非常重要，也非常美，尽管流传至今的只不过是一个拉丁传说（源于叙利亚）的法语形式。因为该作品以扣人心弦和戏剧化的方式描绘情感活动，要远胜过它的拉丁语范本。阿莱克西辞别未婚妻时的话语，他母亲的悲叹，还有阿莱克西回来后见到父亲，而父亲已经不认识他，这些都是法语诗歌中最美的片段。

b）12、13世纪封建社会的文学

1. 武功歌（Chanson de geste）

直至公元1100年前后，本来就罕有的俗语诗都只涉及宗教题材，它们都是拉丁文本的俗语版，供教育民众之用。但是，从

---

[1] 法语原文为Normandie continentale。这里之所以强调"诺曼底的大陆地区"，是因为在1066年诺曼征服以后的很长一段时间里，今日法国的诺曼底地区和今日的英格兰均由诺曼底公爵统治。

公元 1100 年起，开始出现了一些更加主动地迎合大众，且以本地为灵感来源的主题。这是一些长篇史诗，分为长短不一的诗节即"籁司"（laisses），每一诗节的押韵都基于每行最后一个元音的半谐音。各行有八、十或十二个音节，而这些诗歌要面向听众吟唱，再配上一件乐器（古提琴[1]，后来是手摇弦琴[2]）奏出的朴素旋律。这些史诗的内容有关历史，讲述昔日英雄的丰功伟绩，例如几个世纪以前墨洛温王朝和加洛林王朝时期的战斗等。所以这些史诗并不是凭空想象。当然，它们在讲述这些事迹时也并不会遵照准确的历史，而是会通过民间传说，变换一种形式来加以讲述，其中会有大量的简化、杂糅和创造，所反映的是伟大英雄的生活在民间的某种想象。

从公元 1100 年起，武功歌大量涌现。12 世纪产生了众多的武功歌，其后这种体裁也仍然持续发展。但是，最古老的武功歌也是最美的，后来这种体裁逐渐衰落，变得冗长不堪，总是重复同样的一些主题。很多武功歌均与查理曼（逝于 814 年）有关。查理曼是加洛林王朝最著名和最伟大的君主，也是中世纪第一位皇帝。《罗兰之歌》（*La Chanson de Roland*）就属于这一类。一个世纪以来，《罗兰之歌》已成为法国中世纪最深入人心

---

[1] 法语原文为 vielle，也拼为 vièle，是 13、14 世纪欧洲最流行的弓弦乐器，也是现代小提琴的祖先。

[2] 法语原文为 chifonie，也称为 vièle à roue（"带轮子的提琴"），即英语的 hurdy-gurdy，是宽而短的梨形提琴，不用弓拉弦，由乐器尾端的柄转动涂有松香的木轮边摩擦发音，左手手指用短木键按一根或两根旋律弦奏出音符。由一人演奏的手摇弦琴出现于 13 世纪。

的文学丰碑，有好几个版本流传至今。其中，最古老的版本被普遍视为最可靠的一版，尽管它所提供的肯定不是这一传说的最古老形式，这就是牛津手稿（manuscrit d'Oxford）[1]的版本。该手稿以盎格鲁-诺曼语于12世纪中叶写成，但这一传说的发源地很可能是法兰西岛（Île-de-France），写作年代大约在1100年前后。《罗兰之歌》讲述法兰克人的军队在击败西班牙的穆斯林之后班师回朝，在比利牛斯山发生了一场战斗，查理曼手下的十二位侯爷[2]（pairs）即战友（compagnons d'armes）均遭逢不幸，而其中罗兰是最主要的一位。这场灾难要归咎于罗兰继父甘尼仑（Ganelon）的背叛。甘尼仑被派去劝降仍坚持抵抗的最后一位撒拉逊（sarazin）[3]君主，可是他出于对罗兰的仇恨，提出了一个突袭法兰克人后卫部队的计划，并说服查理曼让罗兰和各位侯爷担任该部队的指挥。整支后卫部队在英勇抵抗的过程中均遭屠戮。为了挽救部队，罗兰本可以吹响号角，向查理曼和他的大军求援。可是他太勇猛，太自傲，觉得还有时间，便拒绝这样做。直至濒临死亡，罗兰才吹响了号角。查理曼来了，却只来得及为罗兰报仇雪恨。全诗的结尾是甘尼仑的审判和处决。

---

1 这里指的是藏于英国牛津大学博德利图书馆（Bodleian Libraries）的 *MS. Digby* 23。

2 Pair 和 Ganelon 的译名以杨宪益译本为准，见《罗兰之歌》，杨宪益译，人民文学出版社2000年版。Charlemagne 按照通行译法，译为"查理曼"，而不是杨宪益译本的"查理王"。

3 Sarazin 是中世纪的欧洲人对信仰伊斯兰教的民族的称呼，现在一般拼为 sarrasin 或 sarrazin。

《罗兰之歌》共有四千行，每行十音节，分为长短不一的半谐音"籁司"。它以统一的、庄重的、坚硬感风格呈现，运用朴实无华而又强有力的方式来描绘各类角色、情境和风景，成为中世纪最美的作品之一。这部作品对于研究封建战争的习俗、封建君主（suzerain）和诸侯（vassal）之间的关系，以及这些骑士对世界的构想，都具有重要意义。这些骑士将尚武的封建主义与基督教相结合，将与异教徒作战时的战死视为服务于上帝的光荣殉教。可是，所有这些习俗和构想并不属于8世纪，并不属于查理曼和他远征西班牙的那个时代，而是属于12世纪初期，也就是这首诗创作的时代。这首诗所讲述的事件的历史根据是一场发生于778年的战斗，那时查理曼还年轻（诗中的查理曼则很老）。战斗发生在比利牛斯山区，并非针对穆斯林，而是针对信奉基督教的巴斯克人。这些巴斯克人为了获得战利品，对法兰克人的后卫部队展开攻击。查理曼亲征西班牙是应一位穆斯林君主的恳求，后者要对抗另一位君主，便向查理曼请求支援。因此，这根本不是《罗兰之歌》所描绘的那种类似于十字军东征的行动。查理曼与一些穆斯林君主保持着极好的关系，而在他的时代，也还没有对异教徒发动圣战的观念。由此，《罗兰之歌》将其自身时代的精神，即十字军东征时代的精神，引入过去几个世纪的历史。这或许不是有意为之，而是因为诗人难以想象，基督徒和穆斯林之间的形势可以与他生活的时代有所不同。诗人讲述的是一个古老的故事，却带有诗人自身时代的习俗和观念。

这就引导我们谈及一个问题，上个世纪的人们对此也有过很多讨论，那就是《罗兰之歌》和所有武功歌的起源。受浪漫派影响的学者将《罗兰之歌》和一般意义上的古老民间史诗视为各个民族中某种天才产物（见第28页）。根据他们的观念，各个民族的天才为此酝酿了几个世纪之久，因而史诗的诞生亦是经历了漫长的演变过程，通过许多口口相传的民间歌曲和传说融合而成。他们试图证明，早先曾有过一些作品，与被讲述的事件更接近，或是半抒情半史诗式的诗歌，或是短篇史诗，或是一些传说，而它们应当构成了武功歌的基础。另一方面，偏向实证主义的学问家并不那么看重民间想象预先所做的准备工作，主张把武功歌视为它们所处的时代，即12世纪的产物，视其为个别诗人的创作，而这些诗人亦是创造者，对传承关系的运用是每一位诗人在处理相关题材时的必然做法。其中一位学问家约瑟夫·贝迪耶（Joseph Bédier）甚至试图证明，12世纪的修道院对武功歌的创作贡献甚大。此人做过一些极富价值的研究，编订过一些极优美的古老作品的现代法语版，其中包括一个《罗兰之歌》的译本。在那个时代，虔诚朝圣的习惯在欧洲变得广为流行。很多朝圣者会穿越多个国度，到某位著名圣徒的墓地或圣髑前祷告。很多修道院分布于最重要的朝圣道路沿线，同时也是那个时代的旅馆，这些地方留有诸多民间英雄的武器和回忆，保存了关于这些英雄的记忆，并因为他们而享誉盛名。可以看到，从12世纪起，分布于主要朝圣道路的修道院开始对史诗中的英雄感兴趣。例如，在西班牙的孔波斯特拉的圣雅各（Saint-Jacques-de-Compostelle）

之路[1]上的修道院对《罗兰之歌》的英雄就很感兴趣，而武功歌中提及的地名往往指示12世纪某个至圣所或者著名修道院的所在地。教士和行吟诗人之间必定有着紧密关系，而后者又在很大程度上依赖教士，如果离开了教士的庇护，他们将难以生存。有鉴于此，教士很有可能曾对武功歌施加影响，并试图在武功歌里引入对圣髑和十字军东征的虔敬精神。依我看，浪漫派的构想其实也有一定道理。倘若没有一个与著名英雄的名字和重要历史事件相联系的悠久传统，武功歌的创作是难以想象的。在这一传统中事实渐渐走样和简化，且根据民众的和发展成形的封建社会的趣味，或许还有彼时的种种政治倾向，传统也会对事实加以编排。在很长时间内，这项工作处于隐秘状态，并未以某种文学形式呈现。教会似乎对以俗语写成的诗怀有敌意，之所以从11世纪起教会开始容忍甚至保护俗语诗，是为了使其适应教会自身的需要。这也显示出，教会必须与俗语诗共存，且在教会看来，利用俗语诗要比抑制俗语诗更有效。此外，从韵律的形式来看，早期俗语诗从未独立于教会文明。这一领域的最新研究似乎表明，法语古诗的诗律要追溯到教会的拉丁语圣歌的诗律，甚至能追溯到古典拉丁语诗歌的诗律，而后者的传统只有通过教会才能得以保存。我们在上一段中谈到的法语宗教作品的诗律，尤其是《圣阿莱克

---

1 孔波斯特拉的圣雅各（Saint-Jacques-de-Compostelle）之路是著名的欧洲古代天主教朝圣道路，从法国境内多地出发，向西南方向，越过比利牛斯山，终点是西班牙西北部的圣地亚哥－德－孔波斯特拉主教座堂（Catedral de Santiago de Compostela）。

西之歌》，就显示出与武功歌的"籁司"有密切的亲缘关系。至于人们在这些史诗中发现的古典时代诗歌技艺（意象、修辞手法等）的影响，这些在我看来无非只是一些弱化、模糊化和变质的残存印迹而已。在中世纪文明中，特别是在诗学论著中，此类印迹随处可见。

得以保存至今的武功歌都是11世纪末和12世纪的作品，充盈着十字军东征早期的骑士精神。这是一种尚武的、封建的且带有狂热基督教色彩的精神，是基督教和咄咄逼人的扩张主义的矛盾混合体。这种精神诞生于11世纪末，在此之前并未存在过。

2. 风雅传奇（roman courtois）

到12世纪中叶，也就是最早的武功歌诞生之后大约五十年，首次出现了一种使用俗语的精英阶层的文明，也即风雅的骑士阶层（chevalerie courtoise）的文明。武功歌给出了封建社会的一幅图景，却不能呈现该社会的种种精致形式。武功歌中的英雄有着朴素而粗犷的风俗，而现在形成的是一个优雅的社会，有着奢侈的生活方式和精心培养的各类习惯。这些文明中心首先形成于法国南部（le Midi de la France）。从12世纪初开始，这里出现了一种以普罗旺斯语写成的抒情诗，有着鲜明的个人风格和自觉的艺术性，这一点我们后面会谈到。第一位普罗旺斯语抒情诗人是法国南方最有权势的领主——阿基坦公爵（duc d'Aquitaine），即普瓦捷的纪尧姆九世（Guillaume IX de Poitiers）。他的孙女埃莱奥诺尔（Éléonore）[1]先是嫁给了法国国王，后来又嫁给了英格兰国王，这似乎大大推动了风雅的骑士精神在法国北方王侯宫廷和在英格兰的传播。在这一时期的英格兰宫廷，诺曼征服者们讲的是法语（见第 67 页）。埃莱奥诺尔的两个女儿，香槟的玛丽（Marie de Champagne）也即克雷蒂安·德·特鲁瓦（Chrétien de Troyes）的保护人，还有布洛瓦的阿利克斯（Alix de Blois），均延续了这一传统。风雅的骑士精神在法国南方时偏于抒情，而在进入法国北方之后，它找到了一个新的题材，采用了一系列传说（un cycle de légendes），从而得以在史诗中呈现。该系列传说来自布列塔尼，源于凯尔特人，曾风行一时。凯尔特传说包含许多神奇的元素，以传说中的国王即亚瑟（Artus 或 Artur）为中心。一位不列颠[2]作家蒙茅斯的杰弗里（Galfred de Monmouth）于 1140 年之前以拉丁语散文写成《不列颠诸王史》[3]，其中将亚瑟王

---

[1] 即阿基坦的埃莱奥诺尔（Éléonore d'Aquitaine，也拼为 Aliénor d'Aquitaine），1137—1152 年是法国国王路易七世的王后，1152—1204 年又是英格兰国王亨利二世的王后，也是理查一世（"狮心王"）的母亲，或许是 12 世纪欧洲最有权势的女性。

[2] 由于英国（尤其是威尔士）和法国西部的布列塔尼地区有着深厚的凯尔特渊源，法文原文中的"不列颠"和"布列塔尼"的名词均为 Bretagne，形容词均为 breton。按照其具体所指，中译文将其区分为"不列颠"和"布列塔尼"，以避免混淆。

[3] Galfred de Monmouth 也作 Geoffroy de Monmouth，是 12 世纪上半叶不列颠岛威尔士地区的教士和作家，其代表作《不列颠诸王史》（Historia Regum Britanniae）根据当时的编年史和民间传说写成，亦有虚构内容，是亚瑟王传说的基础。

设为主人公。这位国王,还有他周围的那些与他一样颇具传说色彩的人物,为风雅传奇提供了主要题材。亚瑟王的宫廷成为了上流社会的理想宫廷,而上流社会也很乐意以亚瑟王"圆桌"为框架,来描写其自身的生活。

风雅传奇与武功歌有着以下几点不同:1)风雅传奇并不以押半谐音的诗节写成,而是以两两押韵的八音节诗句写成;2)风雅传奇的主题从来没有历史根据,而是一些纯属幻想性质的"历险"(aventures),被置于一个想象的世界中;3)在这一幻想性框架之内,风雅传奇细致入微、栩栩如生地描绘出封建骑士阶层的生活和习俗;4)风雅传奇的主要主题是爱情,是对女性的爱慕,且这位女性在风雅文明(civilisation courtoise)之中是绝对的主宰;而在武功歌中,女性和爱情不扮演任何角色;5)最后,风雅传奇似乎供无配乐朗诵之用,甚至供阅读之用。

"传奇"(roman)[1]一词首先指的是"以罗曼语写成的故事"(histoire en langue romane),也就是以俗语写成的故事。最早的一些被称为"传奇"的史诗还没有从"布列塔尼题材"(matière de Bretagne)中选取主题,而是从希腊拉丁古典时代的传说(亚历山大、忒拜、埃涅阿斯、特洛伊[2])中选取主题,将其与中世纪

---

[1] "Roman"一词也被译为"故事",本书将古典时代和中世纪的"roman"均翻译为"传奇"(如《玫瑰传奇》),将中世纪以后的"roman"译为"小说"。

[2] 此处引述四部具有代表性的中世纪法国传奇:《亚历山大传奇》(*Le Roman d'Alexandre*)、《忒拜传奇》(*Le Roman de Thèbes*)、《埃涅阿斯传奇》(*Le Roman d'Énéas*)、《特洛伊传奇》(*Le Roman de Troie*)。

文明相适应。然而，在其中的好几部史诗里，人们已经能感觉到风雅爱情的精神，以及对神奇元素的趣味。从1160年起，布列塔尼题材最有名的诗人出现了，这就是香槟人克雷蒂安·德·特鲁瓦。他的主要作品（艾莱克、克里吉斯、兰斯洛、伊万、佩斯瓦[1]）写于1160和1180年之间。此类传奇讲的是亚瑟王圆桌骑士的种种历险。这些神奇而魔幻的历险发生在一个想象中的世界，没有任何实在的根据，而各类魔力和巫术均在其中发挥作用。这个世界好像是专为骑士的历险而建立的布景。可是，一旦描绘城堡生活的优雅时，风格就完全变成了现实主义，其中如实呈现了那个时代封建上层社会的生活或者所向往的生活，女性和爱情占据重要位置。克雷蒂安是爱情心理的伟大艺术家，他年轻时曾受到拉丁诗人奥维德作品的启发，把后者的一些诗作翻译为古法语，或者更恰当地说是改写。克雷蒂安在其中加入了某种清新而朴素的优雅，这在他奉为范例的奥维德作品中是没有的。这种优雅为他传奇中的诸多爱情故事赋予了一种特别的魅力。然而，风雅爱情的学说在英格兰的埃莉诺（Éléonore d'Angleterre）[2]及其女儿的宫廷中得到了鼓励，该学说包含女人的绝对支配地位。在这一支配地位下，男人被视为奴仆一般，即使没有希望获得回报，也

---

[1] 克雷蒂安·德·特鲁瓦是12世纪后期的法国行吟诗人，此处引述的是他的几部主要作品：《艾莱克与艾尼德》(Érec et Énide)、《克里吉斯》(Cligès)、《兰斯洛或囚车骑士》(Lancelot ou le Chevalier de la charrette)、《伊万或狮子骑士》(Yvain ou le chevalier au lion)、《佩斯瓦或圣杯的故事》(Perceval ou le conte du Graal)。

[2] 即前面提到过的阿基坦的埃莱奥诺尔。

必须至死无条件遵从他的女主人的所有命令并为她服务。女主人则有权让男人忍受痛苦，或者在她认为合适的时候奖励男人，丝毫不用考虑男人的痛苦以及作为丈夫的权利。这是因为，爱人从来不是丈夫，而是第三人。通奸成为女人的一项权利。克雷蒂安·德·特鲁瓦似乎在一定程度上抵制了该学说的最极端且在他看来有违情理的形式。克雷蒂安最后也是最有意思的一部作品是未完成的《佩斯瓦》（Perceval），描述了一位天真少年成长为理想中的完美骑士。克雷蒂安将一个基督教神秘主义传说，即对圣杯（le Graal）的追寻，加入到布列塔尼系列（cycle breton）的各个主题之中。圣杯是一个器皿，据说其中放着一位福音书人物亚利马太的约瑟（Joseph d'Arimathie）所收集的耶稣基督之血。这血有着神奇的力量，例如能治愈身体和精神的创伤，能区分良善之人和被天主弃绝之人。圣杯是神之恩宠（grâce divine）的一种象征，由此也为风雅传奇添上了一抹神秘主义的色调。

我还要特别谈论一个风雅诗歌里常常涉及的传说。该传说也来自布列塔尼，却并不与亚瑟王系列直接相联，且展现出一种更深厚也更浓烈的爱情观。这就是特利斯当与伊瑟（Tristan et Iseut）的传说，讲述了两位爱人通过一种魔药被不可分割地连为一体的悲惨故事。这个故事流传有好几种法语版本，其中书写得最美的一版保存得却并不完整，由一位名为托马（Thomas）的诗人于1160年前后所写。另一版由某位名为贝鲁尔（Béroul）的人所写，而保存下来的两首关于"特利斯当之疯癫"的诗作[1]没有作者署名。克雷蒂安·德·特鲁瓦在列举自己的作品时所提到的《特利斯当》(Tristan)则未能流传至今。

在风雅传奇之外，还有一些篇幅更短的史诗，它们具备同样的风格和意境，这就是"簌歌"(lais)，即以韵文写成的小故事，在神奇的布列塔尼系列框架内讲述一段爱情故事。有些故事富于细腻纤巧的心理描写，堪称杰作，由一位在英格兰生活，名为法兰西的玛丽(Marie de France)的女诗人以盎格鲁-诺曼方言写成。此外，还有大量篇幅短小的传奇，有关爱情和历险，其中最有名的是《屋卡珊与尼格莱特》(Aucassin et Nicolette)，这个故事大概于13世纪初在皮卡第(Picardie)写成，结合散文和韵文，十分迷人，但或许有点过于雅致和绮丽。

风雅传奇不仅在法国，而且几乎在欧洲各地，都很受欢迎。大量被人模仿，在一些国家，尤其是在德国，一些唯美且重要的作品也以同样的风格写成。后来，许多韵文和散文作品将风雅传奇的主题与武功歌相结合，在多个国家广为流传。由于被这种堕落的形式包装，这些作品被那些在集市上聚集的人群用以消遣。由此，那些讲述骑士的光荣事迹、爱情故事，以及有时颇为滑稽的关于奇遇的史诗便在很长时间内以亚文学(sous-littéraire)的形式存在，直到文艺复兴时期的意大利诗人在这些史诗初次流行

---

[1] 指的是中世纪法国文学杰作《特利斯当之疯癫》(La Folie Tristan)的牛津版和伯尔尼版两个手抄本。

的三个世纪之后为其赋予了一种新的生命，那是一种如风流游戏（jeu galant）般和谐而宁静的高雅。

3. 法语和普罗旺斯语抒情诗

流传至今最久远的俗语抒情诗大约可追溯至武功歌年代，也就是12世纪初。在此前的很长时间里，这类抒情诗必定也出现过，只是已经失传。在现存的抒情诗中，最古老也最美的几首是一些由女性一边工作一边吟唱的法语歌。这些法语歌总是与爱情有关，可这是一种朴素的爱，与那种以精致细腻和女性的支配地位为特征的风雅爱情相去甚远。它们被称为谣曲（romances），或者织布歌（chanson de toile），或者故事歌（chanson d'histoire）。在此之外，还有各类伴舞歌（chanson de danse），以同样古老的风格写成。

从12世纪中叶起，法国南部（le Midi）即普罗旺斯的诗歌开始产生影响。我们在谈论史诗时曾提及的高等风雅文明（haute civilisation courtoise）的潮流正是来源于此。在法国南部的宫廷里，发展出一种新形式的封建生活和一种新形式的精神，与那些古老的粗犷风俗迥然不同。这个社会喜爱物质的高雅和情感的精致，亦如任何一种贵族精英的文明，将其观念和习俗纳入一个精心构思的体系之中。最早的一位普罗旺斯大诗人是普瓦捷的纪尧姆九世（见第104页）。此人是一位很有权势的领主，爱打仗，爱历险，也爱女人，主要创作时间在公元1100年前后。他给我们留下了一些歌曲，其中的内容轻佻、任性，有时也很写实。此外还有一些关于风雅爱情的诗歌，这一类是行吟诗人（troubadour）[1]的歌曲，作品中的诗人是贵妇人的奴仆，向她恳求慈悲，饱受她的折磨，却依然痴心不改。这类歌曲成为风雅抒情诗的经典体裁，传播至整个欧洲。在很多国家，普罗旺斯语成为封建时代抒情诗的典范语言，正如法国北部的法语是史诗的典范语言。

这种特别的精神把爱情变成了一种对女性近乎神秘主义的崇拜，而在中世纪文学的其他体裁中，尤其是在民间的或道德教化的体裁中，女性是相当受轻视的。关于这种精神的起源，人们有过很多讨论。这种近乎神秘主义的关于爱情的构想或者归因于古典时代的影响，或者归因于同时代的宗教神秘主义，甚至还可归因于阿拉伯文明中某些相似的潮流。我认为，那个时代受到新柏拉图主义影响的基督教神秘主义在其中发挥了很大作用。一场神秘主义的革新运动持续了整个12世纪，这个世纪催生了最美的基督教神秘主义作品，见证了十字军的奇幻历险，也建造了最初的哥特式大教堂。

普罗旺斯语诗歌还有一个特别之处。在诸多俗语文学中，唯有普罗旺斯语从初次出现起就运用了文学语言。与其他语言的中世纪文学不同，普罗旺斯语诗歌并未在每个地区以不同的方言书

---

[1] 这个词的复数形式为 Troubadours，特指11世纪末至13世纪末法国南部用普罗旺斯语吟诗歌唱的行吟诗人。另有大约同一时期法国北部的行吟诗人，被称为 Trouvères，深受前者影响，他们使用北部的奥尔语（langue d'oïl）即古法语。

写，而是强制后继者采用最早的伟大行吟诗人的方言即利穆赞[1]方言（limousin）。该方言成为了抒情诗的某种国际语言，因为即便在其他国家，尤其是在伊比利亚半岛和意大利，诗人也是先用普罗旺斯语创作抒情诗，而后才用自己的母语模仿普罗旺斯风格。从12世纪下半叶起，对普罗旺斯抒情诗风格的模仿在法国、德国和地中海沿岸的罗曼语国家盛行开来。

在经典形式的情歌之外，普罗旺斯抒情诗还拥有另外几种体裁，它们亦在其他地方被人模仿。我将列举最重要的几种：破晓歌（aube）是情人（有时是贵妇人）的呜咽，哀叹情侣因太阳升起而被迫分离；对话诗（pastourelle）[2]是骑士和农村少女之间的对话（骑士向农村少女求爱，可是大多数情形下均遭到拒绝）；道德诗（sirventès）是一种道德性、政治性或论战性的长诗，用于各类不同的场合，总是与一个外在且同时代的事件相联系，如果是为了悼念一位重要人物的死亡，则被称为挽歌（planh）；十字军东征之歌（chansons de croisade）是一种流传甚广的体裁，与道德诗亦多有相似之处；最后是论争诗（tenson）或辩论游戏（jeu-parti），即提出某个一般而言与爱情心理相关的题目，并以诗体开展讨论。普罗旺斯诗歌也产生了一些史诗和宗教作品，但

---

[1] 利穆赞是位于今日法国中部的地区，首府为利摩日（Limoges）。
[2] "对话诗"是一个专有的词，指的是中世纪晚期和文艺复兴时期创作于法国的一种传统形式的田园诗，包含数量不等的诗节，描绘一位骑士试图引诱一位年轻牧羊女的场景，对话和叙述交替进行。后文将提及的《罗宾与玛里昂的嬉戏》就属于这一体裁。

是它们的重要性远远比不上抒情诗，而整个欧洲的抒情诗均是普罗旺斯抒情诗的产物。

但是，普罗旺斯抒情诗只经历了短暂的繁荣。最初的作品出自普瓦捷的纪尧姆（Guillaume de Poitiers）和塞尔卡蒙（Cercamon），写于公元 1100 年之后不久。他们的后继者的几乎全部创作活动都发生在 12 世纪，其中最有名的有马卡布鲁（Marcabru）、若弗雷·吕戴尔（Jaufre Rudel）、贝尔纳·德·文塔多尔（Bernart de Ventadorn）、马勒伊的阿尔诺（Arnaut de Mareuil），贝尔特兰·德·博尔（Bertran de Born）、吉罗·德·博尔内（Giraut de Bornelh）和阿尔诺·达尼埃尔（Arnaut Daniel）。从 13 世纪初开始，法国南部大领主的文明在一场政治灾难中消亡殆尽，普罗旺斯诗歌也未能幸免。这是一场针对名为阿尔比派（Albigeois）[1]异端教派的战争，却被掩盖成十字军东征，而这也意味着法国南部文明独立性的终结。

然而，普罗旺斯语的抒情体裁传入了法国北部，也传入了其他各处。在 12 和 13 世纪，大量诗人都用古法语写这种风格的抒情诗，克雷蒂安·德·特鲁瓦也是其中的一位。此后，在 13 世

---

1 阿尔比派是中世纪教会最重要的异端教派，反对正统天主教，活跃于 12—13 世纪，以法国南部图卢兹附近的阿尔比（Albi）城得名。该教派相信宇宙间有着不断斗争的善神和恶神，善神代表光明、美德和精神，恶神则代表黑暗、罪恶和物质，耶稣基督属于前者，而包括传统天主教会和腐朽的教士阶层在内的地上的一切事物均属于后者。教宗英诺森三世（Innocent III）在和平劝化不成之后，于 1209 至 1229 年发动阿尔比十字军，对这一异端展开残酷的镇压，也对普罗旺斯文明造成了极大的破坏。

纪期间，法国抒情诗变得更加带有市民阶层的特点，也更加写实。在此类诗人中，有两位极有意思的人物，即巴黎人吕特伯夫（Rutebeuf）[1]和阿拉斯（Arras）[2]诗人亚当·德·拉阿勒（Adam de la Halle）[3]，我们后面讲到戏剧时还会论及。

4. 编年史作者（chroniqueurs）

第一批以俗语写成的编年史亦从12世纪开始出现，这首先是一些传说性质的文字，通常是应某位大领主的要求，以八音节诗句写成。例如诺曼人瓦斯（Wace）[4]为埃莉诺王后写的《不列颠人的武功》（Geste des Bretons），又名《布鲁特》（Brut，即Brutus），还有他为埃莉诺的丈夫，也就是英格兰的亨利二世写

---

1 吕特伯夫，活跃于1245—1285年，诗作今存56首，迥异于同时代的宫廷文学，对教会和修士有着辛辣的讽刺，也描述了个人的悲惨境遇，从多个方面反映了13世纪的市民生活。
2 阿拉斯位于今日法国北部里尔（Lille）西南，斯卡尔普（Scarpe）河畔，中世纪晚期因出产壁毯而声名远播，也是重要的文化枢纽，市民阶层在文化生活和经济生活中发挥着重要作用。最早的中世纪市民喜剧即上演于该城。
3 亚当·德·拉阿勒（约1250—1306），别名驼背亚当，法国诗人、音乐家和最早的世俗戏剧的创始人，代表作包括讽刺幻想剧《树荫的游戏》（Jeu de la feuillée）和牧歌题材戏剧《罗班和玛丽翁的故事》（Jeu de Robin et de Marion）等。
4 瓦斯（约1100—约1174），盎格鲁-诺曼编年史家和诗人，生于英吉利海峡群岛的泽西岛。主要以两部长篇诗体故事闻名，即讲述不列颠人起源和早期历史的《布鲁特传奇》（Roman de Brut）和讲述诺曼底王公历史的《卢的传奇》（Roman de Rou）。《布鲁特传奇》以蒙茅斯的杰弗里所作《不列颠诸王史》（Historia Regum Britanniae）为基础，使得亚瑟王系列传说变得广为人知。最早的英语长诗、拉亚蒙（Layamon）所作《布鲁特》（Brut）即根据《布鲁特传奇》改写而成。

的《诺曼人的武功》(*Geste des Normanz*)，又名《卢的传奇》(*Roman de Lou*)。

最早讲述作者本人亲历的同时代事件的编年史则始于 13 世纪初，如《君士坦丁堡的征服》(*La Conquête de Constantinople*)，是由一位来自香槟的大领主、若弗鲁瓦·德·维尔阿杜安（Geoffroi de Villehardouin）撰写的第四次十字军东征的历史。另一位骑士罗贝尔·德·克拉里（Robert de Clari）的权势要稍逊一筹，他也为我们留下了关于此次十字军东征的回忆录。似乎从这一时期开始，若一定要用俗语写一本书，这对于骑士而言已不再是某种罕事。维尔阿杜安是一位大作家，性格高傲，其风格和观念均是封建社会的反映。有时他极为聪慧，以其作品中朴实、鲜活和几分生硬引人注目，而这恰恰是最优秀的中世纪作品的魅力之所在。到了 13 世纪末，法国国王路易九世即圣路易（Saint Louis）的侍从，曾参加过第六次十字军东征[1]的香槟的大领主让·德·茹安维尔（Jehan de Joinville）[2]写了一部关于国王生平及十字军东征的历史。他虽不具有维尔阿杜安的表现力和秩序感，却更加可亲，也更加温和。

14 世纪的历史学得到了很大发展。在谈论过去时，这种史学纯然是幻想和传说，批判史学（historiographie critique）是

---

[1] 此处疑有误，应为第七次十字军东征。
[2] 让·德·茹安维尔（也拼为 Jean de Joinville, 约 1224—1317），以编年史《圣路易史》(*Histoire de Saint-Louis*) 闻名于世，此书提供了关于第七次十字军东征（1248—1254）的极为珍贵的史料。

很晚以后才出现的。但是，同时代的编年史往往极为珍贵，傅华萨（Froissart）[1]的编年史就是一例。傅华萨是瓦朗谢讷（Valenciennes）的市民，是一位极具天赋的作家。他对骑士制度极尽推崇，尽管在他生活的14世纪末和百年战争时代，骑士制度已经全面趋于没落。

c）宗教文学

1. 各类作品

圣人传记在整个中世纪都是俗语诗歌的主题（见第99页）。圣人的数目颇为庞大，其中有几位还深受欢迎，另有与圣人名字相联系的各种传说、奇迹和具有神奇色彩的旅行等等，这是几乎取之不竭的题材。我们还存有一篇以诗体写成的中世纪圣人的生平，风格刚劲有力且扣人心弦，分为单韵的诗节，每个诗节五行，每行十二个音节。这就是坎特伯雷大主教圣托马斯[2]的生平。他

---

[1] 让·傅华萨（Jean Froissart, 1333?—约1400），法国编年史家，曾于英格兰、苏格兰、法国、意大利等地广泛游历，所著《法国、英格兰、苏格兰和西班牙编年史》（*Chronique de France, d'Angleterre, d'Écosse et d'Espagne*）记述了14世纪中叶和下半叶的很多大事件，是关于英法百年战争的重要史料。

[2] 圣托马斯·贝克特（Saint Thomas Becket, 1118—1170），在不同语境下亦被称为坎特伯雷的圣托马斯（Saint Thomas of Canterbury）或伦敦的托马斯（Thomas of London），曾任英格兰国王亨利二世的大法官（Lord Chancellor）和坎特伯雷大主教。他原本与亨利二世关系密切，并被后者举荐担任坎特伯雷大主教，但是在担任主教时，他反对亨利二世对教会的干涉，并因此而被支持亨利二世的四位男爵骑士刺杀。他于1173年被罗马教宗封为圣人。

原先是英格兰国王亨利二世的好友和首相（premier ministre）[1]，后来却成为其死敌。这篇生平写于1170年圣托马斯被刺杀后不久，作者名为圣马克桑斯桥的加尼耶（Garnier de Pont-Saint-Maxence）。另外，还有大量关于信仰的故事，讲述圣母（Sainte Vierge）的生平和奇迹，往往很吸引人。

《圣经》的某些部分也被翻译成散文，如《诗篇》（Psautier）和《雅歌》（Cantique des cantiques），还有一部分被写成诗。最后还要提及各种布道词集，但其数量要远远少于我们的预期，因为人们更倾向于使用拉丁语写作。此外，还有数量可观的教导性作品，一般以基督教为主题。

2. 宗教戏剧

在这一时期的宗教文学创作中，戏剧肯定最为重要，也最具活力。戏剧产生于礼拜仪式（liturgie），即对日课（office divin）期间所读《圣经》文本的戏剧化呈现。戏剧以对话体写成，这是一种极有效的方法，能让神圣（sacré）[2]的故事为民众所熟知。该对话——至少是其中的一部分——很快便被民众用俗语的方式歌唱或朗诵。此后戏剧不断拓展其范围，打破日课的框架，变得独立，离开教堂，走到门廊前的广场之上，这就是大型宗教演出的起源。此类表演涵盖了虔诚的基督徒眼中的全部世界历史，即从创世开始，经过基督的生平和受难，直到最后的审判。

---

[1] 需要注意的是，那时的"首相"与今日的首相地位和职权都有很大不同，不可一概而论。
[2] 此处 sacré 意为宗教意义的"神圣的"、"祝圣的"，与"世俗的"相对。

起初，人们格外喜欢呈现的场景有两个，即神圣故事的两个主要场景：基督于圣诞节时降生；基督受难后又于复活节时复活。在教会内部，有一些以拉丁语写成的关于此类演出的见证材料。在流传至今的诸多见证材料中，英国的材料可以上溯至10世纪，法国的要稍晚一些，当然还有德国。这些场景在福音书中被讲述得栩栩如生，带有丰富的细节，因而特别适合演出。

最早的戏剧文本将法语诗句混在拉丁语诗句之中，始于12世纪上半叶。这些戏剧（drame）很简短，讲的是拉撒路（Lazare）[1]的复活，但以理（Daniel）[2]的故事等等，尤其是还有一部长达九十四行的作品，即《新郎》（*Sponsus*），这部作品把聪明与愚拙童女的比喻（《马太福音》第25章）编成对话。流传至今的最早的完全以法语写成的文本采用的是盎格鲁－诺曼方言，出现于12世纪中叶，这就是《亚当剧》（*Le Jeu d'Adam*），包含了原罪的故事、亚伯被该隐谋杀的情节，还有先知游行的场景，似乎与圣诞节系列表演相联系。这部作品太长以至于无法在礼拜仪式期间的教堂里表演，只能由教士们在教堂门廊前的广场上表演，并配上虽然简陋却象征着不同情节的场景的装饰。有一些以拉丁语写成的评注，能让我们对演出过程形成较为清晰的观念。夏娃和亚当

---

1 拉撒路（Lazare），《圣经·新约》中的人物，见《约翰福音》第11—12章。依福音书所述，拉撒路在坟墓里已有四天，耶稣却得以让他复活。需要说明的是，本书所有《圣经》人物和篇章的中译名均以和合本为准，以下不赘。
2 但以理（Daniel），犹太先知，曾被囚于巴比伦，据说是《圣经·旧约》中《但以理书》的作者。此处奥尔巴赫所述"但以理的故事"指的是中世纪的"但以理剧"，以《但以理书》中的内容为基础。

的诱惑和堕落构成了作品最长也最美的部分，以其对人物心理的精妙刻画和清新的文风而独具魅力。

此后，这类剧目频繁上演，一些手工艺者团体即行会（confréries）成为这些演出的组织者和表演者。有些篇幅达三万行至五万行的极冗长的戏要连演好几天，将神圣故事全部呈现给民众，并配上所谓的"同步布景"（décor simultané），即把各个事件发生的不同地点并列于舞台之上。例如，把天堂置于右面，把大地的各部分置于中间，又把地狱的入口放在左面。这些被称为"神秘剧"（Mystères）或者"受难剧"（Passions）的戏在15世纪时达到顶峰。一个由巴黎手工业者组成的团体，即"耶稣受难同行"（les Confrères de la Passion），垄断了巴黎及周边地区的此类演出。这类戏剧有两个值得注意的重要特点：不讲究整一（unité），无论是地点、时间还是情节；不把崇高和悲剧与日常现实相分隔。至于后世古典主义戏剧的第一位也是最重要的规则，且曾是古希腊罗马戏剧之基础的"三一律"，中世纪的基督教戏剧并不加以遵循。后者将那些发生于极为不同的时间地点的事件组合到同一部戏中，并不考虑逼真的效果。中世纪基督教戏剧并不是要给观者呈现某一次冲突或者某一场危机，而是要在同一个舞台上呈现虔诚的基督徒所想象的从创世到末日审判的全部历史的各个片段。对于这位虔诚的信徒来说，全部的历史都集中于唯一的一次冲突，即人类因原罪而堕落，并因基督的牺牲而赎罪。他并不需要外在的整一来让所有的事件与这个唯一的中心点相连接。关于另一个特点，也就是源于日常生活的现实场景与悲剧和崇高事件之融合，该特点在古代戏剧中亦是闻所未闻，其后又受到法国古典主义戏剧美学的强烈谴责。但是，这一融合所遵循的典范是由《圣经》的例子提供给中世纪戏剧的，而《圣经》以一种极为写实的方式来讲述基督的诞生、生平与受难（见第111页）。为了让这些故事更加为民众所熟知，中世纪进一步强化和扩展了福音书的写实性。举例来讲，我们并不意外地看到复活后的耶稣在以马忤斯（Emmaüs）显现的故事引出了一个位于小旅店的有趣场景；或者在耶稣受难之后，三位女人为保存耶稣圣体而买来油膏，却与小贩因为价格产生争执。中世纪的人没有那种要求将崇高和悲剧与现实和日常相分隔的审美情感。在我看来，他们在这一点上要更接近基督教的精神，后者究其本质是将崇高与谦卑统一于耶稣基督的人格与生平中。

在这些源于礼拜仪式的宏大表演之外，中世纪还有另一种体裁的宗教戏剧，即圣迹剧（Miracles），将诸位圣人和圣母的故事变得戏剧化。一般而言，圣迹剧恰如其名，是关于一些救人于危难之中的奇迹。在留存至今的圣迹剧中，有几部戏作于13世纪，还有很大数量的戏作于14世纪。这些戏也都充满着各种现实场景。

中世纪的基督教戏剧缺乏外在的整一，并将悲剧性与写实性融合，对后世英国和西班牙的戏剧产生了深刻影响，在法国则引发了强烈的反应，对古典观念的回归从文艺复兴时期起即已有所显露。这种反应在多处均有体现，却只在17世纪法国古典主义中取得了完全的成功。从16世纪起，宗教表演中过度的写实性使人感到被冒犯，巴黎的最高法院（Parlement de Paris）亦于1548年禁止"耶稣受难之同行"演出圣经神秘剧。

d）世俗戏剧（théâtre profane）

关于世俗戏剧在法国的起源，我们所知甚少。只有当城市中的市民文明具有一定的独立性时，世俗戏剧似乎才得以自由发展。在世俗戏剧中演出的诸多题材中，除古希腊罗马滑稽剧（farce）的传统之外，还有一些很古老的民俗主题。我们所拥有的最古老的两个法语文本源自13世纪下半叶，由一位来自阿拉斯城的诗人，外号"驼背"（le Bochu / le Bossu）的亚当·德·拉阿勒写成。两篇文本都极有意思。其一是《棚架下的游戏》（*Le Jeu de la feuillée*），类似于我们所说的活报剧（revue），融政治讽刺、写实刻画、抒情诗和民间想象为一体，该情节发生在阿拉斯，而剧作者本人也是剧中人。另一部戏名为《罗宾与玛里昂的嬉戏》（*Le Jeu de Robin et Marion*），是一种牧歌式歌剧（opéra idyllique）。它讲的是一位骑士试图拆散一对农民恋人并把女孩拐走，却未能得逞，因此类似于某种戏剧化的对话诗。还有一部颇为残酷且年代稍晚的滑稽剧名为《男孩与盲人》（*Le Garçon et l'Aveugle*），大概在同一个地区即图尔奈（Tournai）[1]写成并上演。14世纪留存至今的作品不多。到了15世纪，出现了世俗平民戏剧的大繁荣，形成了三种有着明显区别的体裁：道德剧（moralité）、傻剧（sotie）、滑稽剧。道德剧是一种讽喻性的戏剧。那些时代

---

1 位于今日的比利时西南部，临近法国边界，是比利时最古老的城市之一，也是法兰克人的国王、墨洛温王朝的奠基人克洛维一世的诞生地，有一座建于11世纪的圣母主教座堂，是欧洲北部罗曼式建筑风格的典型代表。

有着对讽喻的趣味，我们不久在谈到《玫瑰传奇》时会对此做更充分的说明。道德剧是这样一些戏，其中的人物是各种各样的道德价值和抽象概念，如理性（Raison）、贞洁（Chasteté）、耐心（Patience）、疯癫（Folie），又如午餐（Dîner）、晚餐（Souper）、瘫痪（Paralysie）。甚至还有一些人物名为"对宽恕感到绝望"（Despération de pardon）或者"羞于说出其罪恶"（Honte de dire ses péchés）。其后，一些政治性讽喻有时也会被引入，但是一般而言，该体裁带有一种道德和感化的目的。在我们看来，这种体裁极度令人厌倦，可是在中世纪后期，它曾在很长时间里备受欢迎。傻剧是一种由小丑出演的戏，大概源于某种古老的崇拜。在小丑的节日（Fête des fous），人们穿着半黄半绿的袍子，戴着带有长耳的帽子，佯装疯疯癫癫，对当权者及其同时代人讲一些令人不快且滑稽可笑的真话。在巴黎，还有其他的大城市，宫廷的文员（即行政和司法机构的雇员）、大学生和另外一些年轻人群体（例如"无忧少年"[1]）将这种体裁主要用于同时代的政治性讽刺。滑稽剧是喜剧的最现实也最日常的形式。作为戏剧形式的滑稽剧与我们不久之后将要谈及的史诗类故事诗（fabliaux épiques）相对应。滑稽剧所展示的现实是低俗的，且带有几分可笑，其最为偏爱的主题是一些女人和她们的情郎对丈夫耍花招或是搞恶作剧。但是也有一些其他的主题。最有名的滑稽

---

[1] 原名为"Les Enfants sans souci"，又称"傻子们"（les Sots），是中世纪晚期至16世纪巴黎的戏剧行会，演出傻剧、滑稽剧和道德剧，大多由贫穷的大学生组成，往往推举某位或某几位诗人为首领。

剧是关于帕特兰律师（Maître Patelin）的那一部[1]，其中为我们呈现了一位狡诈的律师，最终被自己的花招所害。

在15世纪，尤其是在16世纪，在耶稣受难同行会（Confrérie de la Passion）被禁止演出神圣神秘剧（Mystères sacrés）之后，又有了"世俗神秘剧"（Mystères profanes），也就是以神圣神秘剧的方式将世俗主题戏剧化。这些戏很长，也不易理解，但是其中有一些曾颇为流行。

e）写实故事（contes réalistes）

从13世纪初开始，也就是从城市文明的发端开始，一种新的文学体裁开始崭露头角。可以推测，在此之前，这种体裁早已在口头传统中存留了很长时间。这些引人发笑的故事以韵文写成，在皮卡第语中被称作"故事诗"（fabliaux），以八音节诗句写成，两两押韵。这些诗的题材几乎总是带有颇为粗鄙的写实性，有时能追溯到极为久远的主题，往往还来自东方。还有一些题材取自当下的生活。那些异域和古老的题材也要与中世纪法国的习惯相适应。故事诗有时极为粗俗，也往往颇为好笑，被讲述得有声有色，喜欢嘲讽受骗的丈夫、朴实的农民，还有渴望女人和世俗财富的低级教士。这些故事诗讲的是人们如何耍花招戏弄他人，没有任何德育目标，通常粗野不堪，不甚文雅，与我们刚刚谈及的滑稽剧处于同一水准。直至15世纪，在意大利的薄伽丘及其继承

---

[1] 《巴特兰律师的滑稽剧》（*La Farce de Maître Pathelin*）大约写于15世纪中叶，是中世纪的喜剧杰作，常被视为法国文学史上的第一部喜剧。

者的影响下，一种更加高雅，面向精英人群的写实故事才在法国发展起来，这就是散文体短篇小说（nouvelles en prose）。然而，15世纪以法语散文写成的写实性短篇小说与它们的意大利范例有所不同，基调更偏向于市民和家庭，如15世纪上半叶的《婚礼的十五种喜悦》（*Les Quinze Joies de mariage*）和下半叶的《新短篇小说百部》（*Cent nouvelles nouvelles*）。这种现实主义盛行于法国北部、皮卡第（Picardie）和佛兰德（Flandre）[1]地区。

另一种具有讽刺性和写实性的体裁来源于一些关于动物的民间故事，出现于12世纪下半叶的法国，这就是《列那狐传奇》（*Le Roman du Renart*）[2]。它实际上并不是一部情节整一的传奇，而是被称为"分支"（branches）的一系列故事，以自由而松散的方式组合而成。由此构成了一种史诗（八音节诗句，两两押韵），其中的诸多动物如人类一样，过着群居生活。有关动物的故事在古典时代（如伊索）即已存在，被称为"寓言诗"（fables或apologues）。这种古典体裁在中世纪常常被模仿，正如之后被拉封丹模仿一样。但是，《列那狐传奇》与古典范例及其中世纪仿作的不同之处在于缺乏德育目标，带有鲜明的讽刺性，有时甚至近乎政治性，且在于确立动物的某些固定的特质：狮子是傲慢的国王，却也易于受骗；狼即伊桑格兰（Ysengrin）充满着暴力和

1　佛兰德为历史地区名，包括今日尼德兰泽兰省的南端、比利时北部的东佛兰德省和西佛兰德省，以及位于法国最北端的北部省。
2　中世纪以古法语诗句写成的动物故事集，其中各个故事由不同的作者撰写，自中世纪以来就被称为"分支"（branche）。

贪婪；狐狸则更是圆滑世故、狡诈虚伪。这些都写得十分出色，有着令人赞叹的敏锐观察与简洁表达，带有一种纯朴之风，使得此书广受喜爱，经久不衰。从法语中先前的"狐狸"（goupil）后来被这部传奇中的人物名（Renart）取代，便可以见出这一点。这部传奇中的若干段落是市民阶层对封建社会和教士风俗的某种戏仿。

f）讽喻性诗歌（poésie allégorique）与《玫瑰传奇》（*Le Roman de la Rose*）

在古典文明走向衰落之时，有些人创造了一种带有教导性和讽喻性的诗歌。这些人与其说是自然、生活和人类灵魂的诗人，不如说是一些学问家、收藏家以及对体系有着特别偏爱的人。这一体裁早在中世纪时期的最初几个世纪便悄然成形，并或多或少服务于基督教会。举例来讲，有一些以晚期拉丁语甚至古法语写成的诗，描写"罪恶（vice）与美德（vertu）之争"或"身体与灵魂之辩"，或者描写"英勇"（Prouesse）的一双翅膀。这两只翅膀名叫"慷慨"（Largesse）和"礼貌"（Courtoisie），而翅膀的每根羽毛都代表这两种美德的一部分。基督教对于那些有待解读的象征（figure）和幻象（vision）的偏爱，更使得这种讽喻的倾向得以强化。可是鉴于各种基督教的讽喻和象征几乎都与历史事实或者假定的历史事实相联系，以便保持某种生命力，这些模仿古典时代晚期诸范例的讽喻，具有一种抽象的干涩感，在我们看来颇为厌烦。这些教理体系本身往往就很愚昧，而且因为被过度体系化，编排了一些出口成章的讽喻性人物，显得分外愚蠢。

因此，这种讽喻性文学并没有很高的价值，直到它抓住了一个在同时代社会中颇为流行的爱情主题。我们前面说过，12 世纪的封建社会倾向于将其诸多习惯和对爱情幻想的种种方式系统化。本身就更加市民化、更重视教理的 13 世纪亦持续培育这种倾向，并将其与讽喻相结合。因此，一种讽喻性的爱情诗诞生了，其中最重要的作品是《玫瑰传奇》。

《玫瑰传奇》的第一部分作于 1230 年前后，由一位名叫纪尧姆·德·洛里斯（Guillaume de Lorris）的教士撰写，大约包含四千行。续篇有一万八千行，由另一位教士让·德·默恩（Jean de Meun）作于四十年后，整体特点很不同。这部传奇的诗句与该时期大多数作品的诗句相同，即每句八音节，两两押韵。这是一篇关于梦的叙事：爱人进入爱神的王国，为的是"摘取玫瑰"（cueillir la rose）；"爱之王国"（royaume d'amour）由一座筑有雉堞的高墙护卫，并由十座讽喻性的雕塑装饰，如"仇恨"（Haine）、"不忠"（Félonie）、"贪欲"（Convoitise）、"吝啬"（Avarice）等等；爱人在其行动中有一位名为"款待"（Bel-Accueil）的人物相助，由一位名为"理性"（Raison）的女士引导，被名为"美"（Beauté）、"单纯"（Simplesse）和"殷勤"（Courtoisie）的爱神之箭射中，被"希望"（Espérance）、"甜蜜想法"（Doux-Penser）和"温柔目光"（Doux-Regard）安慰，也被守卫玫瑰的"羞耻"（Honte）、"恐惧"（Peur）、"危险"（Danger）和"恶舌"（Malebouche）猛烈打击，甚至是一把推开；最终，款待被"嫉妒"（Jalousie）关在了一座堡垒里。第一部分以爱人的呜咽声结尾，这第一部分是一种讽喻化的"爱的艺术"（art d'aimer），有着丰富的心理观察和美丽的风景。这部分还保有12、13世纪最优秀的作品里特有的某种纯真。尽管有讽喻性，这部传奇的某些部分至今读来仍然津津有味。第二部分以款待的获救和对玫瑰的征服结束，充满着教导性、哲理性和讽刺性元素。一些新的讽喻性人物被引入，其中最为重要的是"自然"（Nature），她的神父"天赋"（Génius）和"虚假外表"（Faux-Semblant），是虚伪之人的典型。与纪尧姆·德·洛里斯相比，让·德·默恩远没有那么风雅、考究和抒情。他精力旺盛，有些粗俗，爱开玩笑，善于论战，而又极有学问。他运用诗的框架，来囊括他所有的知识和心中的念想。这是一种人物典型的最初样本，其后在欧洲广为传播，这种典型就是有智慧的市民（bourgeois intelligent），其智慧来自可靠的知识，并运用这些知识同那些他所不赞成的保守的势力和想法作斗争。他不大敏感，不甚文雅，有几分学究气，尤其有点吹毛求疵。前面那种温和细腻被一种带有论战倾向的现实主义所替代。让·德·默恩是自然的捍卫者，并且与任何可能妨碍自然力量充分成长的事物作斗争。他笔下的爱情不再是那种痴爱女人并将其视为女王的风雅爱情（他对女人的评价并不高），而是肉体之爱。他所表达的一些政治观念极有市民特色，对封建贵族并无好感，而他的哲学观念尽管仍然处于因阿维罗伊派亚里士多德主义（aristotélisme averrhoïste，见第96页）的侵入而面临危机的基督教经院哲学的框架内，却很接近于当时巴黎几位神学家所传播的那些偏激且近乎异端的观念。

《玫瑰传奇》曾是中世纪流传最广的作品之一，此书的手稿数量之多，以及其他作品中诸多相关暗示，都足以证明这一点。两个世纪以后，印刷术刚刚发明，此书就被印制了好几版，在意大利语、英语、弗莱芒语等语种中被翻译或模仿，并引发了诸多论战，对但丁、乔叟等诗人产生了强烈影响。

g）衰落，弗朗索瓦·维庸

从最后几个段落可以看出，中世纪法国文学的大部分体裁和作品均始于12和13世纪。14世纪几乎没有带来任何新的东西，而只有到了15世纪，才出现像戏剧和短篇小说这样的一些体裁，显示出一种有着重要意义的演变。事实上，14世纪和15世纪上半叶的文学活动并不丰富，这尤其要归咎于那时法国所处的极为不利的形势。内部的种种危机，及一场旷日持久的灾难性战争，也就是对抗英国人的百年战争，使得法国被严重撕裂。这场危机一方面让国家变得贫困，屡次遭受彻底性破坏，但另一方面也最终让法国具有了国家统一和民族意识。国家统一的象征是奥尔良少女（Pucelle d'Orléans）贞德（Jeanne d'Arc）这位人物。此人是一位能看到异象的农村少女，在宗教热忱和爱国之情的驱使下，将敌人威胁下的奥尔良城解救出来，并让国王在兰斯加冕。之后她落入了英国人之手，被当成异端烧死。最近一些年，她被天主

第三部分　文学时期概览

教会册封为圣人[1]。

旧有的种种体裁在14世纪文学中占据了统治地位，它们的风雅之气越发淡薄，市民之风则越发浓厚。诗变得越发具有教导性和讽喻性，在一些颇具学究气的形式层面精雕细琢，以至于自我消耗。最知名的诗人包括纪尧姆·德·马肖（Guillaume de Machaut）[2]，他同时也是著名音乐家，厄斯塔什·德尚（Eustache Deschamps）[3]，还有编年史家傅华萨。15世纪初则有克里斯蒂娜·德·皮桑（Christine de Pisan）[4]和阿兰·夏蒂埃（Alain

---

[1] 贞德被天主教会册封为圣人是在1920年，而奥尔巴赫写作此书是在二战期间。对于奥尔巴赫而言，贞德的封圣是很晚近的事。

[2] 纪尧姆·德·马肖（约1300—1377），法国诗人和音乐家，被同时代人尊为诗艺大师和14世纪"新艺派"（Ars Nova）音乐风格的主要作曲家，也是法国最后一位将抒情诗和音乐融于一体的大诗人。他的长篇抒情诗代表作为《真实故事》（*Le Livre du Voir dit*）。杰弗雷·乔叟（Geoffrey Chaucer）在其作品《公爵夫人之书》（*The Book of the Duchess*）中曾多次引用马肖的诗。

[3] 厄斯塔什·德尚（约1346—约1406），法国诗人，曾受教于纪尧姆·德·马肖，他的《修辞艺术》（*L'Art de dictier*, 1392）是法国文学史上第一部诗论。此外他还写过许多抒情诗和讽刺诗。

[4] 克里斯蒂娜·德·皮桑（1364—约1430），法国女诗人、散文家和人文主义者，写过大量宫廷情诗，一部法国国王查理五世的传记，以及一些维护妇女的作品如《爱神书简》（*Épître au dieu d'amour*）和《妇人城》（*Le Livre de la cité des dames*）。晚年的最后一部作品是《纪念贞德之歌》（*Ditié de Jehanne d'Arc*）。

Chartier）[1]。可是从15世纪中叶起，出现了一种新的愉悦感（sensualité）。这不再是中世纪最初几个世纪的清澈的纯朴，而是一种爱情，由富丽的装饰点缀，由种种强烈的感觉、感官的享受，以及惊悚想象的恐惧感构成。快感、爱情、现实和感官生活、死亡，这些都被涂上往往颇为炫目的浓烈色彩。想象力乐于把基督教为其提供的对照主题（例如，肉体的腐朽与永恒的生命）推到极致，所有这一切同时以精致和通俗的形式呈现。这是一个过渡时期，中世纪的颓势已经很明显，而文艺复兴的种种新形式尚未在阿尔卑斯山以北得到充分发展。赫伊津哈最近关于中世纪之衰落的巨著[2]对这一时期做了分析。这种强烈而精致的愉悦感，其精神不仅体现于文学，也体现于细密画家、挂毯工人、画家和雕塑家们的艺术中。

至于文学，我们已经谈过兼有神圣性和写实性的神秘剧，我们也谈过这一时期的滑稽剧、傻剧和散文体故事。其中的几部，特别是《婚礼的十五种愉悦》，具有一种极为强烈且扣人心弦的现实感。而抒情诗这方面，在勃艮第宫廷格外盛行的一个流派即"修辞学派"（rhétoriqueurs），这个学派创作了一些形式考究，有时甚至到无聊程度的作品。其中有着极为复杂的韵脚体系和文字

---

1 阿兰·夏蒂埃（约1385—约1430），法国诗人和外交官，著名作品包括号召各阶层团结支持国王的散文《四人互责录》（*Le Quadrilogue invectif*）和爱情诗《无怜悯心的美人》（*La Belle Dame sans merci*）。后者引领了一种文学风尚，并为英国诗人约翰·济慈（John Keats）的同名诗歌提供了灵感。
2 指尼德兰文化史家赫伊津哈出版于1919年的《中世纪的衰落》一书。

游戏，以至于一位现代批评家把这些诗称为"耐心和妄想的女儿们"（filles de la patience et du délire），尽管内容平淡无奇，却能产生一种印象，即一种既厚实又能带来感官愉悦的丰富性。然而，这个时代也出现了一些真正意义上的诗人，如夏尔·德·奥尔良（Charles d'Orléans）[1]亲王。此人很讨人喜欢，带有一种精致的且形式上相对简洁的抒情性。另外特别值得一提的是弗朗索瓦·维庸（François Villon）[2]，他是中世纪法国最伟大的抒情诗人，也是所有时代最伟大的抒情诗人之一。他生于1431年，1463年以后便不知所终。这是一位巴黎人，由在圣本笃（Saint Benoît）教堂担任议事司铎的叔叔抚养长大。他在学校获得文科学位（maître ès arts）后不久，开始过上了一种放荡的生活。此时正值战争和战后，整个国家都很贫困，缺乏组织，也缺乏稳定的道德观，这样的生活也是很多年轻人的命运。维庸爱喝酒，爱与人斗剑，爱去不正经的地方[3]，惯于偷窃，甚至杀过人。他从巴黎被赶出来，在各地漂泊不定，常常被监禁和折磨，甚至偶尔有被处以绞刑的风险。即便如此，他依然坚持基督教信仰，纵使身处腐败之中，

---

1 又称为奥尔良公爵（Charles, duc d'Orléans, 1394—1465），法国最后也是最伟大的宫廷诗人之一，曾被囚于英格兰长达25年之久，分别用法文和英文撰写了许多诗作。
2 弗朗索瓦·维庸（约1431—1463），本名为弗朗索瓦·德·蒙科比耶（François de Montcorbier）或弗朗索瓦·德·洛热（François des Loges），法国最伟大的抒情诗人之一，作有《小遗言集》（*Le petit testament*）、《大遗言集》（*Le grand testament*）以及其他的一些民谣、歌曲和回旋诗。
3 原文为"les mauvais lieux"，指的是妓院、赌场等场所。

也仍旧保持纯朴,对人类的境况有着清醒而率直的意识。他的题材很简单,包括生活中的具体现实,尘世享受的甜蜜和虚妄,人体的美丽和衰朽,灵魂的腐化和希望等等。这些题材虽简单,却触及根本,也总被设想成两两对照。这是最早的一位纯粹意义上的诗人,其最重要的价值就在于能自发地表达自身灵魂的震颤。他笔下最美的诗句既极具写实性,又天然地带有抒情性,让人一读就懂,甚至让那些对了解中世纪诗歌没有任何特别准备的人也能感受其魅力。当然,也存在有一些诗会带来理解上的困难,这要归咎于它们的语言形式,也要归咎于它们对同时代鲜为人知的事件和人物的影射。维庸以极具个人色彩的方式表达自身的个性,这似乎预示了文艺复兴的到来。然而,从他的观念和诗句形式看,维庸又属于法国中世纪,也是中世纪的最后一位杰出代表。

15世纪末还产生了一位卓越的散文家,这就是曾在路易十一及他的两位继承人手下担任大臣的菲利普·德·科米纳(Philippe de Comines,约1445—1511)[1]。他的《回忆录》展示了一种极为奇特的混合体,包括政治现实主义、毫无顾忌的诡诈以及对基督

---

[1] 菲利普·德·科米纳也拼写为"Philippe de Commynes",出生年份一说是1447年前后。他凭借《回忆录》(*Mémoires*)跻身于中世纪欧洲最伟大的历史学家之一。《回忆录》第一部分印行于作者死后的1524年,第二部分则印行于1528年,是路易十一和查理八世时代的一部政治史,显示出作者高超的写作才能和敏锐的洞察力。

教的虔信。这也是他的主人路易十一[1]身边的氛围，路易十一是法国国家统一的奠基人之一，其性格也呈现出一种同样的奇特混合。

III. 意大利语文学

相较于法国、西班牙和德国，意大利俗语文学的形成时间要晚得多。在意大利，中世纪文学的主要形式在很长时间里都无人问津，无论是武功歌，还是风雅传奇，甚至是风雅的抒情诗，都没有在这片土地上发展起来。意大利未曾有过高等封建文明；各座城市很早就显示出独立性，各个市镇之间的政治斗争、各类商业事务，以及对罗马伟大形象的回忆、罗马教廷和各位皇帝[2]所激发的种种带有普遍性的观念，使之产生了一种与阿尔卑斯山以北完全不同的氛围。意大利的文学活动始于13世纪对普罗旺斯抒情诗的模仿。意大利以北最早的一些行吟诗人，比如于1200年后不久开展创作的曼托瓦的索尔代洛（Sordello de Mantoue）[3]，甚至使用普罗旺斯语写作。但是在意大利南部，在西西里，对风雅抒情诗的模仿则用意大利语写成。德意志的霍亨斯陶芬

---

1 菲利普·德·科米纳成长于勃艮第宫廷，起初曾支持勃艮第公爵"大胆查理"（Charles le Téméraire）并反对法国国王路易十一。从1472年起，科米纳归附路易十一，曾担任其宫廷内侍和机要顾问。
2 此处的皇帝（empereur）指的是神圣罗马帝国皇帝，意大利的大片地区曾长期处于神圣罗马帝国的统治之下。
3 在意大利语中，此人被称为"戈多的索尔代洛"（Sordello da Goito，约1200—约1269），戈多（Goito）是意大利曼托瓦省下辖的一座市镇。此人活跃于13世纪上半叶普罗旺斯地区和意大利北部的宫廷，是著名的行吟诗人，但丁曾在《论俗语》和《神曲·炼狱篇》中提及他。

（Hohenstaufen）家族的最后一位皇帝腓特烈二世[1]（殁于1250年）曾住在巴勒莫（Palerme）[2]。他的祖母是诺曼公主（见第67页），而他也因此成为西西里和那不勒斯王国的继承人。此人的政治观念和智识发展，让他足以跻身于中世纪最为非凡的人物之列。他本人和他的儿子们，还有他周围的人，最早用意大利语写一些深受普罗旺斯影响的诗歌，他们模仿普罗旺斯诗歌的主要形式为爱情大颂歌（grande chanson d'amour）。在此之外他们还发明了一种更加短小也更为简洁的形式，成为意大利抒情诗中运用得最多的形式，其后在欧洲到处被模仿，这就是"十四行诗"（sonnet）。每首诗有十四行十音节诗句，由包含两种韵脚的两个四行诗节（quatrain）和包含三种韵脚的两个三行诗节（tercet）组成（韵脚规律例如 abba, abba, cde, edc）。在 13 世纪，许多居住在意大利北部城市的诗人都在仿效西西里诗派。普罗旺斯式诗歌（poésie provençalisante）尽管变得有些干瘪和市民气，依然在当地得到培育，因为腓特烈二世的逝世和霍亨斯陶芬家族的败落带来了西西里诗派的消亡。孕育了但丁的伟大运动正是从意大利北部的城市中发展起来的。

　　除了这些富有艺术性的抒情诗初来乍到，13 世纪也为我们

1　腓特烈二世（Friedrich II, 1194—1250），从 1198 到 1212 年担任西西里国王，从 1215 到 1250 年担任神圣罗马帝国皇帝。热衷于发展文化，曾在西西里的宫廷里聚集了一批学者和文人，1224 年创办了那不勒斯大学，为意大利的教育做出了重要贡献。但丁曾将西西里的宫廷称为意大利诗歌的发源地。
2　巴勒莫位于意大利西西里岛西北部的城市和港口，也是西西里岛的首府，1072—1194 年间曾被诺曼人统治。

展示了通俗诗（poésie populaire）留有的最早印记，还为我们提供了教理诗（poésie doctrinale）和史诗的最初文献。教理诗备受人们欣赏，往往带有讽喻性，在这方面受到《玫瑰传奇》的影响，产生了好几部颇有意趣的哲学普及性作品。至于史诗，则只是对法国史诗尤其是武功歌的某种模仿，以不同的方言写成。吟诵这些史诗的说唱艺人为此发展出了一种特殊语言，即混合了法语和意大利语的法‐意语（franco-italien），一直存续到15世纪。在散文方面，出现了一些拉丁语和法语书籍的译本，以教导性和道德性主题为主。还有一些原创性的散文作品，其中最为生动的是一些故事集和"优美言辞"（belles paroles），它们的主题取自古典和东方传统，也取自一些同时代的轶事。在这些故事集中，最有名的是《新故事集》（Novellino），即《一百个古代故事》（Cent Nouvelles Antiques）[1]的合集，极具优雅和魅力。

13世纪的宗教诗也占据特殊位置。宗教诗的形成要归功于一位宗教天才的影响，此人在意大利和其他地方让众多心灵激奋不已，这就是阿西西的圣方济各（Saint-François d'Assise）[2]，他是方济各修会（Ordre des Franciscains）的创始人，逝于1226年。他的虔敬信仰神秘、抒情、简明、通俗且强烈，在艺术和文学之

---

[1] 意大利语为 Cento Novelle Antiche，此书又名《故事和优美言辞集》（Libro di novelle e di bel parlar gentile），正文中的"优美言辞"即来自此。

[2] 阿西西的圣方济各（意大利语为 San Francesco d'Assisi）生于1182年，逝于1226年，出生于意大利古城阿西西（Assisi）的富裕家庭，后来经过激烈的心灵挣扎，决心放弃财产和家庭，过使徒式的清贫生活，进行隐修，到各地传道，是天主教方济各会的创始人。

中引发了一场既是抒情的，又是现实的自发性运动。他自己亦是诗人，他写给万物的圣歌[1]也是意大利语言的一份伟大文本。与这场运动相联的还有宗教性抒情诗的兴盛，这种宗教性和通俗的抒情诗的最主要体裁是劳达赞歌（laude）或称颂歌（louange）。由一位名叫托迪的雅各布内（Jacopone da Todi）[2]的方济各会修士创作的一些作品最能引人联想，其中一部分以对话形式写成，由此诞生了一种欣欣向荣的戏剧文学，即"祝圣演出"（sacre rappresentazioni）。

然而，在1260年前后，来自古老的大学城（见第96页）博洛尼亚（Bologne）[3]的一位名为圭多·圭尼泽利（Guido Guinizelli）[4]的抒情诗人为普罗旺斯式诗歌赋予了一种新鲜而特别的精神，这种神秘和哲学的爱之精神，往往晦暗不明，只有少数具有贵族气质的人方能领会其奥秘（这些诗人并不属于封建社会，

---

[1] 此处指的是圣方济各于1224年撰写的宗教诗篇《万物赞歌》（*Cantico delle creature*），又名《太阳兄弟赞歌》（*Cantico di Frate Sole*）。这部作品受到传说故事的启发，以意大利语翁布里亚方言写成，通过对水、火、死亡等事物的赞美，颂扬了造物主的恩德以及人与人之间的兄弟情谊，是意大利早期俗语文学的丰碑。

[2] 托迪的雅各布内（约1230—1306），13世纪意大利宗教文学的著名诗人，来自翁布里亚地区的托迪（Todi）城，1278年被方济各会接受为世俗修士，曾创作了一百多首富有感染力的赞美诗。

[3] 博洛尼亚是中世纪和文艺复兴早期意大利的学术和文化重镇。博洛尼亚大学创办于1088年神圣罗马帝国时期，被公认为世界上历史最悠久的大学，官方拉丁文校名"Alma Mater Studiorum"直译为"大学之母"。

[4] 圭多·圭尼泽利（也拼写为Guido Guinizzelli，约1230—1276），意大利诗人，以爱情诗见长，被视为"温柔新体派"的创始人，对但丁亦有很大影响。

而是出身于城市的贵族阶级）。此贵族气质并非与生俱来，而是基于一种精神精英（gentilezza）的构想。普罗旺斯式对风雅爱情的构想有了新的发展，明显变得更趋于神秘主义，而女性变成类似于一种宗教观念或者柏拉图式观念的化身，一种极其微妙的感官性色彩也加入到这种精神性之中。意大利北部城市尤其是托斯卡纳的一些年轻人开始模仿圭尼泽利的风格，这就是第一个诗人团体，也是自古典时代以来的第一个纯文学流派。在他们当中，最伟大的一位诗人但丁·阿利吉耶里（Dante Alighieri），来自佛罗伦萨，他为这个团体所起的名字沿用至今，这就是"温柔新体派"（Dolce Stil Nuovo）[1]。

但丁·阿利吉耶里是欧洲中世纪最伟大也最有力量的诗人，也是所有时代最伟大的创造者之一。他于1265年出生在佛罗伦萨的一户城市贵族之家，学习当代哲学，仿效圭尼泽利的风格写诗。他在城邦政府承担重要职责，并于1301年被卷入一场政治灾难，被迫离开佛罗伦萨。他在流亡中度过余生，于1321年逝于拉韦纳。他的早年作品《新生》（*La Vita Nuova*）记述了自己对一位文中称之为贝阿特丽齐（Béatrice）的女子的神秘爱恋。尽管其中对爱情的构想，所使用的术语，以及诗句的形式仍然属于"温柔

---

[1] "温柔新体派"指的是诞生于13世纪，以佛罗伦萨人为主的一批意大利诗人，作品多以爱情为主题，将对异性的爱慕之情精神化、神圣化，突破了普罗旺斯式抒情诗的套路，亦对意大利文学语言的形成有很大贡献。该流派的代表性诗人除了圭多·圭尼泽利以外，还有圭多·卡瓦尔坎蒂（Guido Cavalcanti）、契诺·达·比斯陶亚（Cino da Pistoia），以及但丁本人。

新体派",但该作品却脱离了后者的框架。这本小书混合了散文和韵文,展示了充满想象力的图景构成的统一和谐与强大的表现力,而这些是该团体中任何一位其他诗人笔下都没有的。其后,但丁的作品既能包含那个时代的一切知识以及人们在世间所能感受到的所有激情和情感,同时也并不背弃其来源,即"新体"[1]所带来的灵感,而新体是纯抒情性的,仅限于有关神秘之爱的少量主题。但丁之后的著作一部分以拉丁语写成,一部分以意大利语写成。在他的拉丁语作品中,最重要的是我稍后将要谈及的专论《论俗语》(*De Vulgari Eloquentia*),还有一篇关于政治理论的专论《论世界帝国》(*De Monarchia*),主张在罗马的主导下建立一统天下的帝国。在他的意大利语作品中,首先要提及的是很大数量的抒情诗,被汇编者冠以《韵律集》(*Le Rime*)[2]的名称。其次则是《飨宴》(*Convivio*)[3],本意是要为他的十四首哲理诗写一篇散文体评论,然而只写成了引言和三个章节,评论了三首诗。最后还有

---

1 此处指上文所提的"温柔新体派"。
2 奥尔巴赫在此处所用原文是 Canzoniere,即"歌集"(与彼特拉克的《歌集》同名)。经查考,此处实际上指的是但丁在一生中零散写成的百余首抒情诗,被后世批评家编为七卷,并被冠以《韵律集》(*Le Rime*)的总名。该诗集被视为《新生》和《神曲》之间的某种过渡,也是但丁作品中最鲜为人知的组成部分。
3 《飨宴》涉及广泛的内容,是意大利历史上以俗语写成的第一部学理性著作,体现了但丁渊博的学识和深厚的文艺造诣,其中的第一部分花了很大篇幅阐述俗语的优点,与《论俗语》的内容相互呼应。

《喜剧》(Comédie)，该书其后被称为"神圣的"[1]。在谈《神曲》之前，我想先就《论俗语》这一专论说几句。

在这篇专论中，但丁对母语诗歌开展探讨，试图确立若干意大利文学语言在形成过程中所应依循的原理，并为这门语言的高雅诗歌(haute poésie)规定一些主题和形式。他的有关文学语言和高雅诗歌的观念是受到古典语言的样例，特别是受到拉丁文学的启发。尽管他把拉丁文作家奉为典范，却并不承认拉丁语的优先性，而是想要培育和美化意大利语言，使其成为最高贵的诗歌工具。在该专论中，这些根本性观念首次出现，与之后文艺复兴时期人们所表达和推广的观念如出一辙。在他的叙述中，但丁明确提出了一些殊为可贵的构想，涉及各门语言的一般情形、罗曼诸语言及其与拉丁语的关系、意大利语的各种方言，还有以那个时代各种罗曼语言写成的诗歌。这让我们得以将此文视为罗曼语语文学的某种雏形。

《神曲》是《论俗语》的理论的具体实现。《神曲》这部诗篇有着最高雅的风格，包含了一切的人类知识和神学，以意大利语写成。尽管该诗的形式在我们看来像是史诗，但丁却称其为"喜

---

[1] "神曲"的意大利语原文为 Divina Commedia，意思是"神圣的喜剧"。但丁自己为作品起名为《喜剧》(Commedia)。薄伽丘在《但丁传》中出于尊敬，将其称为"神圣的喜剧"。这个题目最早在 1555 年的印刷版中被采用，其后广为流传。

剧"，因为它以一种民众的共同语言写成[1]。在这方面，但丁依循了一种中世纪的理论；但是他也把该诗称为"神圣之诗"（poème sacré）[2]，由此彰显其风格的崇高。这首诗的主题是在幻梦中的一次穿越地狱、炼狱和天堂的旅行，采用三行诗节[3]的形式，即三行诗一组，每行十音节，而第一行和第三行采用前一组第二行的韵脚，如 aba、bcb、cdc 等。这首诗包含三部分：地狱、炼狱和天堂。地狱篇包括引言在内共有三十四歌，另外两部分各有三十三歌，总共有一百歌。

但丁迷失于一座森林之中，为拉丁诗人维吉尔所救。森林象征着人类在生活的罪恶和激情中迷失并堕落。为了拯救但丁，维吉尔带着他走过冥界诸王国，直抵炼狱的山峰。在天堂，贝阿特丽齐成为了他的向导，先前委派维吉尔去援救但丁的也正是她。这位多神教徒诗人的角色在我们看来很奇怪，这可以从两方面解释：一方面，维吉尔是罗马帝国的诗人，而但丁将罗马帝国视为人类社会的理想的和最终的形式；另一方面，如整个中世纪的其他人一样，但丁视维吉尔为基督的预言者，这源于对一首诗的阐释，维吉尔在其中赞美了一位显有圣迹的婴孩的诞生（见第43页）。然而，在这趟旅程中，但丁遇到了各个时代的冥界灵魂，还

---

1 根据但丁本人在《致斯加拉亲王书》（*Epistola a Cangrande della Scala*）中的说法，将其代表作称为"喜剧"有两个原因，其一是《神曲》始于《地狱篇》而终于《天国篇》，内容符合喜剧由坏转好的定义，其二是《神曲》使用的语言并非拉丁语，而是普通民众所用的意大利俗语。
2 "神圣之诗"的意大利语原文是 poesia sacra。
3 "三行诗节"的意大利语原文为 terza rima。

有刚刚死去的同时代人的灵魂。这些灵魂同他讲话，而他也看到了他们永恒的命运。与那些在古典时代和中世纪对冥界的描述中所能见到的逝者相比，但丁笔下的逝者的不同之处在于，他们的生命并未被削弱，而他们的性格也绝没有因死亡而被改变或者丧失个性。相反，在但丁笔下，上帝的审判似乎恰恰在于对他们尘世存在的完全实现，以至于这些逝者是通过这一审判而完全成为了自我。他们的所有愉悦和痛苦，他们情感和本能的全部力量都通过他们的言语和姿态流露出来。这些言语和姿态极为集中，与活人的言语和姿态同样个人化，且更有力量。此外，这趟旅程还引起了一种对整个创世过程的解读。根据旅途中每一站所呈现的种种现象和问题，这种解读分布于全诗的不同部分。旅途每一站的构思所依循的是一套既丰富又清晰的大纲，其基础是被想象力和表现力极度诗化的托马斯主义形式（见第96页）的亚里士多德哲学。从他的哲学和政治观念看，但丁生活在中世纪，是整个中世纪文明的总结。从他提出的关于人的个体化构想以及关于俗语的观念来看，但丁站在了文艺复兴的门槛上。可以说，但丁创造了意大利的文学语言。

在但丁之后，文学上的中世纪随即在意大利结束。14世纪的两位大作家彼特拉克和薄伽丘已经是人们所称的人文主义者。他们开始寻找和模仿古典时代作者的真实文本。尽管其影响力远逊于但丁，可他们也开始有意地培育自身的个性，并在诗人之中看到我们现今所称的艺术家。实际上，在中世纪，一方面只有那种没有文化的说唱艺人（jongleur）和行吟诗人（trouvère），另一方面只有哲人（philosophe）。但丁仍然更多地被视为"哲人"而非诗人。

在彼特拉克身上，有着极为明显的对自我人格的崇拜。他与人文主义者和一切崇仰古代文化的时代一样，对中世纪文学的诸多作品深有反感，甚至也反感但丁。弗朗切斯科·彼特拉科（Francesco Petracco），后改名为彼特拉克（Petrarca），是一位与但丁同时流亡的佛罗伦萨人之子，于1304年生于托斯卡纳的阿雷佐（Arezzo）小城。他的青少年时期在法国南部的阿维尼翁（Avignon）度过，彼时教廷正在那里驻留（教廷从1309年待到1376年）。那时的阿维尼翁是一个精致却腐败的社会中心。后来，彼特拉克成为了著名诗人，受到那个时代最有权势之人的保护，四处游历，到过法国、德国、意大利，其后又退隐到阿维尼翁附近沃克吕兹（Vaucluse）自己的一处房子里。1340年[1]，他在罗马的卡皮托利丘（Capitole）被加冕为桂冠诗人[2]。他曾对一位受启示的革命性人物科拉·迪·里恩佐（Cola di Rienzo）的复兴罗马共和国的事业深感兴趣，只是这场事业最终归于失败。1353年，彼特拉克彻底离开法国，搬到意大利，住在米兰、威尼斯和其他一些城市。1374年，他在阿尔夸（Arquà）[3]的家中去世。

---

1 此处的年份有误，彼特拉克正式被授予桂冠是1341年4月8日，而非1340年。
2 根据奥维德《变形记》（第一卷），月桂枝或桂冠是给诗人及优胜者的荣誉奖赏。彼特拉克是古典时代之后被授予桂冠的第一位诗人，而"桂冠诗人"的称号也为他带来了巨大的荣誉。
3 阿尔夸是意大利东北部大区帕多瓦省的一个市镇，为纪念彼特拉克在此逝世，该镇现名为阿尔夸－彼特拉克（Arquà Petrarca）。

彼特拉克是一位十分敏感的大诗人，受到同时代人的追捧，由于自身灵魂易受扰乱而常常闷闷不乐，而且颇为自负。关于自己，他谈论得很多，而他唯一的主题实际上就是自我。从古典时代以来，他是唯一给后世留下个人书信（以拉丁文写成）[1]的作者。彼特拉克也是第一位人文主义者，他搜集古代作家的手稿，相较于自己的母语，他更偏爱拉丁文。他曾雄心勃勃地想要在写作时不用中世纪的拉丁文，而是运用古典时期那些伟大作者的拉丁文，因而他模仿西塞罗和维吉尔的风格进行写作。除了大量以拉丁散文写成的书信和专论之外，他还写过拉丁文田园诗和一首宏大的史诗《阿非利加》(*Africa*)，其中用维吉尔式的六音步诗句歌颂了罗马人对抗迦太基的战争。他想凭借这些以拉丁文写成的作品赢得荣耀，且总是带着几分不屑来谈论那些后来令他流芳百世的意大利语诗。这是一部大约包含三百五十首诗的诗集，被称为《歌集》(*Canzoniere*)，其中大多数是十四行诗。这些诗几乎都在赞颂劳拉（Laura），一位他年轻时爱过的女人。在此框架内，这些诗展现出一个焦灼不安，同时高傲而充满忧虑的灵魂的全部震颤。这个灵魂热爱古典时代，却也热爱基督教，喜欢人间和荣耀，但是很快就幻灭，转而追求孤独和死亡。这些诗极富艺术性，甚至往往因其夸张的图像和隐喻而有些造作，具有某种无法抗拒的优美、音乐性以及有节奏的律动。彼特拉克的《歌集》几乎是一个策源地，普罗旺斯和意大利的诸多诗歌潮流在此汇合，并从

1　即彼特拉克的拉丁文书信《致后人书》(*Posteritati*)。

这里辐射开去，泽及后世的欧洲诗歌。彼特拉克把普罗旺斯诗人、"温柔新体派"以及但丁所创造的抒情诗的所有主题和形式集中起来，并在作品中加入某种更加自觉的艺术性，某种更强的内在性，还有更加个人化的丰富情感。在几个世纪的时间里，彼特拉克的诗歌是欧洲抒情诗的典范。直到1800年前后的浪漫主义，欧洲抒情诗才彻底摆脱其影响。

彼特拉克的同时代人和朋友乔万尼·薄伽丘（Giovanni Boccaccio）也是佛罗伦萨人（但是他于1313年出生在巴黎），年轻时也曾在一个高雅却有些腐化的社交圈即那不勒斯的宫廷里度过关键性的几年。他本应按照父亲的意愿学习法律，可他却更喜欢诗歌，更喜欢阅读经典拉丁作家，也更喜欢各种艳遇。之后薄伽丘回到佛罗伦萨，却又常常短暂性地出走。直至1349年，在肆虐欧洲的鼠疫过后，他才在佛罗伦萨定居。正是在这一时期，他与彼特拉克结下了友谊。他曾屡次任职于佛罗伦萨共和国的外交部门。到了生命的末期，他那敏感的灵魂深受宗教上的焦虑并被悔恨所搅扰，他变得忧郁且迷信。1375年，他在切塔尔多（Certaldo）逝世。这是一座乡村小城，靠近他的老家佛罗伦萨。

薄伽丘与彼特拉克一样是一位人文主义者，是古典时代原作最初的欣赏者和模仿者之一。跟彼特拉克一样，他也用拉丁语撰写专论，甚至还是一位博学的语文学家，其关于神话和传记的著作在很长时间里都被后世学者和诗人当作文献查考的工具书。但他更是一位意大利语诗人。与彼特拉克的区别在于，薄伽丘是一位伟大的散文家，也是第一位伟大的意大利语散文家。他的天才要远比他那位伟大的朋友更有写实性,更加使人愉快,更能迎合人意。他极有艺术性(可以说,是他创造了现代韵律散文),同时他对讽刺的和通俗的现实主义也颇有天赋,而这些都是彼特拉克所缺乏的。他年轻时以诗体和散文体写过若干爱情传奇。这些传奇现在已乏人问津,但其中一些段落展现了迷人的敏感性,还有现实而精致的心理分析。其后,在1350年前后,他写出了后来成为其代表作的一部包含一百个短篇小说的合集,名为《十日谈》(*Le Décaméron*)[1]。故事的题材来自于各地,其中有的主题源于东方,有的源于古典时代,有的源于法国,还有的源于同时代的轶事和民间传说。这部作品的结构、写实性、心理描写的细腻度、风格,都使其富有价值且熠熠闪光。在薄伽丘之前,这种体裁只有一些干瘪而缺乏生气的道德性故事,还有一些属于故事诗一类(见第115页)的民间故事,往往很好笑,却颇为粗俗。通过《一百个古代故事》的集子,还有意大利编年史作者以拉丁语写成的某些段落,人们已经对意大利人特别是佛罗伦萨人在写实方面的兴致有所预感。可是只有到了《十日谈》中,这种丰富性和对鲜活生命的把握度才得以充分展现。《十日谈》是一个世界,兼有优雅的艺术性和通俗性,与《神曲》同样丰富,尽管缺乏但丁的宏大构想,却以更加朴实的方式对待人类生活。其中处处都能嗅到亲历现实的味道,充盈着一种精致而愉快的感性,使作品无限可爱。此书的框架(为了躲避瘟疫,几位青年男女离开佛罗

---

[1] 《十日谈》意大利原文为 *Il Decamerone*。

伦萨到乡间，并轮流讲故事消磨时光）把人的种种性格和气质的差异大致勾勒出来，而非直白地表述，这在很大程度上增加了全书的魅力和生命力。《十日谈》的语言是对古典散文艺术的意大利式改编，是一种由和谐复合句组成的风格，具有一种无可比拟的甜美和灵活性，其中往往还配上一些底层平民的各种人物所讲的自然而通俗的土语。这些人物出现在大量故事里，薄伽丘使他们的语言带有某种惊人的多样性。

薄伽丘的暮年颇为凄凉，深受宗教的恐惧困扰。其间他曾写过一首措辞强烈且十分写实的讽刺诗，以女性为攻击对象，题为《大鸦》(*Il Corbaccio*)。他极为赞赏但丁，为其写过一本传记，并在生命的最后几年开始为《神曲》撰写评注。他的作品在欧洲的影响并不逊于彼特拉克的作品。《十日谈》为后世意大利和其他地方的很多故事集提供了范例。在欧洲，薄伽丘是散文叙事艺术的创立者。

在这三部伟大作品即但丁的《神曲》、彼特拉克的《歌集》和薄伽丘的《十日谈》之后，14和15世纪的意大利文学尽管依然绚丽多姿并蓬勃发展，却没有产生能与之相提并论的作品。这三部作品中至少后两部所反映的正在萌发的人文主义和文艺复兴精神，是远多于中世纪精神的。通俗诗、抒情诗、史诗、讽刺诗，包括一些颇为滑稽的方言诗，都迎来了繁荣发展。另外出现了很大数量的薄伽丘式的短篇小说集，还有一些人模仿彼特拉克。此外，包含苦行类、通俗类、论战类、戏剧类（"祝圣演出"，见第122页）诗歌在内的基督教诗歌亦产生了几部不同凡响的作品。

然而，为这一时期的意大利文明赋予其特有氛围的是"人文主义者"的活动。在意大利，从14世纪下半叶起，这场被称为"人文主义"（humanisme，源于拉丁文的 humanitas，有"人性"、"人类文明"以及"与人类理想相匹配的教育"等含义）的运动即已在酝酿之中。彼特拉克和薄伽丘已经是后来所说的人文主义者，其后的一代人让这类人文主义得到充分发展，15世纪出现在意大利，不久又出现在阿尔卑斯山以北。

人文主义的出发点当然是对希腊拉丁古典时代的崇拜。人文主义者鄙视中世纪，鄙视经院哲学及其所使用的晚期拉丁语，想要回到拉丁文学黄金时代的伟大经典，便寻找相关手稿，模仿其风格，并秉持其基于古代修辞学的文学构想。人文主义者甚至试图研究古希腊作品，从1400年起，意大利出现了第一批精通并讲授希腊语的学问家。他们首先是一些来到意大利的希腊老师，其实早在君士坦丁堡陷落之前就有他们的身影，但是在此之后数量更多。不过，到了15世纪，很多意大利人文主义者对希腊语已经精通到足以教学，并将其用于翻译名著。在佛罗伦萨（一个对艺术和文学充满热爱的本地贵族家庭[1]从15世纪下半叶起在此掌权）、教廷（15世纪的一位教宗庇护二世本名为艾伊尼阿斯·西

---

[1] 指的是美第奇（Medici）家族，也译为梅迪契家族。该家族从15世纪到18世纪中叶的绝大多数时间内是佛罗伦萨以及托斯卡纳的统治者，产生过四个教宗和两位法国王后。该家族成员酷爱艺术、文学和建筑，在文艺复兴时期曾产生过很大的影响。

尔维乌·比科罗米尼[1]，自己就是一位著名人文主义者）和意大利的其他诸侯那里，人文主义者都备受欢迎并享有盛誉。他们都是使用古典拉丁语的作家和诗人，是收藏家，也是古典时代作品的出版者和翻译者，时刻准备用维吉尔式的诗句颂扬那些保护他们的大人物，用高雅的风格讲述下流趣闻，并对他们的对手展开猛烈抨击。这一时期的意大利人文主义者一般而言对他们的母语即意大利语颇为轻视。这一点使他们区别于但丁和薄伽丘，后两人均热爱意大利语，并致力于培育意大利语（唯有彼特拉克故作姿态偏爱拉丁语）。这一点也使他们区别于其后继者，即16世纪的人文主义者。如我们将要看到的那样，16世纪的人文主义者在仰慕古典文明和古典拉丁语之外，也努力提升他们自身的母语，使其能像古典拉丁语具有同等的丰富、庄重和高贵，并因此而遵循但丁在《论俗语》这篇专论中首次表述的诸多观念。尽管如此，14、15世纪的意大利人文主义者大多都怀有强烈的民族主义，因为他们浸染着关于罗马伟大形象的观念，并将拉丁语视为真实的、正宗的本国语言。即便是对于意大利语和其他俗语而言，他们所从事的语法研究也极有用处。人文主义也是欧洲职业型作家发展过程中的一个重要阶段。如前所述，彼特拉克不是教士，不是哲人，也不是行吟诗人，而是诗人兼作家，他要求和接受了该身份所应得的一切尊敬和荣耀。在他之后，一个作家阶层得以形

---

[1] 艾伊尼阿斯·西尔维乌斯·比科罗米尼（Enea Silvio Piccolomini, 1405—1464），曾撰写大量历史和地理著作、诗歌以及小说《情侣记》，是人文主义者的赞助人，1458年成为教宗庇护二世，直至去世。

成，以写作为生，并向往荣耀。文学的荣耀成为了一个理想目标。诚然，这些人即便以写作为生，也仍未能依靠公众谋生。那得需要另外一种社会结构，还要有让文学作品复制和流通的商业可能性。1450年前后印刷术的发明创造了这种可能性，但是只有从16世纪开始，这种可能性的充分发展和组织才得以显露出来。因此，14、15世纪的人文主义者多数情况下还是依靠某位有权势的保护人，此人往往也期盼通过他的人文主义朋友们的文字来实现自身的不朽。总体上，这一时期的意大利人文主义与中世纪文明有着明显区别。这是文艺复兴的一个重要流派，从14世纪中叶开始出现于意大利。

IV. 伊比利亚半岛文学

早在卡斯蒂利亚文学（littérature castillane）[1]最初的作品中，一种强有力的原创性，一种既庄严又写实的特征就有所显露。卡斯蒂利亚文学非常中世纪，但是与代表欧洲中世纪的其他文学又有所区别，因为它有着一种非常特别的气氛，更加庄严，不那么温和，却更接近现实。这种气氛大概应归结于该国的特殊命运、与阿拉伯人的抗争，以及在这些条件下形成的种族。

流传至今的最早的作品创作于公元1140年，但是只留存在

---

[1] 卡斯蒂利亚的西班牙语为Castilla，意思是"城堡之地"，指的是西班牙中部传统地区，占西班牙本土面积四分之一以上，历史上是卡斯蒂利亚王国的核心地带，长久以来是西班牙的政治中心。现代西班牙语即是以卡斯蒂利亚语为基础形成的。

唯一一份写于 1307 年的有缺陷的手稿中，这就是《熙德之歌》（*El Cantar de Mio Çid*）。其中的诗句与武功歌的诗句有几分相像，但由于其长度不等而区别于后者。这份手稿讲述的是一位半个世纪前刚刚逝去的人物的事迹。鲁伊（罗德里戈的简称）·迪亚兹·德·维瓦尔（Ruy / Rodrigo Diaz de Vivar），被基督徒称为"冠军"（El Campeador），被阿拉伯人称为"熙德"（El Cid）即"大师"。在与阿拉伯人的战斗和几位基督教诸侯的竞争中，熙德曾经扮演重要角色，为自己创造了强大而独立的地位。他在《熙德》这首诗里展现出某种真实性格的特点：大胆而机灵，傲气十足而又颇受欢迎，处事严谨，却也仗义执言、忠心耿耿，还有点好于讽刺。读者并不像在武功歌中那样置身于英雄传说的氛围里，而是处于明确的历史和政治局势之中。我们可以从后来的一些版本中得出结论，即《熙德之歌》并不是唯一一部以熙德为主人公的古老诗篇，而且似乎可以确定的是，其他主题的诗亦曾以同样的风格被处理。西班牙学者拉蒙·梅嫩德斯·皮达尔曾根据一份散文体编年史对这些古老诗篇中的一部（《拉腊七王之歌》[*Cantar de los Siete Infantes de Lara*]）加以复原，最近在潘普洛纳（Pamplona）[1]的大教堂里也发现了关于龙塞斯瓦列斯（Roncesvalles，即罗兰战死的地方，见第 115 页）的一首诗的残篇。在英雄史诗的形成过程中，西班牙隐修院似乎也发挥了与法国隐修院相同的作用（见第 103 页）。

---

1 西班牙北部纳瓦拉（Navarra）自治区的首府。

第三部分　文学时期概览

宗教性诗歌和教导性诗歌的痕迹始于13世纪上半叶。第一位流传至今的西班牙诗人姓名是贡萨洛·德·贝尔塞奥（Gonzalo de Berceo，逝于1268年前后）[1]。他是一位牧师，用简朴、写实、虔诚而迷人的诗句讲述了本地圣徒的生平和圣母的神迹。他写单韵的四行诗，这种诗由史诗性亚历山大体（源于法国[2]）诗句组成，在顿挫（césure）处多一个音节[3]。这种单韵的四行诗形式在旧的西班牙文学中极为普遍，被称为"四行同韵"（cuaderna vía）[4]，或者教士诗（mester de clerecia）[5]，与民间史诗中更加不规则的形式即游唱诗（mester de yoglaria）相对立[6]。13世纪大多数教导性诗歌和史诗都以"四行同韵"这种形式写成。这些诗歌由更有学问的诗人所写，体现出来自法语和拉丁语的影响。

13世纪下半叶以卡斯蒂利亚和莱昂（Léon）国王阿方索十世（Alphonse X）的文学活动为标志。他的绰号是el Sabio即"智

1　此处贝尔塞奥的逝世年份不够准确。据《不列颠百科全书》，贡萨洛·德·贝尔塞奥生于1198年前后，逝于1264年前后。他的代表作是《圣母显圣记》（*Milagros de Nuestra Señora*），其中的25首诗歌都表现了同一个主题，即圣母对善男信女们的庇护。此外他还写过三部圣徒生平。
2　中世纪的古法语作品、讲述亚历山大大帝生平的《亚历山大传奇》（*Roman d'Alexandre*）采用了十二音节诗句，"亚历山大体"（alexandrin）因而得名。
3　整句诗的章节可分为"七个音节＋顿挫＋七个音节"，共计十四个音节。
4　西班牙语叙事性诗体的一种形式，每个诗节由四行诗句组成，每行都有十四个音节和相同的韵脚。
5　也译为"学士诗""文人诗"等。当时具有文学修养的人以教士为主，故而"教士"和"学士"或"文人"指的是同一个群体。
6　教士诗使用"四行同韵"式格律，即四行为一个诗节，依据同一个韵脚，每行十四个音节。相形之下，行吟诗人们吟唱的《熙德之歌》的诗句则长短不等。

者", 于 1252 至 1284 年间在位。此人是西班牙语散文的创立者。他的作品数量很大，或是自己创作，或是请人创作且自己合作参与。例如，其中有一部法典，蕴含了丰富的关于当时西班牙人生活和习俗的信息，这就是《法典七章》(*Las Siete Partidas*)，还有一些关于天文学、岩石、游戏的书籍，大多基于阿拉伯语资料。另有很大数量的重要译著，特别是《西班牙编年通史》[1]。此书被后人延续和模仿，并由此开创了西班牙语历史编纂学。阿方索对抒情诗也很感兴趣，此时的抒情诗在加利西亚-葡萄牙方言中很盛行，而他自己也用这种语言写诗。他的继任者桑乔四世（Sanche IV）对翻译工作多有鼓励，并根据拉丁文的范例，为自己的儿子编写了一本教育手册。这个时代盛行编纂和翻译，尤其是基于阿拉伯语资料的编纂和翻译。早在阿方索和桑乔的时代之前，就已经有人翻译了一些关于东方故事的汇编。

阿拉伯文明的影响在 14 世纪上半叶仍在持续，还产生了两部重要著作和两位重要人物。一个是《卢卡诺尔伯爵》(*El conde Lucanor*) 的作者唐·胡安·曼努埃尔（Don Juan Manuel）王子，还有一个是曾撰写《真爱诗集》(*El Libro de buen amor*)[2] 的伊

---

[1] 《西班牙编年通史》的西班牙语为 *Crónica general de España*，或者简称为 *Crónica general*。

[2] 《真爱诗集》也译为《真爱之书》，"真爱之书"的译法更贴近西班牙语原题的字面含义，而"真爱诗集"的译法则更贴近此书的实际内容，即一部庞杂的诗歌汇编集。此处以沈石岩编著的《西班牙文学史》为准，统一处理成"真爱诗集"。

塔[1]大司铎（Arcipreste de Hita）胡安·鲁伊斯（Juan Ruiz）。两人都逝于1350年前后。《卢卡诺尔伯爵》又名《巴特罗尼奥之书》（*Libro de Patronio*）或《例子之书》（*Libro de los enxiemplos*）[2]，是一部散文体故事集，讲述了卢卡诺伯爵向他的那位充满智慧的顾问巴特罗尼奥征求意见，询问应当如何生活和统治。巴特罗尼奥每次都用一个"例子"来回答，即用一个故事来体现他的建议。这一框架体现出东方道德故事集的影响，如《七贤哲之书》（*Livre des Sept Sages*）[3]，这也令人想起《一千零一夜》（*Livre des 1001 nuits*）。然而，讲故事的方式和作者的精神则显然是西班牙式的。这本书写得很好，非常写实，可它的风格却远没有那么自由，其中各类观念和情感的视野要比薄伽丘局限得多，而后者的《十日谈》亦是在同一时期写成。伊塔大司铎的《真爱诗集》一书与《熙德之歌》一道，构成了中世纪西班牙最重要的作品，也是欧洲古文学最具原创性的著作之一；这是一种结构颇为松散的传奇，运用了各种诗歌形式（兼有单韵四行诗与模仿葡萄牙和法国诗的形式），使用各种风格和体裁，如宗教诗（poésie dévote）、抒情诗（lyrisme）、讽喻诗（allégorie）、讽刺诗（satire）以及故事诗（conte）。这部作品极为个人化，亦极为写实，主要描述大司铎的风流韵事，其中最突出的人物是一位拉皮条的女人——特罗塔柯

---

1 伊塔（Hita）是西班牙中部马德里附近的小镇。
2 《例子之书》全名为 *Libro de los enxiemplos del Conde Lucanor et de Patronio*。
3 《七贤哲之书》又称为 *Roman des Sept Sages*，源于亚洲（很可能是印度）的故事集。

文托斯（Trotacoventos，意为"奔走于修道院的人"），成为后世诸多作品的范例（如《赛莱斯蒂娜》[1]）。

尽管受到法国文学的影响，中世纪的西班牙却并没有很多类似风雅传奇、亚瑟王系列及与之相联的神秘主义爱情观的痕迹。诚然，有一些风雅传奇的译本，也有一些对圆桌（Table ronde）[2]人物的影射，但是从本质上讲，卡斯蒂利亚精神从一开始就对宫廷文明持反对态度。作为唯一一首能被视为历险传奇（roman d'aventures）的原创性诗歌，《西法尔骑士之书》（El Caballero Cifar）颇为幼稚，也有几分粗俗。尽管如此，圆桌系列中的一个主题即《高卢的阿玛迪斯》（Amadis de Gaula）应该也是写于14世纪。至于它是写于西班牙还是葡萄牙，我们无法确定。这个故事后来变得极为有名，而塞万提斯在《堂吉诃德》中戏仿的那些文艺复兴骑士小说亦将其作为范例。14世纪下半叶卡斯蒂利亚文学最突出的人物是佩罗·洛佩斯·德·阿亚拉（Pero López de Ayala, 1332—1407）。此人的政治生涯跌宕起伏，曾写过一部很有力量的讽刺诗篇《宫廷韵文集》（Rimado de Palacio）[3]，还有一部关于他所处时代的编年史。这部编年史的诸多构想较之先前的一些编年史的构想要更加现代，同时也更受古典时代历史学家

---

1 《赛莱斯蒂娜》（La Celestina）是西班牙中世纪时期的对话体长篇小说，讲述同名女主人公以悲剧结局告终的爱情故事。
2 此处指亚瑟王的圆桌骑士故事。
3 《宫廷韵文集》（Rimado de Palacio）是教士诗的最后一部代表作品，收入2800多首诗，均采用四行同韵格律，以犀利的笔触抨击了当时社会的种种弊端与恶习。

（尤其是李维）的影响。此外，他还是一位出类拔萃的译者。

到了15世纪，以但丁和彼特拉克为首的来自意大利的影响变得广泛。这种影响体现于一种极具艺术性、极为精致的抒情诗，在一些规模宏大的诗集中得以留存至今。这些诗集涵盖了1445年前后在卡斯蒂利亚编纂的《巴埃纳诗歌集》（*Cancionero de Baena*），还有稍晚在那不勒斯的阿拉贡宫廷（那不勒斯王国于1443年被阿拉贡人征服）编纂的《洛佩·德·斯图尼加歌集》（*Cancionero de Lope de Stúñiga*）。在随后一个世纪之初的1511年，埃尔南多·德·卡斯蒂略（Hernando del Castillo）在巴伦西亚编纂并出版了一个规模宏大的总集[1]。来自意大利的影响也体现在一些模仿但丁的讽喻性和教导性的诗歌中。在受到但丁影响的诗人中，值得一提的有学者也是但丁和维吉尔作品的译者恩里盖·德·维耶纳（Enrique de Villena），还有胡安·德·梅纳（Juan de Mena），后者曾于15世纪中叶写过一部讽喻性诗篇《命运的迷宫》（*Laberinto de Fortuna*）[2]和其他同体裁作品。但是，15世纪上半叶最重要的作家是桑地亚纳侯爵（Marqués de Santillana）伊尼科·洛佩斯·德·门多萨（Íñigo López de Mendoza，1398—1458），是掌玺大臣（chancelier）洛佩斯·德·阿亚拉的亲属。门多萨是博学而有魅力的诗人，是手稿收藏家，也是中世纪文学最早的批评家和文学史家之一，曾写过

---

1 即《歌曲大全》（*Cancionero general*），是西班牙第一部较大规模的歌谣总集，在大量歌曲之外，也保存了48首谣曲。
2 《命运的迷宫》是一部模仿维吉尔和但丁的讽喻诗集，全书共有258节。

一部民间格言集（refranes[1]）。他所作的最美的诗篇是一些年轻时所写的田园风格的优美而轻柔的歌（decires, serranillas[2]）。他曾给一名葡萄牙监军朋友（Connétable de Portugal）写过一封信[3]，这封信对各种不同罗曼语言的诗歌作了概述，对我们而言具有珍贵的价值。

只有到了 15 世纪下半叶，宗教性戏剧诗才出现于桑地亚纳的侄子高梅斯·曼里克（Gómez Manrique）的作品中。此人是一位光彩夺目的诗人，以抒情诗和教导性诗歌而闻名，曾写过一部关于基督诞生的戏剧诗。诚然，根据现存的间接证据，这种体裁的诗歌应该要古老得多，但是仅存的一部年代更早的作品是一份 13 世纪上半叶的关于"东方三王"[4]的神秘剧的残篇。高梅斯的侄子豪尔赫·曼里克（Jorge Manrique）逝于 1478 年，是西班牙中世纪末期一位极具才情的诗人。在中世纪末期出现于欧洲各地的大量关于死亡的诗歌中，他所写的诗篇也许是最美的，这就是《悼亡父》（*Coplas por la Muerte de su Padre*）。在 15 世纪的散文家里，我们还要提到费尔南·贝莱斯·德·古斯曼（Fernán

---

1 此处指的是《老妇人围炉说成语》(*Refranes que dizen las viejas tras el fuego*)。
2 此处指门多萨的作品集《歌与言》(*Canciones y decires*) 和《田园牧歌》(*Serranillas*)。后者描述了一位骑士与一位牧羊女之间的邂逅，将抒情诗转化为优雅而精致的诗歌。
3 此处指的是《致葡萄牙监军信札集》(*Proemio e carta al condestable de Portugal*) 中的一封信，这部信札集是西班牙最早的文学批评著作。
4 "东方三王"的法语原文为 Les Rois Mages，即《马太福音》中记载的在耶稣诞生之后来访的三位东方博士。

Pérez de Guzmán)。他也是阿亚拉和桑地亚纳的亲属,逝于1460年前后,曾写过《历史之海》(*Mar de historias*),描摹了一幅同时代人的众生相。政治讽刺诗的数量众多,尤其是在恩里克四世(Enrique IV,1454—1474)不幸的统治[1]期间。其中,最重要的一首以两位牧羊人之间的对话形式写成,这就是《明哥·雷扶耳哥短歌集》(*Coplas de Mingo Revulgo*),作者不详。

从1479年起,半岛[2]的一大部分(葡萄牙除外)随着卡斯蒂利亚的伊莎贝尔(Isabelle de Castille)[3]与阿拉贡的费迪南多(Ferdinand d'Aragon)[4]结婚而形成了统一的政治体。这标志着西班牙的实力开始达到巅峰。随着最后一个阿拉伯王国即格拉纳达王国的灭亡,西班牙已经完全且彻底地成为了一个信奉基督教的欧洲和西方国家。随着美洲被发现,西班牙变成了一个极其富裕的庞大帝国,这同时也是西班牙人文主义的开端。西班牙人文主义者从一开始就对俗语感兴趣。西班牙第一位伟大的人文主义者是安东尼奥·德·内夫里哈(Antonio de Nebrija,1444—1522),他曾写过一部《卡斯蒂利亚语语法》,还有一本《拉丁语-卡斯蒂利亚语词典》。也是在这个时代,人们开始收集被称

---

[1] 西班牙语中一般称其为"卡斯蒂利亚的恩里克四世"(Enrique IV de Castilla),1454年担任国王,直至1474年去世。很多同时代人和历史学家认为,恩里克四世性能力低下或者是同性恋,为他起了"无能者"(El Impotente)的别称。

[2] 在此处的语境下,"半岛"指伊比利亚半岛。

[3] 也称卡斯蒂利亚的伊莎贝尔一世(Isabel I de Castilla)。

[4] 也称阿拉贡的费尔南多二世(Fernando II de Aragón)。

为"谣曲"(Romances)的民间诗歌。这是一些近乎史诗,也近乎抒情诗的歌,其来源仍有争议,但肯定不是与最古老的西班牙诗歌有关的资料,这与长期以来的看法不同。有一些谣曲非常优美,最早印刷的总集是安特卫普版《谣曲集》(*Cancionero de romances*)[1],大约于16世纪中叶发表;另一部著名的总集出版于两个世纪以后,这就是1750或1751年出版于萨拉戈萨(Zaragoza)的《谣曲集林》(*Silva de Romances*)[2]。

关于半岛上另外两种语言即加泰罗尼亚语和加利西亚-葡萄牙语的文学,我们将只作一些简短的评论。从发端之时起,这两种文学均受到普罗旺斯语诗歌的强烈影响。在很长一段时间里,加泰罗尼亚语诗歌甚至采用了一种介乎普罗旺斯语和加泰罗尼亚语之间的特殊语言。15世纪的加泰罗尼亚语抒情诗经历了一段兴盛时期,产生了一些极为新颖的作品。在众多的诗人中,最有名的是巴伦西亚人奥西亚斯·马尔希(Auzias March,1397—1459)。散文则是从一开始就用纯粹的加泰罗尼亚语写成。还有一些杰出的编年史家,其中最有名的是拉蒙·蒙塔内尔(Ramon Muntaner,1265—1336)和哲学家拉蒙·柳利(Ramon Llull,

---

[1] 奥尔巴赫在此处的原文为 *Cancionero de Romances d'Anvers*,即《安特卫普谣曲集》,这里处理成"安特卫普版《谣曲集》"。经查考,学界一般将其称为《谣曲集》(*Cancionero de romances*),并附注"安特卫普"(出版地)和"1550年"(出版年份)。今日位于比利时境内的安特卫普在16世纪中叶是重要的出版中心,商业也极为繁荣。

[2] 此处奥尔巴赫对出版年代的叙述有误。经查考,此书于1550和1551年在萨拉戈萨初次出版,原题为《多种谣曲集林》(*Silva de varios romances*)。

拉丁化形式为 Raimundus Lullus，1235—1315[1]）。后者深受阿拉伯思想影响，使用母语即加泰罗尼亚语写过诗，也写过哲学性文字，在中世纪的经院哲学家中，他是唯一一位这样做的，这些作品的拉丁语翻译则似乎由他的弟子来完成。在加泰罗尼亚与卡斯蒂利亚（加泰罗尼亚此前曾是阿拉贡王国的一部分）合并之后，加泰罗尼亚文学不再发展，而加泰罗尼亚语也失去了其作为文学语言的重要性。直至 19 世纪，才有一批诗人让加泰罗尼亚语迎来了复兴。

加利西亚-葡萄牙语抒情诗同样受到作为典范的普罗旺斯语抒情诗的启发，且早在 13 世纪阿方索三世国王（Alphonse III，1248—1279）[2]和迪尼斯国王（Diniz，1279—1325）统治时期，就已经产生了最美的作品。流传至今的加利西亚-葡萄牙语抒情诗被收录于一些被称为"诗歌集"（cancioneiros）的大型诗集之中。其中最有名的是一份写于 14 世纪（参见我们在第 131 页曾谈到过的卡斯蒂利亚国王"智者"阿方索的收集工作）的手稿《阿茹达宫诗歌集》（*Cancioneiro da Ajuda*）。在 14 和 15 世纪，卡斯蒂利亚的影响非常强大。直到文艺复兴期间，葡萄牙文学才重新开始独立发展。

1　奥尔巴赫在原文中给出的拉蒙·柳利的生卒年（1235—1315）略有偏差，此处以《不列颠百科全书》为准，修正为 1232/1233—1315/1316。
2　阿方索三世国王，葡萄牙语为 Afonso III。

B. 文艺复兴

I. 导 语

16世纪一般被视为欧洲现代的开端。长期以来，人文力量的复兴被解释为：在这一时期，希腊-罗马文明被重新发现，其文学和艺术作品重新开始被研究和欣赏，而通过摆脱中世纪基督教的狭窄框架对其精神活动的束缚，人们得以充分发展其力量并创造出一种新型的人格：人倾向于凭借其智识和道德能力支配自然界的所有资源，并利用它们为自己在尘世间创造幸福生活，而无需等待宗教所承诺的死后的永恒幸福。近一段时间以来，针对这种解释，有人提出反对意见，认为文艺复兴不只是一场回归希腊罗马文明的运动，且这种回归的开始也要远早于16世纪，至少在几个国家是如此。也有人提出反对意见，说文艺复兴同样也是基督教内部的一场宗教性和神秘主义的宏大运动，且在文艺复兴的整个发展过程中，一些政治和经济事件，以及一些发明和发现，所发挥的作用要比古典研究大得多。还有人提出反对意见，说假使希腊罗马文明足以产生现代意义上的人，那么这样的现代人本应出现在这种文明之中，而事实上，古典文明在文学、艺术、哲学和政治领域取得了光辉夺目、无可比拟的成就之后，却因为在科学和经济这个偏于实用的领域未能有足够的发展，无法完成文明社会的组织所赋予的任务，从而走向了消亡。自从米什莱的作品[1]，特别是雅各布·布克哈特的作品[2]发表以来，关于文艺复兴的起因的讨论在欧洲已经持续了一个世纪。我们将仅限于展示最重要的事实，并从我们的角度，即从罗曼语语文学的角度，对其进行分类。

1）从这个角度看，文艺复兴首先是罗曼语言（而其他欧洲俗语如德语和英语亦是如此）最终获得文学语言、科学语言和官方语言地位的时代，而拉丁语的绝对优势亦是在这个时代被彻底摧毁（见第91页）。这可能看上去很奇怪，因为文艺复兴是古典拉丁语的研究重新兴起的时代。可正是由于对古典拉丁语的培育，拉丁语才彻底变成了一种死语言。中世纪的拉丁语，即晚期拉丁语，曾经是一种相对生动和实用的语言，适应中世纪思想和科学的需要。人文主义者们鄙视晚期拉丁语，想要回归到一千五百年前的古典作家的语言，从而把拉丁语变成了一种仅仅具有审美价值的语言。唯有在古典研究中，至多在少量哲学和论战作品中，这种语言才能毫无困难地被运用。对于科学、行政、政治还有生动的诗歌而言，这种语言则毫无用处。它对鉴赏家来说固然极为优雅和迷人，反映的却是一种久已逝去的文明，且因为禁止引入新词，而让自身无法适应当下的生活。另一方面，通过对古典语

---

[1] 米什莱的《法国史》（第七卷）出版于1855年，标题是 *Renaissance*（本义是"再生"），而这个词也因为米什莱的著作而广为流传，被用于专指作为历史时期的"文艺复兴"。

[2] 此处指布克哈特的《意大利文艺复兴时期的文化》（*Die Kultur der Renaissance in Italien*）。

言的研究，16世纪的人文主义者们对一般文学语言的语法和结构有了深入的了解。他们试图根据自己在研究拉丁文和希腊文时的经验来改革和丰富自己的母语，并取得了巨大的成功。由此形成了一场以但丁为鼻祖（第123页）的被称为"俗语人文主义"（humanisme en langue vulgaire）的运动。这场运动使得各种罗曼语言在拼写和语法上具有了统一性，产生了一套更丰富、更讲究的词汇和一种更优雅的韵律，也形成了一种更自觉的艺术风格。

然而，另外还有两个因素，有力地推动了俗语的文学化和标准化。首先是宗教的大变革，它引发了新教诸教会的形成。许多民族对这场变革抱有极大的热情，想要了解基督教教理的真实性，也想要亲身获取信息。《圣经》被翻译出来（路德所作的《圣经》德译本构成了现代德语文学语言的基础），大量书面材料和论争性文字以各门俗语出版，往往采用简短的小册子的形式。相较于从前，更多的人学会了阅读，以便能关注那些关于信仰的争论。与此同时，15世纪中叶前后欧洲的一项技术发明又使得这一需求能够得到满足，这就是印刷术。印刷术使得书面材料的传播范围大大超过了前一个时代。而印刷不仅仅促进了书面材料的传播，而且有助于文学语言的标准化。人们发现，在每个国家，如意大利、法国、德国等，都有一种共同的民族语言。而那些讲各种地区方言的人如果学会了阅读，就都能理解这种语言。人们必然感觉到一种需求，要把这种印刷语言的拼写、语法和词汇统一起来。

因此，从16世纪开始，各门俗语成为智识生活和文学生活的主要工具，后来又成为唯一的工具。这些俗语也逐渐成为官方出版物、法律、法令、判决、国际条约等等的唯一工具。只有大学教育抗拒了很长一段时间，长期保留拉丁语作为主要语言。在有些国家，这一情形在19世纪末仍留有痕迹，但是这些只不过是一些残留而已。总的来说，各门俗语在16世纪就已经全面取得胜利。由此它们也变得无比丰富，无比灵活，有了更强的表现力，也成为了人们关注和研究的对象。每个民族都努力让自身的文学语言成为所有语言中最美丽也最丰富的那一种，而那些成立于16、17世纪的最早的学士院（académies）[1]正是服务于这一目的。

2）自15世纪末，特别是16世纪以来，由于地理学和宇宙学的种种发现，欧洲人的知识视野突然得到了极大的扩展。美洲被发现了，通往印度的航路[2]也被发现了，一些大数学家和大天文学家也证明，地球并不是宇宙的中心，只是太阳系中的一颗微小的行星，而太阳系也只是无数世界中的一个，其范围之广，是想象力所无法把握的。人们意识到，不是太阳围绕着地球转且后者保持不变，而是地球在双重运动中，自转并围绕着太阳转。诚然，宇宙学的种种发现并没有立刻为大众所理解，但是它们一点点散播开来。而发现全球各个大洲，发现其中居住着此前不为人知的人，且他们有其自己的生活、习惯和信仰，这本身就是一种冲击，

---

[1] 例如，法兰西学士院（Académie française）创建于1635年，致力于为法语语言制定标准。意大利、西班牙等国也设立了类似的机构。
[2] 这里指葡萄牙探险家、航海家瓦斯科·达伽马（Vasco da Gama，约1469—1524）于1497—1498年间从里斯本出发，绕过好望角，最终抵达印度，首次开辟了从西欧经非洲南端到印度的海上航路，为葡萄牙在非洲和亚洲的殖民奠定了基础。

动摇了植根于欧洲的所有习惯和信仰。教会哲学所教导的关于整个物质世界和道德世界的创造和组织体系被动摇了，这带来了一种强大的推动力，激励人类通过开展科学研究来认识人在宇宙中的确切处境。

3）与此同时，人文主义开始致力于研究希腊罗马古典时代，在包括意大利在内的几个国家甚至开始得更早。这不仅仅是一个关于拉丁语的优美风格的问题，还意味着一个此前湮没无闻的新世界在整体上的重新出现。这个世界有着和谐之美，有着精神的自由，还有着一种允许享受生活的道德观。在文学之外，古代哲学也复活了，尤其是柏拉图及其后继者的哲学。古典时代的艺术，还有建筑和雕塑，都重新出现了。一种自由、和谐、明亮的新式生活似乎在酝酿之中。文学和艺术中对古典时代诸形式的模仿为欧洲（尤其是意大利）赋予了一种氛围，迥异于先前经院哲学和哥特式建筑所创造的氛围。在文艺复兴时期的艺术家和人文主义者们看来，在古典时代重新显现的驱使下，人们终于能够从中世纪的阴郁沉重和形而上学的凄惨中解脱出来。他们对所有的经院教育方法（从圣托马斯·阿奎那的时代起就已经大不如前）充满了一种比仇恨更甚的蔑视。他们反对腐败的教会，以及其中那些贪得无厌、骄奢淫逸的教士，肮脏和无知的僧侣，呆板的崇拜和可笑的迷信。他们反对愚蠢，反对自由的缺乏，反对压制性生活，反对那种对人的肉体、活生生的自然和艺术之美的敌视。然而，不应认为文艺复兴在整体上反对基督教。在这个时期，固然有很多人不再是信徒，但是这些人态度冷淡，并不会抗争，而只向少数朋友吐露自己的思想。绝大多数人，甚至是受过教育的人，都希望继续做基督徒，但也希望能改革崇拜方式，对教会加以净化。

4）在其漫长的历史中，这是西方天主教会第一次在为时未晚的情况下没能自我改革并适应新的形势。教会的领导者往往非常聪明，但是他们自身却浸染在怀疑的观念里，耽溺于生活享受，并追求自私的政治目的，被卷入了个人和商业利益的错综复杂的死结之中。唯有一个强大的、受启示的人物，一个圣人，才能把教会从灾难中拯救出来，而这个圣人在那个决定性的时刻却没有出现。

教会的反对者可以分为两派。一派由最高文明程度的人组成。他们渴望一种不那么教条主义的、更加纯粹的基督教，为个人的虔敬留下更多的自由，且能把基督教信条与古代思想，特别是与当时广泛流行的柏拉图主义相调和。这一派人当时被称为"精神的自由派"（libertins spirituels），其最著名的人物是一位法国王妃，纳瓦尔的玛格丽特（Marguerite de Navarre）[1]女王。这派人对教会而言并不危险，至少在表面上仍然忠于教会。另一派则在稍加犹豫之后，公开而正面地对教会展开攻击。阿尔卑斯山以北所有国家中范围最大的民众运动也很快加入其中。德国神学家，维滕贝格（Wittenberg）大学教授马丁·路德首先发表了一篇措辞强烈的抗议，反对一种可耻的恶习，即罪行赦免书（赎罪券）

---

[1] 纳瓦尔的玛格丽特（1492—1549），也称为昂古莱姆的玛格丽特（Marguerite d'Angoulême），法国国王弗朗索瓦一世的姐姐，自身也是杰出的文人，代表作是《七日谈》（L'Heptaméron）。她对新教抱有同情，曾为很多新教文人提供庇护。

的大肆贩卖。由于教廷根本感受不到阿尔卑斯山以北人们的心态，对此完全无法理解，这件事便愈演愈烈。路德把自己的教理与天主教会的教理彻底分开，并在一大部分民众和几位德意志诸侯的支持下，建立了第一个新教教会。这些事件发生在1517和1522年之间，而在瑞士，在苏黎世及其周边地区，也发生了一场相似的运动。还有一些变革性质的纷扰或者经济层面的动机，掺杂在那些路德本人也曾表态反对的宗教倾向之中，这就使得情况更加恶化。但是，尽管有这些困难，尽管有天主教徒的顽强反对，路德宗新教还是在德国和斯堪的纳维亚牢固地建立了起来。另一位改革家是皮卡第人让·加尔文（Jean Calvin），他于1532年在巴黎开始活动，1540年左右在日内瓦建立了自己的教会。加尔文在德国也有许多信徒，但是他的影响主要体现在瑞士、法国、尼德兰和苏格兰。

这是西方宗教统一的终结，是许多政治动荡的根源，也是欧洲各国社会组织的严重障碍。但是，这也是现代社会的一些最重要的观念的根源。"良心自由"（liberté de la conscience）的概念，以及由此产生的"思想自由"（liberté de la pensée）的概念，正如"宽容"（tolérance）的概念一样，都形成于16、17世纪的宗教斗争之中。这些概念本来可能通过一种不同的方式形成，例如有关政治或者科学的一些争论。但是，无论是政治还是科学，在那个时代都不为广大民众所理解，而信仰则是他们生活的中心。一旦他们意识到，自己需要在这个与其有直接关系的领域拥有自由，而宗教上的良心自由又与总体自由即政治自由密不可分，他们便必然要走上政治道路。政治自由的观念，即民主及其所包含的一切关于人的自主性和权利的观念，以及其在行政、法律、科学和经济领域的所有结果，在欧洲都产生于良心自由的观念，也就是产生于为宗教改革进行的斗争。

在某种意义上，人文主义和宗教改革诞生于同一种需求，即回到纯粹的源头，摒弃那些层叠累加的传统的残余物。中世纪科学建立在古典文明的废墟之上，并对古典文明加以变形，按照其需求加以改造。人文主义则摒弃了中世纪科学，试图找回古典文明的文本，通常也试图找到相关作品的真本。同样地，基督教被历经十五个世纪发展的众多次要传统所覆盖，而宗教改革则试图把基督教从中解脱出来，回到福音书这一纯粹的源头。因此，宗教改革谴责对圣人和圣母的崇拜，谴责牧师的超自然力量和教宗的权威，允许教士结婚并废除了修道院，还建立了以母语为基础的宗教崇拜。尽管如此，关于福音书的阐释，宗教改革运动内部也出现了诸多分歧。路德这个人气质强大、直觉敏锐、富于想象且对信仰的具体符号颇为看重。他永远无法与加尔文这样一个有着冷漠、理性、有条理和抽象性格的人达成一致。因而新教的两大教会一直处于分离状态。天主教会做了很大努力，以便自我重组并收复失地。这就是反宗教改革[1]运动，首先以耶稣会的成立为标志，并由特利腾大公会议（Concile de Trente, 1545—1563）组

---

1 反宗教改革（法语 Contre-Réforme，英语 Counter-Reformation），又称为天主教宗教改革，是天主教会从 1545 年召开特利腾大公会议开始，为回应宗教改革的冲击而实行的革新运动。

织实施。反宗教改革运动未能取缔新教，甚至也未能显著削弱新教，但是它重组了天主教会，并使之现代化。

5）人文主义者和宗教改革者一样，感觉到一种回归源头的需求（许多人文主义者也是宗教改革的主要推动者），而这种需求带来了语文学的建立。印刷术的发明对此贡献良多。很大数量的印刷商同时也是杰出的人文主义者，而其中有几位也与宗教改革关系密切。正是在这个时代，在这种情况下，我在本书最初几页里曾描述的活动，即对手稿的研究和校勘，变得十分必要，并完全自发地向前发展。他们的学术活动包括各种校勘本，各种关于拉丁语和自己母语的语法和风格的著作，以及关于词典学和考古学的著作。在此之外，这些语文学家也是人文主义者们还完成了一项重要的普及工作：他们是古典时代伟大作品的翻译者。通过这种方式，他们让仍处于雏形期的公众拥有了关于希腊罗马文明的观念，拥有了更可靠也更精致的趣味，也让诗人有了模仿这些杰作的可能。

6）关于"公众"（public）这个词，我们在这里再说几句。在文艺复兴之前，现代意义上的公众尚不存在，只有未开化的民众，仅有的智识教育就是教会所教导的天主教信仰的种种真理。从文艺复兴末期开始，逐渐形成了一个社会阶层，起初人数寥寥，却持续增长。这个阶层由贵族和富起来的市民组成，能读会写，参与智识生活，热爱艺术和文学，也形成了一种趣味。他们并不是学问家，却也受过一定的教育，有着一定的力量，足以逐渐成为艺术和文学生活的仲裁者。受过教育的公众在欧洲形成，其力量自从文艺复兴以来就缓慢而不间断地扩展，这是现代文明中最有趣也最重要的现象之一。这种扩展持续了三个多世纪，直至随着近期的发展而终结。在近期的发展中，欧洲各民族全部成为了"公众"，由此摧毁了这个词起初所具有的精英特质。

　　这种发展也促使了一种新的职业和一种新的人群形成：作家或"文人"（homme de lettres）。他们为公众写作，以向公众售卖作品为生，或是直接卖，或是通过中间人。在文艺复兴之前，这种职业是不会有基础的。那些写作者并不依靠公众（因为公众尚且不存在，另外在印刷术之前，将足够数量的作品广为传播也并无可能），而是或者依靠教会，或者依靠一位大领主，或者有其他收入来供给自身的需求。他们只是文学等级上最低的类型，是集市上的说唱艺人和歌手，在一定意义上依靠"公众"生活。但是很明显，这和现代作家不是一回事。作家职业的发展和公众的发展一样缓慢，到了16世纪甚至17世纪，仍然有很多过渡性现象。只有到了18世纪，依靠公众生活的作家类型才最终得以确立。

　　7）当然，所有这些变化都有一个经济基础，对此我们只会很简单地谈几句。在意大利和其他几个欧洲国家，早在16世纪之前，更加广泛也更为高效的贸易和工业活动就已经有所发展。但是在1500年前后，一个决定性事件让整个西方走上了大规模贸易和资本主义制度的道路，这就是对海外的大发现。在那之前还不为人知或殊为罕见的、很少被消费的一些商品，如棉花、丝绸、香料、糖、咖啡和烟草等，此后便通过黑奴的强迫劳动以低成本生产出来，大量进入欧洲并成为日常消费品。巨量的新财富，尤其是此前难以想象的数量的金银，首先流入西班牙和葡萄牙（这两个国家作为最早的殖民大国,得到了最直接的好处),随后流入欧洲其他国家,特别是尼德兰,但也包括英国、法国和德国。西班牙几乎拥有所有在美洲发现的金矿和银矿,并试图把矿产留作自用。可是由于自身的资源稀少,又想要利用其财富提高居民的生活水平,西班牙不得不把一大部分贵金属用来换取自身所需的食品和货物。进入欧洲的贵金属加速了金融资本主义的发展,在引发诸多可怕的危机的同时,也为一个比以前大得多的阶层提供了致富的可能性。这就是"中产"阶层(classe "moyenne"),即现代的市民阶层(bourgeoisie),它将会构成我们在上一段中谈到的公众。国内贸易,特别是对外贸易和海上贸易,取得了迅猛的进展,从而激发了企业精神,使得经济流程现代化,创造了新的组织和信贷方法,并在各地催生了对商业、经济工作、收益和奢侈品的趣味。还形成了一种人群,他们把经济工作视为一种严格的义务,把财富的获取视为上帝赐福的可见标志,以至于把商业精神与一种极端的奉献精神、一种严厉的道德主义以及一种近乎禁欲主义的生活相结合。这种工作伦理是现代欧洲的一大特点,其创造者首先见于那些深受加尔文主义影响的国家,如瑞士、尼德兰、盎格鲁-撒克逊国家,也见于法国的加尔文宗信徒(胡格诺派)。

8)在大多数欧洲国家,我在前文(第93—94页)概述的政治演变完成于16世纪。各个民族获得了民族意识,而封建制的地方主义从此已被摧毁。但是,市民阶层并没有立刻执掌权力。在前面提到的大多数国家,由于需要在政治和经济领域建立一个中央组织,并对宗教斗争所带来的严重混乱加以镇压,权力便前所未有地集中到君主手中。专制主义既战胜了此后沦为廷臣角色的封建领主,也战胜了市民阶层的种种组织。由于在商业上需要强有力的政治支持,市民阶层便被迫逐渐放弃了从封建领主那里获得的独立性,转而拥护君主。

以上当然只是一个极为粗略的概览,而这一发展过程在各个国家也不尽相同。16世纪时,专制主义还只是在西班牙及意大利的几个公国得以确立。在法国,专制主义直至17世纪才取得胜利。无论是在英国,还是在尼德兰,专制主义从来没有能够稳固地确立。至于在德国,专制主义的演变过于复杂,无法在此解释。但是,权力集中于君主手中的趋势,也就是专制主义的趋势,在各地都很强烈,从16世纪下半叶开始尤为明显,第一次智识和宗教运动的热情以及斗争的炽烈欲望此时已被疲惫、怀疑和对秩序的需求所取代。然而,专制主义带来了人口的平均化。旧有的各个社会阶层逐渐失去了其政治上的重要性,它们包括封建贵族、教士、市民阶层、手工业者和农民,而其中的每一类又可以按等级细分为几个群体。这是因为所有人都同样是绝对君主的臣民。君主也不再像从前那样利用臣民的种种组织,在臣民的帮助下实施统治,而是直接通过那些完全从属于他的人,即通过官员来统治。这种名为"国家官员"(fonctionnaire d'État)的职业开始逐渐成形。这是一个漫长的演变过程,16世纪时,我们看到的只是其开始。这一演变带来了一种新形式的社会,其中的人们不再根据其出身和职业,而是根据其阶层和经济状况来相互区分。或者换一种方式说,在这种社会中,能存活下来并成为政治力量的只有唯一一个阶层，即市民阶层，而该阶层又能细分为不同阶级。但是，正如我刚才所言，这是一个漫长的演变过程，在16世纪时只是初露端倪。

9）在我刚才写的这几页中，我已经屡次间接提及了一些发展。这些发展尽管从16世纪起就有所显露，却在随后几个世纪才最终发生，才具备明确的形式。这种潜在的繁殖力，这种留待未来开花、尚未完全演化的萌芽状态，或许是现代欧洲的第一个世纪里最具特色也最为重要的性质。在几乎所有西方国家，都出现了一些几乎具有超人创造力的个人，醉心于新的观念和愿景，并在所有领域开展活动。尽管如此，他们一方面或多或少有意识地与中世纪传统相联系，另一方面又认为心灵的创造性活动不应有任何限制，往往会创作一些大胆独创、幻想性、乌托邦式的作品。他们中的几乎每个人都充满了内在矛盾，若是观察其中的几个人，他们的活动似乎相互交叉，相互斗争，而他们的统一性仅在于其旺盛的活力和作品中所包含的丰富的胚芽。其结果就是，在政治、经济、科学、哲学、艺术或文学之中，我们都找不到多少确定的形式、公认的方法和固定的结果。这一点在阿尔卑斯山以北的国家尤为明显，那里的一切都是危机，都处于变动之中，也都是未来的胚芽。在宗教和物质需求的同时作用下，居民中的一些群体发动起义，而他们也无法辨别或者清晰地表述这些需求。变革者和复旧者都经常会有一些可怕的过激行为，而这个时代发生的人类激情的泛滥在此前和此后都殊为罕见。总体而言，16世纪是正在形成的现代欧洲。

II. 意大利文艺复兴

在意大利，我刚才提到的文艺复兴的生气勃勃、变革性和混乱的情况不像在阿尔卑斯山以北的国家表现得那么明显。这首先是因为这场运动在那里已经酝酿了两个世纪，如我们已解释过的那样。其次是因为意大利几乎没有被宗教改革运动波及，而这场运动曾深刻地震撼了欧洲中部和西部的各个民族。意大利展现了文艺复兴最和谐也最美丽的形式，其最重要也最辉煌的贡献在于其艺术作品，包括建筑、雕塑和绘画作品，而这也是人们在念出"文艺复兴"（Renaissance）一词时首先会想到的。经过了两个世纪的准备，16世纪意大利的艺术达到了一个无与伦比的高峰。因为尽管其他时代有时也会产生一些与意大利文艺复兴时代的那些艺术家同样伟大的艺术家，却没有任何一个时代显示出如此不间断的连续发展，且在其整个艺术创作中显示出如此自然而幸福的一致性。

这里无法对上述内容展开全面讨论。我只想强调两个一般性的视角，因为它们同样适用于文学和艺术。首先，在意大利，艺术领域的文艺复兴如同其文学领域的文艺复兴一样，全部基于对古代艺术普遍原理的模仿。对各种物质形态特别是人体形态的完满描绘，这些形态是在人世间的充分显露，还有同一整体的不同肢体的构成和联接所形成的和谐平衡，以及对可见和可感知事物的世界的充分照亮，这些都是古代艺术的遗产。从14世纪初的伟大画家乔托（Giotto）[1]起，直到16世纪的伟大画家列奥纳多·达·芬奇、拉斐尔和米开朗基罗，都存在着一种模仿古典时代的持续努力。这同时也是对可感知的自然界的模仿，以各种最美也最完善的形式呈现。朝向这一目标的努力与中世纪精神形成了鲜明反差。中世纪艺术（见第98页）对外在现实的模仿要少得多，同时也要多得多。通过种种可感知的形态，中世纪艺术所想要表达的与其说是这些形态本身，不如说是它们似乎含有的隐藏含义（sens caché），且想要在每一件作品中揭示神之创造（création divine）所具有的形而上和等级化的秩序。当然，中世纪的象征性和形而上的艺术与意大利文艺复兴时期对可感知的自然的模仿艺术之间的区分，并非在几句话的概述中就能清楚呈现。中世纪的不少象征传统直至16世纪依然存留，而盛行一时的柏拉图主义也时而会为它们注入新的生命力。可是，这种象征已不再会阻碍物质自然的各种形态的全面绽放，而对这些形态的模仿作为古典时代的遗产，也主导了意大利文艺复兴时期的全部艺术活动。

这也意味着一种新的关于人类个体的观念，与古典时代的概念更为接近。很多学者，尤其是布克哈特（见第30页），将这种观念视为整个文艺复兴运动的基础。在中世纪时，人类个体在一种从上帝到天使、人类世界、物质创造物直至地狱的等级秩序，

---

[1] 乔托（1266/1267或1276—1337），14世纪意大利最重要的画家，他突破了同时代哥特式和拜占庭式艺术的平面性，致力于凸显人物的肌理和阴影感，试图体现出透视感，呈现有深度的空间。他的作品是西方艺术发展史上的一个里程碑，对意大利文艺复兴时期的美术产生了深远影响。

即一种纵向秩序中占有一席之地，文艺复兴时期则是把人类个体的位置放到人世间，放到大地之上，历史和自然之内，即一种横向秩序之中。对于理解文艺复兴而言，这种观念至关重要，只是要避免两个错误。首先，不能以为有关个人的概念由此就在各处都变得更加强大而有力量。这是因为在中世纪的等级化垂直秩序中，个人身处于上帝面前，参与一场战斗。这场战斗在他短暂的尘世生活中完成，其结果则不可逆转地决定了他将成为一个受祝福的人或是一个受永罚的人。相互对立的一些力量在一场戏剧性的斗争中争夺他的灵魂。在这场高度个性化的斗争中，个人的塑造往往通过一种特别的、充满能量的和强有力的方式进行。当然，中世纪的历史和文学不乏个性鲜明的人物，与文艺复兴时期一样丰富。此外，中世纪的个人和文艺复兴的个人之间的全部区分也只适用于意大利，以及阿尔卑斯山以北的一小部分人，至少在16世纪是如此。这是因为在阿尔卑斯山以北，宗教运动往往更倾向于改革甚至强化那些将个人固定在垂直秩序之中的宗教性和神秘主义的纽带，而不是破坏它们。那种让个人摆脱这些纽带的趋势只取得缓慢得多的进展。

关于意大利艺术，我想强调的第二点是，它对古典时代的模仿并不像整体的人文主义那样是依样画葫芦，而是要适应16世纪以及这一时期意大利民族的需求和本能，这可以和俗语人文主义相比拟（见第136页）。只要想想拉斐尔的圣母玛利亚，想想米开朗基罗笔下的先知和末日审判，再想想众多的教堂，就能意识到，基督教主题和崇拜的需求在艺术创作中始终占据首要位置。但是，这些主题的构思和这些需求的满足带有一种迥异于中世纪的精神。这种精神属于尘世，具有世俗性，对种种自然形态的热爱和模仿亦是因为其本身的美。所以，圣母真正成了一位带着孩子的年轻女性，末日审判中的耶稣也让人想起古代的神，而教堂亦模仿古代建筑的形式和精神，丝毫不再保留哥特式教堂的形而上的冲动。在满足崇拜需求的艺术之外，另一种此前几乎从未存在过的纯世俗的艺术也迅速发展起来。华丽的宫殿拔地而起，画家和雕塑家开始处理神话和历史题材，特别是肖像题材，而装饰艺术也是一派欣欣向荣。所有这一切都从古典时代的精神和诸多形式中汲取灵感，却又将其与16世纪意大利的现实需求相适应。

其后，意大利率先在政治和经济领域发展出文艺复兴的观念。在意大利北部的威尼斯、比萨、热那亚等城市，在伦巴第和托斯卡纳等地，出现了大规模商业活动，还建立了银行信贷机构。多种现代政体在这些地方首次得以在实践中实现，如威尼斯的贵族共和国，佛罗伦萨和其他地方的民众政府及其不同的演变，还有从14世纪起在维罗纳、米兰、拉韦纳、里米尼（Rimini）等多个市镇掌权的或多或少有些权势的地方豪强所表现出的专制主义的雏形。从14世纪起，关于政治理论的争论就十分激烈，而这方面的第一位现代作家是一位意大利人，这也并非出于偶然。此人从纯世俗和纯人性的角度考虑国家和政治，彻底摆脱了教会的诸多理论，毫不提及社会为人类的永恒真福（béatitude）做准备的任务，公开宣称权力本身就是一切政治的自然目标，且权力的扩张是任何一个健全而强大的政府的正常愿望。这就是佛罗伦萨人尼科洛·马基雅维利（Niccolò Machiavelli, 1469—1527）。他从罗马史学家，特别是蒂托·李维[1]那里得到启发，曾写过一篇有关战争艺术的对话[2]、一部关于著名军事将领卡斯特鲁乔·卡斯特拉卡尼（Castruccio Castracani）的传记[3]、《论李维》（*Discours sur Tite-Live*）[4]、一部佛罗伦萨史[5]，以及关于君主的名著《君主论》（*Il Principe*），写于1513年，出版于1532年。他也写过一些戏剧（见第149页）。他的政治理论的最为激进的形式包含在他对理想君主的描绘之中。在这方面，他有众多后继者，也有众多反对者，而有关"马基雅维利主义"（machiavélisme）的论争亦持续了两个多世纪。

说到马基雅维利，我们也进入了文学领域。从人文主义者开始，意大利文学中出现了几场现代的、学者的，也是民众的运动。在15世纪末，这些运动的主要中心是佛罗伦萨、那不勒斯和费拉拉[6]。在佛罗伦萨，美第奇家族（见第128页）中最著名也最具天

---

[1] 李维（Titus Livius，前64或前59—17），古罗马历史学家，以巨著《罗马史》声名远扬，对后世的历史书写和历史哲学产生了深远影响。

[2] 此处指《兵法》（*Dell'arte della guerra*）。

[3] 此处指《卡斯特鲁乔·卡斯特拉卡尼传》（*Vita di Castruccio Castracani*）。

[4] 该书的意大利语原题是 *Discorsi sopra la prima deca di Tito Livio*，意思是"论李维的《罗马史》前十卷"。

[5] 此处指《佛罗伦萨史》（*Istorie fiorentine*），初次出版于马基雅维利逝世后的1532年。

[6] 费拉拉（意大利语 Ferrara）是位于意大利北部波河沿岸的城市。

赋的"豪华者洛伦佐"（Lorenzo il Magnifico, 1449—1492）[1]本人就是一位卓越的诗人，并在他的宫廷里集中了人文主义者、哲学家和诗人。这个家族在文艺复兴时期曾有过巨大的辉煌，产生了两位教宗，在后来的时代中拥有了接近王室的地位。"豪华者洛伦佐"还建立了柏拉图学园（Académie platonicienne）[2]，尝试将古代美的精神与基督教相互调和，甚至对阿尔卑斯山以外的地方也产生了很大影响。依照柏拉图的构想，有形和尘世之美只是真正、无形和神圣之美的一种弱化的和临时性的图像，而对于尘世之美的热爱也是通向永恒之美的一步。这种观念是文艺复兴时期那些渴慕基督教人文主义的人最为珍视的观念之一。这批佛罗伦萨人写出了一些哲学论文，多种体裁的抒情诗，包括学者的和民众的，以及一部带有很美的抒情内容的神话剧，即由人文主义者波利齐亚诺[3]创作的《奥菲欧》[4]。在那不勒斯，在当时的统治者阿拉贡国

---

[1] 即洛伦佐·德·美第奇（Lorenzo de' Medici），佛罗伦萨政治家和统治者，艺术和文学保护人，是美第奇家族最有才学和见识的人物，本人也是一位极具天赋的诗人。

[2] 即佛罗伦萨柏拉图学园，位于佛罗伦萨郊区美第奇家族的别墅之内，由意大利文艺复兴时期的著名哲学家斐奇诺（Marsilio Ficino, 1433—1499）主持。斐奇诺与美第奇家族有着密切联系，曾将柏拉图和普罗提诺的著作全部译成拉丁文，致力于解释柏拉图作品，并将其与基督教神学相结合，他对柏拉图哲学的解释对后来的欧洲思想产生了广泛影响。

[3] 安杰洛·安布罗吉尼（Angelo Ambrogini, 1454—1494），通称波利齐亚诺（Poliziano），意大利诗人和人文主义者，洛伦佐·德·美第奇的好友，也是文艺复兴时期最有名望的古典学学者之一，精通希腊语、意大利语和拉丁语，在诗歌、哲学和语文学方面有着深厚造诣。

[4] 《奥菲欧》（*Fabula di Orfeo*），简称 *L'Orfeo*。

王的宫廷（见第132页）中，人们致力于写作彼特拉克风格的拉丁语诗歌和抒情诗。在由另一个王侯家族即埃斯特（Este）家族统治的费拉拉，除抒情诗和模仿古典时代的喜剧之外，长篇史诗也盛行一时。但是，文学运动也并不局限于这三个中心。我将对16世纪意大利文学最重要的倾向和作品进行简要的总结。

1）我将从我已经多次谈过的运动开始，这就是俗语人文主义。这种倾向是但丁就已经表达过的，其目的是提升意大利语，使其具有一门高度完善的文学语言的高贵性。早于其他国家，意大利就有意培育这种倾向。很大数量的杰出作家参加了这一问题所引发的讨论。一个主张语言纯洁主义的团体认为，通过彼特拉克和薄伽丘的作品形成的佛罗伦萨文学语言应当是唯一的典范。另一个团体的观点要更加开放，想要为民众的语言和诸多方言提供更大的空间。最终赢得胜利的是语言纯洁主义者，其中最重要的人物是枢机主教本博（Bembo，1470—1547）[1]。他是一位著名的人文主义者和作家，写过一篇关于意大利语言的论文《俗语论》（*Prose della volgar lingua*），另一篇关于抒情诗的论文《阿索罗人》（*Gli Asolani*），以及一些彼特拉克风格的诗歌。语言纯洁主义者的胜利为学院主义（académisme）做了铺垫，而学院主义试图规范文学语言，使其保持纯洁且免受任何来自民众的影响，并

---

[1] 即彼得罗·本博（Pietro Bembo），意大利文艺复兴时期的枢机主教，代表作《俗语论》是第一部意大利文学语言的语法书。此书确立了意大利语的拼写和语法，为标准语的确立奠定了基础，将14世纪的托斯卡纳方言视为意大利文学语言的典范。

试图将其依照所应当模仿的典范，一劳永逸地固定下来。这种倾向在很长一段时间里主导了文学趣味，不仅在意大利，在其他国家亦是如此，尤其在法国。从马莱伯到布瓦洛的17世纪法国古典主义者就是文艺复兴时期意大利语言纯洁主义者的继承人。

2）在俗语人文主义所催生的对古代形式的模仿中，对希腊拉丁戏剧的模仿最为重要，也最具变革性。1515年，特里西诺（Gian Giorgio Trissino）[1]出版了第一部以俗语写成的古典悲剧《索福尼斯巴》（*Sophonisbe*）。这部作品模仿希腊悲剧，具有情节、时间和地点的整一。其后有很多人仿效他。还有人以古代风格写喜剧，当时也不乏优秀之作，最有趣的是马基雅维利的《曼陀罗》（*La Mandragola*，1513）。另外还有阿里奥斯托的一些喜剧。

3）在古人之外，彼特拉克是最受人仰慕的典范。他的语言，他的诗歌形式，他的隐喻，他的爱情术语都被模仿，被培育，甚至往往被夸张到矫揉造作乃至接近于蠢话的程度。文艺复兴时期的全部诗歌创作，包括其他欧洲国家的诗歌创作，都是在彼特拉克主义的影响下开展的。在17世纪女才子（précieuses）[2]的语言里，甚至在伟大的法国古典主义者的诗歌中，我们都能感觉到这

---

1 特里西诺（1478—1550），文艺理论家、语文学家、剧作家和诗人，重要的戏剧革新者。他深受古希腊剧作家索福克勒斯和欧里庇得斯等人的影响，大大推动了意大利戏剧的希腊化，这一点体现于他的代表作、无韵诗悲剧《索福尼斯巴》。他还模仿古希腊诗人品达的作品写出了最早的意大利语颂诗，并首次把贺拉斯的颂诗翻译成意大利语。

2 Précieuses 一般被翻译成"女才子"或"女雅士"，指17世纪法国上流社会中有着高雅谈吐的贵妇人，与当时的沙龙文化关系密切。

种风尚的强烈影响。

4）意大利诗歌的另一个同样重要的倾向也与对古人的模仿密切相关，这就是田园诗的倾向。也就是说，无论是短篇戏剧还是小说，其中的爱情诗都偏爱乡村背景。维吉尔的田园诗歌[1]和古典时代的几部传奇是这种艺术的典范，而包括薄伽丘在内的一些中世纪诗人也写过田园背景的诗歌和传奇。在几个世纪间，这种诗意伪装下的爱情对高雅社会有着很大吸引力。例如，波利齐亚诺的《奥菲欧》（见第148页）就体现出田园诗的趣味。在16世纪，田园诗的风尚流传得更为广泛，特别是在费拉拉的宫廷。田园风格戏剧的代表作是托尔夸托·塔索（Torquato Tasso）的《阿明塔》（*Aminta*, 1573）。稍后又出现了同一体裁的另一部作品，也同样有名，即瓜里尼（Giovanni Battista Guarini）[2]的《忠实的牧羊人》（*Il pastor fido*）。这些作品在欧洲范围内引发反响，而田园背景也到处被模仿，甚至被用于神秘主义观念。关于意大利的田园小说，我们要提及那不勒斯人桑纳扎罗（Jacopo Sannazaro）的《阿卡迪亚》（*Arcadia*）。此书印刷于1502年，在

---

1 此处指维吉尔的《牧歌》（*Eclogae*）。
2 乔万尼·巴蒂斯塔·瓜里尼（1538—1612），文艺复兴时期的宫廷诗人，田园剧的奠基人之一（另一位奠基人是托尔夸托·塔索），代表作《忠实的牧羊人》初版于1590年，首次上演于1595年，在当时流传甚广，被翻译成各种文字。

很长时间里是该体裁的典范。西班牙（豪尔赫·德·蒙提马约尔[1]的《恋爱中的狄亚那》[*Diana enamorada*]，出版于 1542 年）[2]和法国的仿作（奥诺雷·杜尔菲[3]的《阿斯特雷》[*L'Astrée*]，出版于 1607 年）也曾风靡一时，流行程度几乎与《阿卡迪亚》相当。

5）在文艺复兴时期的意大利诗歌中，最美也最有价值的创作是史诗，其题材是中世纪的，但是其艺术却充盈着一种现代和辉煌的社会所具有的精神。武功歌和风雅传奇等中世纪史诗的主题早已被废弃。这些主题被难以计数且往往异想天开或古怪可笑的种种补充和改编所腐蚀，只能供那些为集市（见第 107 页）观众唱歌的说唱艺人所使用。一位佛罗伦萨诗人也是"豪华者洛伦佐"的朋友卢伊吉·普尔奇（Luigi Pulci）抓住这些主题，将其变为一部充满激情的怪诞史诗，即《莫尔甘特》（*Morgante*），约作于 1480 年。这部史诗的主人公是一位巨人。诗人采用了一种

---

1 豪尔赫·德·蒙提马约尔（Jorge de Montemayor，1520—1561），出生于葡萄牙的谣曲作者和诗人，曾写出第一部西班牙田园小说《狄亚那》（1559 年出版，全名为《狄亚那七卷》，西班牙语为 *Los siete libros de la Diana*）。这部小说在当时开创了一种文学风尚，影响遍及欧洲多国。莎士比亚的剧作《维洛那二绅士》即是根据该小说英译本改编而成。

2 奥尔巴赫的这一表述有误。根据语境和相关历史资料，这里实际上说的是 1559 年出版的《狄亚那》，即豪尔赫·德·蒙提马约尔的代表作。《恋爱中的狄亚那》是加斯帕尔·希尔·波洛（Gaspar Gil Polo）为《狄亚那》写的续书，出版于 1564 年。

3 奥诺雷·杜尔菲（Honoré d'Urfé，1567—1625），法国作家，代表作为长篇田园小说《阿斯特雷》，从 1607 至 1627 年陆续出版，对整个欧洲文学创作产生了深远影响。此书脱胎于西班牙和意大利的同类型作品，深受《狄亚那》启发。

自薄伽丘以来就有的形式，即"八行体"（ottava rima），是一种每节八行、每行十音节的诗节，以 ABABABCC 形式押韵。这就是文艺复兴时期意大利史诗的经典形式。其后不久，曾在费拉拉的埃斯特家族的宫廷中度过大半生的马泰奥·马里亚·博亚尔多（Matteo Maria Boiardo）[1]伯爵出版了《热恋的罗兰》（*Orlando innamorato*，从 1487 年起）。这部史诗的风格远比普尔奇的作品更为高雅，但是也如后者一样，充满着无数历险和插曲。这些历险和插曲彼此相随，持续相互交织，并因此让读者有了一种随时失去和重新获得各种不同情节线索的愉悦感。说唱艺人将各种不可思议且荒谬可笑的历险堆叠在一起，从而展现一种杂乱的效果。通过运用这种杂乱效果，普尔奇和博亚尔多创造出一幅充满才思和反讽的画布。普尔奇用一种颇为通俗和怪诞的方式实现这一点，博亚尔多则采用了一种贵族式的高雅风格，并将一些古代神话主题和那个时代的社会氛围引入其中。

博亚尔多的后继者是卢多维科·阿里奥斯托（Lodovico Ariosto, 1474—1533）。此人也为埃斯特家族服务，著有《疯狂的罗兰》（*Orlando furioso*，1516 年第一版），是文艺复兴时期最伟大的史诗诗人，也是有史以来最具纯粹艺术性的诗人之一。在

---

[1] 马泰奥·马里亚·博亚尔多（约 1440—1494），意大利诗人，曾在埃斯特家族的宫廷内任职，是费拉拉人文主义文学的杰出代表，代表作为叙事长诗《热恋的罗兰》。该诗是一部虚构的传奇故事，取材于查理曼时期的宫廷轶事，包含了爱情、巫术、战争、历险等不同元素，因博亚尔多于 1494 年阵亡而未能完成，后由阿里奥斯托的《疯狂的罗兰》将其续尾。此外，博亚尔多还写过著名的俗语抒情诗集《三部爱情书》（*Amorum libri tres*）。

审美愉悦之外，他别无他求，以一种自然的轻松向我们讲述了他的那些英勇和多情的骑士，那些文雅或冷酷甚至尚武的贵妇人的种种历险。诗人的温柔讽刺，爱情心理的迷人的写实性，还有诗句的无与伦比的美，抵消了这些历险本身的荒诞不经。尽管有着奇幻的框架，这部诗篇却包含了文艺复兴社会的全部精神。对这首诗的阅读是欧洲文学所能提供的最完美的愉悦之一。

在这个世纪的下半叶，另一位伟大诗人托尔夸托·塔索（Torquato Tasso，1544—1595）以同样的形式创作了他的史诗《戈弗雷多》（*Goffredo*），更为人所知的名称则是《耶路撒冷的解放》（*La Gerusalemme liberata*，出版于1580年）。如标题所示，这部史诗是关于一个宏大的历史和基督教主题，即第一次十字军东征。但是，这一主题的处理方式毫无朴素和庄重可言。爱情故事、田园风光、温柔而惆怅的人物，总之一种极为精致的强烈的抒情性，构成了其作品的全部魅力，而主要的主题却往往被湮没在众多的插曲中。塔索也曾长期为费拉拉的埃斯特家族服务。他是一个非常精细的人，敏感而忧郁，天性闷闷不乐，并在生命的暮年变疯了。他的艺术是如此甜美，如此令人畅快，以至于总是悦耳动听。在意大利尤其是如此，他的诗句的和谐之声一直保持着崇高的声誉。但是对很多现代读者而言，这首诗的价值很难以欣赏。其中的精神对我们而言已经变得陌生。我们需要颇费气力，才能感觉到在基督教、英雄主义和虔诚的主题中显现的充满爱意的抒情、过多的精心比喻、出色的对照以及乐音的巧妙设计。这样的作品只有在16世纪下半叶，即被艺术史家称为"巴洛克"（le

Baroque）的时期，才成为可能。到了那个时候，感官之美的趣味被推向精致，并服务于反宗教改革，创造出一种感官的神秘主义。

6）在散文领域，我们可以辨识出像本博（见第一节）这样的纯洁主义作家，还有另外一些更加自由的作家，喜欢民众的语言甚至是方言的独具韵味的表现力。在后者当中，最有名的是我们已经谈过的马基雅维利。这一时期产生了以薄伽丘为范例的大量短篇小说集，还有一些历史作品，如马基雅维利和他的卓越的模仿者圭恰尔迪尼（Francesco Guicciardini）[1]的作品，后者跟马基雅维利一样也是佛罗伦萨人。这一时期还产生了一些用于政治性和讽刺性宣传的信件和小册子，如皮埃特罗·阿雷蒂诺（Pietro Aretino）的作品。此人声名狼藉，生活在威尼斯。另外还有一些对话，关于诸多主题，例如爱情、语言和文学。对话体这种形式源于柏拉图，在文艺复兴时期颇为流行。属于这种体裁的还有一本关于真正的贵族柏拉图式的书，在当时非常有名，这就是巴尔达萨雷·卡斯蒂廖内（Baldassare Castiglione, 1478—1529）伯爵的《廷臣论》（*Il Cortegiano*，法语书名为 *Le parfait courtisan*）。

从16世纪末开始，意大利文艺复兴的伟大文学时代走向终结。其后是很长的一段衰落期，一直持续到18世纪下半叶。这种衰落有着多种原因，包括学院内过分的纯洁主义，彼特拉克主

---

[1] 弗朗切斯科·圭恰尔迪尼（1483—1540），意大利佛罗伦萨政治家、外交官和历史学家，是当时诸多历史事件的亲历者和参与者，所作的《意大利史》（*Storia d'Italia*）记述了意大利从1494到1534年的历史，是当时最重要的一部意大利当代史。

义和塔索的继承者中对诗歌语言形式的过度追求,其后是专制主义和反宗教改革所造成的压抑和精神束缚的氛围。尽管如此,在这一阶段的开端即 16 世纪末和 17 世纪初,哲学和科学散文(焦尔达诺·布鲁诺[1]、托马索·康帕内拉[2]、伽利略·伽利莱[3])欣欣向荣,而一些次要的体裁也被发明出来或者得到发展,甚至在意大利之外也取得了很大成功,如戏仿的史诗(épopée parodiée)、歌剧(首先是带音乐的戏剧性田园诗),以及带有潘塔罗涅(Pantalone)、阿莱奇诺(Arlechino)、普钦内拉(Pulcinella)等定型角色(Caractère-type)的即兴表演的喜剧,被称为"即兴喜

---

[1] 焦尔达诺·布鲁诺(Giordano Bruno, 1548—1600),意大利哲学家、天文学家、数学家,现代科学的奠基人之一,批判传统的地心说,最终被宗教裁判所判为"异端"并烧死。主要著作有《圣灰星期三晚餐》(*La Cena de le Ceneri*)、《关于原因、原理和一》(*De la causa, principio e uno*),等等。

[2] 托马索·康帕内拉(Tommaso Campanella, 1568—1639),意大利哲学家和作家,试图调和文艺复兴人文主义和天主教神学,著有《感官表现出来的哲学》(*Philosophia sensibus demonstrata*)、《论基督王国》(*De monarchia Christianorum*)、《反对路德宗、加尔文宗和其他异教徒的政治对话》(*Dialogo politico contra Luterani, Calvinisti ed altri eretici*)、《形而上学》(*Metafisica*)等多种作品。其中最著名的是 1602 年出版的《太阳城》(*La città del sole*)。该书描绘了他理想中的共和国,其中的统治者是受过理性教育的人,而每个人工作的目的都是增进整个社会的福祉。

[3] 伽利略·伽利莱(Galileo Galilei, 1564—1642),意大利自然哲学家、天文学家、数学家,近代力学和实验物理学的奠基人。这里主要指他的两部巨著《关于托勒玫和哥白尼两大世界体系的对话》(*Dialogo sopra i due massimi sistemi del mondo, tolemaico e copernicano*)和《关于两门新科学的对话》(*Discorsi e dimostrazioni matematiche intorno à due nuove scienze attenenti alla mecanica e i moviment locali*),分别出版于 1632 年和 1638 年。

剧"（Commedia dell'arte）[1]。

III. 法国 16 世纪

在法国，文艺复兴时代始于 15 世纪末和 16 世纪初的意大利战争时期。在一位能干老练且精力充沛的国王路易十一的治理下，这个国家从百年战争（见第 118 页）造成的创伤中恢复过来，并在查理八世、路易十二，特别是法国文艺复兴时期的伟大国王弗朗索瓦一世（1515—1547）在位期间推行扩张政策，多次派军队越过阿尔卑斯山。弗朗索瓦一世是那个时代最有权势的人物即查理五世皇帝[2]的最危险的对手，也是一位人文主义的重要推动者。他在巴黎建立了一种人文主义的大学，以反对经院式且具有保守倾向的旧大学[3]。这就是王家读者学院（Collège des lecteurs royaux），后来成为法兰西公学院（Collège de France）。法国人此前在观念和习俗上仍保有中世纪社会的狭窄框架和呆板生硬，他们得以在意大利认识了文艺复兴的生命和精神。这些新的生活和艺术形式还通过另一条途径即贸易途径进入了法国。里昂市作为意大利人的贸易中心，在这方面发挥了重要作用。在 16

---

1 即兴喜剧，其特色是演员可以戴上面具，以即兴方式演出。除了演技以外，演员还要能表演舞蹈、哑剧和特技等等。
2 这里指的是查理五世（1500—1558），法语通称"Charles Quint"，属于哈布斯堡家族，于 1519 至 1556 年间任神圣罗马帝国皇帝，曾同时统治今日的德国、意大利、西班牙、尼德兰、比利时等地长达三十余年，是 16 世纪上半叶欧洲最有权势的政治人物。
3 这里指的是索邦大学，法语通称 la Sorbonne。

世纪上半叶，有着一种普遍的热情，法国模仿意大利艺术、彼特拉克主义和柏拉图主义，而在人文主义启发下文学和学术研究也蓬勃发展。但是，经院团体的抵抗要比在意大利强烈得多，也要顽固得多。宗教改革的种种倾向才刚刚出现，国家的内部局势就被扰乱了。一个强大的加尔文宗少数派即胡格诺派试图组织起来，却遭到了残酷迫害。自从弗朗索瓦一世的儿子亨利二世早逝（1559年）后，就开始了内战。在双方的狂热之外，还有着各类政治利益和阴谋诡计。亨利二世的三个儿子相继在位[1]，起先是在他们的母亲凯瑟琳·德·美第奇的影响之下。三人均未能使国家团结并结束混乱。在亨利二世的第二个儿子即查理九世在位时期，对巴黎所有新教徒的残忍谋杀，即我们所说的圣·巴托洛缪（Saint-Barthélemy）之夜[2]，激化了人们的情绪。在亨利二世的第三个儿子在位时，统治家族显然将要随着他的去世而没落，此时两个旁系家族之间爆发了争夺继承权的战争，其中一个是洛林（Lorraine）的吉斯家族（les Guise），是极端天

---

1 即三位法国国王弗朗索瓦二世（1559—1560年在位）、查理九世（1560—1574年在位）和亨利三世（1574—1589年在位）。这三位国王的寿命都不长，弗朗索瓦二世活到16岁，查理九世活到23岁，而亨利三世活到37岁。凯瑟琳·德·美第奇（Catherine de' Medici, 1519—1589）出身于佛罗伦萨的美第奇家族，曾是亨利二世的王后。作为王太后，她在弗朗索瓦二世和查理九世执政期间有着很大的政治影响力。1574年，亨利三世即位，凯瑟琳·德·美第奇的影响力随之下降。

2 即圣·巴托洛缪大屠杀（Massacre de la Saint-Barthélemy），是1572年8月24日夜发生在巴黎的对新教徒的血腥屠杀，极大地激化了天主教徒和新教徒之间的对立情绪。

主教徒，得到西班牙的支持，另一个则是纳瓦尔（Navarre）的波旁家族（les Bourbons），是新教徒。在经历了许多动荡和谋杀之后，纳瓦尔的候选者即波旁家族的亨利四世在16世纪的最后几年内赢得了胜利。在他的追随者中，有一群爱国的天主教徒，为了国家利益而对新教徒颇为宽容，这批人被称为"政治家"（les politiques）。他们大多数是担任高级行政职务的大资产者（grande bourgeoisie），即穿袍贵族（noblesse de robe）。亨利四世通过皈依天主教和给予加尔文宗新教徒一定程度的宗教自由（1598年《南特敕令》）来巩固其胜利，他是法国有史以来最受欢迎的国王。16世纪下半叶的诸多动荡并没有让法国的文学和智识发展中断，却使其具有了一种更加阴郁也更有怀疑色彩的特性，不像16世纪上半叶那样乐观而热情。现在我们将对文学生活中的主要潮流和最重要的人物作一概述。

　　1）我们将从语言开始。在意大利的影响下，俗语人文主义，也就是基于古代语言的范例对书面法语的有意培养，得到了迅速发展。语法学家、人文主义者兼译者、神学家和诗人在这方面展开了合作。弗朗索瓦一世通过《维莱科特雷法令》（*Ordonnance de Villers-Cotterêts*）[1]，规定今后所有文件和司法程序都应使用

---

1 《维莱科特雷法令》（*Ordonnance de Villers-Cotterêts*）由法国国王弗朗索瓦一世于1539年8月10日—25日在法国北部埃纳省小城的维莱科特雷颁布。同年9月6日，巴黎高等法院将其载入法律。该法令共有192条，其中第110和111条首次确立了法语在正式文件中的使用。从那时起，法语取代拉丁语成为了法律和行政上的官方语言。

法语，这也推动了俗语人文主义的发展。法语文学语言的演变大概最要归功于神学的改革，因为在那个时代，神学著作很可能拥有最大数量的读者。约翰·加尔文为其主要作品《基督教要义》(Institution de la religion chrétienne) 提供了一份法语版（1541年）[1]，从而创造了神学和哲学散文。他的散文清晰而有力，仍然深受拉丁语句法的影响。对于法语的文学用法而言，这本书尤为重要，因为该书的例子使得其天主教反对者也不得不模仿。在16世纪下半叶，有很多学问家和科学家使用法语写作，有时不顾他们更为保守的同行的反对。我们可以列举出人文主义者亨利·艾蒂安（Henri Estienne）[2]、学问家艾蒂安·帕基耶（Étienne Pasquier）[3] 和克劳德·福谢（Claude Fauchet）[4]、伟大的

---

[1] 《基督教要义》(Institutio Christianae Religionis) 起先以拉丁语写成，初版于1536年。

[2] 亨利·艾蒂安二世（Henri II Estienne, 1528—1598），法国学者和印刷商，祖父是巴黎家族印刷业的奠基者，父亲罗贝尔·艾蒂安到日内瓦创办印刷公司。1559年，亨利·艾蒂安继承其父在日内瓦的印刷业。深受古典文学的熏陶，在古典学术和印刷出版方面均有重要贡献。与此同时，他也是法语语言的积极捍卫者，相关著作包括1561年的《论法兰西语言与希腊语的一致性》(Traité de la conformité du langage françois avec le grec)，1578年的《意大利语化的新法兰西语言的两段对话》(Deux Dialogues du nouveau langage françois italianizé)，以及1579年的《论法兰西语言的卓越性》(De la précellence du langage françois)。

[3] 这里指的是帕斯基耶的代表作，用法语写成的法国史《法兰西的追寻》(Les Recherches de la France)。

[4] 这里指的是福谢出版于1581年的《法语语言和诗歌的起源》(Recueil de l'origine de la langue et poésie françoise)。

政治理论家让·博丹（Jean Bodin）[1]、外科医生安布鲁瓦兹·帕雷（Ambroise Paré）[2]、发明家贝尔纳·帕里希（Bernard Palissy）[3]、农学家奥利维耶·德·塞尔（Olivier de Serres）[4]。

然而，法语语言对其应用范围的如此迅捷和广泛的拓展尚未做好准备，无论是其词汇资源还是其句法资源都不够用。有必要让法语变得更加丰富，而大量外语词汇和表达法也渗入到法语之中。人们不仅从拉丁语借来很多词（这种做法从 14 世纪起就被广泛采用；见第 89 页），而且从希腊语，尤其是从意大利语中借

---

1 让·博丹（1530—1596），法国政治哲学家。他亲身经历了宗教战争带来的诸多苦难，特别关注如何保障国家的秩序和权威，主张承认国家至高无上的权力。他的关于稳定政府诸原则的阐述在欧洲产生了广泛影响，被认为首次将主权概念引入了法律和政治思想。这里指的是博丹的代表作《共和六书》（*Les Six Livres de la République*），以法语写成，初版于 1576 年。

2 安布鲁瓦兹·帕雷（1510—1590），法国文艺复兴时期著名的外科医生，医术高超，前后侍奉过四位法国君主，在整个欧洲享有盛誉。他发明了绑扎动脉以防止出血的方案，废除了用沸油烧灼伤口的做法，改进了骨折的治疗，并推广了假肢的使用。由于没有受过正规教育，帕雷是首位用法语而非拉丁语撰写医疗报告的外科医生，这让他受到一部分医生的嘲弄，却也让他的著作产生了更为广泛的影响。

3 贝尔纳·帕里希（1509—1590），法国陶艺家、科学家、作家。他曾为王家制作陶器，并花费很大精力研究中国瓷器，著有《粘土的艺术》（*De l'art de terre*）一书。他还曾在巴黎发表关于自然历史的演讲，后被集为《令人惊奇的演说》（*Discours admirables...*）。奥尔巴赫在这里以"发明家"称呼他，指的是 1565 年帕里希被封为"国王和王太后的古朴陶器发明家"。

4 奥利维耶·德·塞尔（1539—1619），法国农学家，代表作为《农业剧场》（*Le théâtre d'agriculture*），以法语写成，初版于 1600 年。该书在 17 世纪的法国被用作农学教科书。

词。人们试图恢复那些被遗忘的古法语字眼，调动方言的资源，并通过合成或者派生来创制新词。这一演变很迅速，也很令人称奇，却有些混乱无序。大量的意大利风格词汇被引入法语；彼特拉克主义的风尚，意大利文明和文学的声誉，还有自亨利二世在位以来他的妻子凯瑟琳王后（也是佛罗伦萨公主）的影响，均是对意大利语的支持。在很长时间内，凯瑟琳王后的性情主导了宫廷社会[1]。关于语言理论和诗歌风格的专论比比皆是，最著名的是《法兰西语言的捍卫与弘扬》(*La Défense et illustration de la langue française*)。这是一份纲领性文本，属于一批被称为"七星诗社"（la Pléiade）的诗人，由若阿基姆·杜贝莱（Joachim du Bellay）依照一份意大利的范例[2]执笔写成。在16世纪下半叶，出现了越来越大的呼声，反对过度的意大利风格，特别是反对意大利化的宫廷用语[3]。持这种反对意见的最重要的代表是亨利·艾蒂安，他是一位人文主义者暨著名的印刷商和词典编纂

---

1 法国国王亨利二世于1559年去世之后，凯瑟琳·德·美第奇作为王太后，在她和亨利二世所生的三个儿子弗朗索瓦二世、查理九世和亨利三世相继在位期间曾长期摄政。

2 指斯佩罗内·斯佩罗尼（Sperone Speroni, 1500—1588）所作《语言的对话》(*Dialogo delle lingue*)，出版于1542年。

3 指亨利·艾蒂安的《意大利语化的新法兰西语言的两段对话》。

者[1]的儿子，本人也是一位杰出的希腊语专家[2]。他试图证明，法语与希腊语的亲缘关系较之与拉丁语的关系更为紧密[3]。1600年前后，针对过度的丰富和由此产生的语言混乱，出现了一种强烈得多的反抗。这就是马莱伯（Malherbe）的改革，我们将在有关17世纪的章节中谈到。

2）16世纪的第一个世代产生了一位伟大的抒情诗人克莱芒·马罗（Clément Marot, 1496—1544），他一直独立于意大利风格之外。马罗是一位修辞学家（见第119页）的儿子，能够从法语本身的最深处引出一种十分流畅而优雅的语言。作为一位和蔼可亲的天才，他的生活起初很幸福，其后则因为他倾向于加尔文的宗教改革而蒙上了一层阴影。后者固然吸引了他那真心虔信的灵魂，却也因其教条的过分严厉而令他反感。他曾运用一些传统形式写诗，如叙事诗（ballades）和回旋诗（rondeaux）。他也曾模仿古代诗歌中的哀歌（élégies）、讽刺短诗（épigrammes）和

1　指罗贝尔·艾蒂安一世（Robert I Estienne, 1503—1559），法国学者和印刷商，1531年完成了词典编辑史上里程碑式的著作《拉丁语词典》（*Thesaurus linguae latinae*）。由于受到巴黎大学神学院神学家们的敌视，他被迫于1551年离开巴黎前往日内瓦。
2　亨利·艾蒂安的代表作是五卷本巨著《希腊语词典》（*Thesaurus graecae linguae*）。这部词典出版于1572年，是词典学领域的不朽杰作，直至19世纪仍有新版发行。
3　指亨利·艾蒂安的《论法兰西语言与希腊语的一致性》，出版于1561年。需要说明的是，强调法语与希腊语的亲缘关系，以此淡化法语和拉丁语及意大利（包括古罗马和文艺复兴时期的意大利）文化的关联，这种论点背后有着强烈的法兰西民族主义动机，不应被视为纯粹的学术观点。

书简诗（épîtres），并曾翻译《诗篇》（*Psaumes*）[1]。他以其单纯的高雅和美妙的韵律，成为古典主义者的先驱。

在里昂诗派（L'École lyonnaise）中，意大利的影响、彼特拉克主义和柏拉图主义占据主导地位。这一诗派最著名的代表人物是莫里斯·塞弗（Maurice Scève）[2]。他是一位神秘主义且强调感官享受的诗人，具有很强的原创性，有时也很晦涩。观之大多数教材和选集所分予他的篇幅，他应该得到更多的关注（他大约于1562年去世）。里昂也是路易丝·拉贝（Louise Labé）[3]曾经生活的城市，她创作的十四行诗以其炽热的激情而极具感染力。

"七星诗社"这一团体大约形成于16世纪中叶。他们写出

---

[1] 指《圣经·诗篇》，克莱芒·马罗曾将《诗篇》一百五十首诗中的约五十首翻译成法文，在新教徒中广为传唱，几乎成为新教徒的标志，产生了很大的影响。加尔文的继承者，神学家泰奥多尔·德·贝兹（Théodore de Bèze, 1519—1605）后来翻译了剩余的部分。在16世纪，马罗和贝兹翻译的《诗篇》经常被编为一册，由倾向于新教的印刷商出版。

[2] 莫里斯·塞弗（约1501—1560/1564），法国诗人，里昂诗派的核心人物，代表作为诗集《黛丽，德行的典范》（*Délie, objet de plus haute vertu*），包含449首结构精巧的十音节诗，出版于1544年，以女性为吟唱对象，体现出彼特拉克《歌集》的深刻影响。奥尔巴赫此处将塞弗形容为"神秘主义"（mystique）和"强调感官享受"（sensuel），主要指《黛丽》中晦涩的诗歌意象和另一部诗集《描绘女性肉体诗选》（*Les Blasons du corps féminin*）中的一些篇目。

[3] 路易丝·拉贝（约1524—1566），法国诗人，主要作品是1555年出版的《里昂人路易丝·拉贝作品集》（*Œuvres de Louÿze Labé Lionnoize*），其中包含了多首以爱情为主题的十四行诗和哀歌，还包含一篇对话体散文《疯神与爱神之辩》（*Débat de Folie et d'Amour*）。

了法国文艺复兴时期最美的诗歌。这些诗人都受到人文主义和意大利文明的影响，他们有很大一部分抒情作品都以十四行诗这种意大利形式写成，但是他们为彼特拉克主义赋予了一个法兰西灵魂。他们固然是博学的诗人，固然模仿古人的崇高风格和意大利的各种隐喻，但是他们也懂得如何在其诗句中加入一种强调感官享受、柔和且充满活力的暖意，而这正是意大利的彼特拉克主义者所缺乏的。他们的诗歌散发出乡土气息和法国气质。在他们当中，最伟大的是生前就被公认为法国诗人王子[1]的皮埃尔·德·龙沙（Pierre de Ronsard，1524—1585），还有若阿基姆·杜贝莱（1522—1560），两人也都是诗歌和诗歌语言的理论家。龙沙不只是抒情诗人，他在宗教战争期间也写过政治诗，并站在天主教徒一方。他宏大的民族史诗《法兰西亚特》（*La Franciade*）[2]未能完成。这部史诗过于专深，也过于浮夸，以至于很难保持生命力。

在模仿七星诗社的新教徒中，有两位杰出的史诗诗人，一

---

[1] 龙沙曾被同时代人称为"诗人王子"（Prince des poètes）。
[2] 此书的标题和内容均模仿《伊利亚特》和《埃涅阿斯纪》，是一部法兰西民族的宏大史诗，采用十音节法语诗句，虚构了特洛伊王子赫克托尔之子法兰西安在战争结束后一路漂泊到高卢，最终建立法兰西王国的故事。全书未完成，前四卷出版于1572年。

位是杜·巴塔斯（Du Bartas）[1]，曾写过一部关于世界之创造的宗教史诗《一周》(*La Sepmaine*)[2]，另一位更为特别的是阿格里帕·多比涅（Agrippa d'Aubigné，1552—1630）。后者是一位狂热而激进的新教徒，也是纳瓦尔的亨利（Henri de Navarre）的支持者。他写过《悲歌》(*Les Tragiques*)，这部史诗以人文主义和《圣经》的风格描绘了那个时代的宗教战争。此诗写得时好时坏，有时行文冗长，却常有一种任何其他法国诗人都未曾企及的表现力。他的抒情诗也可以这样评价。《悲歌》直至1616年才出版，而在那个时代，七星诗社的风格已经不再流行。在两个世纪间，趣味发生了很大变化，以至于除了马罗的诗歌之外，文艺复兴时期的诗歌被彻底遗忘并受到鄙视。只有到了浪漫主义者那里，文艺复兴时期的诗歌才被重新发现（圣伯夫《16世纪法国诗歌和法国戏剧概貌》[Sainte-Beuve, *Tableau historique et critique de la poésie française et du théâtre français au 16e siècle*]，1828年）。

1　全名为纪尧姆·德·萨吕斯特·杜·巴塔斯（Guillaume de Salluste du Bartas, 1544—1590）。他的姓氏本为"萨吕斯特尔"（Salustre），而后为了与古罗马史学家撒路斯提乌斯（Gaius Sallustius Crispus）的名字靠近，而改为"萨吕斯特"（Salluste）。1566年，他继承了父亲的爵位和封地，即"杜·巴塔斯"（Du Bartas）。

2　这部史诗全称为《一周，或世界的创造》(*La Sepmaine, ou Création du Monde*)，初版于1578年，取材于《圣经》的创世故事。此后作者又写了《第二周或世界的童年》(*La Seconde Semaine ou Enfance du monde*)，故而《一周》也被后世称为《第一周》(*La Première Semaine*)。杜·巴塔斯的宗教题材作品曾被翻译成多种欧洲语言，而弥尔顿也曾受其影响。

第三部分　文学时期概览

3）七星诗社也标志着法国戏剧发展史上的一个重要阶段，剧中引入了古典时代的规则，即地点、时间和情节的整一，另有遵循古典次序的五幕。艾蒂安·若代勒（Étienne Jodelle）[1]写出了第一部法国悲剧，《被俘的克娄巴特拉》（*Cléopâtre captive*），于1552年在亨利二世的宫廷上演。其他很多人也纷纷效仿他，其中既有天主教徒，也有新教徒。早在若代勒之前，就有人文主义者按照古人的风格用拉丁语写过一些剧本（塞内加的悲剧为其提供了范例），并陆续得以上演，尤其是在学校里。人们早在很久以前就用意大利语写过悲剧（见第149页）。若代勒所树立的典范逐步取代了中世纪的神秘剧（见第112页），为法国古典戏剧奠定了基础。在16世纪若代勒及其后继者的悲剧中，修辞和抒情要比戏剧情节更为突出，然而对古人的模仿也过于严格，以至于无法产生真正鲜活的剧作。在16世纪的悲剧中，特别是在加尼耶

---

[1] 艾蒂安·若代勒（1532—1573），法国剧作家和诗人，文学团体"七星诗社"的成员之一，将该团体的美学原则应用于戏剧，致力于创作一种有别于中世纪的道德剧和神秘剧的古典戏剧，写出了法国最早的近代悲剧和近代喜剧。他的主要作品包括诗体悲剧《被俘的克娄巴特拉》和《自我牺牲的狄多》（*Didon se sacrifiant*）以及喜剧《欧仁》（*L'Eugène*）。《被俘的克娄巴特拉》是以法语写成的第一部古典悲剧，上演日期是1553年2月，正文中的"1552年"有误。

(Garnier)[1]和蒙克雷迪安（Montchrestien）[2]的悲剧中，令人赞赏的亦是演说和抒情的段落。直至17世纪初，一位能干的诗人兼舞台监督亚历山大·哈迪（Alexandre Hardy）才成功地让那些受古人启发的作者的风格适应舞台的需求。他以勃艮第王宫为阵地，"耶稣受难同行"（Confrères de la Passion）以前亦曾在那里演出过神秘剧（见第112页）。至于从古典时代模仿来的喜剧，将其引入法国的又是一部若代勒的戏《欧仁》。16世纪的喜剧完全受意大利的影响，而中世纪各种体裁的喜剧，特别是滑稽剧，也继续受到民众的青睐。

4）在散文方面，我们有意大利风格的短篇小说、翻译作品和回忆录。我们将预留一些段落专门谈论拉伯雷和蒙田。最著名的短篇小说集是纳瓦尔的玛格丽特王后（1492—1549）的《七日

---

[1] 罗贝尔·加尼耶（Robert Garnier，约1545—1590），法国悲剧作家，早年追随塞内加派悲剧，作有《波尔西》（*Porcie*）、《希波吕特》（*Hippolyte*）、《高涅利》（*Cornélie*）等悲剧，其后的一组悲剧《马克－安托万》（*Marc-Antoine*）《特洛亚德女人》（*La Troade*）、《安提戈涅》（*Antigone*）显示出超越同时代人的高超技巧。他的两部代表作《布拉塔芒特》（*Bradamante*）和《犹太人》（*Les Juifves*）分别作于1582年和1583年。《布拉塔芒特》是法国第一部重要的悲喜剧，不再模仿塞内加，转而从阿里奥斯托的作品中找寻题材。这些作品以优美的韵文写成，体现出龙沙诗歌的影响。加尼耶的剧作与宗教战争的时代背景密切相关，展现了作者的道德观和宗教观，包含许多动人的场面，在当时的法国产生了很大影响。

[2] 安托万·德·蒙克雷迪安（Antoine de Montchrestien，约1575—1621），法国诗人、剧作家和经济学家，剧作包括《苏格兰女人》（*L'Écossaise*）、《大卫》（*David*）、《赫克托尔》（*Hector*）等，此外他还写过一部《政治经济学专论》（*Traicté de l'œconomie politique*）。

谈》（*L'Heptaméron*）。她是弗朗索瓦一世的姐姐，也是亨利四世的祖母。玛格丽特可称得上是一位博学的女性，非常勇敢，有着高度的智慧和开阔的心胸。她是人文主义者和受迫害的宗教改革支持者的保护人，虽然并非总能成功地拯救他们。她起初赞成宗教改革，毕生反对枯燥的经院神学，也反对修道院精神，可她也不能接受加尔文的教条主义。她形成了一种自己的基督教，完全是神秘主义和柏拉图式的。她是"精神的自由派"中最为显赫的例子。她创作了很大数量的诗歌、神秘剧以及其他作品，但是让她享誉后世的只有《七日谈》。这是一部包含柏拉图式教育和道德教化的作品。尽管如此，其中所讲述的历险故事也有很多调情和颇为放肆的内容。这种体裁的传统可以上溯至故事诗和薄伽丘。此外，与随后的几个世纪相比，16世纪关于性道德的概念也要宽容得多。轻佻的甚至毫不正经的言行成为习俗和语言的一部分，标志着对丰饶和仁慈的自然的回归。其他短篇小说集包括博纳旺蒂尔·德·佩里耶（Bonaventure des Périers）的《娱乐笑谈》（*Récréations et joyeux Devis*）。这位作者是一位人文主义者和极为大胆的思想家，也是玛格丽特王后和马罗的朋友。与玛格丽特王后的作品相比，他的短篇小说所受意大利风格的影响要少得多，也要更为粗俗，更加流行。而诺埃尔·杜·法尔（Noël du Fail）[1]则描绘了乡村生活的画卷，并在其中呈现了农民关于各种事务的

---

[1] 诺埃尔·杜·法尔（1520—1591），法国法学家、作家。此处指的是他的滑稽作品《乡村闲话》（*Propos rustiques*），出版于1547年。

闲谈。

古代和意大利作家被大量翻译，而对希腊作家的翻译甚至于16世纪之初才开始，如1527年由克劳德·德·塞塞尔（Claude de Seyssel）翻译的修昔底德。当时最有名的译本是雅克·阿米约（Jacques Amyot）翻译的普鲁塔克（Plutarque）的《希腊罗马名人传》[1]，于1559年出版。普鲁塔克是希腊作家、传记作家和道德家，逝于公元125年。他是一位优雅、风趣且带有几分普及性的故事家。阿米约把普鲁塔克的书变成了一本引人入胜的法语书，风格朴实自然，读者遍布各地，甚至包括妇女，在长达一个多世纪的时间里一直备受欢迎。法国公众关于希腊罗马古典时代伟大人物的构想正是从这本书中获得的。这种构想也许有点过于理想化，却栩栩如生，且富有孕育性。

从16世纪下半叶开始，出现了为数众多的回忆录。值得一提的是蒙吕克（Monluc）[2]的《评述集》（Commentaires）。此人是一位曾在意大利和宗教战争中作战的将军。这本书真诚而雄健，相传亨利四世将其称为"士兵的《圣经》"。另有布兰托

---

1 奥尔巴赫在原文中简称为《生平》（Vies），指的是普鲁塔克的代表作《比较列传》，常被称为《希腊罗马名人传》。
2 布莱斯·德·蒙吕克（Blaise de Monluc, 约1500—1577），法国元帅，以其卓越的军事技巧和所著自传体回忆战争经历《评述集》（Commentaires）为人所知。

姆（Brantôme）[1]的《伟大的法国兵长们的生平》(*Vies des grands capitaines*)和《回忆录》(*Mémoires*)[2]。此人是一位士兵、历险家和廷臣，也是一位有天赋的作家，一位充满好奇且有时颇为浅薄的观察者。最后，还有新教徒阿格里帕·多比涅（见第2节）在生命中最后几年所写的充满狂热和苦涩的回忆录。

5）16世纪法国的整体走向在两位气度不凡的人物的作品中得到了总结和反映。两人都是散文家，一个代表了法国文艺复兴的开端，另一个则代表了法国文艺复兴的结束。这就是拉伯雷和蒙田。弗朗索瓦·拉伯雷（François Rabelais, 1494—1554）生于都兰地区（Touraine）[3]的希农（Chinon），起初是方济各会修士。但是在有权势的保护人的支持下，拉伯雷一点一点逃过了修士的各种义务。他时而在好几个城市，特别是里昂[4]的医院做医生，时

---

[1] 皮埃尔·德·布尔代耶（Pierre de Bourdeille, 约1540—1614），曾任布兰托姆（Brantôme）修道院院长，故而被称为布兰托姆大人（seigneur de Brantôme）。曾做过士兵，以回忆录闻名于世。

[2] 奥尔巴赫此处的叙述稍有偏差。《伟大的法国兵长们的生平》是《皮埃尔·德·布尔代耶老爷，布兰托姆大人的回忆录》(*Mémoires de Messire Pierre de Bourdeille, Seigneur de Brantôme*)的一个部分，并不是两本不同的书。

[3] 都兰地区（Touraine）是法国历史地区名，位于卢瓦尔河河谷，以图尔（Tours）为中心，大约相当于现在的安德尔-卢瓦尔省（Indre-et-Loire）和安德尔省（Indre）等地。

[4] 16世纪的里昂是法国的印刷中心，拉伯雷曾在里昂主宫医院（Hôtel-Dieu de Lyon）担任医生，并于1532年在那里出版《庞大固埃》(*Pantagruel*)。

而又跟着大贵族们（grands seigneurs）[1]到意大利。在生命的最后阶段，他被授予两个本堂神父的职位[2]——其中默东的职位让他有了"默东的本堂神父"（curé de Meudon）的绰号，然而他并没有履行教会的职责。他在巴黎逝世。通过以上有关其生平的简要概述，我们可以看出，拉伯雷是一个极为机敏的人。若是参考他的种种观点之大胆，这种感受就更能得到印证。他能够发表这些观点，或者至少是加以暗示，却从未招致严重的迫害，而其他远没有他大胆的人则被放逐、折磨，甚至被烧死。拉伯雷在一部怪诞的小说的框架内表达了自己想要说的一切。这部小说讲述了一对巨人父子卡冈都亚（Gargantua）和庞大固埃（Pantagruel）的历险故事，包括：《庞大固埃》（Pantagruel, 1532），因卡冈都亚是庞大固埃之父而成为全书第一卷[3]的《卡冈都亚》（Gargantua, 1534），《第三部》（Le Tiers Livre, 1546），《第四部》（Le Quart Livre, 1552），作者死后出版且真实性存疑的《第五部》（Le Cinquième Livre, 1564）。这一框架源于一则民间传说，作者不明。这则传说讲述了关于巨人的神奇故事，是中世纪历险传奇的

1　拉伯雷曾随好友，枢机主教让·杜贝莱（Jean du Bellay）出使罗马，还曾随前者的弟弟纪尧姆·杜贝莱（Guillaume du Bellay）前往都灵，得以受到意大利文艺复兴文化的滋养。

2　1551年初，枢机主教让·杜贝莱将圣马丹·德·默东（Saint-Martin de Meudon）和圣克里斯托弗-杜-让贝（Saint-Christophe-du-Jambet）两处的本堂区交由拉伯雷负责。

3　在《巨人传》五卷中，《庞大固埃》的出版时间最早，《卡冈都亚》次之，但是人物卡冈都亚是庞大固埃之父，故而《卡冈都亚》往往被列为《巨人传》第一卷。

最后分支。他有着异想天开和刚健有力的才思,偶尔想要表达一些大胆的、危险的观念而又能不被严肃地追责,这种框架便特别适合他。他在其中引入了一整条欢快而新鲜的生命洪流,其生命是基于一种根本上反对基督教的构想,而这一构想是现代欧洲整个实践主义运动(mouvement activiste)的根源。按照这种构想,人生而为善,只要允许其天性自由发展,不受荒谬的习俗和人为的教条的阻碍,就会变得慷慨而富有人情味,会多行善举,也将拥有人间的天堂。卡冈都亚建造的这座德廉美修道院(abbaye de Thélème)即有着这样的含义,修士们的主要规则只有一条格言:"做你愿意做的事"(fais ce que voudras)。其他人曾通过哲学或社会学理论表达过同样的观念,并带有或多或少的激进主义。拉伯雷则在其小说中把这种观念变得鲜活生动,在他笔下的人物身上注入了一种强烈的、异乎寻常的且往往怪诞可笑的生命力。

在这部作品中,各种最为异质的要素形成了一个完美统一的整体。拉伯雷学识渊博,不仅熟悉那些被他无情嘲弄的经院体系,也同样熟悉人文主义文学,他还精通医学和那个时代的自然科学。尽管如此,他也有着无与伦比的民间性,对社会各阶层特别是民众[1]、僧侣和农民的风俗和语言都有着深刻了解。他模仿经院学者或满口拉丁语的附庸风雅者的胡言乱语,就像模仿民间土语一样自然。他能以同等的才思描绘一场哲学辩论,就像描绘一场宴会上的醉话,或者都兰地区的一个日常生活场景一样,并将他的那

---

[1] 这里的"民众"(peuple)主要指城市平民。

些巨人的不可思议的、骇人听闻的和怪诞可笑的历险与这一切融为一体。他倡导一种新鲜的、人性化且合乎情理的道德观。与此同时，他的不正经即便在他的时代也是罕有其匹的。他以无穷的想象力大量使用各种粗鄙的玩笑和词语游戏，往往把亵渎神明的话与不正经的话混在一起，在其读者中激起了疯狂的、巨大的且不可抑制的笑声。他最为痛恨也最要攻击的是修道院里的中世纪氛围，是那些游手好闲、愚昧无知且肮脏邋遢的僧侣。这种氛围在拉伯雷本人身上也留下了印记，因为他早在青年时代就对此十分熟悉，而他的民间才思中的许多要素也都由此而来。他对自己所处时代的人文主义博学精神有着深刻了解，还创造了一些与古典趣味截然相反的怪异的新词。

人的本性，还有普遍意义上的自然，起初都是善的。这是《巨人传》的主要观念，但绝不是唯一的观念。这部书充盈着种种暗示和妙语，涵盖了教育学、政治、道德、哲学、科学和文学等所有领域，有着不可思议的创造性、丰富性和乐观主义，同时又具有某种狡黠而阴险、甚至恶毒而残忍的智慧。可以把此书的部分章节拿给孩子们看，他们将在其中找到独一无二的乐趣。可以在悲伤时独自翻阅这部书，让自己感到愉悦。可以在同伴之间引述此书的某个令人大笑不已的段落，还可以对书中的哲学和道德观念进行长时间思考。在语言学、文学史和风俗史、哲学及许多其他领域，都出现了关于此书的研究，极为精细，也极为广博。就其多样的要素和强大的想象力而言，《巨人传》是法国文学中最为丰富也最有力量的一部书。

6）米歇尔·埃康，蒙田大人（Michel Eyquem, Seigneur de Montaigne, 1533—1592）的父辈是葡萄牙裔的波尔多富商家庭的其中一支。他祖父曾担任法官（穿袍贵族）的职位，并因此而晋升为贵族。他的母亲来自一个西班牙犹太人的家庭。蒙田在人文主义精神的精心培养下成长[1]，并遵循家族的传统，成为了一名法官（最高法院参事［Conseiller au Parlement］），但是在他父亲去世（1568年）后辞职，退居到蒙田城堡（Château de Montaigne）中。在那里，他把最好的时间用于阅读和冥想，并逐渐创作、完成并修订了他的巨著《随笔集》（*Les Essais*）。他的工作偶尔会被打断，如内战的种种纷扰，如一次长途旅行[2]。这次旅行是为了他的健康，却也是一次学习之旅，他最终抵达罗马。又如他曾被选为波尔多市长，而他的家乡也曾遭受瘟疫肆虐长达数年之久。但是，在蒙田壮年的大部分时间里，他过着一个外省大领主的生活，在他的城堡中读书写作，礼貌而固执地回避所有可能对其闲暇时光构成严重干扰的职责。然而，身为一个有分量和权威的人物，

---

[1] 在蒙田父亲的精心安排下，蒙田六岁以前由只说拉丁文的老师教导，因此以拉丁文为母语。少年时代，蒙田在吉耶讷学院（Collège de Guyenne）学习希腊文、法文、修辞术，打下了坚实的知识基础。

[2] 这里指的是蒙田于1580—1581年经德国和瑞士前往意大利的长途旅行。蒙田此次旅行中的记录于18世纪被重新发现，而后被整理出版，这就是《米歇尔·德·蒙田1580和1581年经由瑞士和德国去往意大利的游记》（*Journal de voyage de Michel de Montaigne en Italie, par la Suisse et l'Allemagne en 1580 et 1581*）。蒙田长期受肾结石病困扰，而在此次旅行中，蒙田出于治病的目的，亦很关注各地的温泉，所以奥尔巴赫此处说蒙田的这次长途旅行是"为了健康"。

他也深受两任国王的信赖。

1580年,蒙田出版了《随笔集》的前两卷,1588年又出版了包含第三卷的增补版。他在生命最后几年间完成的经过修订和补充的版本[1]则直至他死后才发表。《随笔集》源于蒙田的广泛阅读,最初只是他在读到一些作家的某段话时所想到的趣闻和评论的一份汇编。但是到了后来,作品越来越摆脱这一基础,变为对他自身个性的分析,既看重他本人,也看重他与其所处的世界之间的种种关系。这是对作为"人类状况"(condition humaine)[2]之范例的米歇尔·德·蒙田的一份分析,因为诚如蒙田所言,每个人都带有人类之状况的完整形式。他有意在写作中避免任何有条理的次序,故而很难给他的书做一份准确的概要。蒙田相信人的生命处于时刻变化之中,并无明确的形式,故而若要真诚而完整地描绘人,就需要适应这些变化,而为了这一目的,所要追随的最佳顺序便是性情的变幻无常。若是将《随笔集》涉及同一主题(例如死亡)的不同段落相互比较,就会看到其中充满了种种矛盾之处,有着极其丰富的细微差别和变异。此书的整一性也很突出,完全在于蒙田这个人物本身强有力且颇有趣味的整一性,靠任何程式都无法领会,只能靠直觉来把握。不过,我还是要试着引出几个在我看来最为重要的视角。

蒙田所开展的自我分析并不受制于任何既定的形式或者意识

---

[1] 这一版本有蒙田手写的诸多痕迹,现藏于法国波尔多市图书馆,因而被称为"波尔多版"(exemplaire de Bordeaux),这也是蒙田《随笔集》最完整的版本。
[2] 在《摹仿论》中,探讨蒙田和《随笔集》的第十二章的标题正是"人类状况"。

形态，甚至也并不受制于基督教信条。尽管他带着最大的敬意谈论基督教信条，并时常加以运用，以便支撑那些他所珍视的观念（例如身体和灵魂的统一），他在思考时却把这些信条完全抛开。他将自己视为一个被扔到世界上的生命，不知道从哪里来，亦不知道要到哪里去，而必须孤独地找寻自己的路。在审视过他所掌握的工具之后，他发现它们都不足以了解任何事情的真相。感官带有欺骗性，理性是软弱而有限的，并受制于视野的种种偏差。法律只不过是一些习俗而已，连信仰也没有什么两样。法律和信仰依照所处的国家和时代而各异，只不过是一些惯例而已，随时可能改变。然而，人所掌握的工具如果一点也不足以使其对身外之物有确定的信心，却完全足以让其拥有关于自身的知识。只要他能花功夫专心倾听自我，他将在自己身上发现自我的本性，并在其中找到人类境况的本质，这就足以让他生活得很好。

这就是蒙田所向往的全部艺术：一个活生生的人要担起分内之责，并以智慧和节制享受自己的生命，享受自己所应过的生活。然而，从这个视角出发，他对于信仰和制度的怀疑论却绝不会将其引至一种变革的姿态。既然一切都不确定，都是可变的和临时的，就应当接受我们生活所处的框架，应当与之相适应，因为任何有意改变的尝试都比不上它所必然带来的麻烦。新的状况既不会比旧的更好，也不会更稳定。因此，他接受自然，并不是一个抽象而永恒的自然，而是一个受历史变化支配的自然。他所接受的是在其生命中的那一刻向他，即米歇尔·德·蒙田，呈现的那个自然。他接受各种习俗和信仰，也接受生命的各种法则和形式，并不是因为他相信它们，而是因为它们存在，若要加以改变，便会得不偿失。他也能接受自己，不仅接受自己的灵魂，也接受自己的身体。人是一体的，是一个由灵魂和身体组成的整体，即使在理论上，也不能将两者相互分离，否则会很危险。在他之前，还没有哪位作家曾经具体而实际地追求这种观念。他观察自己的身体，与他观察自己的灵魂同样细致。他描绘身体的种种快乐、性情和疾病，并试图时时通过思考死亡，来让他自己的死亡变得和缓且习以为常。

蒙田是一个完美的正人君子（honnête homme），有着慷慨而高尚的本能和宽厚的天性，对于各类重要事务颇为擅长，并能以明晰的智慧和沉静的毅力加以处置。他似乎在与人交往中很讨人喜欢。可是，自从他年轻时的一位挚友、人文主义作家和翻译家艾蒂安·德·拉博埃西（Étienne de la Boétie）[1]英年早逝之后，他就不再为任何事或者任何人奉献自我，至多偶尔顺从。他唯一抱有极大兴趣的就是他自己，以及他自己的生活。他很明智地、有意地、完完全全地是一个自我中心主义者。若是把他的姿态与拉伯雷带有革命性的乐观主义的才思相比较，就会认识到，他的怀疑论、漫不经心和保守主义显露出16世纪下半叶人们对时局的反应。这种反应意味着对人类社会怀有幻灭和悲观，认为人类社会永远无法找到彻底解决问题的办法。尽管如此，这个漫不

---

[1] 艾蒂安·德·拉博埃西（1530—1563），法国人文主义学者、诗人、法学家，代表作《自愿为奴》（*De la servitude volontaire*）是政治哲学领域的一部经典之作。

经心且似乎只考虑自己的人却取得了巨大而持久的成功，产生的效果与其所能预见到的截然不同。蒙田的书是第一部由一位世俗之人（laïque）为世俗之人撰写的内省式作品[1]。《随笔集》的成功首次证明，甚至可以说是显露出，这样一个由世俗之人组成的读者群是存在的。然而，他的风格具有难以名状的魅力，既刚劲有力，又脍炙人口，还包含细腻的差别，比作者的初衷更趋向于革命和积极的效果。诚然，他的第一位模仿者皮埃尔·沙朗（Pierre Charron）从这本书中引出了一个富有基督教色彩的结论：既然我们无法知道任何事，既然理性是虚妄的，那么就让我们坚守启示。但是，其后的几代人对蒙田曾在多处暗示的相对主义和怀疑主义精神加以发挥，并在反对宗教和政治信条的斗争中得出了积极的、务实的且带有颠覆性的结论。这些斗争早已结束，对我们而言，蒙田只是有史以来拥有最完全、最真实也最令人快乐的智慧的人物中的一位，很少有书像他的书那样富有营养。

IV. 西班牙文学的黄金世纪

西班牙的文艺复兴运动以一种非常特别的方式呈现。经过了几个世纪与阿拉伯人的斗争，这个国家赢得了完全独立（见第133页），甚至由于在大洋彼岸的发现而获得了巨大的财富，并由于该国的一位女王与哈布斯堡皇室的一位王子结婚，而拥有了强

---

[1] 此处的"世俗之人"与神职人员或教士相对。蒙田虽然是天主教徒，但是并非神职人员。在蒙田之前的所有内省式作品均由教士所写，具有强烈的宗教色彩，如奥古斯丁的《忏悔录》。

大的实力，似乎一度可以支配整个欧洲，从这场婚姻中诞生的儿子成为了文艺复兴时期最有权势的人。查理五世把大片领土归并到他自己和他兄弟手里，这些领土分布在德国、波西米亚、匈牙利、尼德兰、西班牙及其在意大利（那不勒斯王国）和美洲的属地。1519年，查理五世戴上了帝国的皇冠，直至1556年。然而，与穆斯林长期斗争的历史传统促使西班牙人完整保持了种族[1]、骑士与天主教的精神。而当哈布斯堡的国王既出于家族传统也出于政治原因，拥护天主教徒的事业并反对新教徒，拥护专制主义和反对一切独立运动时，西班牙也热情追随其国王的这一政策。在完美的和谐与统一之中，西班牙成为了天主教反宗教改革、君主政体的统一性以及英勇、自豪和忠诚的骑士观念的捍卫者。这种情形在查理五世时期就已经初露端倪，在他的儿子菲利普二世（1556—1598）[2]统治时期变得更加明显。菲利普二世是一位真正的西班牙人，在尼德兰与他那些造反的新教臣民作战，并试图削弱作为新教国家的英国日益增长的势力，却徒劳无功。

可是，西班牙并没有强大到足以长期维持如此沉重的负担。西班牙帝国太过于庞大了，而帝国凭借航海家的胆识和士兵的英勇所征服的土地，也并没有因耕作而得到开发且变得丰饶。在其他欧洲国家，现代形式的中产阶级是经济发展的主要推动力。而在西班牙，这一阶级却没有立足，或者至少没有能发挥重要作用。

---

1 指西班牙人意识到其西班牙血统的精神。
2 菲利普二世原文为 Philippe II，西班牙语则通常称其为费利佩二世（Felipe II）。他在位期间，西班牙迎来了历史上最强盛的时代。

缓慢而渐次的贫困化一点点毁掉了这个巨大的帝国。这种颓势在菲利普二世统治末期就已经能感觉到，到了他的三位继承人的长期统治期间则要更为明显。在17世纪下半叶，西班牙成为了一个因懒散和腐败而变得贫穷的国家。

因此，在一个有着这种结构的国家里，意大利和欧洲北部所发展出的那种文艺复兴精神显然无法扎根。西班牙人文主义（见第133—134页）深受一位温和派即著名的尼德兰人文主义者鹿特丹的伊拉斯谟（Érasme de Rotterdam）的影响。这样一种人文主义绝不会让精神变得多神教化。意大利的影响在抒情诗中格外强大，却很快让位于明确的民族主义观念。宗教改革的最初迹象刚一显露出来，一种激烈的反应便与之针锋相对。在西班牙，宗教裁判所（Inquisition）作为一个反对异端分子的教会法庭，有着比其他任何地方都要大的权势。种族意识亦在其中发挥作用，使得仍留在西班牙境内的犹太人和阿拉伯人即"摩里斯科人"（Moriscos）[1]受到迫害，最终被驱逐。

经院哲学、禁欲主义和基督教神秘主义迎来了广泛的复兴。在西班牙经院哲学家中，值得一提的有弗朗西斯科·苏亚雷斯（Francisco Suárez），这是最后一位伟大的天主教形而上学学者。在禁欲训练方面的理论家中，值得一提的有依纳爵·罗耀拉（Íñigo López de Loyola），耶稣会的创始人。在神秘主义者中，特雷沙·德·赫苏斯（Teresa de Jesús）和胡安·德·拉·克鲁

---

[1] 摩里斯科人，改宗基督教的西班牙穆斯林及其后裔。

斯（Juan de la Cruz）这两位作家都富有启发性。可是，这已不再是中世纪的精神了，很多新的观念，如柏拉图主义、理性主义、批判主义（criticisme），还有许许多多其他思潮，均不能被忽视，有必要与这些思潮作斗争，击败它们，或者将其纳入天主教体系。对感官之美的重新崇拜在这个充满激情、渴求奇观、极具想象力的民族中找到了肥沃的土壤。

在信仰与新观念之间，在虔敬信仰与感官享受之间，存在着诸多反差。此外还有另一种反差。究其本性而言，这个如此骄傲的民族同时也非常现实。正如我们所看到的那样，这种倾向早在西班牙中世纪文学中便有所显露，到了我们现在所讲的时期则变得更加强烈，也更加自觉。这是一种非常通俗的写实性，有时接近于怪诞，但也有几分幻想和讲究。它极少向我们展示普通的日常生活，更恰当地说是展示社会底层的历险，与骑士的历险一样富有传奇性。社会底层的历险与骑士的历险相互对应，形成了极端的对比。禁欲主义和对感性之美的热爱，写实性和幻想性，骄傲和虔敬，通俗性和精致的审美，所有这些反差都存在于西班牙文学的"黄金世纪"之中。"黄金世纪"几乎不能被称为一种文艺复兴时期的文学，因为它完全缺乏古典时代作品的那种和谐的平衡，而其他地方的文学则从这种平衡中得到过启发。西班牙"黄金世纪"文学并没有对悲剧和喜剧的清楚划分，也并不熟悉在其他地方的文学中发展出的乐观和实用的内容，处于极端的理想主义和深刻的幻灭（desengaño[1]）的反差之中。这一反差也是这个时代特有的对照之一。即使从时间上讲，这种文学也不再属于文艺复兴时期，因为它直到16世纪下半叶才得到充分发展，其鼎盛时期一直持续到17世纪下半叶，而此时西班牙的实力已经大打折扣。西班牙"黄金世纪"文学更多地是一种反宗教改革的文学，或者用一个因艺术史家们变得流行的说法，这是巴洛克的文学，即它的美在于种种反差的相互作用和相互对抗。这种文学的三种主要体裁是抒情诗、戏剧和叙事散文。

1）16世纪的抒情诗始于意大利风格（*italianisme*）的新一轮流入，由胡安·博斯坎（Juan Boscán）[2]开创。他出生于加泰罗尼亚，后来在一位意大利朋友的建议下，抛弃了西班牙的中世纪形式，转而模仿意大利的形式。他出色地翻译了卡斯蒂廖内的关于完美骑士的著作[3]（见第151页）。意大利风格的主要代表是加尔西拉索·德·拉·维加（Garcilaso de la Vega, 1501—1536）。他是西班牙第一位伟大的抒情诗人，所作的十四行诗、田园诗、哀

---

1 西班牙语，有"幻灭""醒悟""失望"等意思。
2 全名为胡安·博斯坎·阿莫加维尔（Juan Boscán Almogáver, 约1490—1542），用卡斯蒂利亚语为创作语言的加泰罗尼亚诗人，生于巴塞罗那。他本人并不是一位大诗人，却有着重要的历史意义，因为他将当时流行于意大利的每行十一音节的十四行诗引入西班牙诗坛。这一尝试促使他的年轻朋友西班牙大诗人加尔西拉索·德·拉·维加效仿他。两人去世后的1543年，由博斯坎遗孀整理的两人作品合集出版，产生了很大影响，使得彼特拉克体诗歌在其后一个多世纪的西班牙诗坛居于主导地位。
3 指《廷臣论》。博斯坎的西班牙语译本出版于1534年，是西班牙文艺复兴时期极具影响力的一部著作，本身也是优美的散文作品。

歌和歌谣（canzoni）[1]有着明显的意大利形式，却成为随后一个时期西班牙抒情诗的典范。他的诗被评论和模仿，而保守派的反应尤其以卡斯蒂列霍（Castillejo）[2]为代表。此人是一位优雅的、具有讽刺性且有时非常写实的诗人，坚持西班牙的旧有形式，并没有产生持久的影响。

其后的发展则是基于意大利的种种形式，还有人文主义和柏拉图主义，同时也引入了一位西班牙式天才所特有的神秘主义倾向和艺术的诸多考究。生于塞维利亚的费尔南多·德·埃雷拉（Fernando de Herrera，1534—1597）是一位极富艺术性，也极有学识的诗人。在他的作品中，彼特拉克主义、柏拉图主义和《圣经》的影响相互融合。与后一代人的诗句相比，他的优美而富有音乐性的语言却显得近乎简朴。他的同时代人路易斯·德·莱昂（Luis de León，1527—1591）也是如此。莱昂是萨

---

[1] 歌谣（canzone，复数为canzoni），这个术语涵盖多种中世纪普罗旺斯和意大利抒情诗，其中最有影响的形式是彼特拉克体歌谣，特点在于包含五个或六个诗节，结尾的献词（envoi）则是半个诗节。除结尾之外，各个诗节的长度相同，从七行到二十行不等。在彼特拉克《歌集》的366首诗中，除了317首是十四行诗之外，有29首均是歌谣。

[2] 克里斯托瓦尔·德·卡斯蒂列霍（Cristóbal de Castillejo，约1490—1550），西班牙诗人，是专门使用中世纪八音节诗句写作的最后一批西班牙诗人之一，亦最先对胡安·博斯坎和加尔西拉索·德·拉·维加模仿意大利诗体进行革新展开批评，为传统的西班牙格律的优越性辩护。他的作品还包括1542年出版的色情诗集《爱情的说教》（Sermón de amores），该诗集的一部分曾因其对《圣经》文字的使用而被宗教裁判所查禁。

拉曼卡（Salamanca）[1]大学的神学教授，因其对《旧约》拉丁文本的看法而长期受到宗教裁判所的迫害。他是一位研究希伯来语的学者，同时也是希腊拉丁诗人的翻译者，还是一位抒情诗人。他所写的最美的诗句兼有哲学和宗教意义，讲述了世界的虚无和使灵魂触碰上帝的热望。胡安·德·拉·克鲁斯（Juan de la Cruz, 1542—1591）的诗句有着更富于激情也更加深刻的神秘主义色彩。他是西班牙最伟大的神秘主义者，而他的热诚往往以田园诗的象征主义或者《雅歌》的形式呈现：耶稣是充满爱意的牧羊人，为了他的情人即人类灵魂而牺牲，或者说，耶稣是新郎，人的灵魂是他的未婚妻。这一代人中的三位伟大诗人（埃雷拉、路易斯·德·莱昂、胡安·德·拉·克鲁斯）好似构成了一个内在的、柏拉图式和神秘主义的冥想的上升阶梯，以彼特拉克体的形式呈现，有时也呈现为田园诗的形式。这一时期的宗教诗还产生了一部匿名的杰作，即一首十四行诗（No me mueve, mi Dios...[2]），表达了这样的思想：即便没有天国的保证和地狱的恐吓，灵魂也会被上帝之爱所吸引。

随后一代人的抒情诗明显是巴洛克式的，也就是说，在表达上极为讲究，倾向于运用强烈的对照，往往以崇高的风格处理一些在我们看来浅薄而愚蠢的主题，或者用怪诞的风格处理英雄和神话主题，喜用各种华丽的辞藻、机智的俏皮话和复杂精细的

1　萨拉曼卡位于西班牙西部，属于卡斯蒂利亚-莱昂（Castilla y Leon）自治区，是历史悠久的古城。萨拉曼卡大学是欧洲最古老的大学之一。

2　此句为该诗的首行，该诗因其首行闻名。意思是：这并不感动我，我的上帝……

符号体系。有几位诗人在新旧两代人之间形成了某种过渡，其中包括洛佩·德·维加（Lope de Vega）。他是一位伟大的戏剧诗人，却也创作了很多抒情诗，往往非常优美，风格大抵不像伟大的"警句主义者"（conceptistes）或"夸饰主义者"（cultistes）那样做作。这两种表达构成了西班牙巴洛克诗歌的特征：警句主义（conceptisme）追求思想的精微之处（agudezas）[1]，夸饰主义（cultisme）[2]则在言语中对此有追求，也就是对定语（épithètes）、隐喻、新异的比较等。夸饰主义允许使用新词，改变词语含义，也允许运用夸张手法，往往采用很随意的句子结构，且有意变得晦涩。警句主义和夸饰主义都不是全新的现象。古人的修辞学便已创造出"句式和词汇的修辞"（figurae sententiarum et verborum）[3]，普罗旺斯诗人和彼特拉克也已运用过这些手法。经院哲学以其缜密的逻辑推理，神秘主义以其种种对照，都推动了警句主义的发展。但是，17世纪的西班牙人确确实实把这两种倾向推到了极致。在警句主义者中，最重要的诗人是弗朗西斯

---

[1] 此处的"精微之处"法语原文为 raffinements，奥尔巴赫特意又附上西班牙语的 agudeza（复数 agudezas），有"敏锐""锐利"的含义。

[2] "警句主义"和"夸饰主义"在西班牙语中分别为 Conceptismo 和 Cultismo，后者在专指以贡戈拉为代表的16世纪末至17世纪夸饰主义文风时也拼作 Culteranismo。

[3] Figurae verborum 即指隐喻、拟人之类，对应英语的 figures of speech（言语形象），figurae sententiarum 即指排比、对呼之类，对应英语的 figures of thought（思维形象）。这里的"古人"主要指昆体良（Marcus Fabius Quintilianus），参见《雄辩术原理》（*Institutio oratoria*），第9卷，第三章，第1节。

科·德·克维多（Francisco de Quevedo, 1580—1645）[1]。此人想象丰富，天赋异禀，是一位博学的外交官和大臣，曾写过小说、讽刺诗、圣徒生平、抒情诗以及其他很多作品。他的生活动荡不安，总的来说相当不幸。他的讽刺性和写实性的诗句，有时带有冥想性和奉献精神，往往非常优美。至于夸饰主义，它是由一位1610年英年早逝的诗人卡里略[2]开创的，并因路易斯·德·贡戈拉（Luis de Góngora, 1561—1627）而达到巅峰。此人是诗歌史上最奇特也最杰出的天才之一。也正是因为他，夸饰主义有时也被称为贡戈拉主义。贡戈拉起初模仿埃雷拉的相对古典的风格，却从1611年起改变了风格，可能是受到卡里略的影响。他后期风格的主要作品《孤独》(*Las Soledades*)尽管晦涩难懂，却具有奇特的暗示性，甚至很有味道。近年来，这些作品吸引了一些最具现代性和最为卓越的评论家的注意。在好几位诗人笔下，可以察觉到对警句主义和夸饰主义的某种反抗，其中最著名的是阿亨索

---

[1] 弗朗西斯科·德·克维多，西班牙"黄金世纪"时期的讽刺大家，著述宏富，作品格调不一，种类繁多，包括叙事文、戏剧和诗歌等等，是熟练运用"警句主义"的语言大师。传世名著包括流浪汉小说《骗子外传》(*La vida del buscón*)、幻想作品《梦》(*Sueños*)等等。
[2] 路易斯·卡里略·伊·索托马约尔（Luis Carrillo y Sotomayor, 1585—1610），西班牙诗人，"夸饰主义"的代表人物，代表作为长诗《阿客斯和伽拉苔亚的寓言》(*Fábula de Acis y Galatea*)，诗论《诗学发凡》(*Libro de la erudición poética*)总结了"夸饰主义"的美学追求。

拉（Argensola）兄弟[1]。

在艺术性的抒情诗之外，这一时期的通俗诗也颇为兴盛。通俗诗不同于艺术性诗歌，因为它不是用于阅读或朗诵，而是在诗琴（luth）和后来的吉他伴奏下演唱。诗句中的音节数不规则，诗的题材要更为大众化，语言也更简单。最后，通俗诗总是有一种主题叠句即埃斯特里比略（estribillo）。通俗诗有好几种形式，其中最重要的是村夫谣（villancico）[2]和谣曲（romances）。

2）在15世纪末以前的西班牙戏剧（见第133页）中，只有极少的作品具有永久价值。著名的《卡利斯托和梅利贝娅的悲喜剧》(*Tragicomedia de Calisto y Melibea*)[3]与其说是戏剧，不如说是一部以对话体写成的篇幅较长的短篇小说。不过，胡安·德尔·恩西纳（Juan del Encina）从1492年开始的活动值得我们关注。他是牧师、音乐家和剧作家，似乎开创了西班牙语戏剧，还通过其模仿者吉尔·维森特（Gil Vicente）开创了葡萄牙语戏剧。恩西纳写过一些宗教性和世俗性的诗体短篇剧本，他的继承者有16世纪上半叶的托雷斯·那阿罗（Torres Naharro）和下半叶的胡安·德·拉·库埃瓦（Juan de la Cueva）。他们更多地朝着大

---

1 卢佩西奥·莱昂纳多·德·阿亨索拉（Lupercio Leonardo de Argensola, 1559—1613）和巴托洛梅·莱昂纳多·德·阿亨索拉（Bartolomé Leonardo de Argensola, 1562—1631）兄弟两人都深受贺拉斯的影响，风格节制，反对过分的雕饰。两人的诗作于1634年由弟弟巴托洛梅的侄子结集出版，其中有不少脍炙人口的篇目。

2 村夫谣（Villancico）是一种西班牙歌曲体裁，也音译为"比良西科"。

3 即《赛莱斯蒂娜》一书的原标题。

众化和民族化的方向把这些胚芽发扬光大，而不是通过学术的方式来模仿古人。

西班牙语戏剧通过混合悲剧和喜剧，并运用纯粹西班牙的主题和精神，从而完全变得大众化。伟大的塞万提斯曾写过一些剧本，预示了日后的发展。但是，戏剧的繁荣期要从一位比他小十五岁的同时代人算起。这就是费利克斯·洛佩·德·维加·卡皮奥（Félix Lope de Vega y Carpio，1562—1635）[1]。这是一位极为高产的诗人，曾写过一千五百部喜剧，其中有五百部被保留下来。除此之外，他还写过多部宗教剧和幕间剧（entremeses）。卡皮奥也写过多部小说和短篇小说，一部混合了小说和喜剧的散文作品《多洛提亚》（Dorotea），另外还有几部史诗，以及众多的抒情诗。在所有的欧洲大诗人中，卡皮奥毫无疑问是写得最自然轻松的一位。他极为擅长即兴发挥，对语言之美、戏剧效果，尤其是对西班牙民众的心理有着天生的直觉。这个受众群体所感兴趣的主题，如宗教、荣誉、爱国主义和爱情，很自然地充满了他的灵魂。他的想法和感受与他的受众一样，而很少有作家能够总是与读者保持和谐关系，并总能得到后者的喜爱和认可。卡皮

---

[1] 通称洛佩·德·维加，西班牙杰出的剧作家，黄金世纪文学的杰出代表，据说写过1800余部剧本和数百部较短的戏剧作品，今存431部剧本和50部短剧。他的剧作大致可以分为两类，一类是以民族故事或传说为基础的历史英雄戏剧，如《国王是最好的法官》（El mejor alcalde, el rey）和《羊泉村》（Fuenteovejuna），另一类则是描绘同时代世态人情和阴谋事件的袍剑（capa y espada）剧，如《园丁之犬》（El perro del hortelano）、《农夫的房舍是他的城堡》（El villano en su rincón）等等。

奥之所以如此，也因为他完美地代表了那种完整的现实主义和哀婉动人、喜欢冒险、富有骑士精神的幻想主义的混合体，这种混合体使得现实主义永远无法变得实用和日常。然而另一种混合体也同样奇异，它将关乎爱情和荣誉的热烈激情，与不可动摇的虔诚、没有丝毫怀疑的信仰以及对他而言几乎司空见惯的神秘主义情感相统一。西班牙喜剧完全基于对照。骑士的英雄主义和丑角（Gracioso，即喜剧中的滑稽人物）的现实主义相对立，后者具有人之常情和朴实无华的道德观。神秘的虔诚和人的激情相对立。在人的激情中，荣誉和爱情相对立，而荣誉又与嫉妒心密切相关。洛佩·德·维加的喜剧常常非常抒情，又不失戏剧性。其中的心理活动相对简单，仅限于少量动机，却绝对符合观众的心理。这可以说是一种面向大众的文学，却也是此种文学在欧洲大陆的最为完美的典型。他的语言有着巴洛克式的夸张性和警句主义，却也不失通俗性。西班牙的人民喜欢夸张的词句，对隐喻也早已十分熟悉。戏剧诗人将喜剧分为两种：一种是袍剑（capa y espada）喜剧，采用同时代题材，用当时的服装表演；另一种是剧场的喜剧（Comedias de teatro）[1]，也被称为感官的（de cuerpo）或声效的（de ruido）喜剧，采用历史和传说等题材，并要求特制的服装。不用说，即使是第二种喜剧，其精神和情感也具有朴素的西班牙特质。

在喜剧之外，还有另外两种非常重要的戏剧形式：幕间剧是

---

[1] 与重剧情的袍剑喜剧相对的重舞台特效的喜剧。

喜剧各幕之间上演的怪诞滑稽剧，塞万提斯就曾写过好几部非常优美的幕间剧[1]；圣礼剧（autos sacramentales，"剧"[auto]一词与"幕"[acte]同源）是关于圣餐之奥秘的宗教剧。各种《圣经》的、历史的甚至是当代的主题被改编，并借助形象化的表演，旨在赞美和解释这一奥秘并展现其奇迹般的力量。17世纪是圣礼剧的极盛时期，洛佩·德·维加写过四十多部，卡尔德隆写得更多。此类戏剧延续了中世纪礼仪剧和神秘剧（见第112页及以后）的传统，并在形象化的表达和崇高与现实的混合方面与之相似。尽管如此，前者还是以其更简洁的形式和更明显的教理宣导目的而与后者有所不同。

在与洛佩·德·维加同时代的戏剧诗人中，我们可以举出纪廉·德·卡斯特罗（Guillén de Castro, 1569—1631），他的《熙德之歌》（*Las mocedades del Cid*）是高乃依《熙德》的范本。还可以举出蒂尔索·德·莫利纳（Tirso de Molina, 1570—1648），一位风趣且有些古怪的诗人，喜爱讽刺。他可能是《塞维利亚的嘲弄者》（*El burlador de Sevilla*）的作者，这是第一部以唐璜——不信神的勾引者——的故事为题材的剧作，而莫扎特的歌剧让唐璜变得广为人知。另外还有胡安·鲁伊斯·德·阿拉尔孔

---

1 参见《喜剧和幕间剧各八种》（*Ocho comedias y ocho entremeses nuevos, nunca representados*, 1615）

(Juan Ruiz de Alarcón，约1581—1639）[1]。他是一位愤世嫉俗的诗人，比同辈作家要更加庄重。他在同时代人中没有取得很大的成功，却产生了一定的影响，尤其是对法国戏剧（高乃依的《说谎者》即改编自阿拉尔孔的戏剧）。在其后的一代人中，最伟大的戏剧诗人是佩德罗·卡尔德隆·德·拉·巴尔卡（Pedro Calderón de la Barca，1600—1681）[2]。巴尔卡远不像洛佩那么天真率直，对艺术的构想也远不像洛佩那么大众化，但是他也极为成功。他是一位具有自觉意识的艺术家，按照某种计算过的、有时相当复杂且总是带有丰富变化的节奏，将诸多场景和片段组合在一起，深入钻研各种问题，特别是宗教问题，并通过象征和梦境，往往还通过恐怖，把情节置于一种充满暗示性的半明半暗的氛围之中。这使他成为最受19世纪浪漫主义诗人仰慕的典范之一。与洛佩·德·维加相比，巴尔卡更有学问，更敏锐，贵族气质更是远

---

[1] 胡安·鲁伊斯·德·阿拉尔孔，殖民地时期的西班牙籍墨西哥戏剧家，继洛佩·德·维加和蒂尔索·德·莫利纳之后17世纪上半叶西班牙的主要戏剧家。他生于墨西哥，1600年到西班牙萨拉曼卡大学读书，两年后又到墨西哥大学深造，从1611年起定居西班牙，先后担任多份政府公职，业余从事戏剧创作，总共写过大约25部戏剧。他的多部作品均取材于在马德里的生活，有着精巧的结构和细腻的心理描写，如《可疑的真理》(*La verdad sospechosa*)、《隔墙有耳》(*Las paredes oyen*)、《允诺的证据》(*La prueba de las promesas*) 等等。

[2] 佩德罗·卡尔德隆·德·拉·巴尔卡，通称为卡尔德隆，是继洛佩·德·维加之后西班牙黄金时代最伟大的剧作家，从1623年开始为宫廷写剧本，一生共创作百余部世俗剧，如《医生的荣誉》(*El médico de su honra*)、《人生是梦》(*La vida es sueño*)、悲剧《萨拉梅亚的镇长》(*El alcalde de Zalamea*) 和代表作《空气的女儿》(*La hija del aire*)。

胜于前者，但或许没有那么强大和完整。

3）16世纪初产生了两部重要的叙事性散文作品。加尔西·罗德里格斯·德尔·蒙塔尔沃（Garci Rodríguez de Montalvo）作于1508年的《高卢的阿玛迪斯》（见第132页）成为所有骑士小说的典范。塞万提斯曾嘲笑所有骑士小说，却把蒙塔尔沃的《高卢的阿玛迪斯》视为例外。另一部重要作品则是令人赞赏的《卡利斯托和梅利贝娅的悲喜剧》，更为通行的名字是《赛莱斯蒂娜》。此书于1500年出版，被认为是费尔南多·德·罗哈斯（Fernando de Rojas）所作。尽管这部作品有着戏剧的形式并分为21幕，但它实际上是一部对话体短篇小说，讲述了一个不幸的爱情故事，非常有现实感，其主要人物是媒人赛莱斯蒂娜。这让人想起希塔大主教作品中的特罗塔柯文托斯（见第132页）。这里体现了一个古老的传统，其典范是奥维德的情欲诗[1]和一部12世纪的拉丁语戏剧《潘菲勒斯》（*Pamphilus*）。在撰写"散文体情节"《多洛提亚》时，洛佩·德·维加可能也受到了《赛莱斯蒂娜》的影响，人们曾在其中找寻自传性特征。

查理五世时期的一位著名作家是安东尼奥·德·格瓦拉（Antonio de Guevara）。他写过一部关于罗马的哲学家皇帝马可·奥勒留的历史和教导性小说。其后，有几种体裁的小说得到了发展，如田园小说、带有历险情节的爱情小说、西班牙特有的

---

[1] 指古罗马诗人奥维德（Publius Ovidius Naso，前43—17）的代表作《爱的艺术》（*Ars amatoria*）。

现实主义小说即流浪汉小说[1]，以及骑士小说。至于模仿桑纳扎罗（见第150页）的田园小说，其代表作是豪尔赫·德·蒙提马约尔的《恋爱中的狄亚那》(1542)。这一体裁非常成功，最伟大的诗人都尝试过，如塞万提斯的《伽拉苔亚》(*Galatea*, 1585)和洛佩·德·维加的《阿卡迪亚》(*Arcadia*, 1599)。在整个叙事性文学中，短篇小说和田园片段比比皆是。直至18世纪末，在爱情诗中，对乡村背景的趣味在欧洲各地都很流行。带有历险情节的爱情小说基于人文主义者所珍视的希腊典范，尤其是公元3世纪的作家赫利奥多罗斯（Héliodore）所写的《特阿革涅斯与卡里克勒亚》(*Théagène et Chariclée*)。从16世纪中叶起，这一体裁得到了极大发展。塞万提斯的最后一部作品《贝雪莱斯和西吉斯蒙达历险记》(*Persiles y Sigismunda*, 1617)和洛佩的《朝圣者在自己的国家》(*El peregrino en su patria*, 1604)都可以与它联系起来。

在西班牙，现实主义小说采用了一种非常特别的形式，这就是流浪汉小说，是一个小男孩或者一个很贫穷、很机灵且品行可疑的青年男人的传记。他的种种冒险、坏把戏和经历引发了对社会各阶层的讽刺性批判和对底层社会的描绘。在最出色的作品中，所有这些都极为鲜活，而且是基于西班牙生活的现实。在现实中，任何阶层都不会把有规律的工作当成理想。然而，这种体裁过于秀美如画，无法成为现代意义上的现实主义。流浪汉小说通过强烈的反差与骑士和田园小说相对立，但是它同样具

---

[1] 西班牙语为 Novela picaresca。

有幻想性。这组作品中的第一个典型是《小癞子》[1]（*La vida de Lazarillo de Tormes*，1554）。这是一本小书，作者不详。在其后出版的大量流浪汉小说中，值得一提的有马特奥·阿莱曼（Mateo Alemán）的《古斯曼·德·阿尔法拉切》（*Guzmán de Alfarache*，1599；第二部分，1604），有我们在讲警句主义诗人时曾提及的同一位克维多所作的《骗子外传》（*La vida del Buscón*，1626）[2]，还有萨拉斯·巴尔瓦迪略（Salas Barbadillo）的《赛莱斯蒂娜之女》（*La hija de la Celestina*，1612），其中讲述了一位女性流浪者（picara）的故事。流浪汉小说风靡一时，引得其他很多欧洲国家纷纷效仿，如法国勒萨日（Lesage）的《吉尔·布拉斯》（*Gil Blas*）[3]。但在模仿《阿玛迪斯》的众多骑士小说中，没有一部值得一提。而一部强有力的讽刺小说摧毁了这种体裁，成为西班牙

---

1 此书被视为世界各国流浪汉小说的鼻祖，这里采用杨绛的中译名，参见《小癞子：托美斯河上的小癞子，他的身世和遭遇》，杨绛译，人民文学出版社2013年版。西班牙语全名为 *La vida de Lazarillo de Tormes y de sus fortunas y adversidades*。

2 这里采用吴健恒的中译名，参见《西班牙流浪汉小说选》，杨绛、吴健恒、张云义译，人民文学出版社1997年版。西班牙语全名为 *Historia de la vida del Buscón, llamado don Pablos; ejemplo de vagamundos y espejo de tacaños*，即《流浪汉的典型，狡诈鬼的镜子，骗子堂巴勃罗斯的生平事迹》。

3 阿兰-勒内·勒萨日（Alain-René Lesage, 1668—1747），Lesage 也拼作 Le Sage，法国讽刺剧作家，作品众多，如散文作品《瘸腿魔鬼》（*Le Diable boiteux*）、喜剧《主仆争风》（*Crispin, rival de son maître*）等，最著名的作品则是流浪汉小说《吉尔·布拉斯》，全名为《吉尔·布拉斯·德·桑蒂利亚纳传》（*L'histoire de Gil Blas de Santillane*）。在这部作品的影响下，流浪汉小说成为欧洲文学中的一种时髦形式。

171 文学中最著名的作品，这就是米格尔·德·塞万提斯·萨韦德拉（Miguel de Cervantes Saavedra，1547—1616）所作的《聪明绝顶的来自曼查的绅士堂吉诃德大人》（*El ingenioso hidalgo don Quijote de la Mancha*）的故事。《堂吉诃德》的第一部分于 1605 年发表，第二部分则于 1615 年发表。塞万提斯最初是一名军人，在勒班陀（Lepanto）战役中受重伤，并在阿尔及利亚做了五年的俘虏。回到西班牙以后，他的生活很是艰难困苦。我们已经谈到过他的喜剧和幕间剧，还有他的小说《伽拉苔亚》和《贝雪莱斯》。他的代表作是《堂吉诃德》和《警世典范小说集》[1]（*Novelas ejemplares*）。《堂吉诃德》首先是对骑士小说的讽刺，塞万提斯直击其本质：相对于骑士制度真正发挥作用的时代而言，这种骑士理想所处的世界早已完全改变。然而，塞万提斯让他的主人公持续与现实相对立。这一现实与那种活在他想象中的现实毫无关系，而后者又是如此根深蒂固，以至于任何失望、任何经历都难以使他醒悟。塞万提斯安排桑丘·潘沙（Sancho Panza）做他的侍从，而这个农民有着注重现实的明智通达，又对他的主人的种种观念和诺言怀有不可动摇的信心。通过这种安排，塞万提斯超越了对骑士小说的单纯讽刺。他的作品变成了西班牙民族的鲜活象征，象征着他们高贵而辉煌的幻想，也象征着他们以特别的方式将这种幻想与现实主义相结合，甚至还不止于此。他的作品象

---

[1] 塞万提斯各部作品的中译名均以《塞万提斯全集》，杨绛等译，人民文学出版社 2018 年版为准。

征着人的一切高贵幻想，以及人的生命的壮阔和虚幻。

如那个时代的大多数长篇小说一样，《堂吉诃德》这部小说穿插着短篇小说和各种体裁的抒情段落。在此之外，塞万提斯还写过十二篇《警世典范小说》(*Novelas ejemplares*，1613)。在西班牙，novelas一词被不加区分地用于我们所说的"小说"(roman)和"短篇小说"(nouvelle)。"警示典范小说"是短篇小说，且与薄伽丘的短篇小说一样，是该体裁在欧洲的经典范例。与《十日谈》中的短篇小说相比，"警示典范小说"的篇幅要更长，却没有那么甜美和悦耳。可以感觉到，这些小说受到一种更加坚定而刚强的精神的鼓舞。在其后的短篇小说作者中，我们可以提及风趣的故事家卡斯蒂略·索罗尔萨诺（Castillo Solórzano），克维多极具讽刺性的《梦》(*Sueños*，1627)，还有路易斯·贝莱斯·德·格瓦拉（Luis Vélez de Guevara）的《瘸腿魔鬼》(*El diablo cojuelo*，1641)。勒萨日就在其《瘸腿魔鬼》(*Le Diable boiteux*)中模仿了格瓦拉的作品。

与散文体叙事诗的这一高潮相比，诗体史诗在西班牙黄金世纪并不很重要。最著名的史诗是埃尔西利亚（Ercilla）[1]的《阿劳

---

1 全名为阿隆索·德·埃尔西利亚·伊·苏尼加（Alonso de Ercilla y Zúñiga，1533—1594），西班牙军人和诗人，代表作《阿劳加纳》分为三大部分，共有37诗节，于1569—1589年间出版，是最杰出的西班牙文艺复兴史诗，也是第一部描写美洲的史诗。作者本人作为西班牙军官曾是殖民者阵营的一员，但是他的这部作品却着重刻画了失败的阿劳坎印第安人，将现实中的战斗与维吉尔、阿里奥斯托、塔索等人笔下的人物和场景相融合，对阿劳坎人的高贵特质和英勇精神表现出深切的同情。

加纳》(*La Araucana*，1569)，讲述了智利原住民对抗西班牙人的英勇战斗，作者曾作为西班牙军官参加了这些战斗。伊比利亚半岛最美的史诗出自葡萄牙，这就是路易斯·德·卡蒙斯（Luís de Camões）的《卢济塔尼亚人之歌》(*Os Lusíadas*，1572)。这是一部宏大的海洋史诗，歌颂了瓦斯科·达·伽马（Vasco da Gama）绕过非洲的旅行，以及葡萄牙殖民印度的历程。

4）在本章的结尾，我将就西班牙的道德主义说几句话。这种道德主义有着颇为独特的性质，偏爱那种短小、优雅且有些晦涩的概览。这肯定是受到了16世纪颇为盛行的"题铭"（devise）技法的影响，即对象征性图案（empresas, emblemas）的精神性和片段式解读。在17世纪西班牙最杰出的道德家中，有写过《上帝的政治与基督的治理》(*Política de Dios y Gobierno de Cristo*)和《莽汉马科》(*Marco Bruto*)的克维多，特别是还有巴尔塔萨尔·格拉西安（Baltasar Gracián，1601—1658）。后者是文学史上最为精致的文体家之一，也是一位悲观主义者和一个保守派。他的格言试图以信仰、对世界的轻视、敏锐的心灵和对自我的把控为基础，勾勒出一个完美的人的形象。他的最成熟的著作是《批评家》(*El Criticón*)，首次发表于1651年。格拉西安的作品产生了很大的影响，甚至在西班牙以外也是如此。

从17世纪下半叶开始，由于国家经济和政治的衰退，西班牙文学亦陷入没落，直至19世纪才得以复兴。

C. 现　代

I. 17 世纪法国古典主义文学

在 17 世纪，绝对君主制的巩固、行政管理的中央集权以及邻国的软弱使得法国在欧洲拥有了霸权。其结果是，法国的文明、语言和文学变得至高无上，几乎未受挑战，这一情况一直持续到 18 世纪末，甚至到了 19 世纪，法国文明仍在欧洲占据主导地位。

在亨利四世及其继任者的统治期间，各种试图从内部反对专制主义的力量，如新教、封建主义和大资产者，均受到压制。这主要归功于亨利四世之子路易十三的首相、枢机主教黎塞留强有力的政策。路易十三逝于 1643 年，几乎与黎塞留逝于同一时间。在路易十三逝世后漫长的摄政期内，议会中的大资产者和一些大领主进行了最后一次反抗专制主义的尝试，却未能成功，这就是"投石党运动"（La Fronde，1648—1653）。这场运动缺乏指导思想，且因为各类阴谋诡计而颇为复杂，矛头直指黎塞留的继任者——枢机主教马扎然。马扎然去世（1661 年）后，年轻的国王路易十四通过将行政管理中央集权化，延续并完成了前任的工作。他通过自己的官员来治理国家，甚至试图指导国家的经济生活。这是中世纪那种各行各业独立存在的行会结构的彻底消亡，亦是中央集权组织的胜利。国王是国家的中心，一切都要向他汇聚。现在让我们按时间顺序列举一下这个世纪的各个统治时期：亨利四世，1610 年被暗杀；路易十三，1610 至 1643 年，先是由母亲玛丽·德·美第奇摄政，从1624年起则以黎塞留为全权大臣；路易十四，1643至1715年，先是由母亲奥地利的安妮（Anne d'Autriche）监护，以马扎然为首相，并在马扎然死后迎来了"路易十四的世纪"（siècle de Louis XIV）[1]。权力的巩固让法国得以在欧洲推行非常积极的政策。当英国正在经历宗教和政治危机时，当西班牙的力量正在耗尽时，当德国正在被三十年战争及其后果全面破坏时，法国凭借军事力量和经济体量成功地扩张领土，建立政治霸权。

从各个角度看，17世纪可以被划分为两个截然不同的部分。第一部分持续到马扎然去世，涵盖了亨利四世、路易十三和路易十四的未成年期。这一时期的专制主义仍然有反对者，不时发生动乱。在这一时期，宫廷的至高地位还没有牢固确立，还不是文学艺术生活的中心，而公众的趣味和精神也仍然犹豫不决，游移不定。第二部分则涵盖了路易十四的统治期，此时专制主义已没有任何挑战，国王主宰着国家的全部政治和思想活动，而公众的精神、倾向和趣味，也都被明确界定。在本世纪的大人物中，笛卡尔和高乃依属于第一个时期，拉罗什富科和帕斯卡尔属于过渡阶段，而拉封丹、莫里哀、波舒埃[2]、布瓦洛、拉辛、拉布吕耶尔

---

[1] 此处引用伏尔泰的著作名，参见伏尔泰，《路易十四时代》（*Le Siècle de Louis XIV*），吴模信、沈怀洁、梁守锵译，商务印书馆1996年版。

[2] 雅克-贝尼涅·波舒埃（Jacques-Bénigne Bossuet, 1627—1704），以演说著称的法国主教和神学家，致力于捍卫法兰西教会权利，反抗罗马教宗的权威，而今主要以其文学作品特别是各类布道词和悼词而为人所知。

和费内隆则属于路易十四的世纪。现在，让我们试着跟随每一位人物走过这两个阶段，以便对其主要潮流加以描绘。

1）在文学语言的发展方面，17世纪从一开始就激烈地反对16世纪的精神，反对词汇的过分丰富、句法的混乱、意大利风格以及诗歌形式的混乱状态。诚然，在这一领域内，17世纪也如16世纪一样倾向于模仿古典时代，而它的美学亦是一种基于典范的美学，也即把艺术之目的视为对完美典范的模仿。这种典范实际上就是伟大的希腊-拉丁时代的语言和文学，其作品被视为与自然本身相符合，故而模仿自然的这一思路实际上与模仿古典时代相吻合。但是，在这种模仿中，17世纪（在这一点上，17世纪明显与16世纪相对立）在发展时带有一种秩序、批评和选择的精神。17世纪尽管也像此前的几代人一样，渴望一种基于古代语言之典范而形成的文学语言，却不接受俗语人文主义和七星诗社理论家所做的一切革新和试验。17世纪不再想模仿那些古典时代的意大利模仿者，而是想使模仿适应一种民族的和法国的形式。在此之外，16世纪出于丰富语言的需要（见第154页），曾广泛借鉴中世纪语言和各种方言，喜爱古老的和方言的用语，甚至喜爱民间语言和行业用语的风味，偏爱新词和依照希腊范例造出的词。17世纪反对所有这些倾向，所追求的目标是界定、编纂、分类、选择和形成趣味。

这种追求秩序和清晰的新精神的第一位代表人物是马莱伯

（François de Malherbe，1555—1628）[1]，他是诗人和批评家，有着极为敏锐和可靠的品味，思想上亦极为坦诚，只是他的观点有几分迂腐和狭隘。他使词汇变得纯洁，试图确定词语的含义和句法关系的确切价值。他为诗句结构（音节数、顿挫、韵脚、跨行）制定了规则，并从当时人所用的大量诗歌形式中选出了在他看来最适合法国人诗才的形式。他反对使用新词，反对使用方言的、民间的、陈旧的词，也反对使用带有意大利风格的词，以及各类过分夸大的用法。这并不是说他有意想要把文学语言与其民众基础分离开来。恰恰相反，他曾说过，要永远以民众的语言为典范，如"圣约翰的粗野之辈"（crocheteurs de Saint-Jean）。他的方法倒是像一个园丁，想通过对树木进行修整和剪枝，从土壤中汲取最美的果实。尽管如此，这也只是一座花园，而不再是田野、森林和山脉。马莱伯为文学语言或"上流社会"（bonne société）的语言和民众语言之间的区分奠定了基础。正是在他的影响下，法语的文学语言才开始成为它后来的样子，至今仍留有痕迹：这门语言的轮廓极为优雅而清晰，却有几分抽象，颇为保守，有时近乎干瘪。

中央集权式的语言专制亦始于马莱伯，他以一种不容置疑的方式规定，怎样的说法和写法是被允许的，不是关乎内容，而

---

[1] 弗朗索瓦·德·马莱伯（1555—1628），法国诗人和文学批评家，反对以龙沙为代表的"七星诗社"的审美追求，坚持纯正的用词、简洁的风格、严谨的格律以及克制的情感，为法国古典主义开辟了道路。他的诗作讲究和谐与力量，却缺乏想象力。

是关乎形式。我们常常看到，法国人在语言方面远不如在政治上那样富有变革精神。诚然，从马莱伯的时代起，就出现了某种反对意见。对他发起攻击的是"七星诗社"观念的最后一批支持者，特别是一位很有天赋的讽刺诗人马蒂兰·雷尼耶（Mathurin Régnier）[1]。还有 17 世纪初的其他一些诗人，对马莱伯的告诫并不在意。亨利四世和路易十三时期的贵族社会和宫廷并未从马莱伯式的高雅趣味（bon goût）和明智通达（bon sens）中学到多少。但是，由于这些团体拿不出任何强有力的、坚实的或者备受欢迎的事物来反对马莱伯的革新，而只有传奇和怪异的事物，他们便没有产生持续性的影响。从 1620 到 1650 年，纤巧之风（préciosité）[2]曾享有很高的声誉，这即是极端彼特拉克主义的法国形式，偏爱语言的文雅，特别是一些考究的隐喻和类比。尽管这种纤巧之风反对马莱伯的革新精神，可是它让上流社会习惯于

---

[1] 马蒂兰·雷尼耶（1573—1613），法国讽刺诗人，深受贺拉斯、尤维纳利斯、阿里奥斯托和龙沙等人的影响，作品多使用法语口语，富有节奏感。他的代表作是出版于 1609 年的《玛赛特》（Macette）。该剧使用亚历山大体诗句有声有色地描绘他那个时代的典型人物，堪与莫里哀的《达尔杜弗》相提并论。雷尼耶还是一位敏锐的文学批评家，强烈反对马莱伯的诗歌理论，主张诗歌创作要追随灵感，参见《讽刺诗》（Satires）第九首"致拉潘先生"（À Monsieur Rapin）。

[2] 纤巧之风是 17—18 世纪法国沙龙的特有词汇，是贵族文化精致化的体现。这个词有"高雅""风雅"的意思，用于形容那些有教养、有身份的女雅士和女才子，也有"矫揉造作""装腔作势"的贬义，如莫里哀的喜剧《可笑的女才子》（Les Précieuses ridicules）。这里处理成"纤巧之风"，尽量还原时代语境，保持中性色彩。

精雕细琢的表达，其效果反而有助于他的革新。

法兰西学士院的活动完全秉承了马莱伯的传统。学士院于 1634 年由黎塞留创立，其主要成果《法兰西学士院词典》(*Dictionnaire de l'Académie française*) 直至 17 世纪末才出版[1]，可是语言纯洁主义的影响从创立伊始就能感觉到。这种语言纯洁主义将一切不规则的和夸张的用语，还有一切有着浓烈风味的民间用语，都排除在外。在这些趋势中，可以区分出两种流派，往往同时存在并互为补充，但却出自不同的原理。前一种流派将习惯用法视为仲裁者，习惯用法也即上流社会的习惯用法，这在当时被称为"正人君子"（honnêtes gens）或者"宫廷和城市"（la cour et la ville）。沃热拉（Vaugelas）[2] 在该领域最有影响的著作《法语评述》(*Remarques sur la Langue Françoise*, 1647) 中就持这种观点。而沃热拉众多继承者中的大部分人，以及一般公众，也这样认为。另一种流派有着更严格的逻辑性，强调语言的理性结构（structure rationnelle），强调理性（raison）。这种考察语言的方式受到笛卡尔理性主义哲学的启发。笛卡尔哲学的精神远远超出了哲学家和学者的有限的圈子，促使语言表达变得更

---

1 《法兰西学士院词典》的第一版于 1694 年问世，至今已有九版。
2 克洛德·法夫尔，沃热拉大人（Claude Favre, seigneur de Vaugelas, 1585—1650），通称为"沃热拉"，法国语法学家，法兰西学士院的创始院士之一，为法国上流社会文学语言的标准化做出过重要贡献。作为朗布依埃侯爵夫人沙龙的一位常客，他习惯于对当时的各类言辞和作品进行评断，受到很多作家的敬重。沃热拉的代表作《法语评述》记录了很多在他看来优雅的惯用语，被同时代人奉为法语用法的圭臬。

加清晰明确，这种需求自马莱伯以来就有所显露。语言问题上的理性主义倾向在波尔-罗亚尔（Port-Royal）的《普遍唯理语法》[1]（*Grammaire générale et raisonnée*，见第181页）中体现得尤为强烈。该书由安托万·阿尔诺（Antoine Arnauld）和克洛德·朗瑟洛（Claude Lancelot）[2]撰写于1660年。总体而言，可以说，主张习惯用法的一派占据了主导地位。不过，由于这种习惯用法只属于少数极有教养的人，而这些人又极为明智通达，充满了理性，习惯用法便颇为合理。

在路易十四于1660年前后亲政时，这个充满了良好趣味且极为明智通达的少数群体已经完全成为了生活、语言和艺术形式的仲裁者。该群体在一切事物上都保持分寸，避免任何过分之举。国王本人就是这种精神的最完美代表，而法国古典主义文学最杰出的理论家也生活在国王身边。他就是马莱伯最著名的继承者尼古拉·布瓦洛-德普雷奥（Nicolas Boileau-Despréaux, 1636—1711）。布瓦洛同样具有那种精致而可靠的趣味，有些狭隘，颇为法式。此外，他也极有学识，对古典诗歌有着透彻了解。他还是一位机灵的讽刺诗人，才思敏捷，表达精确。这就让他的种种观念显得雄浑博大，熠熠闪光，即便这些观念本身并无新意。他的戒律并不局限于语言和诗句。布瓦洛像古代理论家一样强调诗

---

1 又称《波尔-罗亚尔语法》（*Grammaire de Port-Royal*）或《波尔-罗亚尔普遍语法》（*Grammaire générale de Port-Royal*）。波尔-罗亚尔修道院是詹森派的大本营，详见后文关于詹森派的部分。
2 克洛德·朗瑟洛（1615—1695），法国詹森派教士和语法学家。

歌各体裁之间的不同，并格外强调最主要的区别，即将所有悲剧性的事物与日常生活的现实主义明确分开。即使在喜剧中，只要情节发生在正人君子的圈子里，就要排除任何怪诞元素，排除所有粗俗的现实主义。这些只有在滑稽剧中才能被允许，而他又对滑稽剧极为反感。在布瓦洛看来，对体裁的三分法是一种具有合宜性（bienséance）的规则。这种三分法包含崇高的悲剧、由正人君子彬彬有礼的对话语言构成的喜剧，以及滑稽剧中怪诞而粗俗的现实主义。在滑稽剧的鬼脸之外，他无法设想其他的通俗现实主义。他很强调戏剧中的"三一律"（时间、地点、情节），而这不仅是因为古人的权威，也如他所言，是情理和逼真性的要求使然。在他看来，想象、幻觉的力量，还有"无知"的民众的愉悦，这些都不重要，只有智识上的合宜性和逼真性（vraisemblance）才是重要的。他在要求模仿自然时，用"自然"一词指的是正人君子的习惯和用法，而这些人会避免任何过分之举。依他的观点，古人都是标准的正人君子，且极具理性，故而他笔下的模仿自然同时意味着遵循理性，遵循正人君子和古人的用法。布瓦洛这个人颇为机智，很善于观察，在观念上坦诚而坚定，从不令人厌烦，与同时代人的感觉完全合拍，因此产生了巨大影响。在一个多世纪的时间里，他是欧洲趣味的决断者。

2）在我们关于文艺复兴的章节中（见第141—142页），我们曾谈过现代公众形成的最初迹象。在17世纪的法国，这一进程得以延续，并走向了一个颇为特别的方向。16世纪时，文学或是学术性的，或是通俗性的，有时两者同时存在。在法国，在随后的一个世纪里，"学者"（savant）不再有什么声望。人们甚至有了某种倾向，即如果学者做不到隐藏知识或者至少以一种令人愉快且能被普遍理解的方式展示知识，人们就会轻视他，视其为学究（pédant）。至于民众，则是缄默无言，而作家也不再为他们工作。但是，一个新的群体形成了，这就是文雅社会（société polie），由有教养和受过教育的人组成。这些人的知识有时颇为肤浅，但是他们所受的培养却完全适合文明高雅的生活的需要。人文主义费尽气力获取的学识已经传播开来，所有在上流社会中有一点趣味和有几分雄心要成为"才子"（bel-esprit）的人，都能很容易地获得一些关于古代文学的基本概念。若要追随同时代文学风尚的种种潮流，则容易得多。这个社会的理想是人要懂得如何生活，也就是如何在上流社会生活。要做到这一点，行为举止就要讨人喜欢且与时代风尚相匹配，还要完全了解自己在社会中的位置（所谓"了解自我"和"不误解自我"），还要没有任何职业专长，或者懂得如何忘记职业专长。在社交圈中，一个人若是做不到忘记自己是法官、医生甚至是诗人，他立刻就会变得可笑。若能符合这一切，就是一个"正人君子"。出身显贵并非必不可少，成为正人君子，却不是贵族出身（homme de qualité），这完全有可能。不过，这样的培养只有在贵族或者富起来的市民圈子中才有可能，这是不言而喻的。那个时代的中产阶级渴望放弃那些使他们得以致富的职业，即商业或工业，并渴望在"穿袍贵族"里买一份通常纯粹是名义上的职位。（这个时代的大多数名人都来自穿袍贵族家庭）。

正人君子的理想在古代文明和文艺复兴时期有诸多根源，在其他欧洲国家也可以找到类似的现象。但是法国的形式相当特殊，甚至在法国以外也有很高的声望和很大的影响。蒙田早已勾勒出这种人的轮廓。他嘲笑那些只会做学问的学者，他们一旦离开自身的知识领域便会不知所措，而一个自负的人无论在哪里都自负，即便是在一无所知的状态下。这样一种构想适合17世纪社会的需要，失去了个人化和独立的特性，而变得普遍起来。该构想也产生了一种博学多才的社会人，态度上总是轻松自然，具有鉴赏力且充满机智，重视荣誉且英勇无畏，却在所有事物中保持一种分寸感，避免太过有个性，以至于把自己和同伴区分开来，否则他就冒着被视为古怪之人的危险。

法国社会深受纤巧之风的影响，尤其是深受第一位也是最引人注目的女才子影响，这就是有一半意大利血统的朗布依埃侯爵夫人（marquise de Rambouillet），她在家中创办了沙龙[1]的亲密社交聚会。那时沙龙这个词还不具备后来的含义，17世纪的人们会说"小巷"（ruelle）或者"密室"（alcôve）。这种聚会形式以前并不存在，其特点在于高雅的亲密性，在于把不同出身的人聚集到一起，至少表面上是平等的。聚会的基础是

---

[1] 沙龙（salon），最早出现于1664年的法国，这个词源于意大利语salone，而salone又来自sala，即意大利豪宅中的待客厅。此前的文艺聚会通常以所用的房间来命名，例如内阁（cabinet）、陋室（réduit）和小巷（ruelle）等。法国第一个著名沙龙是靠近卢浮宫的朗布依埃府（hôtel de Rambouillet），其女主人朗布依埃侯爵夫人（1588—1665）从1607年开始到她去世一直热衷于举办沙龙。

良好的教育，道德、智识和审美水平的同质性，以及风流文雅的态度。还需全力善待旁人，即便礼数不够周全，至少也不应有害于人。在朗布依埃夫人的时代（那是17世纪上半叶），宫廷还很不文雅，国王和大部分贵族的言谈举止仍然颇为粗俗，而朗布依埃府的教化熏陶对其产生了显著影响。但是，她身边的团体，还有纤巧文明（civilisation précieuse）的众多模仿者，在其趣味和行事与表达方式上，都呈现出一些特点，后来显得有些怪异，比如对传奇历险的热爱，在运用比喻时的夸张手法，以及在情感分析时的几分迂腐。这一点可以在那些由纤巧之风激发的小说和诗歌中看到。这些风尚在新出现时，限于社会精英圈，似乎还不错，甚至很是迷人。可是，当它们传播开来，任何人都能加以模仿时，这些风尚就显得极为可笑了。莫里哀对此类风尚的嘲讽是我们所熟知的。他的《可笑的女才子》（*Les précieuses ridicules*）问世正值路易十四亲政[1]。在这个时候，纤巧之风和沙龙的影响力已经大不如前。在年轻国王的统治下，宫廷和社会普遍失去了传奇的和怪异的趣味。此时最盛行的是分寸感，是明智通达，是对和谐平衡的趣味，是高雅，是合宜性。而国王成为了社交圈的唯一中心。

不过，路易十四自己就是理想的正人君子。或许从来没有一位国王能有如此自然的高雅，能如此有分寸，如此高贵而有自制力，同时又极具个人魅力。在我们所了解其经历的人当中，没有

---

[1] 《可笑的女才子》首演于1659年，路易十四于1661年亲政。

多少人的品质和能力可以得到如此完满的发展，且其中任何一项都不会损害其他方面。专制主义，特别是路易十四，对我刚刚所描述的受众的形成做出了巨大贡献。路易十四彻底打破了封建制度的独立性，迫使大领主只做廷臣且完全依附于他，把大领主这一社会阶层的任何固有职责均予以剥夺，从而使其成为享有一些特权的正人君子，除此之外不再为其留下任何形式的生活。至于大资产者，其旧有的独立性也不被容忍。对于大资产者而言，摆出一副正人君子的姿态，脱离或者至少假装脱离一切职业义务，是最合适不过的了。这就是路易十四世纪公众的两个组成部分，故而在同时代文献中通常将其分别称为宫廷和城市。这个由廷臣和大资产者组成的群体往往是穿袍贵族的成员，他们是语言、文学和生活形式相关惯例的仲裁人，这里的惯例我们在上一段中已谈到过。还要补充一句，即占据统治地位的只有巴黎，外省不再重要。

3）前一个世纪激烈的宗教冲突已经结束了，新教徒最后的抵抗被黎塞留打破。从那时起，法国文明重新变成了纯粹的天主教文明。诚然，胡格诺派在经济生活中曾扮演非常重要的角色。路易十四于1685年废除《南特敕令》（见第153页），驱逐胡格诺派，导致国家的生产能力大为削弱。这是路易十四统治时期最严重的错误之一。在17世纪初，出现了伊壁鸠鲁派、唯物主义和无神论的运动，而一些倡导无神论的伊壁鸠鲁派团体即使在路易十四时期也得以继续存在，但是他们的影响微不足道。因此，总的来说，这是一个天主教的、讲究正统的世纪，与文艺复兴时期的大胆独创相去甚远。天主教在所有领域都开展了大量的活动，在教育领域亦是如此。在反宗教改革运动之后，天主教会得以现代化，对人文主义教育投入巨大，对科学和哲学研究也显得毫无敌意。许多杰出的笛卡尔主义者都是教会人士，如奥拉托利会神父（père oratorien）马勒伯朗士（Nicolas Malebranche）[1]。且各类天主教修会的活动极为频繁，路易十四时期的布道艺术也在法国文学中达到了前所未有的巅峰，其主要代表雅克-贝尼涅·波舒埃是欧洲最伟大的演说家之一，也是法国散文的伟大艺术家之一。然而，天主教活动缺乏其在中世纪所具有的活泼、富有想象和大众化的一面，而在另外几个国家，例如在西班牙，这一面仍然被保留。天主教活动的种种表现往往带有理性主义的特点，具有某种官方仪式的气息。对于了解先前的宗教文本的人而言，这很令人吃惊。17世纪法国天主教文学的几乎所有重要作品，从伟大的神秘主义神学家、有些故作风雅的传道者圣方济各·沙雷氏（Saint François de Sales）的《成圣捷径》（*Introduction à la vie dévote*，1608），到分别于1704年和1715年逝世的波舒埃和费奈

---

[1] 尼古拉·马勒伯朗士（1638—1715），法国天主教神学家，致力于调和笛卡尔主义、圣奥古斯丁的思想以及新柏拉图主义，代表作为三卷本《论追求真理》（*De la recherche de la vérité*）。他于1664年入奥拉托利会，祝圣为司铎。耶稣和玛利亚奥拉托利修会（Congregatio Oratorii Iesu et Mariae）是1564及1611年分别在罗马及巴黎成立的天主教修会。

隆（Fénelon）[1]，都是面向上流社会而非一般民众。从这些作品的风格和观念，到它们呈现基督教真理的方式，均能感觉出这一点。虔敬之情反映在文学中，特别是反映在上等社交圈的贵妇人所作的文学作品中。这种虔敬之情虽然往往也很严肃，甚至颇为刻板，有时却会散发出一种文雅社会的气氛，一种被选定的灵魂的气息，在先前各个时期的天主教生活中极为少见。

除17世纪初的动乱和《南特敕令》撤销之后塞文山脉（Cévennes）的新教徒卡米撒派（Camisards）[2]的反抗之外，反对天主教的活动便没有再发生过。但是，法国天主教会内部却产生了严重的危机，最为严峻和重大的危机是耶稣会和詹森派（Jansénistes）之间的斗争。耶稣会士（见第140页）曾在反宗教改革的工作中扮演重要角色。他们所追求的目标之一即让基督教道德观与现代生活的需求相适应。为此，耶稣会士致力于研究

---

1 全名为弗朗索瓦·德·萨利尼亚克·德·拉莫特·费奈隆（François de Salignac de la Mothe Fénelon, 1651—1715），法国大主教，神学家和文人，思想开明，反对当时对新教徒的迫害和强制皈依，曾于1686至1687年间与新教徒公开辩论，并根据主持新天主教学院（Nouvelles Catholiques）的经验撰写《论女子教育》（Traité de l'éducation des filles），批评了当时的强制性施教方法。费奈隆最著名的作品是他为路易十四之孙——王储路易，撰写的散文体小说《特勒马科斯纪》（Les Aventures de Télémaque）。此书初版于1699年，以象征的形式表达了费奈隆的一些政治思想，如主张限制王权、实行经济改革，认为教会应当摆脱政府控制，等等。
2 卡米撒派（Camisards）是法国新教徒（胡格诺派）中的一个派别，多为塞文山脉的农民和手工业者，曾于1685年《南特敕令》被废除之后发动武装起义，反抗宗教迫害。

具体和实际情况中的道德观，也就是决疑论（casuistique），并对这一研究的发展做出了很大贡献。他们中的几位作者想要准确地展示在某些特别情况下可能被允许的极端限度，便凭着过人的聪明阐述了一些见解，尺度往往异常宽松，令人称奇。恩宠（grâce）问题是神学中最为严肃的问题之一。需要弄清楚的是，单凭神的恩宠是否足以让人变得正义并使人免遭无穷尽的永罚（damnation），或者人的自由意志能否在其中发挥一些作用。在讨论恩宠问题时，耶稣会士赞成后一种教理，即为自由意志留出相对宽阔的一部分，使其可以配合恩宠。然而，一位尼德兰主教詹森[1]从圣奥古斯丁的教理出发，进一步强化其严苛的方面，强烈支持神的恩宠无所不能的观念，而这意味着对于人类灵魂的极度悲观，因人类灵魂无法凭借自身从其固有的罪孽中解脱。詹森的一位法国支持者圣西朗（Saint-Cyran）[2]拉拢了一位女修道院长安热莉克·阿尔诺（Angélique Arnaud）嬷嬷，后者把她的修道院即波尔－罗亚尔转为詹森派教理。然而，阿尔诺家族对耶稣会的仇恨根深蒂固。这个古老的家族是穿袍贵族[3]，曾在16世纪末的政治宗教斗争中与耶稣会作战。整个家族有着坚毅的性格、宗教

---

[1] 詹森（Cornelius Otto Jansen, 1585—1638），拉丁语名为Jansenius，是17世纪的天主教改革运动"詹森主义"的创立者。

[2] 让－杜维尔吉耶·德·奥拉纳（Jean Duvergier de Hauranne, 1581—1643），早年曾是詹森的同窗好友，1620年任西朗修道院院长（abbé de Saint-Cyran），故称圣西朗。

[3] 原文为grande robe，字面义为"长袍"，阿尔诺家族世代以法律事务或政治参议为业，属于学界所称的"穿袍贵族"。

的严苛和一种市民阶层的传统独立精神，都致力于詹森主义的事业。他们在法院里与富有的市民有着众多联系，也得到了其中一部分人的支持。他们甚至在高级贵族中也赢得了一些支持者，由此便形成了法国的詹森派，即波尔-罗亚尔的先生们。他们的领袖是阿尔诺家族的安托万[1]。此人是一位杰出的神学家，思想坚定、头脑清楚、率直刚正，却又非常顽固。他和他的朋友们在恩宠和道德问题上与耶稣会开展了一场颇有戏剧性的长期斗争。在1650至1670年的大危机之后，斗争在1679年重新开始，并于下一世纪初再度爆发。或许政府怀疑这场运动会孕育出政治派别，便在教廷支持耶稣会士，并利用教廷的影响，让詹森派教理受到谴责。1660年前后，有人试图迫使波尔-罗亚尔的修女们签署一份声明，谴责詹森派的基本观念。这些修女及其追随者受到迫害，由波尔-罗亚尔建立的学校被关闭，而安托万·阿尔诺也被迫于1679年离开法国。波尔-罗亚尔女修道院最终于1710年前后被取缔。

但是，詹森派的思想和观念还是因其坚定的团结精神和观念的严格统一而影响深远。这种影响在17世纪达到顶点，尽管受到迫害，却一直延续到19世纪初。詹森派者也是优秀的教育家，他

---

[1] 安托万·阿尔诺（Antoine Arnauld, 1612—1694），又称大阿尔诺，法国詹森派神学家，在圣西朗的影响下于1643年发表题为《论常领圣体》（*De la fréquente communion*）的专论，在圣体和忏悔等问题上为詹森派辩护，同年又发表《耶稣会道德神学》（*Théologie morale des Jésuites*），开启了与耶稣会的长期斗争。1655年，阿尔诺撰写了两篇文章，强调詹森的正统性，遭到巴黎神学院的批判。帕斯卡尔正是为了捍卫阿尔诺而写出了不朽名作《致外省人信札》（*Les Provinciales*）。

们的"小学校"（Petites Écoles）尽管存在的时间不长（1643—1660），却对法国的课程大纲和教学方法产生了重大影响。詹森派为这些学校撰写的教科书非常有名，尤其是安托万·阿尔诺和尼科尔（Nicole）[1]编写的《逻辑学》（*La Logique*），还有我们在本章第一段曾提及的《普遍唯理语法》。詹森派团体还产出了其他的重要书籍，涉及神学、道德和论战。在詹森派最热诚的追随者中，有一位是17世纪最伟大的天才之一，布莱斯·帕斯卡尔。在他最终接受詹森派观念时，已经是一位著名的数学家和物理学家。他成为了一位宗教狂热者和一位具有非凡力量的作家。他撰写了反对耶稣会的《致外省人信札》（*Les Provinciales*）。这是法语语言中最猛烈同时也是最好笑的讽刺诗，也是创造了现代散文的著作之一。另有《思想录》（*Pensées*），即一些基督教护教辞（apologie）的片段，则在他死后才被发现。不同的出版者以很多不同方式对这些片段进行分类，而莱昂·布伦士维格（Léon Brunschvicg）的校勘本让人们得以了解该文本的历史。这本书写得扣人心弦。帕斯卡尔从蒙田有关人类境况的构想（见第160页）出发，试图证明，人是可怜的，同时也是伟大的，处于无限

---

[1] 皮埃尔·尼科尔（Pierre Nicole, 1625—1695），法国詹森派神学家，任教于波尔-罗亚尔修道院，曾与阿尔诺和其他詹森派神学家编写了几本教科书，如1662年首次匿名出版的逻辑学教科书《逻辑，或思考的艺术》（*La logique, ou l'art de penser*），即正文所说的《逻辑学》。尼科尔曾撰写或编纂大量詹森派小册子，是詹森派的主要代言人，最有名的著作是《道德论文集》（*Essais de morale*），其中论述了人性与伦理道德的关系，认为人凭借本性难以行善。

大和无限小的两极之间，处于天使和野兽之间，无法通过自身的理性，去解决那些因具有理性而萌生出的问题，而亚当的堕落和藉由耶稣基督实现救赎的基督教奥秘，为人的问题提供了唯一的解决之道。《思想录》有着可悲的矛盾性，首先作用于那些倾向深入内省且能清楚认识到自身生命之问题的心灵；另一方面，该书以其自相矛盾的极端性，给像伏尔泰那样讲究实证且反宗教的心灵提供了机会，利用《思想录》本身的论据来驳斥其中的基督教结论。

在17世纪末，法国天主教内部爆发了另一场危机，是关于一种被称为"寂静主义"（quiétisme）的倡导神秘祈祷的教理。这场危机之所以关系到文学史，是因为它引发了费奈隆和波舒埃之间的激烈斗争[1]。费奈隆支持寂静主义，而波舒埃先前曾是他的朋友和保护人。波舒埃胜出，费奈隆则不得不离开巴黎，这造成了严重的政治后果。尽管如此，费奈隆依然是康布雷（Cambrai）的大主教，也仍旧颇具影响力。我们将在谈论费奈隆时再回到这个话题。

4）在世俗文学中，有两种体裁在17世纪颇为兴盛，即戏剧和道德主义文学，也就是对风俗的批判。抒情诗和史诗则没有产

---

[1] 1688年，费奈隆被介绍给寂静主义的主要倡导者居永夫人（Madame Guyon），向其请教灵修经验。其后，波舒埃发表《论祈祷的心境》（*Instruction sur les États d'Oraison*），批判寂静主义，矛头直指居永夫人。费奈隆于1697年发表《释众圣关于内心生活的语录》（*Explication des maximes des saints sur la vie intérieure*），为居永夫人辩护，由此遭到波舒埃和罗马教宗的谴责，被放逐到自己的教区。

生任何真正重要的作品。我们首先谈谈戏剧。

亚历山大·阿尔迪（Alexandre Hardy，见第156页）得以成功地让七星诗社的学术性戏剧适应舞台的需要，但是此人也只是一个能干的舞台监督和作诗者，而并非一位诗人。他还被迫向其受众的趣味做了许多让步。而在17世纪初，戏剧的受众并不是由普通民众构成，更恰当地说是由巴黎的群氓（populace parisienne）构成。在黎塞留时期，上流社会开始对戏剧感兴趣，而戏剧也受到枢机主教本人的保护。人们努力提升戏剧的道德、社交和审美层次，并创作和上演了一些有着更高雅趣味的剧作。最为盛行的是一些田园喜剧，还有一些充满奇特历险的传奇故事式的悲喜剧。但是，有几位诗人已经做出一些尝试，既严格遵循三一律的规则，又并不为此而牺牲戏剧性。1636年，来自鲁昂（Rouen）的皮埃尔·高乃依（Pierre Corneille, 1606—1684）上演了他的悲喜剧《熙德》（Le Cid）。此前他已写过几部喜剧，其中的现实描写极为优雅，远胜过他的同时代人。《熙德》是法国古典主义的第一部代表作，激动人心且富有节奏。在这部戏中，高乃依将纪廉·德·卡斯特罗《熙德之歌》（见第189页）的一段故事缩减到二十四小时之内，却也对规则有所破坏，亦未能严格遵守地点的整一。而他在随后几年的一系列悲剧中完全遵循了所有的规则。他的悲剧代表作，包括《贺拉斯》（Horace）、《西拿》（Cinna）、《波利厄克特》（Polyeucte）、《庞培之死》（La Mort de Pompée）和《罗多庚》（Rodogune）。他是17世纪戏剧的创始人，也是伟大的古典主义作家中最年长的一位。他最初的成功，以及他的声誉，让戏剧最终变为一门高贵的艺术，一种上流社会和上等女性体面的娱乐。高乃依的艺术在于展示一场冲突。其中，灵魂的力量要战胜最自然和最自发的本能，如荣誉、爱国心、宽仁和信仰战胜了爱情、家庭关系和复仇欲。他关于灵魂之崇高的构想受到了笛卡尔关于人的研究的启发，而后者高扬人的道德和理性的尊严。高乃依总是很宏大，很感人，也很崇高。他有时略显呆板，在设想那些超乎常人的冲突时，他也有些怪异。他在世时间很长，并且一直写悲剧，但是他既无法适应女才子们温柔的风流文雅，也无法适应路易十四这一代人反传奇的趣味，以及更为内在、更有人情味的心理。他后来仍然受到尊重，被人仰慕，作品却不再流行，有些被忽视和遗忘。在生命的暮年，他的心情颇为愁苦，对他的后继者亦心怀敌意，尤其是对拉辛。而拉辛又是这些后继者中最重要的一位，远胜过其他人。

拉辛（Jean Racine, 1639—1699）比高乃依小三十三岁。在路易十四初年享有盛誉的诗人中，他是最年轻的一位。他在詹森派的熏陶下长大，亦深受其精神的影响，却与他们闹得不甚愉快，变成了一位"戏剧诗人"（poète de théâtre），这正是詹森派的严格作风所谴责的。不过他也一直为此而感到懊悔。拉辛接受过极好的教育，甚至有些学究气。他的全部艺术都基于对伟大的希腊经典的深刻了解。他富有激情，而当人们反对他的激情或者虚荣心时，他亦会怀恨在心，且极为敏感，容易受伤害。在所有的激情、虚荣心、胜利和伤痛之中，他仍然是一个急切等待神之恩宠的基督徒。拉辛是他那个时代最伟大的诗人。他严格遵循各种规则，遵循合宜性和逼真性，却从未表现出伟大世纪的作品中似乎固有的那种冷酷底色，唯有他做到了这一点。除此之外，他还是一个完美的"正人君子"，也是路易十四的一个完美的廷臣。从 1667 至 1676 年，他的一系列杰作连续上演，几乎完全由展现激情之爱的悲剧构成，如《安德洛玛刻》(*Andromaque*)、《布里塔尼居斯》(*Britannicus*)、《贝蕾妮丝》、《巴雅泽》(*Bajazet*)、《米特里达特》(*Mithridate*)、《伊菲革涅亚》(*Iphigénie*) 以及它们当中最为完美的《费德尔》(*Phèdre*)。这些作品的合宜性和高雅风格丝毫不能掩盖这样一个事实，即它们写的都是极端形式的肉体之爱。这种极端形式的爱接近于疯狂，蔑视所有其他考量，甚至蔑视道德尊严和生命，并把被打动的人物完全撕裂，使其除了死亡之外，几乎没有其他解决之道。拉辛的诗句是法语语言中最为优美的，远远超出其他人。拉封丹和几位现代诗人如保罗·瓦莱里 (Paul Valéry) 有时能与之接近，但是没有什么能与拉辛的节奏所具有的持久而无限多样的力量相媲美。这种节奏完全合乎规则，却也从不会逾越一种严肃刻板的审美观所要求的最为严苛的法则。对于那些一生中从未体验过如此强烈的激情的人而言，这种节奏会使其内心陶醉或者撕裂。当然，在今天，如要充分感受到此类激情，就需要某种正在日渐消亡的审美教育。若是未能在法国传统的熏陶下成长，这种教育就尤为必要。

在其所处的时代以及之后很长一段时间内，拉辛的悲剧引发了巨大的赞美。这些悲剧创造出一种对激情的崇拜，而高乃依的作品和爱情小说对此已有所酝酿。对于天主教会中的一些最有洞察力的人而言，这种崇拜尤为危险，因为拉辛式悲剧并不把激情表现为一种丑陋的罪恶或短暂的混乱，而是表现为人性最高的升华状态，令人仰慕不已。这种升华状态尽管有着不祥的后果，却值得仰慕，令人欣羡，几乎能与对上帝的神秘主义之爱相媲美。有些人嫉妒拉辛的荣耀，便用阴谋中伤他，使得他充满懊悔。他在《费德尔》之后就退出了戏剧，只做一个非常虔敬的正人君子。他在国王身边谋了一份职位，与詹森派和解，娶了一位对诗歌一窍不通的女人，也不再创作戏剧。直到很久之后，大约在1690年，国王的第二任妻子曼特侬夫人（Madame de Maintenon）请求拉辛为圣西尔（Saint-Cyr）提供娱乐节目，圣西尔是她为教育年轻贵族女孩而创立的机构。拉辛为曼特侬夫人写了《以斯帖》（Esther）和《阿达莉》（Athalie）[1]。这两部剧中没有爱情，但是也显示出，他绝没有失去对人类本能和激情的感知。在拉辛之后，再也没有产生过伟大的悲剧。

17世纪的喜剧非常丰富而多样。自高乃依以来，在宏大的戏剧中，人们试图"让正人君子发笑，却不靠滑稽人物"（faire rire les honnêtes gens sans personnages ridicules），即创造一种不带有粗俗玩笑的沙龙喜剧。人们在集市上表演古老的法国滑稽

---

[1] 曼特侬夫人希望让这所学校的年轻女孩学习演戏，却认为现有的剧目或是过于轻佻，或是涉及爱情，不够合适，便请求拉辛重新执笔，创作了这两部《圣经》题材的悲剧。

剧，也有一个意大利剧团上演来自该国的戏剧和滑稽剧。对意大利人和西班牙人的模仿甚至在法国戏剧中占据了很大的位置。在17世纪下半叶，音乐和芭蕾与滑稽剧相结合，或者与田园或神话喜剧相结合，用于宫廷娱乐。喜剧诗人的数量非常可观。早期的高乃依写过好几部喜剧，如《说谎者》(*Le Menteur*)。拉辛也写过《讼棍》(*Les Plaideurs*)这部迷人的喜剧。这一世纪最伟大的喜剧诗人是让－巴蒂斯特·波克兰（Jean-Baptiste Poquelin），即莫里哀（Molière, 1622—1673）。在经历了艰难的起步和在外省的长期学艺生涯后，他于1658年与他的剧团一起回到了巴黎。他很快成为年轻国王的宠儿，此时的路易十四只有二十岁。国王是如此支持莫里哀，使其能抵御所有嫉妒者的攻击，抵御那些被他的讽刺伤害了虚荣心的人的攻击，特别是抵御"信徒党"（Cabale des dévots）[1]的攻击。这个由大领主组成的团体极具影响，针对莫里哀挑起了一场关于《达尔杜弗》(*Tartuffe*)[2]的非常危险的阴谋。

莫里哀是一位著名的喜剧演员，一位舞台监督，也是一个剧团的团长。若要理解他的作品，就必须始终记住这一点。他是自己的剧团的主要诗人，亲自把戏剧搬上舞台，并在其中扮演某个重要的角色。他是一个极为明智通达的人，对任何物质上或道德上的可笑之事都有着准确无误的眼力，特别是对舞台的技巧和效

---

1 指圣体会（Compagnie du Saint-Sacrement），是天主教的秘密团体，由一些立场最为强硬的天主教徒组成。
2 该剧也译为《伪君子》。

果有一种无与伦比的直觉。仅仅阅读他的剧本是不够的，必须看到这些剧本上演，而且要演得很好。很少有人能具备足够的想象，能一边阅读，一边看到场景和姿态。莫里哀的艺术有纯粹滑稽剧的一面，有声有色地运用法国和意大利传统的所有怪诞主题和或多或少有些粗俗的舞台游戏。他的艺术也有道德主义的一面，对他那个时代的社会的种种可笑之处进行描绘和批评，带有很多现实色彩，也能够在他塑造的不同人物，如吝啬鬼、伪君子、嫉妒者、愤世嫉俗者[1]、疑病症患者[2]和冒充高雅者[3]的身上找寻一些可能生活在任何年代和任何地方的典型。寻求普遍性和确立人类心理永恒典型的倾向是他和他的整个时代所共同特有的。这种倾向构成古典主义精神的一部分，有助于对文学这门艺术中的日常真实加以限定，而该领域早已备受限制，这是由于体裁的分离（见第176页）禁止对日常的现实进行严肃和悲剧性的处理。然而，在伟大的古典主义者中，在努力呈现每天所观察到的现实方面，莫里哀是走得最远的一位，而且他笔下的人物典型往往颇具个性。例如，他的达尔杜弗不仅仅是伪君子的典型，而且也是一个被不加掩饰的情欲所吞噬的好色之徒，这使他具有相当特别的性格。他的大多数人物均是如此，总是一些当下活生生的人。有人甚至质疑，他的意图在某些情形下是否超越了古典戏剧的框架。有些

---

1 指莫里哀《愤世嫉俗》（*Le Misanthrope*）中的主人公；该剧也译为《恨世者》。
2 指莫里哀最后一部喜剧《没病找病》（*Le Malade imaginaire*）；该剧也译为《无病呻吟》。
3 指莫里哀《贵人迷》（*Le Bourgeois gentilhomme*）的主人公。

人把《愤世嫉俗》的主人公阿耳塞斯特（Alceste）视为一个很严肃甚至很悲惨的人物，而不是一个可笑的人物。这种解读当然是错误的，至少如果想要坚持莫里哀的意图的话，在他看来，阿耳塞斯特无疑是可笑的。但是权威的批评家愿意如此暗示，这一事实本身已颇具意味。

莫里哀的道德观是他那个时代正人君子所具备的道德观。他谴责恶行，谴责可笑之事，因为它们都是怪异的，是对正统做法和平常道路的偏离，也是对自然和社交界所规定的人情尺度的偏离。与大多数同时代人相比，他对自然权利的坚持要稍多一些。对他来说，自然权利无非是年轻人与其喜欢的人相爱或结婚的权利。在伟大的古典主义者中，莫里哀的作品读起来最不像是出自一位基督徒之笔。他的道德观缺乏追求完善的深度，也没有那种在后一个世纪里将要发展起来的具有革命性的行动主义。他的艺术对象与其说是道德的丑陋，不如说是恶行的可笑，而他对纠正这些恶行也几乎不抱期望。当然，他也远没有去寻找政治或社会原因。如所有伟大的法国古典主义者一样，他的伟大之处恰恰在于保持在一项明确限定的任务范围内。对他来说，这份任务就是在舞台上描绘出社会的种种可笑之处，不多也不少。但是，在他充满才思的欢悦之下，有时也能感觉到一丝无情的悲观主义。

5）说到莫里哀，我们就谈到了道德主义（moralisme）。在17世纪的法国，道德主义所呈现的形式是一种基于经验概括的社会批评，但是仅限于"宫廷和城市"的经验，并不考虑任何神学、思辨、经济或政治的研究，并寻求以最简洁和最优雅的形式来表达自身。法国的道德主义尽管经验基础相当狭窄，却处处寻求普遍性，即各类现象的绝对性和永恒性的一面。蒙田可以被视为此类道德主义的先驱，不过他的经验基础和观点都要广泛得多。在 17 世纪，道德主义变得普遍化，全部的文学活动都打上了道德主义的烙印。帕斯卡尔和詹森派在神学基础上实践道德主义。莫里哀在他的喜剧中是一位道德家，而拉封丹在他的寓言中亦是道德家。

让·德·拉封丹（Jean de la Fontaine, 1621—1695）是一位大诗人。他的天真率直和不加做作，以及他的看似轻松却能臻于完善，可以与阿里奥斯托相媲美。然而，他也花了大量功夫研究那些他奉为典范的作品，尤其是古人的作品。他写过一些迷人的故事，并在其中运用诗体书写一些取材于薄伽丘和其他古代故事家的主题。他还更新了寓言诗（apologue）的体裁。寓言诗是一些关于动物的小故事，其中的角色如同带有伪装的人。这种体裁自希腊诗人伊索以来就在欧洲为人所知，在中世纪也被人模仿（见第 116 页），而且很适合他的天才中那种狡黠的天真。在法国，以及其他教法语的国家，所有的孩子都会背诵拉封丹寓言。他的这本寓言集是法国文学中最受欢迎的书。它是一个由短篇道德喜剧构成的完整世界，有着无限变化的诗律，有着津津有味的写实性和感官享受，有着丰富的美丽风景，偶尔还带有美妙的抒情，混合了迷人的慵懒、敏锐的感受以及透明的清晰，近乎某种过于漂亮的娇媚。这本书当然不会讲高贵的美德，不会讲慷慨，不会讲热情，更不会讲自我牺牲，但是它教人要理智、审慎、节俭，要适应环境，比别人更机灵。

严格意义上的道德家用散文写作，并创作或发展出两种特有的道德主义形式：箴言（maxime）和肖像（portrait）。这两种形式从女才子的时候开始就非常盛行。箴言是一个句子，包含一条道德评论，其形式最具普遍性，也最能打动人心。文学肖像则是对一个人物的描绘，其中试图对其身体和道德品质进行完整而精炼的分析。最负盛名的箴言作者是弗朗索瓦·德·拉罗什富科（François de la Rochefoucauld, 1613—1680）公爵。此人是一位大领主，曾被卷入投石党运动（见第173页）的战乱之中。而后在路易十四时期，他心灰意冷，年老多病，用极其优雅的句子倾诉了他未能满足的对荣耀的渴望，他的苦闷，他的悲观以及他的骄傲。在同一代人的回忆录、小说和喜剧中，这种肖像的例子有很多，后来与鲜活的人物相分离，不再描绘某个当代人，而变成了典型人物的道德肖像。这也与17世纪下半叶的概括性精神相符，并得到了一个权威性的希腊范例的支持，即亚里士多德弟子泰奥弗拉斯托斯（Théophraste）的《人物素描》（*Les Caractères*）。到了17世纪末，即1688年，让·德·拉布吕耶尔（Jean de la Bruyère, 1645—1696）出版了一部泰奥弗拉斯托斯《人物素描》的译本，随后附有他自己的作品，即《品格论或本世纪的风俗》（*Les Caractères ou les Mœurs de ce siècle*），由道德肖像和箴言组成。这本书获得了巨大的成功，很快便连续再版。拉布吕耶尔在生命的最后几年里出了七个经过修订和扩充的版本。

这是法国道德主义最重要的书，有着深刻而持久的影响，这种影响在18世纪的文学作品中处处都能感觉到。拉布吕耶尔从宫廷和城市中雕刻出各种人物典型，并把一些思考加入其中。他的书虽然分为几章，却只是一系列简练的速写，笔触强劲有力，往往引人入胜。其中有着直接而生动的观察，被巧妙地分类和书写，以呈现一个道德整体，可以用一个限定的形容词或一段简短的释义来表达，如心不在焉者、伪君子、好闲谈者、表现得好似要长生不老的长者，等等。但是，尽管拉布吕耶尔也是一位爱概括的道德家，且避免对社会进行任何政治、历史或经济方面的批评，他还是能意识到其所处的时代的结构和趣味对他所施加的限制。而在谈及民众时，他有时会带有一种在其他道德家中很难找到的腔调。此人是一位敏锐的观察者，有时似乎没有说出他的全部想法，但又非常诚实，因而他的书同时隐藏和暴露了一种令人喜爱的精细和一个正派的灵魂。

6）其他体裁，如小说、书信和回忆录，虽然没有产生像戏剧和道德主义文学那样著名的杰作，却也在17世纪备受欢迎。小说有两种形式：一种是由奥诺雷·杜尔菲（Honoré d'Urfé）的《阿斯特雷》（见第150页）开创的风流文雅而温柔动人的形式，有时为牧歌式，有时为英雄体，且特别在纤巧之风的社交圈里得到培育；另一种则是怪诞的现实主义形式，如索雷尔（Charles

Sorel)[1]和斯卡龙（Paul Scarron）[2]。但是这两种形式都过于"怪异"（extravagant），很难再吸引路易十四那代人。然而，在路易十四时期，还是出现了一部现实主义小说，具有很高的资料价值，这就是菲勒蒂埃（Antoine Furetière）的《市民小说》（*Le Roman bourgeois*, 1666）。另有一部篇幅不长的爱情小说是一部心理分析的杰作，这就是拉法耶特夫人（Madame de Lafayette）的《克莱芙王妃》（*La Princesse de Clèves*, 1678）。17世纪的社会让书信集这种高雅而亲切的体裁得以复兴。自古典时代起，人们很少如此流畅自然地写信。大多数著名书信集的作者都是大贵族出身：比西·拉比旦（Bussy-Rabutin, 1618—1693）伯爵因为个人原因而失宠，后在自己的领地上生活；圣·艾弗蒙（Saint-Evremond,

---

1　夏尔·索雷尔（1602—1674），法国小说家、文学批评家、哲学家，著述宏富，代表性小说包括《弗朗西翁的趣史》（*Histoire comique de Francion*）、《波利昂德尔》（*Polyandre*）、《胡闹的牧羊人》（*Le berger extravagant*）等。《弗朗西翁的趣史》通过一个流浪汉的生平描绘了巴黎社会的众生相，主人公弗朗西翁尽管出身寒微，却敢于蔑视社会的种种偏见和信条，与一批年轻人一同争取独立自主的命运。《波利昂德尔》取笑了巴黎有钱有势的金融家的生活。《胡闹的牧羊人》则描写了一个商人之子对《阿斯特雷》入迷后干出种种傻事。

2　保罗·斯卡龙（1610—1660），法国作家，曾对戏剧、诙谐（burlesque）叙事诗以及小说这三种文体的发展做出重要贡献，最为今人熟知的作品是《滑稽小说》（*Le Roman comique*）。在此之外，他的代表作还包括对《埃涅阿斯纪》进行戏仿的七卷本诙谐作品《乔装打扮的维吉尔》（*Le Virgile travesty*），还有情节源于西班牙的诸多喜剧，如《亚美尼亚的堂·雪飞》（*Dom Japhet d'Arménie*）。《滑稽小说》的风格属于西班牙流浪汉小说，以幽默的笔触讲述了一个巡回剧团在外省小城演出时的一系列滑稽历险，呈现了17世纪法国外省的一幅风俗画卷。

1613—1703）是生活在英国的政治流亡者，以其对文学的评论，还有温和的无神论和伊壁鸠鲁主义的观点而颇为引人注目；塞维涅夫人（Madame de Sévigné, 1626—1696）尤为重要，她的书信提供了17世纪贵族生活最为完整的一幅图景，以其浑然天成和自发的优雅而令人赞赏。

17世纪盛产回忆录，但是从文学的角度看，最重要的回忆录并不是以路易十四时期的文风写成的，如雷兹（Retz）枢机主教[1]（1613—1679）曾是投石党运动（见第173页）的领导人之一。他的回忆录是1670年之后所写，但是其风格和精神却属于前一时期的贵族社会。那个社会富有冒险精神，盛行阴谋诡计，偏爱传奇故事，时兴纤巧且奢侈铺张之风。又如无可比拟的圣西蒙公爵（duc de Saint-Simon, 1675—1755）[2]的回忆录。他的父亲曾是路易十三的一位宠臣[3]，年近七十才有了他。他在年轻时见证了路易十四统治的最后二十五年，并参与了反对派阴谋集团（cabale

---

[1] 让-弗朗索瓦-保罗·德·贡迪，雷斯枢机主教（Jean-François-Paul de Gondi, cardinal de Retz），投石党运动的领袖之一，晚年所写的《回忆录》（Mémoires）从个人经历出发呈现17世纪上半叶和中叶的时代图景，以其轻松愉快的叙述、丰富多彩的描写、敏锐的心理洞察、多变而风趣的文风，成为17世纪法国的文学名著。

[2] 本名为路易·德·鲁弗鲁瓦（Louis de Rouvroy），一般称为"圣西蒙公爵"或"圣西蒙"，法国政治家、作家，主要以晚年撰写的长篇回忆录闻名。他的回忆录详细记述了1691—1715年间路易十四的内政外交，极具史料价值。

[3] 指克劳德·德·鲁弗鲁瓦（Claude de Rouvroy, 1607—1693），1635年被授予"圣西蒙公爵"的世袭头衔，法国国王路易十三（Louis XIII, 1610—1643在位）的宠臣。

oppositionnelle）的组织。此人在"摄政时期"（La Régence）[1]曾颇具影响，直至18世纪中叶[2]才写下了《回忆录》（*Mémoires*）。圣西蒙是公爵，是重臣，也是一位有些古怪的贵族。他的观念属于路易十三时代，句法则似乎是前古典主义的，缺乏平衡，有着生硬的不协调。他是一位非常伟大的作家。尽管他对宫廷之外的事所知甚少，却是两个世纪间唯一一个得以把握具体而直接的生活的人。他看不到性质和概况，他看到的是作为个体的人，并将其记录下来。

7）这一辉煌统治的最后阶段颇为凄惨。国王让国家卷入了无休止的西班牙王位继承战争，耗尽了国家的资源。专制制度的大人物均已死去，在国王及其妻子曼特侬夫人周围，弥漫着一种隆重而虔诚的沉重气氛。被国王的威望牵制了很久的反对派开始形成，他们把全部希望都寄托在国王的孙子和推定的继任者勃艮第公爵的身上。这场运动的灵魂人物是该亲王的前家庭教师，一位教会的大领主弗朗索瓦·德·萨利尼亚克·德·拉莫特·费奈隆（Francois de Salignac de la Mothe Fenelon, 1651—1715）。他是康布雷的大主教和公爵，也是最后一位伟大的古典主义者（另见第182页）。在关于寂静主义的争论中失利之后，费奈隆被流放到康布雷，并在那里发挥影响力。他倾向于放松中央集权的专制制度，倾向于一个更偏于家长制，没有那么多野心，不那么好

---

[1] 指1715—1723年奥尔良公爵摄政期间。
[2] 圣西蒙的《回忆录》大约于1739—1749年间写成，所叙述的内容则涵盖了从1691到1723年的三十余年。

战的政权，正如他在教育小说《特勒马科斯纪》(Les Aventures de Télémaque)的几个章节中所描绘的那样。这部小说是他最有名的著作，却也只是他的海量作品中的一小部分。他的全部作品涵盖了神学类、教导性、美学和文学类著作，以及很大数量的书信，格外有趣。费奈隆有着温和而循循善诱的笃定，灵活而多样的风格，广博、微妙而富有人情味的智慧，以及深厚的虔敬之情，但是并没有呆板和自大。这些都赋予费奈隆以一种强烈的魅力，以及某种本质上全新的东西，不再是路易十四的风格。这一点也体现于他的审美观念，即不那么专横，更加宽容，却也非常笃定。费奈隆是这样一个人，他能让自己适应多种观念和情境，而又不至于有失去自我的危险。如果他得以掌权，法国的命运可能会大为不同。但是，勃艮第公爵及在他之后不久的费奈隆本人，均死于国王逝世之前。

II. 18 世纪

作为文学时期的18世纪从路易十四去世延续至1789年的革命。两个趋势构成了18世纪最明显的特征：1）在形式上有一种极度的优雅，对于生活和艺术均是如此。这种优雅建立在前一个世纪的传统之上，但又有着柔顺、灵巧、活泼和浮浅等特点。这些特点与前一个世纪的传统相对立，是路易十四的世纪所不具备的；2）一场哲学的通俗化运动，逐步侵蚀了古代社会的政治和宗教根基。这场运动起先还是颇为有趣而浮浅的，维持在高雅精神的框架之内。在18世纪期间，哲学的通俗化运动变得越发具有分量，越发严肃，逐步成为这个时代的伟大事业，越来越与前一种趋势相对立，并最终通过大革命中精神和高雅社会的崩塌而将其摧毁殆尽。这样一来，该时期就可以被分为两个部分：1）在第一个部分中，高雅、机智和浮浅将思想运动包含在其框架内，而这场运动还未组织起来，还不具有激进的宣传和革命性质；2）在第二个部分中，思想运动变得有组织并取得胜利，破坏了高雅社会的精神，并产生了几位天才人物。在此之外，思想运动还造成了一种气氛，即高强度的通俗化，往往感情丰富且华而不实。1750 年《大百科全书》（Grande Encyclopédie）[1]的筹备标志着这两个阶段的界限。从行政、经济和金融的角度看，这一时期法国的政治史很有意思，但是并未表现为任何重大的外在事件。路易十四死后，在其曾孙路易十五未成年期间，菲利普·德·奥尔良（Philippe d'Orléans）公爵担任摄政王，直至 1723 年去世。这段短暂的时期被称为"摄政时期"，以浮浅之风和风俗的松弛、国家的大破产以及艺术的风格魅力而闻名。路易十五的漫长统治直至 1774 年才结束，但他对文学和思想运动而言毫无重要性。他的孙子和后继者路易十六在这方面也不太有更多重要性，并于 1793 年被革命者斩首。在接下来的几页里，我们将试图描述这一时期的主要趋势。

---

[1] 指法国启蒙运动的巨著《百科全书，或科学、艺术和工艺详解词典》（Encyclopédie, ou dictionnaire raisonné des sciences, des arts et des métiers）。

1）审美和趣味的主要原则几乎没有改变。对典范的模仿，各个体裁的分离，语言的纯洁主义，对一切深刻而真实的民间事物的排除，这些都依然存在。但是，人们已能感觉到一丝松弛。路易十四时期宫廷的崇高风格和浮华气氛在消逝。诙谐而精妙的消遣以及一种生动而多彩的写实性成为了趣味的主导。一些短小的体裁，如小说、喜剧、风流故事（conte galant），以及一种充满爱意且有些轻浮的抒情诗体取得了胜利。这是对巴黎上流社会精神的一种适应。巴黎上流社会的人数越来越多，也越来越独立，越来越抗拒约束，对老国王即使在趣味领域也要强加专制主义中央集权的做法感到厌烦。这是一种现代化，在此前很长时间即17世纪爆发的一场著名争论中已有所表现，直至18世纪初才尘埃落定，这就是"古今之争"（Querelle des Anciens et des Modernes）。"崇古派"将伟大的希腊拉丁作家视为值得模仿的唯一典范，而"厚今派"则宣称，现代人即17世纪的伟大作家才是更好的值得遵循的范例，因其同样完美，且与当今时代的情感和趣味更为接近。几乎17世纪的所有天才人物都属于崇古派；但是自18世纪初以来，厚今派占了上风。占据优势的是一种更随和，不那么崇高也不那么严厉的趣味。在厚今派的方案中，一种在18世纪颇受珍视的关于进步的观念也得以凸显。

我们甚至可以观察到，古典美学的基本原理，即写实性和悲剧性之间的明确区分，也出现了一定松动。在戏剧中，一种新的体裁得以确立，描绘一些感人的家庭场景，即一些"室内戏"（intérieurs）。这些戏不是悲剧，因为结果几乎总是皆大欢喜，而是一些市民戏剧，是一些家庭冲突，被赋予"流泪喜剧"（comédie larmoyante）的名称。当然，这是一种伪体裁，然而其中却包含了19世纪市民悲剧的最初萌芽。这些冲突总是颇为单薄，被置于一个符合惯例的框架内，其中几乎未提及社会生活和人类灵魂的真正问题。人们喜欢流泪喜剧中的戏剧性场面。这些场面有时会被某种近乎不雅的情色笑料所增强，而这一混合使得该体裁具有某种特别的浅薄意味。

情色主义在18世纪扮演了相当重要的角色，尤其是在小说和诗体故事中。它不再是强烈的激情，而是被呈现出的感官愉悦，有时非常优雅，往往带有微妙而细腻的心理；有时，太多感伤元素进入其中，与情色题材的放荡主义（libertinage）图景相结合，产生一种于我们的趣味而言颇为令人厌恶的印象。尽管如此，还是产生了几部非常美也非常重要的有关爱情心理的作品。在18世纪上半叶，出现了马里沃（Marivaux）[1]一连串迷人的喜剧（写于1720和1740年之间），还有普雷沃神父（Abbé Prévost）的小说《曼侬·莱斯戈》（*Manon Lescaut*, 1735）。后者的有趣之

---

1 皮埃尔·卡莱·德·尚布兰·德·马里沃（Pierre Carlet de Chamblain de Marivaux, 1688—1763），法国剧作家、小说家和报人。作为剧作家，他的喜剧在当今法国剧坛的上演频率仅次于莫里哀，代表作有爱情喜剧《爱情与偶遇的游戏》（*Le Jeu de l'amour et du hasard*）和《爱情使哈乐根变成雅人》（*Arlequin poli par l'amour*），对欧洲社会进行嘲讽的讽刺剧《奴隶之岛》（*L'Île des esclaves*）和《理性之岛》（*L'Île de la raison*），有关性别平等的《新殖民地》（*La Nouvelle colonie*），以及有关母女关系的《母亲学校》（*L'École des mères*）。他的爱情喜剧极具特色，有着浪漫精巧的剧情和诙谐生动的语言，其中对爱情心理的细致描写也被后世称为"马里沃风"（marivaudage）。

处既在于对风俗的生动描绘，也在于其心理刻画，得以充满魅力地以感人和近乎悲剧性的角度向我们呈现两位年轻人的混乱生活，两人轻率的堕落完全缺乏分量和深度。在18世纪末期，出现了一部微妙而冷峻的心理学杰作，是一部书信体小说，即肖德洛·德·拉克洛（Choderlos de Laclos）的《危险的关系》(*Les Liaisons dangereuses*, 1782)。情色主义甚至进入到宏大的思想运动中。在呈现种种观念时，人们喜欢采用的形式是一些往往带有情色意味的趣闻轶事，或者喜欢运用一些略显轻浮的图像，来使其更加生动。这种写法有时很迷人，有时相当冷酷，却始终很肤浅。那些有关日常生活的现实主义的作品也是如此。它们比上个世纪的作品更加生动，更为多样，也不那么泛泛而论，却也很少渴望深入研究社会生活的种种问题。在现实主义作家中，最重要的是阿兰·勒内·勒萨日。他写过一些小说，如《瘸腿魔鬼》和《吉尔·布拉斯》，以及一些喜剧，如《杜卡莱先生》(*Turcaret*)。勒萨日是一位文体家和观察者，以一位法国道德家的精神模仿西班牙的题材，归根结底描绘的是法国风俗。在他的小说中，以西班牙为背景的写法让我们想起18世纪的另一种风尚即异域情调（exotisme）。在那个时代，异域情调是一种伪装的道德主义。人们喜欢描绘穿着外国服饰的风俗，或是为了让描写更加多彩，或是为了用一层易于戳破的面纱来掩盖自身的观念，或是为了让人看到一幅景象，即法国风俗在一个天真的、对一切所见之物均感到惊奇的外国人心灵中所产生的反映。因此，希腊人、西班牙人、波斯人、中国人、暹罗人和美洲印第安人轮番出现在我们眼前。

他们往往只是一些被装扮得带有某种异国外表的法国人，或是当时人们所想象的一些自然之子。

　　法国的文学语言在18世纪达到了国际声誉的顶峰。全欧洲的上流社会都使用法语来言说和写作，而法国古典主义的趣味在各个地方均成为良好趣味的典范。国际间的通信也越来越多地采用法语，即使在科学领域亦是如此。这使得法语日益占据了先前专属于拉丁语的位置。从那时起，在很长时间内，很多地方的外语教学都对法语颇为重视。甚至还有一些外国人是出色的法语写作者，例如普鲁士国王腓特烈二世，他是伏尔泰的朋友。与17世纪类似，语言纯洁主义、上流社会在语言方面的专制，以及对合宜性和明晰性（clarté）的关注同样强烈。对于那些"宏大体裁"（grands genres）如悲剧和史诗，对表现手法的评论甚至变得比先前更带有学究气。但是，此时的词汇量有所扩展，句法变得更有弹性，文学语言整体上显得更加丰富，更为多样，也更加灵活。语言不再具有17世纪的庄严之风，却更加轻快而伸缩自如。这是由于宏大的体裁不再那么重要，而18世纪最优秀的悲剧又是辉煌而冷峻的。这也是由于在一些次要体裁（petits genres）中，以及在历史、哲学和宣传性的散文中，新的主题、新的细腻性以及新的方法正在迅速被引入。语言也不再拒绝运用科学术语甚至专业术语，并接受外语词汇，尤其是英语词汇，这体现出对精密科学的兴趣以及来自英国的影响。然而，古典主义趣味的基础仍旧保持不变。文学语言仍然是上流社会的语言，与民众的语言没有多少联系。

2）至于上流社会的结构，首先要说的是，宫廷对智识生活和艺术生活的影响已经全然消失。路易十四的宫廷曾是主要的中心，现已不再如此。城市占了上风，由贵族或高等市民阶层的女性举办的大量巴黎沙龙主导了趣味和文学活动。与伟大的国王相比，沙龙里的观念和情感要自由得多。这些沙龙无需代表或者支持任何宏大的政治或道德构想，而是怀着和善甚至热情的态度欢迎每一种新风尚和每一次思想潮涌。只要才智敏捷且通晓人情世故，便可以在沙龙里畅所欲言。在风趣的交谈中，任何事物都可以成为主题。交谈中的才智、作风的潇洒、生活的高雅形式，可能从来没有像在18世纪的沙龙那样达到如此完美的程度。人们在沙龙中无所不谈，在谈论历史、政治、形而上学和科学的种种问题时，就如同讨论文学问题和新闻时事一样兴致勃勃且充满热情。例如，牛顿的物理学，以及英国宪法，让所有人都颇感兴趣。这一时期的著名女性与她们远方的朋友们所进行的谈话和通信占据了她们生活中的很大一部分，但值得思考的是，这些女性中的好几位却很是不幸。她们过度的智识活动，那种溢于言表的无限好奇心，常常给她们带来一种压倒性的虚荣心和厌烦感。她们的灵魂仍然是空虚的，她们在上流社会的风流文雅的交际圈并不能弥补那些更加自然也更具实质性的联系和活动。只要读一读德芳侯爵夫人（Marquise du Deffand）或莱斯皮纳斯小姐（Mademoiselle de Lespinasse）的书信，就能明白这一点。至于文人群体，其独立性随着伟大国王[1]的去世和上流社会的壮大而有所增强。文人得以通过向读者群体售卖自己的书，从而以写作为生，而读者群体的规模已足够庞大，足以为一位能干的作家提供经济基础。书商和出版商的事业变得越来越大。众多期刊纷纷出现，现代新闻业也初具端倪，而政府却越发失去了对出版物的控制。如有必要，人们会偷偷地印刷书籍，或是在法国某处，或是在国外，尤其是在尼德兰，而政府无法阻止书籍流入法国。作者身份受到匿名的保护，尽管在很多情形下，这只是一个众人皆知的秘密。新成立的咖啡馆风行一时，随之诞生了一种新的聚会和讨论方式，对政治和文学活动颇为重要。人们到咖啡馆去下棋或者玩其他的游戏，去见朋友，还去读报纸。与沙龙相比，咖啡馆的环境要更加大众化，也远没有那么排他。尽管如此，文学生活和读者群体在整体上仍然给人一种印象，即它们是属于精英和少数人的，在这些人当中，文人享有比以前更高的声望和更大的自由，但是严格意义上的民众依旧被排斥在外。当然，最近的研究也表明，在18世纪的进程中，思想运动甚至渗透到民众中间，也渗透到外省。

3）确切地说，这场思想运动与其说具有创造性，不如说具有宣传性。法国18世纪的几乎所有观念均已在先前的几个世纪间被创造和表达出来，但是18世纪为其赋予了一种明晰的、能被普遍理解且十分有效的形式。况且，18世纪把所有这些观念汇集在一

1　此处的"伟大国王"指路易十四，他逝于1715年。

起，只朝向一个目的，即与基督教作斗争。斗争对象也不止是基督教，而是所有的天启宗教甚至所有的形而上学。在18世纪思想运动的重要人物中，有些人或多或少有意识地追求这一目标，或多或少带有激进主义。但是他们当中没有一个人真正对基督教感兴趣，也没有一个人对基督教的奥秘有着自发而深刻的理解。他们中的大多数人认为，一般意义上的宗教，特别是基督教，构成了最大的障碍，一直反对人们依循理性、过安宁而有秩序的生活。因此，对这些哲人（philosophe）而言，反对宗教的斗争是一场有着实际意义和博爱精神的斗争，而他们的不信教也有着深刻的乐观精神和积极意义。我们将把关于这场思想运动的总结细分为四部分。首先是这场运动的开端，即伏尔泰的青年时代，其次是孟德斯鸠，之后是《百科全书》和伏尔泰定居费内（Ferney）的时期，最后是卢梭。

4）16世纪的地理学和宇宙学发现，以及普遍意义上的科学发现，给欧洲带来了智识和经济上的突飞猛进。从那时起，这一运动就没有停止过。欧洲在物质和智识方面的增长在各个领域都在持续。与之相反，16世纪的另一场宏大运动即宗教改革则似乎只造成了种种不幸。最愚蠢和最残忍的迷信得以复活，旷日持久而又冷酷无情的长期战争毁掉了欧洲大陆的很大一部分地区，而不同团体的教士之间无休止的论战和争吵即便不那么致命，却也同样有害于宗教。从16世纪起，一些开明的作家便倡导宽容，却收效甚微。他们著作的受众仍局限于哲人和学者。1697年，法国学问家皮埃尔·贝尔（Pierre Bayle, 1647—1706）出版了《历史批判词典》(Dictionnaire historique et critique)。此人原先是新教徒，在法国受到迫害。他到尼德兰避难，却又因为他的观念过于自由而在那里受到迫害。这部词典的初衷只是作为莫雷里(Moréri)[1]早先编写的词典的补充。这部作品包含了历史、文学、语言学、神话，尤其是还有神学和基督教历史，其编纂者的学识之渊博一望而知。该作品起初是两卷，后来是皇皇四大卷。这些似乎都很不利于吸引受众，可这部书却是18世纪传播最为广泛的书籍之一。原因在于，贝尔不带有任何偏见，以广博而扎实的知识来滋养自己，用个人工作所获得的自由精神激励自己，在信仰问题上也善于呈现不同的主张，不偏不倚，且往往会对某些异端的主张表达赞许，对所有观点都始终保持全然的公正，不论这些观点是天主教、路德宗、加尔文宗、异端，抑或是非宗教的。他从这一切当中得出一个观念，即没有哪个宗教的信条是如此确定，以至于值得为之自杀或者杀死别人。还有一个同样重要的信念，即道德独立于宗教信仰。他的风格略显啰嗦，夹杂着希腊语和拉丁语的引文，有时还带有一些轻佻之言；但他的作品还是很让人愉快的，也完全符合18世纪的趣味，即喜爱各类多样化的知识概论，只要其中包含一些趣闻轶事，使这些概论变得活泼生动。贝尔的词典

---

1 路易·莫雷里(Louis Moréri, 1643—1680)，法国神父、文人，主持编写的《历史大词典，或神圣与世俗历史的奇妙混合》(Le Grand Dictionnaire historique, ou Le mélange curieux de l'histoire sacrée et profane)在当时多次再版，广受欢迎。

是18世纪历史和神学知识的汇编。与此同时，自17世纪起，笛卡尔主义已经在巴黎的社交界激发了对科学的极大兴趣。我们在阅读莫里哀的《女学者》（*Les Femmes savantes*）时，便可以对此有所体会。一些写得很优雅的通俗作品面向上等社交圈人士，特别是面向女性，取得了巨大成功。高乃依的一位侄子丰特奈尔（Bernard de Fontenelle）[1]于1686年出版的《关于世界多元性的谈话》（*Entretiens sur la pluralité des mondes*）就属于这种情形。丰特奈尔还写了一本《神谕的历史》（*Histoire des oracles*），这本书旨在证明古人的神谕并非由恶魔呈现。丰特奈尔通过嘲笑古代宗教的神迹，请读者自己对基督教的神迹作出结论。

在路易十四统治末期和摄政时期，上等社交圈中出现了很多无神论者。这种无神论属于那些对宗教表示轻视，以便毫无内疚地沉湎于自身放荡行为的人。他们既嘲笑上帝，又嘲笑道德。这种无神论缺乏能动性，也缺乏变革的雄心。然而，法国社会已经为科学进步、宽容，甚至无宗教信仰的观念做好了准备。1730年前后，这场运动在18世纪最具代表性的人物手中具备了更实际的一面，这位人物就是弗朗索瓦·阿鲁埃（François Arouet），自

---

[1] 贝尔纳·勒·博维耶，丰特奈尔先生（Bernard Le Bovier, sieur de Fontenelle，1657—1757），通称为丰特奈尔，法国科学家、文人，极为渊博，著述宏富，作品中包含了许多启蒙时代思想的萌芽，代表作有《关于世界多元性的谈话》（*Entretiens sur la pluralité des mondes*）、《论寓言之起源》（*De l'origine des fables*）等等。他于1691年当选法兰西学士院院士，从1697年起任科学院（Académie des Sciences）常任秘书，与同时代许多著名人物都有往来。

称伏尔泰（Voltaire, 1694—1778）。他是一位巴黎公证员的儿子，很年轻的时候就凭借其优雅的诗句和敏捷的才思而跻身于摄政时期和路易十五在位初期的上等社交圈。作为诗人的他深受上等社交圈的追捧，又与那个时代的著名金融家结交，从而积累了大量财富，并因其针对个人和政治的大胆讽刺而引发了一系列诉讼和议论。1726年，他被迫离开法国，前往英国，在那里待了三年。彼时的英国已经开始具有后来一直呈现的样貌：一个君主立宪制国家，其居民享有极大的自由；一个因其殖民事业、贸易和工业而蓬勃发展的国家，其中居住着来自不同的宗教和教派的公民，他们能做到近乎完全的宽容，并在此基础上共同工作。正是在英国，伏尔泰开始怀有了一些指引他日后活动的观念：自由中产阶级凭靠工作致富的理想；作为所有自由与合作之基础的宽容观念；基于利益和明智的利己主义的道德观念。总而言之，这是19世纪民主中产阶级的理想。在英国，伏尔泰也了解到牛顿的物理学。从那时起，牛顿物理学便充当了他的哲学。他采用了英国哲学的经验主义体系，即以经验为基础的体系，从此以后他不仅反对宗教形而上学，而且反对所有思辨性的形而上学，特别是笛卡尔及其继承者的那种形而上学。这里要注意的是，18世纪的法国理性主义与笛卡尔的理性主义绝不相同，夹杂着浓厚的经验主义色彩，其目的之实用性远胜过理论性。然而，伏尔泰既不是无神论者，也不是纯粹的唯物主义者。他在自己的体系中为上帝保留了一席之地。对他而言，上帝仍旧是自然的主要推动者，但是他肯定拒绝所有的信条。

最后，伏尔泰在英国对英国文学也有所了解，尤其是了解到莎士比亚戏剧，与法国古典主义的一切传统是如此不同。这给他留下了一种强烈的印象，然而这一印象未能持久，伏尔泰终其一生都维持着保守的审美趣味。回到法国后，他开始广泛地宣传他的观念。他是现代最为机智的宣传家，或许也是所有时代中最为能干的宣传家。他在工作中有着用之不竭的力量。他所具有的广博、平易而又专注的才智，能被所有人理解。他的风格清晰、简练、妙趣横生，能够通过一组对照或者一则趣闻，用一种可以让人即刻领会的形式，对最困难的问题加以呈现。他为理性和自由而战，总是见多识广，也总是独树一帜、精神饱满且引人注目。他既追随又主宰了他所处的世纪的趣味。尽管他身上有怨恨、丑闻、虚荣以及其他许多可笑之处，伏尔泰还是被他的世纪奉若神明。在英国之旅过后的二十五年间，他继续当诗人，并创作悲剧，但是他的活动重心发生了转移，论战、哲学、讽刺和历史类著作变得比诗歌更加重要。在这一时期，他写出了《哲学书简》（*Lettres philosophiques*），其中介绍了他的英国印象。他也写了一些专论，阐释了他的哲学以及牛顿的体系。他还写了一些哲学宣传性诗歌如《俗世之人》（*Le Mondain*），一部戏仿奥尔良女郎故事的史诗[1]，还有他的第一部短篇哲理小说《查第格》（*Zadig*），

---

[1] 在英法百年战争中，贞德因为解除了奥尔良之围而名声大振，故而有了绰号"奥尔良女郎"（La Pucelle d'Orléans）。伏尔泰的这部史诗以《奥尔良女郎》为题，分为二十一诗章，兼有悲剧性和滑稽性，颠覆了传统的贞德形象，故而长期被禁演。

以及很多类似的作品。也是在这一时期，他撰写或酝酿了史学巨著《查理十二传》(*Histoire de Charles XII*)、《路易十四时代》(*Siècle de Louis XIV*)、《风俗论》(*Essai sur les mœurs et l'esprit des nations*)。在面向大众的关于现代历史或者对历史进行概括的书当中，这几本书首次从纯世俗的视角出发，而没有神意的介入。在他的所有著作中，占据主导地位的是积极的进步精神、对文明及其所包含的奢侈享受的趣味、讲究实用的道德观，以及对各类信条和迷信的讽刺。这是一种中产阶层的现代主义，一种非常合乎理性而又有几分肤浅的明智通达。在这二十五年间，伏尔泰在洛林的奇雷城堡（Château de Cirey）度过了很大一部分时间，也在波茨坦生活过几年，住在他的朋友，也就是普鲁士的腓特烈国王那里，他逐渐在欧洲变得很有名。1755年前后，他在日内瓦附近的"谐趣精舍"[1]住下，于1760年又住到属于法国领土却接近瑞士边境的费尔内。他在那里度过了人生中最后的二十年，之后我们还会谈及这一段。

5) 夏尔-路易·德·色贡达，拉布莱德和孟德斯鸠男爵（Charles-Louis de Secondat, Baron de la Brède et de Montesquieu, 1689—1755）出身于名门望族，1716至1726年在波尔多法院担任院长。在摄政时期，他凭借着一部符合当时趣味且带有情色元素和异域风情的道德主义小说（见第192—193页）而声名鹊

---

[1] 这是伏尔泰在日内瓦市郊购买的一幢房子，伏尔泰为其命名为"谐趣精舍"（Maison Les Délices），他在此装修了一个小型剧场上演其剧作，邀请日内瓦各界的名流前来聚会。

起。这就是《波斯人信札》(Lettres persanes, 1721)。其后，他到多地旅行，并访问了大多数欧洲国家，特别是英国。跟伏尔泰一样，英国也给孟德斯鸠留下了深刻印象。回到法国之后，他先是发表了《罗马盛衰原因论》(Considérations sur les causes de la grandeur et de la décadence des Romains)。这本书提出了罗马帝国的衰落问题，而该书也是两个世纪间致力于同一主题的一长串系列研究[1]中的第一本。1748年，孟德斯鸠发表了他最主要的作品《论法的精神》(De l'esprit des lois)。这本书讲的是各类政体，以及在两种对立倾向之间的某种妥协。一种是普遍化和理性主义的倾向，试图找寻自然本身所规定的某种唯一而独特的政体，不论何时何地都是最好的。另一种倾向则更多地遵循经验主义，以经验和现实为基础，考虑到各类环境的多样性，并在每种具体情形中，将最能适应这些环境的政体认定为最好的政体，因此必然要放弃寻找一种单一的理想政体。初看起来，孟德斯鸠似乎更多地依循第二种倾向，因为他要求立法者考虑到每个国家的气候、土壤性质、总体的精神风貌、风俗、经济，等等，而法律必须适应这些差异，才能起到良好的效果。他首先强调气候，认为气候对人的性情有很大影响。此外，他一开始就确立了不是一种而是三种可能的政体——专制政体(tyrannie)、君主政体(monarchie)、共和政体(république)，或者更确切地说是四种，

---

[1] 其中最著名的是爱德华·吉本(Edward Gibbon)的六卷本巨著《罗马帝国衰亡史》(The History of the Decline and Fall of the Roman Empire)，1776—1788年间出版。

因为他区分了贵族共和政体（république aristocratique）与民主共和政体（république démocratique）。他的主要工作就是研究法律与各种不同政体之间的关系，即详细解释哪些法律最适合哪种政体。

可是在这里，经验主义倾向戛然而止，另一种普遍化倾向则初露端倪。这是因为孟德斯鸠将他的四种政体建立在固定的原理之上，作为不变的典范。在他笔下，这些政体并不是那些在历史进程中时而会发生的现象，本身也有无限多样且难以预见的变化和发展；而是一些被彻底规定好的典范，可以说超脱于历史之上。有人曾说，孟德斯鸠描绘共和政体和君主政体，就如同伟大世纪的道德家们努力描绘伪君子和吝啬鬼的典型一样。此外，如果说孟德斯鸠对各国之间有形的差异看得十分清楚，那么他对道德差异便看得不那么清楚，对历史差异则是完全没有看到。所谓历史差异，即是历史本身对每个民族的形成所施加的重大影响。他的天才并没有让他在每个民族中看到独特的个性，即一种与其他民族有着根本不同的历史现象，并能通过其特有的发展进程创造出自身的命运。恰恰相反，他更多地是把自己所谈到的每个民族视为某个宏观概念的范例，例如威尼斯便是贵族共和政体的范例。

所以，若是把孟德斯鸠与先前的和同时代的其他理论家作比较，他更多地是偏于经验主义，可是普遍性和理性主义的一面在他身上也非常强烈，而且他完全不适合深入研究不同民族的个别形式。他归根结底还是相信法律，相信人和人的生活都要依靠法律，而人也会根据其所受治理的法律而有所改变。他更多地相信法律而不是人，并努力找到恰当的法律用量，以适应他的三种政体中的每一种，也适应每一种气候，等等。但是，他所追求的终极目标，也是他的全部意愿所指向的目标，还是为个体的人争取尽可能多的自由。

孟德斯鸠远非革命者。他是一个贵族。在他的典型政体中，他明显更偏爱那种包含特权阶层的君主立宪制，但这是因为他对群众的专制和独裁者的专制怀有同样的恐惧。他试图保证个人最大限度的自由，痛恨一切形式的专制主义，也害怕政府机器的无限权力。正是出于这一目的，孟德斯鸠对英国人洛克（John Locke）在他之前初步提出的学说加以完善，并最终对其作了明确表述。该学说已成为现代民主的基础：分权学说。为了将政府权力分配给几个相互监督和限制的机关，他把制定法律的权力即立法权（pouvoir législatif）交给国民的代表，把依法审判的权力即司法权（pouvoir judiciaire）交给独立的法官，把执行司法判决及政治决定的权力即行政权（pouvoir exécutif）交给政府。英国宪法为他的这个精巧组合提供了典范，其中的任何一种权力都不应侵犯另一种权力。从那时起，这个组合一直是根本的宪法原理，保障文明国家中的个人自由。

《论法的精神》一书的各个不同部分都很明晰，可若是作为一个整体来审视，却没有那么明晰。这本书的细节和题外话过于丰富，以至于不容易把握其结构。但是正因为如此，这本书才吸引了那个时代的公众。如前所述，那时的公众喜欢各种观念和事实的多样化全景呈现。此外，这本书也非常机智风趣，充满着对当时法国政府体系的影射。这本书取得了巨大而持久的成功。因为在他的观念的影响之外，该书本身写得也极好。其中的法国式明晰产生了一种具有阳刚之气的、有时是雕塑般的庄严感，其中没有虚荣、夸张和虚假的语调。孟德斯鸠只考虑他的主题；在他的青年时代，以及在他生活的整个时代，最主要的缺陷便是对风趣机智的过度追求，而孟德斯鸠很大程度上克服了这一缺陷。这是一个有着坚强性格的天才所写的书。

6）在孟德斯鸠去世前后，当伏尔泰在他位于瑞士边境附近的庄园定居时，思想运动已经凝聚在一项共同的宏大事业周围，这就是《百科全书》，其主要组织者为德尼·狄德罗（Denis Diderot, 1713—1784）。但是百科全书派这一团体的核心支柱却是伏尔泰，他享有名声和财富，且居住地靠近瑞士边界，这使得他受到保护。晚年的伏尔泰发起了一场反对基督教的大胆、激烈且极有技巧的论战。他几乎没有再写过鸿篇巨制，而是写了一些篇幅较短的小说、小型袖珍词典、各类小册子以及大量的通信。这些作品在法国和其他欧洲国家流传甚广，在多种多样的掩饰之下呈现伏尔泰及其思想。此类掩饰总是令人惊奇，也颇为好笑。伏尔泰属于富裕的中产阶级，在政治上颇为温和。与此同时，尽管当时还没有报纸，但他也是一位新闻工作者，亦是后世新闻业的典范。他运用时事与不宽容的现象作斗争，如卡拉斯案（affaire Calas）和西尔文案（affaire Sirven）[1]，并表态支持经济和社会改革，批评《圣经》的真实性或者莱布尼茨（Gottfried Wilhelm Leibniz, 1646—1716）[2]的乐观主义。伏尔泰最关心的问题是针对基督教的斗争，但他也坚持相信有一个会对自然做出安排，甚至会赏善罚恶的上帝。

在这一点上，伏尔泰和他的百科全书派朋友们有所不同，后者中的大多数人显然是无神论和唯物论者。《百科全书，或科学、艺术和工艺详解词典》（*Encyclopédie, ou dictionnaire raisonné des sciences, des arts et des métiers*）于1751至1772年间出版了很多卷，在书店极为畅销。与这项事业作对的人包括教士、政府和法官中的复旧派，也包括几位心怀嫉妒的作家。可是这些人并不团结，故而难以阻止《百科全书》的出版。他们只能制造一些事件，导致该书的出版有所延迟，然而这同时也激发了公众的兴趣。《百科全书》原本只是一位书商所策划的事业，不带有哲学或革命观念，但是随着狄德罗与著名数学家达朗贝尔（Jean

---

[1] 卡拉斯案和西尔文案都是18世纪60年代因宗教迫害导致的冤案，受害者分别是商人让·卡拉斯（Jean Calas）和手工业者让-保罗·西尔文（Jean-Paul Sirven），均为新教徒。伏尔泰发挥自身的巨大影响力，积极为受害者辩护，经过仔细调查和多方求证，最终成功翻案。

[2] 戈特弗里德·威廉·莱布尼茨，德国著名学者，历史上少见的通才，在数学史和哲学史上占有重要地位，曾创立微积分、拓扑学以及二进制的概念。他的众多著述还涉及神学、法律、外交、政治学、历史学、语文学、物理学等多个领域。这里主要指他发表于1710年的《神正论》（*Théodicée*），伏尔泰在哲理小说《老实人》（*Candide*）中对莱布尼茨的乐观主义哲学进行了辛辣的讽刺。

le Rond d'Alembert）合作组织此事，这部作品便成为了思想革命的最为强大的工具。它的重要性主要在于以下几点。首先，狄德罗将这项工作分配给众多杰出的专家。这些人组成了一个团体，"一个文人群体"（une société de gens de lettres）[1]，从而最终确立了这种新职业的存在和力量（见第 194—195 页）。这个团体受到一种共同精神的激励，那就是公共效用、文明进步、反基督教的乐观主义，以及对任何宗教信条和一般意义上的任何形而上学的轻视。这项事业面向所有人，以便在所有的事情上教导他们。也就是说，这项事业是要传播一切有用的知识，甚至是技术性的知识，并在所有人当中激发出进步和反基督教的乐观主义精神。然而实际上，并不是所有人都能直接从中受益。这部作品因卷帙浩繁而极为昂贵，也只有那些识字且足够富有的人才能订阅其各个分册。这就是说，其受众虽然人数相当大，却仍然是少数，也即中产阶级公众。最后，《百科全书》对知识进行分类，并不区分宗教、道德或者审美的高低贵贱，而是按照字母顺序排列。这相当于把知识的普及化推到极致。而旧时的百科全书则要依照某种体系，例如中世纪的百科全书便是按照创世的等级次序，首先讲上帝，而后才讲世界。诚然，达朗贝尔在一篇序言[2]中讨论过以感觉为基础的现代学科分类，即以所有知识均来自感觉这一观念为基础，但是这种分类法并没

---

1 《百科全书》的封面上标注的作者即是"一个文人群体"。
2 这里指的是达朗贝尔（D'Alembert）的《〈百科全书〉序言》（*Discours préliminaire de l'Encyclopédie*）。

有得到应用。此后的人也没有找到被普遍接受的体系，能将人类的全部知识纳入其中。而具有革命性的字母排序主导了后来的许多百科全书，字母的胜利也默认了现代精神的分裂与统一的缺乏。需要补充的是，《百科全书》的撰稿人众多，以普及化为实际目标，这就必然带来了风格、哲学和智识层次的降低。总体上，《百科全书》不再显示出当时的伟大作家和哲人的优雅和自由精神，风格往往很累赘，而有些唯物主义无神论者也同他们的神学家对手一样专断而偏执。

在我们尚未提到的《百科全书》的合作者和拥护者中，除去我们将分别谈及的狄德罗和卢梭，我们还要列举出两位作家，即爱尔维修（Helvétius）[1]和霍尔巴赫男爵（Baron d'Holbach）[2]，两人均为唯物主义者、无神论者、进步主义者和博爱主义者。后者写过一本很有名的书，对百科全书派的思想加以推广，这就是《自然的体系》（Le Système de la Nature）。哲人孔狄亚

---

[1] 克洛德-阿德里安·爱尔维修（Claude-Adrien Helvétius, 1715—1771），法国哲人，代表作《论精神》（De l'esprit）攻击以宗教为基础的一切形式的道德，曾引发轩然大波。他还认为人人都有学习能力，反对卢梭的《爱弥儿》，在《论人》（De l'homme）一书中宣称教育有着解决人类各种问题的无限可能。

[2] 保尔-亨利·蒂里，霍尔巴赫男爵（Paul-Henri Thiry, Baron d'Holbach, 1723—1789），通称"霍尔巴赫"，法国哲人、《百科全书》撰稿人，坚持无神论和唯物主义，代表作《自然的体系》辛辣地嘲讽宗教，倡导一种无神论的、决定论的唯物主义。他的另一部著作《基督教真相》（Le Christianisme dévoilé）攻击基督教违背理性与自然。此外他还写有《社会系统》（Système social）、《耶稣基督的批判性历史》（Histoire critique de Jésus Christ）等著作。

克（Condillac）[1]以一种具有高度原创性的方式发展了感觉主义（sensualisme），因此是现代实证主义的先驱之一。经济学家魁奈（Quesnay）[2]和杜阁（Turgot）[3]是重农学派[4]的创始人。他们把自然，也即土地，视为财富的唯一来源，不承认那些只改变土地财富之形式的人类活动具有生产性，并倡导自由贸易。

在百科全书派中，若论其才思的形成以及个人风格，最有趣

---

[1] 艾蒂安·博诺·德·孔狄亚克（Étienne Bonnot de Condillac, 1715—1780），法国哲人、心理学家、逻辑学家和经济学家，为约翰·洛克（John Locke）思想在法国的宣传和推广做出了重要贡献，与同时代的卢梭、狄德罗以及一批《百科全书》派作家有着密切交往。他曾涉猎多个领域，代表作包括《论人类知识的起源》(Essai sur l'origine des connaissances humaines)、《体系论》(Traité des systèmes)、《感觉论》(Traité des sensations)、《动物论》(Traité des animaux)、《逻辑学》(La Logique)等等。正文中的论述主要涉及他的《感觉论》。孔狄亚克对洛克认为感觉可以提供直观知识的学说提出质疑。在考察过每种感官所取得的知识之后，他提出人的全部知识都是经过转换的感觉，并排斥任何其他原理。

[2] 弗朗索瓦·魁奈（François Quesnay, 1694—1774），法国经济学家，重农学派的领袖，曾担任路易十五的宫廷御医，代表作为1758年出版的《经济表》(Tableau économique)。此书用图表来呈现社会各经济阶层和部门的相互关系，魁奈在其中提出了经济平衡的假说。

[3] 安·罗伯特·雅克·杜阁（Anne Robert Jacques Turgot, 1727—1781），法国经济学家，重农学派的主要代表人物之一，曾在路易十五统治时期从1761至1774年担任利摩日地区的行政长官，展现了卓越的经济管理才能，代表作为1766年出版的《关于财富的形成和分配的考察》(Réflexions sur la formation et la distribution des richesses)。

[4] 重农学派（École physiocratique）是18世纪中叶的法国古典经济学派，反对当时的重商主义政策，认为自然界和人类社会有着神制定的客观规律即"自然秩序"，而各类政策和法令都是"人为秩序"，必须与"自然秩序"相适应。

的就是狄德罗本人。他是朗格勒（Langres）一个裁缝的儿子，长期过着穷日子，靠写作为生，参加过无数的活动，对所有的知识都感兴趣，天赋极高，喜欢享乐，容易被感动并充满热情，还带有几分粗俗。他是那个世纪观念最为丰富的人。但是，他不太适合为这些观念赋予一种透彻、集中而明确的形式。他的唯物主义富有诗意，带有泛神论色彩。他对生气勃勃的自然界有着一种憧憬，他也概述过一些生理学理论。这些理论由他那个时代的几位学者酝酿筹备，却直至19世纪才得到充分发展。他的道德观正是基于他的自然观。这种道德观强调本能，认为人性本善，只有陈规才使人堕落。由于对一种颇为平庸的关于美德的构想怀有极大的热情，这种理论在狄德罗身上显现出某种中产阶级式多愁善感与过于轻率。狄德罗的美学也建立在他的自然观之上。他写过小说和戏剧，也是一位艺术和文学批评家。对他而言，模仿自然就是模仿生活的全部真实，无论美丑。因此，他放弃了那种将体裁区分为高贵的悲剧和写实的喜剧的古典理论。倘若狄德罗关于人类现实的构想没有那么轻率而浅薄，他就会成为发生于19世纪美学大革命的酝酿者。如我们关于流泪喜剧所讲的那样，正是家庭场景的感人之处激发了他的热情。在绘画方面，狄德罗欣赏格勒兹（Greuze）[1]的作品，后者的画作恰好对应于这种趣味。狄德罗

1　让-巴蒂斯特·格勒兹（Jean-Baptiste Greuze, 1725—1805），法国风俗画和肖像画家，深受尼德兰风俗画影响，也吸收了意大利绘画的一些技法。1759年，他结识了狄德罗，并在其启发下倾向于创作感情夸张的风俗画。其后的18世纪60年代，他的作品变得备受欢迎，享有崇高的声誉。

太容易产生热情，太容易感到乐观，从而看不到我们真正的生活所包含的伟大和悲惨，只是用另外一种不那么高贵的艺术惯例来取代一种艺术惯例。他是一个过渡时期的人，极其聪明，对未来的形式有所预感，却未能加以把握。他也以另一种方式宣告未来，即虽然他是一位大艺术家，写过很多令人钦佩不已的篇章，但是在法国大作家当中，他是第一个不再有非常确定的趣味或者始终清晰的风格的人。他最美的作品是几部小说，与其说是小说，不如说是一些充满机智妙语和诙谐描写的对话，如《宿命论者雅克和他的主人》(Jacques le Fataliste et son Maître)，特别是《拉摩的侄儿》(Le Neveu de Rameau)。

7) 让-雅克·卢梭（1712—1778）关于自然之善的观念也构成了他的学说之基础。他的这一观念与狄德罗相同，却更加深刻而激进。他以其天才之力，为思想运动提供了一个全新的方向。卢梭生于日内瓦的新教徒家庭，是一个钟表匠的儿子，幼年丧母，不久又被家人遗弃，没有受过正规教育。他年轻时过着冒险的，甚至有几分阴暗的生活，在巴黎的上等社交圈里从未感到自在。1750年前后，他凭借着音乐作品和一些早期著作在巴黎声名鹊起。在上流社会和文人当中，他既因为自己的过往和种种倾向而感到低人一等，又因自己的灵魂力量而有优越感。他无法忍受自己的个性和观念所引发的摩擦和计谋，对每个人的不信任达到了近乎迫害妄想的地步。他生活得非常不愉快，经常更换住所，只有当他独自一人身处乡间，在大自然的怀抱中孤独地遐想时[1]，才能获得片刻的宁静。

卢梭在几部著作中对他的学说加以发展。这几部著作均引发了轰动，如 1750 年的《论科学与艺术的复兴是否有助于使风俗日趋淳朴》(*Discours sur la question si le rétablissement des sciences et des arts a contribué à épurer les mœurs*)，1755 年的《论人与人之间不平等的起因和基础》(*Discours sur l'origine et les fondements de l'inégalité parmi les hommes*)，1758 年的《致达朗贝尔的信》(*Lettre à M. d'Alembert sur les spectacles*)，1761 年的《新爱洛伊丝》(*Julie ou la Nouvelle Héloïse*)，1762 年的《爱弥儿》(*Émile ou De l'éducation*) 和《社会契约论》(*Du contrat social*)，以及卢梭去世后于 1782 至 1788 年陆续出版的《忏悔录》(*Les Confessions*)。卢梭的学说建立在几条原理之上，而这些原理可以用以下的方式概括：自然使人良善，社会把人变得恶毒；自然使人自由，社会让人受到奴役；自然使人幸福，社会把人变得悲惨。倘若卢梭没有在一个全新的含义上理解"自然"(nature) 一词，那么对于他的时代而言，这些观念便不会特别具有革命性。早在卢梭之前，在没有他参与的情况下，这个时代就已经对历史传统以及社会结构的既有事实颇为轻视，也已经完全准备好清除它们，以便按照理性和自然对社会进行改革。对其他

---

[1] 这里暗指卢梭的名作《一个孤独的散步者的梦》(*Les Rêveries du promeneur solitaire*)。"梦"原文为 rêveries，也被译为"遐想"或"遐思"。

人而言，自然和理性是完全相同的。如果他们谴责那些历史用以阻碍人性进步的层层叠叠的传统和形式，他们绝不会谴责文明以及人类精神在科学、艺术和文学方面的进展，甚至也不会谴责生活中的便利、奢侈的乐趣以及文雅社会的魅力。对他们而言，进步完全是理智的，是明晰的、精神的、高雅的理性胜利。但是，这种高雅的智识主义（intellectualisme）有着几分冰冷和干瘪，使得灵魂和本能得不到满足。对于很多人的内心而言，这种食粮太不够充实了。我们在谈论那个时代的著名女性时已经观察到了这一点，而它也可以在许多其他迹象中得到印证。这就是说，在卢梭之前的 18 世纪，灵魂深处的重大问题似乎都缄默无声。在那时所有的文学中，很少能找到悲剧腔调，只有道德家沃韦纳格（Vauvenargues, 1715—1747）[1]的几乎一直鲜为人知的作品除外。

然而，对于卢梭而言，自然是人的内心，不等同于理性，也并非一种与人相区别的中性的、往往颇为残酷的力量。自然是人的母亲，仁慈而善良，所创造的人也纯洁而幸福。人若要保持这种状态，就只需顺应自然。在卢梭看来，自然有着一个敏感、和谐且带有人情味的灵魂，有着让-雅克·卢梭的灵魂。卢梭认同

---

[1] 吕克·德·克拉皮耶尔，沃韦纳格侯爵（Luc de Clapiers, marquis de Vauvenargues），法国道德学家和散文家。他相信个人有着行善的能力，这在一定程度上扭转了帕斯卡尔和拉罗什富科等人对人性的悲观议论。他与同时代的其他人一起重新强调情感的重要性，预示了后来卢梭的思想。他的代表作是 1746 年出版的《人类心智理解引论，附有思考和箴言》（*Introduction à la connaissance de l'esprit humain, suivie de réflexions et de maximes*），由一篇文章和七百多条箴言、警句和感想组成。

这一自然。如果他说要依循自然，这就意味着要依循灵魂的运动（mouvements de l'âme）。这些运动总是好的，倘若社会的影响没有对其加以腐蚀的话，我们或多或少都有这样的观念，即我们的愿望是好的，而我们的本能亦不会欺骗我们。卢梭毫无保留也毫不怀疑地遵循这一观念，从不会因为自身的痛苦经历而有所醒悟。他把所有这些经历都归咎于社会，认为社会通过其制度和冷酷无情的理性腐蚀了人的原始美德。因此，纯洁无瑕的人类灵魂才是美德的最高评判者及仲裁者，而对卢梭来说，社会则承担了基督徒原罪的角色。通过将自然与人类灵魂视为同一，并将人类灵魂与他自己的灵魂视为同一，他让自己的灵魂变为万物的评判者。

然而，卢梭的灵魂是伟大、美丽且富有旋律的，其所遭受的创伤使其更有力量，表达也更为丰富。人们自拉辛以来第一次听到了一位伟大诗人的声音，听到了一个能言说的灵魂，而这个灵魂讲的是生活中紧迫而现实的需求，是一种要去经历的新生活，是人的整个再生。卢梭太聪明了，不可能像一些同时代人所指责他的那样，想让现代社会退回至原始状态。他很清楚这不可能。他想要的是在现代生活的既有情形中，如他所理解的那样恢复自然而单纯的情感。这就是把敏感的灵魂，让-雅克·卢梭及其同类人的灵魂，确立为当前生活的最高仲裁者。而卢梭正是想要通过聆听自然之声，实际上就是他内心的声音，来对道德、教育、宗教和政治进行改革。他的教育构想倾向于让身体和灵魂的种种力量实现自发性发展，无需书本或推理，而是通过儿童在生活中遇到的种种需求和体验。儿童还必须过一种远离社会的生活，直至青春期结束。卢梭的教育观念在《爱弥儿》中以一种非常乌托邦的方式提出，却得以成为日后所有改革的基础。这要归因于卢梭式教育观念的原理，即儿童在学习时不应采用纯粹的接受形式，而是要自己去创造知识。此外，卢梭的宗教观将上帝理解为一种至高的存在，不为理性所理解，上帝位于一切信条之上，却向每一颗敏感的心显现，活在自然和人类灵魂之中。他相信无形的和不朽的灵魂，相信自由意志（libre arbitre）和基于良知的美德。这种学说既把矛头对准那些或多或少都是唯物论者、感觉论者（sensualiste）并追随某种功利主义道德的百科全书派哲人，也把矛头对准基督教会的信条体系。归根结底，道德由自然本身所支配。而对卢梭来说，自然是有美德的，能够克服社会所引发的腐败和危机，并将通过重新确立家庭这个在任何人类社会都是原初、自然且如田园牧歌般美好的形式，来把原始的纯真和至福（félicité）还给人类。

对于政治，卢梭一如既往地以自然和人心的永恒且经久不变的背景为出发点。人是生而自由的，所有人是生而平等的。自由和平等是不可转让的权利。当人们离开原始的孤立状态而在群体中生活时，这只能是通过一项自愿同意的契约（contrat）来实现。通过这项契约，每个成员为了让自己和自己的财富受到共同力量的保护，就要与所有人联合起来，同时只听从自己，并如先前一样保持自由。这是通过将每个结合者（associé）[1]的所有权利完全转让给整个集体（communauté）才得以实现的，以至于个人的意志和自由完全融合在公意（volonté générale）[2]和所有人的自由平等之中。因此，每一个人都毫无保留地完全放弃自己的所有权利，以便作为集体的一员重新获得这些权利，而集体的意志有着绝对的主权。这一学说确立了公意也即人民或民族所具有的唯一的、不可转让和不可分割的主权。其结果便是，政府，以及一般的行政官，都只是主权在民（peuple souverain）的代理人。人民不能放弃其主权，而只能将其行政权力委托给其代理人，也可以自由地随时撤回其委托，即为自己选择另一个政府。另一方面的结果就是，个人（作为国家一员时被称为公民）的个别意志（volonté particulière）一旦与公意不一致，就绝对无效。个别意志必须服从，如果不自愿服从，就会被公意强迫服从。按照卢梭所述，这无非意味着，个别意志的自由是被强迫的。可以看出，卢梭尽管在关于自然的自由与平等的观念上要比孟德斯鸠走得更远，却远远未能保证这些观念不被滥用甚至彻底被破坏。一切都取决于以何种方式解释公意这一构想，以及运用何种方法让公意得以被表达。

众所周知，卢梭的政治观念有着巨大的影响，正如他的天才产生的普遍影响那样。忽然之间，敏感的个人所具有的精神力量

---

[1] 这一节各类术语的译法均参照卢梭：《社会契约论》，何兆武译，商务印书馆1980年版。
[2] 也有学者认为，这个词应译为"普遍意志"，以强调卢梭关于个体平等和共同善的思想，供读者参考。

便得以恢复，抵消甚至排除了百科全书派的理性主义和唯物主义。他的《新爱洛伊丝》是一部关于激情之爱的小说，有着前所未见的奔放的情感流露。他的《忏悔录》是一部自传，他带着一种哀婉动人而又有几分张扬的敏锐性，历数了他的光荣和耻辱。这本书极度不讲节制，也极度不守隐私，却仍然很壮丽，创造了一种全新的抒情性，深刻、个人化、隐秘而持久。此书田园牧歌的一面亦不再是一种高雅的游戏，而是人类灵魂的一种需求和一处避难所。

8）18世纪文学的所有伟人均逝于大革命之前，他们都为大革命的酝酿做出了贡献，而大革命的发生方式也远远比他们当中任何人所能想象的都要激进。大革命完全改变了法国乃至整个欧洲的道德和社会氛围，因为大革命的各种观念迅速传播开来，随后又是拿破仑时代的长期战争，而法国军队在此期间几乎征服了整个大陆。大革命消灭了旧有的社会，从而中断了文学生活。直到1815年拿破仑倒台后，文学生活才重新组织起来。大革命本身的文学并没有产生第一等的作品。博马舍（Beaumarchais）[1]是一位冒险者和喜剧诗人，极具天赋也极有才华。他的一部喜剧《费加罗的婚礼》（1784）以其政治上的敢言而轰动一时，可是他对那

---

[1] 皮埃尔－奥古斯丁·卡龙·德·博马舍（Pierre-Augustin Caron de Beaumarchais, 1732—1799），法国作家，以两部经典喜剧《塞维利亚的理发师》（*Le Barbier de Séville*）和《费加罗的婚礼》（*Le Mariage de Figaro*）闻名于世。前者成为意大利作曲家罗西尼同名歌剧的蓝本，后者则启发了莫扎特的同名歌剧。

个时代种种问题的实质却几乎完全不懂。政治演讲在沉寂了两个世纪之后得以重生，充满活力和激情（如米拉波[1]），却过于夸大，充斥着演说的陈词滥调。另外，大革命和第一帝国官方风格的发展趋向于一种对古罗马时代颇为平淡的模仿，是一种美德和英雄主义的风格。尽管如此，这个位于18世纪和前浪漫主义风格之间的回归古典形式的时期，还是产生了一位在大革命中英年早逝的伟大抒情诗人。他就是安德烈·舍尼埃（André Chénier, 1762—1794）。他的作品从希腊挽歌中汲取灵感。他的趣味是古典的，思想基础是感觉主义和理性主义，而他也绝非浪漫主义者。可是他的诗律却迥异于法国古典主义者。在他笔下，节奏的停顿常常不再与语法的换行相吻合。他喜欢跨行（enjambement），喜欢把几个补足含义的词移至后一行诗句甚至是后一个诗节。他在诗句内有着突然的停顿，与位于第六个音节[2]之后的古典式顿挫并不相符。他在这方面预示了维克多·雨果（Victor Hugo）的浪漫主义者团体的出现。这些浪漫主义者对舍尼埃极为仰慕，视其为他们的一位先驱。

---

1 奥诺雷·加布里埃尔·里克蒂，米拉波伯爵（Honoré-Gabriel Riqueti, comte de Mirabeau, 1749—1791），通称为米拉波（Mirabeau），法国大革命时期著名的政治家和演说家。
2 舍尼埃的诗和法国古典戏剧均采用亚历山大体诗句，每行诗句包含十二个音节。在法国古典戏剧中，顿挫往往位于诗句的中间，即第六个音节之后。

III. 浪漫主义

浪漫主义（Le Romantisme）是一个高度复杂的跨国现象。这一现象在所有欧洲国家均有发展，特别是在德国。德国的浪漫主义比其他地方的更有力量，也更有深度。18 世纪下半叶以来的全部德国文学，不仅仅是所谓的德国浪漫派，都受到一场精神运动的激励。这场精神运动展现出一些迹象，它们在其他地方被称为"浪漫主义"（romantique）。这类迹象有很多，有非常不同的来源，却能相互结合，在整体上构成一种艺术形式，甚至是一种生活形式。要解释这一事实，就只能通过分析，尽力凸显各个迹象的相互关系以及历史上的相互依存。

1）首先，浪漫主义是对法国古典主义趣味在欧洲的主导地位的一种反抗。这场反抗首先爆发于德国，并在那里产生了深刻反响，也引发了一场运动，催生了歌德（1749—1832）时代的整体文学，而这场反抗针对的正是法国文学中的理性主义。在年轻的德国人看来，那种文学不真挚、狭隘而虚假，且远离自然，远离民众。在他们看来，那种文学通过各种规则，通过语言的僵化和干瘪的高贵，从而扼杀了天才。这些年轻的德国人崇尚民间诗歌，崇尚莎士比亚戏剧。他们在写悲剧时蔑视时间和地点的统一，并把悲剧性和脍炙人口的写实性相混合。他们运用富有生气的民间语言，甚至不避讳粗俗的表达，同时又有着深刻而哀婉的理想主义。他们以自己的方式发现古典时代，尤其是希腊的艺术和诗歌。他们充满热情，在古典时代中发现的既不是规则，也不是合宜性，而是强有力、天真淳朴且朝气蓬勃的自然。他们甚至重新发现了中世纪，而法国古典主义美学曾把中世纪贬斥为野蛮时代。这场运动在其第一阶段被称为"狂飙突进运动"（Sturm und Drang），从1770年起在德国发展起来。其后，这场运动经历了颇为复杂的改变，但是大多数作家从未放弃对法国古典主义文明敌视的、有时甚至是咄咄逼人的姿态。这场运动的影响逐步扩散到整个欧洲，甚至通过斯塔尔夫人（Madame de Staël）的作品渗入法国，并在法国以一种略显矫揉造作（factice）的形式，于1830年前后在维克多·雨果周围的浪漫派艺术中获得了成功。

2）浪漫主义的另一个特别的方面则关系到诗人对待生活的普遍姿态。浪漫主义诗人是众人中的异类。他是忧郁而极其敏感的，喜欢孤独，也喜欢情感的流露，尤其是那种身处自然之中的隐隐约约的绝望之情。这是一种态度，也是一种心境，即使不是由卢梭创造，至少也是在卢梭的影响下得到了极大发展。18世纪的某种田园诗般的感性早已培育了这种态度，可是直到卢梭，它才得到充分的实现。孤独的忧郁成为伟大抒情诗的基础，而浪漫主义者一旦身处于城市或者人群中便感到心烦意乱，到乡村田园生活中寻求躲避成为一种迫切需求。卓越的灵魂亦是不被理解的灵魂，被公共和文明生活的无意义的喧闹所伤害，也被现代生活中美德、坦率、自由和诗意的欠缺所伤害。大革命的历史，以及随后一段时期的历史，在很大程度上使得理想主义者放弃了这场卢梭所开创的运动的实践性和改革性的一面，也促使他们牢牢抓住卢梭的孤独的抒情性。这段历史让浪漫主义的态度在个人原因之外，更有了客观原因。

　　在大革命之前，甚至在大革命的发展过程中，人们曾期待能够创造一个全新的世界，一个与自然融洽相处并摆脱了所有桎梏的世界。而人们也相信，仅仅是因为历史传统的包袱，这些桎梏才被用来反对人的幸福。在经历了太多的恐怖和流血之后，一切固然都改变了，但是从大革命和拿破仑时代的所有灾难中出现的，绝不是对良善而纯洁的自然的回归，而又是一种历史境况，相较于业已消失的境况还要更加粗劣，更加野蛮也更加丑陋。当人们看到这一点后，特别是当人们意识到，大多数人都接受了这种情境，在施行或者忍受不公、暴力和腐败，仿佛从未有过另外的期待一样，那些精细而理想主义的灵魂便被一种近乎绝望的深刻失落感所笼罩。在1815年拿破仑倒台之后，一个相对稳定的新秩序在欧洲主要国家中得以确立。此时的中产阶级，即旧时的革命阶级，确实开始越来越多地在公共生活中占据主要地位。可是，中产阶级已变得何等平庸，有着何等卑劣的功利主义，又是何等地傲慢而又怯懦啊！那些精细、卓越、慷慨和富有诗意的心灵在这种现代生活中感到陌生。他们躲避到忧郁、抒情性和孤独的骄傲之中，有时躲避到悲剧性和矛盾性的讽刺之中，往往还躲避到政治和宗教的反抗之中。这种心境有很多变体，取决于各类气质、各种境况和各个世代。我们可以研究这一心境在诗人的生平和作品中的不同形式。例如，在法国，这种心境出现于夏多布里昂

(Chateaubriand)[1]的作品，塞南库尔（Senancour）[2]的《奥贝曼》（*Obermann*），邦雅曼·贡斯当（Benjamin Constant）[3]的《阿道尔夫》（*Adolphe*）和维尼（Vigny）[4]的作品，还以一种较为温和的形

---

1 弗朗索瓦－奥古斯特－勒内，夏多布里昂子爵（François-Auguste-René, vicomte de Chateaubriand, 1768—1848），法国作家和外交官，最早的浪漫派作家之一，在19世纪初期的法国享有崇高的地位，深刻影响了当时的一代青年。他的代表作有《基督教真谛》（*Le Génie du christianisme*）和《墓畔回忆录》（*Mémoires d'outre-tombe*）。《基督教真谛》的两个部分《勒内》（*René*）和《阿达拉》（*Atala*）曾以单行本出版，是著名的浪漫主义小说。
2 艾蒂安·皮韦尔·德·塞南库尔（Étienne Pivert de Senancour, 1770—1846），法国作家，《奥贝曼》的作者。此书作于19世纪初期，主人公生性敏感，因为受挫而精神痛苦，隐居于瑞士山间。这体现出卢梭思想的影响。在卢梭看来，人类的本性由于文明进步而变恶。《奥贝曼》这部小说首次问世于1804年，当时并未引起公众的注意。1833年此书再版时附有评论家圣伯夫的导言，引起了浪漫主义者的浓厚兴趣。
3 邦雅曼·贡斯当（1767—1830），法国和瑞士小说家、政治思想家。1816年出版的自传性小说《阿道尔夫》描写了一位青年对一位比自己年长的女人的炽烈情感，以明晰的语言风格和细腻的心理描写见长，是现代心理小说的先声。他曾与斯塔尔夫人有过一段恋爱关系，两人共同反对拿破仑，共同流亡瑞士和德国，与歌德和席勒结识，还与德国浪漫派先驱施莱格尔兄弟成为朋友。贡斯当在流亡期间还撰写了《论宗教的起源、形式及发展》（*De la religion considérée dans sa source, ses formes, et ses développements*），对宗教感情开展历史分析。
4 阿尔弗雷德·维克托，维尼伯爵（Alfred-Victor, comte de Vigny, 1797—1863），法国最富有哲理的浪漫派诗人、剧作家和小说家，作品包括诗集《古今诗稿》（*Poèmes antiques et modernes*）和《命运集》（*Les Destinées*），历史小说《桑－马尔斯》（*Cinq-Mars*），三幕剧《夏特东》（*Chatterton*）等等，还改编过莎士比亚的《奥赛罗》和《威尼斯商人》。

式出现于拉马丁（Lamartine）[1]、缪塞（Musset）[2]以及其他许多人的作品之中。这种心境是一种近乎普遍的态度，一种风尚。它并不局限于法国，甚至也不局限于严格意义上的浪漫主义，而是在欧洲各处都能找到，如德国、意大利、英国。这种心境经过某些改变，甚至在浪漫主义时期之后也继续保持，直至第一次世界大战。有的时候，这种心境变成了仇恨，如对中产阶级的仇恨，对社会的仇恨。还有的时候，这种心境变成了一种骄傲的冷漠，一种附庸风雅或者刻意为之的玄奥。从中也出现了一种对个人的极度崇拜。这种态度原本是浪漫主义的，其形式过于多样，难以在此处一一列举。但是，所有形式均有一个共同点，即诗人与社会之间裂开了一道鸿沟。我们将在最后一章回到这个问题。

3）浪漫主义创造了一种新的历史构想，在历史研究的所有领域都引入了新方法。我们在第一章中谈到语言学和文学研究（第

---

[1] 阿方斯·德·拉马丁（Alphonse de Lamartine，1790—1869），法国诗人和政治家，发表于1820年的抒情诗《沉思集》（*Méditations poétiques*）以质朴的语言和鲜明的节奏表达了真挚的情感和虔诚的信仰，为法国浪漫主义诗歌开辟了新天地。此后他的重要作品还包括《新沉思集》（*Nouvelles méditations poétiques*）、《苏格拉底之死》（*Mort de Socrates*）、《诗与宗教的和谐集》（*Harmonies poétiques et religieuses*），等等。

[2] 阿尔弗雷德·德·缪塞（Alfred de Musset, 1810—1857），法国浪漫主义剧作家、小说家和诗人，代表作有自传体小说《一个世纪儿的忏悔》（*La Confession d'un enfant du siècle*）、戏剧《罗朗萨丘》（*Lorenzaccio*）、诗集《西班牙和意大利的故事》（*Contes d'Espagne et d'Italie*）、抒情诗"四夜组诗"即《五月之夜》（*La Nuit de mai*）、《十二月之夜》（*La Nuit de décembre*）、《八月之夜》（*La Nuit d'août*）和《十月之夜》（*La Nuit d'octobre*）等。

17页及以后、26页、28页及以后）时已经多次提及这个问题。对法国古典主义的反抗彻底推翻了那种主张遵循单一典范的审美构想。当时人们有一个极为重要的发现，那就是美，还有艺术之完善，并不是只在希腊拉丁古典时代实现过一次，而是每个文明、每个时代和每个民族都有其自身特有的个性和自身特有的表达形式，能够创作出一些作品，在其体裁之内有着最高等的美。因此，在审视不同时代和不同文明的作品时，就有必要详尽地了解每个时代和每种文明特有的历史情境和个性，而不是根据一些绝对且外在的原理来对其加以评判。人们由此发现，中世纪绝不是一个审美的野蛮时代，而是产生了一种文明、一种诗歌、一种哲学以及丰富多彩且值得赞叹的艺术的一个时代。浪漫主义倾向于偏爱原始时代，那时的情感和激情仍然有着自发和原初的力量，而在更加文明和文雅的时代，审美与合宜性的种种规则对自然形成了约束。这份对原始时代的偏爱也催生了一种对各种起因、各类来源、各个年轻而原始的时代或者被假定为年轻而原始的时代的真实崇拜。曾长期被遗忘和轻视的中世纪和文艺复兴时期的史诗和抒情诗也受到巨大热情的关注，成为大量语文学工作的对象。人们认为，在文明的原始时代，诗歌天才要更有自发性，也要更加旺盛。那时的理性和社会惯例还很不完备，创造性想象在民众中间所产生的作品要更加伟大，也更为纯粹，其作者也并非某位个人，而是"民众的天才"（génie du peuple）。"民众的天才"这一构想很美，却很模糊，被视为一切真正诗歌的来源。当然，这种观看方式并不局限于文学。人们也以同一视角审视各个不同古老时期的建筑、雕塑、绘画，甚至是机构和法律，特别是整个中世纪的文明。

这样的一些观念必然包含历史构想的某种动态性。如果每个民族和每个时代都能产生自己的艺术和生活形式，且每一种形式本身都很完善，并按照自身的法则和天才发展，那么历史就成为人类各种形式的极为丰富的演变。人们很容易便能在其中看到一个普遍天才即上帝的诸多观念的相继实现。这种构想既深刻又有活力，产生了一种对历史发展的理解，远比那种 18 世纪常见的沿着单一路线持续进步的构想更加深刻、丰富而多元。而按照后一种构想，每一个新的文明阶段似乎都要胜过前一个阶段，在原则上剥夺了前一个阶段的全部价值。

自从赫尔德和"狂飙突进运动"以来，即自从 1770 年前后以来，我刚才总结的这些观念就在德国初具雏形了。在法国大革命过后，这些观念获得了新生，得到了充分发展，并被赋予了一个特别的方向。这个方向起初是复旧的。在伏尔泰、孟德斯鸠、百科全书派和卢梭等人观念的启发之下，大革命有着明显的反历史性，想要摆脱所有的历史背景，摆脱过去的一切习俗和制度，还想要彻底破除旧社会，并按照理性或自然的原理加以重建。而这种"自然"被视为某种绝对且经久不变的事物，其规则亦被一劳永逸地固定下来。然而，革命似乎只造成了无序、不公、可怕的激情以及流血。整个欧洲的反抗都很激烈，而浪漫主义者的"历史主义"（historisme）也颇受影响。很多浪漫派都成为了革命的反对者以及复旧者。他们以对传统的崇拜和对历史内在力量的尊重来反对大革命的理性主义和反历史主义，以演化来反对革命[1]。他们还以保守的、生活在古老习惯中的、处于缓慢演化之中的人民来反对那些受到煽动者诱惑的群众，并认为这种人民接近于真正的自然，真正的自然无非是上帝的精神，其变化不是根据人类理性的带有任意性的观念，而是根据一种需要感知和遵循的节奏。

所以，这些浪漫派既有民众性，又反对革命。他们相信，把民众推向革命，就是在危害民众的天才，破坏这种天才的根基。实际上，浪漫主义保守派的反抗迥异于旧时的专制主义原理。这种反抗与中央集权相对立，并希望保留地方习俗、行业组织和社会等级。这种反抗也反对理性主义。相较于专制主义时代，这种反抗更偏爱中世纪，却忽视其理性主义的一面。这种反抗以历史演变的观念为基础。然而，这种观念本身就绝不复旧，而是充满活力，很有可能服务于革命。人们只需展现出，社会基础的彻底改变本身就是由历史演变的进程在某一个时刻引起或者假定。这就是卡尔·马克思后来为黑格尔哲学带来的改变。浪漫派的历史主义、对中世纪的热情、对理性主义的厌恶以及对情感的崇拜，在他们当中激发了宗教信仰的觉醒。而这又是一种浪漫主义用来反对18世纪的倾向。这首先是天主教的一种复兴，与其说是信条的复兴，不如说是诗意、神秘性和抒情性的复兴，有时也与浪漫

---

[1] 此处的"演化"和"革命"原文分别为 évolution 和 révolution，前者指的是和平的渐进式改革，后者则包含暴力和流血。

派的政治观念有关。可是这种复兴并不普遍，很多浪漫主义者也并未参与其中。但是，这一气氛变得更有利于宗教情感，连那些仍然与教会机构格格不入或者怀有敌意的人也充满了隐约的、神秘的或者泛神论的宗教性，与18世纪占主导地位的唯物主义和感觉主义（sensualisme）相去甚远。即使是浪漫派中间的无神论者，也为他们的无神论赋予了一丝带有抒情性的绝望，保持了某种宗教色彩。

4）总的来说，浪漫主义所呈现的，与其说是一种轮廓分明的成体系的统一性，不如说是一种诗歌氛围的统一性。浪漫主义充满了种种反差，如民众的朴素与个人的讲究、保守的倾向与革命的萌芽、甜蜜的抒情和苦涩的讽刺、虔诚与傲慢、热情与绝望。这一切都混杂在一起，有时是在同一个人物中。浪漫主义尽管迅速分化、变质，却产生了深远的影响。它起先曾是情感和人类灵魂深处的大规模反抗，反对干瘪的理性和肤浅的明智通达。逐渐地，这场反抗失去了其原初的力量，并被现代生活在经济、技术和科学方面的实际发展所否定，甘愿负责美化一种与其所有倾向完全不相容的生活，即为中产阶级的休闲时光提供抒情性宣泄和戏剧布景，让其感觉到一种隐约的理想主义，而又不要求他做任何事。浪漫主义艺术的各形式便是以这种不祥的角色在整个19世纪继续存在。但是在其初期，这确实是诗歌和灵魂的深刻力量的一种再生。乡村和森林、湖泊和河流、山岳和海洋、白天和黑夜、黎明和日落，这些都复活了，好似在先前的诗歌中从未出现一般，总是与人类灵魂密切接触，通过一种有魔力的同情心反映出它们的愉悦和痛苦。

同样地，浪漫主义让民间诗歌得以再生，并深化了有关人民及其创造力的构想。在所有的欧洲国家，浪漫主义为文学语言带来了它在法国古典主义统治之下曾失去的丰富和自由。浪漫主义还创造或者更新了一些未知的、被忽视的或者业已没落的文学流派，如抒情诗体（lyrisme），叙事诗（ballade）这种一半是抒情诗一半是史诗的诗歌，一种遵循莎士比亚的传统、摆脱了古典规则且力求为其主题赋予时代的真实背景和气氛的戏剧、历史小说，以及对各种人物的内心生活及演变加以呈现的个人的、心理的、强调个性的小说。浪漫主义还鼓励并培育方言诗歌，对正受到现代中央集权威胁的乡土文学起到了很大的推动作用。最后，正如我们已经屡次提到的，浪漫主义还以其更真实、更有生命力也更具包容性的关于发展的构想，对历史研究和语文学研究产生了一定的启发。这构成了一整套全新的哲学，主要在德国培育而成，但在世界各地都产生了深远影响。黑格尔的体系尽管并不完全是浪漫主义的，却以浪漫主义的发展构想为基础。

5）在本章的最后，我们将简要概述法国和意大利的浪漫主义。在法国，第一代浪漫派，或者可以说是浪漫主义直接的先驱，出现在拿破仑时代的开端即1800年前后，并处于一种模仿古罗马时代的冷峻而又夸张（见第207页）的趣味的支配之下。这第一代人中最重要的人物是弗朗索瓦-勒内·德·夏多布里昂。他是一位大诗人，与大革命和拿破仑为敌，也是虔诚的天主教徒，骄傲而孤独，带有一种崇高的忧郁，即使在他的荣耀时刻也充满了苦恼。他把孤独的自然以及历史,尤其是基督教历史,都加以诗化。而他的抒情散文铿锵有力、绵延不绝,有着壮丽的风景,充满了真情实感,在读者的灵魂中产生了长久的回响。整个法国浪漫主义的内在节奏实际上是由夏多布里昂创造的。同代人中还有斯塔尔夫人(1766—1817)。她把一些在德国的朋友和熟人启发下形成的观念和趣味引入法国[1]。另有邦雅曼·贡斯当和塞南库尔。他们写过几部对浪漫主义心理分析具有重要价值的小说,如《阿道尔夫》(1816)和《奥贝曼》(*Obermann*, 1804)。第二代人,即严格意义上的浪漫派,是在复辟时期即 1820 年前后形成的。这是一整个诗人和作家群体,其中有伟大的抒情诗人拉马丁和维尼,19 世纪法国最重要的批评家圣伯夫(1804—1869),尤其是还有维克多·雨果(1802—1885),他是当时法国文学中最具影响力的人物。雨果是一位有着神奇创造力的抒情诗、史诗、戏剧和讽

---

[1] 热尔梅娜·德·斯塔尔(Germaine de Staël),通称为"斯塔尔夫人",原籍瑞士的法国作家、文学评论家、政论家,同时是沙龙女主人,接待各路文坛名流,曾因为反对拿破仑而被迫旅居德国、意大利等欧洲多国。她的文艺思想主要体现在《论文学与社会建制的关系》(*De la littérature considérée dans ses rapports avec les institutions sociales*)一书中,其中评论了从古希腊直到 18 世纪的西欧文学,论述了欧洲北方与南方文学的特点,并表达了对北方文学(浪漫主义)的偏爱。她的两部长篇小说《黛尔菲娜》(*Delphine*)和《高丽娜,或意大利》(*Corinne, ou l'Italie*)也在一定程度上表达了她的文艺思想。她的另一部代表作是酝酿于旅居德国期间的《论德意志》(*De l'Allemagne*),其中探讨了德国的风俗、文学、艺术、哲学和宗教等多个方面,向法国读者介绍了德国 18 世纪后期的"狂飙突进运动",对法国浪漫主义文学产生了一定影响。斯塔尔夫人集中体现了她那个时代的欧洲文化,在古典主义和浪漫主义之间架起了一座思想的桥梁。

刺诗人，是语言和各种诗歌形式的主宰。在 19 世纪，没有一个人能够与他的声誉相提并论。尽管如此，好几位现代批评家认为他的精神缺乏深度，也不太能欣赏他铿锵有力的修辞。在这一群体的更年轻的成员中，值得一提的有阿尔弗雷德·德·缪塞。他写过一些迷人的短篇喜剧，可是他美妙的抒情却不再像先前那样受到普遍推崇。还有泰奥菲尔·戈蒂耶（Théophile Gautier, 1811—1872）[1]。他是一位抒情诗人，写过几部小说和一部有关浪漫主义

---

[1] 泰奥菲尔·戈蒂耶，法国诗人、小说家、评论家、新闻记者，在法国文学从 19 世纪早期的浪漫主义阶段到 19 世纪末期的唯美主义和自然主义的转变中发挥了至关重要的作用。他早年曾参与 1830 年雨果的《欧那尼》（*Hernani*）首演之后古典派和浪漫派的论战。其后他逐渐摆脱浪漫主义的主张，转而倾向于"为艺术而艺术"（l'art pour l'art），认为艺术家的宗旨是达到形式的完美。这种转变最初见于 1832 年发表的长诗《阿尔贝蒂斯》（*Albertus*）、1833 年发表的《青年法兰西》（*Les Jeunes-France*）以及 1835 年发表的小说《模斑小姐》（*Mademoiselle de Maupin*）等作品，最为典型的体现则是 1852 年的诗集《珐琅和玉雕》（*Émaux et camées*）。戈蒂耶是一位非常高产的文人，曾长期为《新闻报》（*La Presse*）和《普世箴言报》（*Le Moniteur Universel*）供稿，先后担任《巴黎评论》（*Revue de Paris*）和《艺术家》（*L'Artiste*）等刊物的编辑，写有诗集《西班牙》（*España*）、散文集《西班牙之行》（*Voyage en Espagne*）等众多作品，还曾撰写大量艺术评论，收录于 1855 年出版的《欧洲的美的艺术》（*Les Beaux-Arts en Europe*）和 1858—1859 年出版的六卷本《二十五年来法国戏剧艺术史》（*Histoire de l'art dramatique en France depuis vingt-cinq ans*）之中，在 19 世纪的法国文艺界享有崇高地位，受到同时代文人如福楼拜、圣伯夫、龚古尔兄弟、波德莱尔等人的高度评价。

历史的作品[1]。他的艺术寻求呈现对感觉的确切印象,这已不再是浪漫主义的。其他一些人物,包括一些艺术家,例如画家德拉克洛瓦(Delacroix)[2],也曾与浪漫主义群体或多或少保持联系,或者多少受过浪漫主义的影响,如写抨击文章的保罗-路易·库里耶(Paul-Louis Courier)[3]、写歌谣的贝朗瑞(Béranger)[4]、写故事的普罗斯佩·梅里美(Prosper Mérimée)、现代现实主义的创造者司汤达和巴尔扎克,还有几位历史学家,其中最伟大的是儒勒·米什莱。米什莱神奇地唤起了法兰西的过去,尤其是唤起了

---

[1] 指《浪漫主义史》(*Histoire du Romantisme*),这是戈蒂耶的最后一部作品,未能完成,出版于他逝世后的 1874 年,其中包含对"《欧那尼》之战"的追忆。

[2] 欧仁·德拉克洛瓦(Eugène Delacroix, 1798—1863),法国画家,浪漫主义画派的典型代表,继承和发展了文艺复兴以来威尼斯画派、伦勃朗、鲁本斯等艺术家的传统,并对后世艺术家特别是印象派和后印象派画家产生了深刻的影响。他的作品大多取材于历史和文学,往往通过缤纷的色彩、宏大的构图、强烈的明暗对比和深刻的心理刻画来表达奔放的感情,代表作包括《但丁与维吉尔》《希阿岛的屠杀》《自由引导人民》《十字军进入君士坦丁堡》,等等。1832 年,他前往摩洛哥和阿尔及利亚旅行,创作了大量带有异域风情的作品,如《阿尔及尔妇女》和《摩洛哥犹太人的婚礼》。

[3] 保罗-路易·库里耶(1772—1825),法国的古典文学研究者和时事评论者,曾在 1815 年之后的波旁王朝复辟时期撰写一系列抨击政客和教士、维护农民权利的小册子,文笔优美,曾于 1821 年被捕入狱,声名远扬。

[4] 皮埃尔-让·德·贝朗瑞(Pierre-Jean de Béranger, 1780—1857),法国诗人、民歌作家,在波旁王朝复辟时期撰写的歌谣和讽刺诗曾广为流传,他也因此而备受尊敬。他最为知名的作品包括《意弗托国王》(*Le Roi d'Yvetot*)、《穷人的上帝》(*Le Dieu des pauvres gens*)、《头脑简单的查理的加冕礼》(*Le Sacre de Charles le Simple*)、《老奶奶》(*La Grand-Mère*)、《老军士》(*Le Vieux Sergent*)。

中世纪，而他的性情和作品也完全是浪漫主义的，尽管他狂热地主张民主。

在意大利，伟大的作家兼哲学家，也是浪漫主义历史构想的先驱加姆巴蒂斯塔·维柯（Giambattista Vico）的作品早在18世纪上半叶（《新科学》，1725年第一版）即已出现。但是，在18世纪下半叶有所表现的民族振兴运动即"意大利复兴运动"（Risorgimento）却更多地有着古典主义而非浪漫主义的特性。这个时代产生了帕里尼（Parini）[1]的诗歌、威尼斯人哥尔多尼（Goldoni）[2]的喜剧以及阿尔菲耶里（Alfieri）[3]的悲剧。尽管如此，

---

1 朱塞佩·帕里尼（Giuseppe Parini, 1729—1799），意大利诗人和散文家，以其优美的贺拉斯体《颂歌集》（*Odi*）和长篇讽刺诗《一天》（*Il giorno*）闻名于世。《一天》是他的代表作，共分为四卷，于1763至1801年间出版，嘲讽了米兰贵族的自私和浅薄。
2 卡洛·哥尔多尼（Carlo Goldoni, 1707—1793），意大利剧作家，对传统的"即兴喜剧"进行改革，被公认为意大利现实主义喜剧的创始人，代表作有《妇人的闲话》（*I pettegolezzi delle donne*）、《说谎者》（*Il bugiardo*）、《真正的朋友》（*Il vero amico*）、《扇子》（*Il ventaglio*）等。
3 维托里奥·阿尔菲耶里伯爵（Conte Vittorio Alfieri, 1749—1803），意大利悲剧诗人，以反暴政为作品的主要题材，致力于创作堪与欧洲各国文学相媲美的意大利戏剧，并通过文学促进意大利民族精神的复兴，被视为"意大利复兴运动"的先驱。他的代表作包括悲剧《克莉奥佩特拉》（*Cleopatra*）、一组颂诗《自由的美国》（*L'America libera*）、政治专论《论暴政》（*Della tirannide*），以及极具感染力的悲剧《扫罗》（*Saul*）。

乌哥·福斯科洛（Ugo Foscolo）[1]的作品主题却无可否认地体现出浪漫主义前期的心境。意大利伟大的浪漫主义诗人是亚历山德罗·曼佐尼（Alessandro Manzoni, 1785—1873）。他是一位天主教诗人，写过悲剧和一些很美的圣歌，因其伟大的历史小说《约婚夫妇》(*I Promessi Sposi*)而享有国际声誉。这部小说讲的是两位恋人的故事，被置于一幅17世纪米兰的壮丽画卷之中。与他同时代的贾科莫·莱奥帕尔迪（Giacomo Leopardi, 1798—1837）自幼多病，生命短暂且命运多舛，是伟大的欧洲抒情诗人之一。他通常被视为一位古典主义者，因为他有一些反宗教的观念，诗句中也能感觉到古代形式的影响。因此，人们会把他和曼佐尼及其流派相对立。但是莱奥帕尔迪孤独而有个性的绝望显示出浪漫主义心境的诸多迹象。

IV. 19世纪一瞥

1815年法国波旁王朝的复辟和拿破仑倒台后整个欧洲的复旧政策都无法阻止现代生活的发展及其政治和经济演变。法国大革

---

[1] 乌戈·福斯科洛（1778—1827），意大利诗人和小说家，他的多部作品表达了许多意大利人在法国大革命、拿破仑战争以及奥地利重新统治期间的心境。1797年的颂歌《致解放者波拿巴》(*A Bonaparte liberatore*)表达了对拿破仑的期望，但是这种期望很快转为失望。1802年的小说《雅科波·奥尔蒂斯的最后书简》(*Ultime lettere di Jacopo Ortis*)体现出对意大利社会和政治状况的不满，被许多评论家视为意大利第一部现代小说。1807年，他以一首抗议拿破仑禁止刻写墓志铭的无韵体爱国主义诗歌《冢》(*Dei sepolcri*)名声大噪。拿破仑垮台以后，他拒绝效忠宣誓重返意大利的奥地利统治者，于1816年逃往英国，以教书和撰写评论文章为生。

216 命的观念已经传播开来。起源于大革命和拿破仑时代的两项制度，即义务初等教育和义务兵役制，逐渐在很多欧洲国家推行。这两项制度有助于动员群众，使他们自觉参与公共生活。科学和技术的进步迅速地改变了物质生活的节奏和条件，带来了蒸蒸日上的繁荣景象和巨大的人口增长，也让欧洲和被欧洲化的国家获得了世界霸权。这种进步还使得资本主义制度下的中产阶级或多或少占据了统治地位。也就是说，这部分人口凭借其智识、企业家精神和对工作的专注，往往也凭借经济波动中的种种机遇，得以实现对工业、商业和信贷组织的控制。历次战争与革命几乎没有对这种演变构成阻碍，有时还起到了加速作用。

从1871到1914年，欧洲没有发生任何重大的战争或革命。有几个国家的繁荣和安全达到了一个不是那个时代的亲历者很难想象的程度。但是，物质、科学和技术的发展迅速得令人眩晕，节奏还在不断加快，在大多数欧洲国家和美国均是如此，这造成了越发紧迫的适应问题。落后的政治形式，列强的野心和竞争，受到外国统治压迫或威胁的欧洲弱小民族对于国家的向往，某些国家的人口过剩，特别是不同阶层之间物质生活水平的差异，这些因素引发了诸多危机，一个接着一个，并往往以一种错综复杂的方式结合在一起。而报刊让群众意识到这些问题，并扩大了问题的影响范围。尽管如此，绝大多数欧洲人还是期待这种适应能够经由一种和平演变实现。即使当1914年战争爆发时，大多数人尽管对这样一个事件的发生感到害怕，却不会猜到将有众多潜在的危机浮出水面，也不会猜到将有一长串的灾难在欧洲和整个世界爆发。他们难以想象生活会发生何种程度的变化。今天，战前时期，也就是1914年以前的时代，距离那些曾有意识地亲历该时期的人是如此遥远，以至于可以将其当成过去的某个时代来谈论。不过，由于战前时期为我们当下生活的时代做了准备，我们便可以根据自身形成的关于当前境况的种种看法，以极为多样的方式来解读那时的各种文学活动。我将仅限于凸显那些在我看来最为重要的趋势和事实，而不拘泥于文学流派的惯用名称，如现实主义、自然主义、象征主义，等等。对我的目标而言，这些名称并不很适合。我会讲得很简洁，因为一旦稍稍进入细节，便不再知道该在哪里停止，而这一时代的文学产量是巨大的。

1）我将从这个现象即巨大的文学产量开始。自19世纪以来，在大多数欧洲国家中，所有人都能阅读，所有人都想阅读，而印刷术的技术进步也使得这种阅读需求的满足成为可能。报刊每天出版一期、两期、三期，其中在政治信息之外，还可以看到文学文章、长篇小说、短篇小说以及书评。另有文学性或半文学性的期刊、画报、杂志，等等。最后还有书，包括诗集、戏剧、小说、论文集、批评论著，等等。任何一个曾经在欧洲某家大图书馆的管理部门工作过的人，倘若亲眼看到一天天进入图书馆的巨量印刷品，都不太能免于一种惊恐的情感。可是，在过去的近三十年间，电影和广播开始逐渐取代阅读。人们逐步习惯于用视觉和听觉印象来取代阅读，而读书只是为了受教育和获取知识。但是，19世纪的人读书是为了阅读的愉悦感。面向如此众多的消费者，文学产品的审美水平会无可避免地有所下降，特别是因为这一大批消费者还没有清楚地意识到自身的定位。他们所要求的，以及人们提供给他们的，并不是真正的大众文学，而是对精英文学的一种乏味的模仿，其中占统治地位的是虚假的高雅、夸张怪诞的戏剧情节（mélodrame）、非逼真性以及陈词滥调的情感。

2）这就在杰出作家和普通公众之间造成了一道鸿沟，我们在谈到浪漫主义时对此已有过讨论。19世纪很多最为出色的作者都对一般读者，也就是中产阶级中的大多数，怀有深深的鄙视。这些作者也无法被人民听到，因为作为文学公众（public）的人民尚且毫无自主性。他们只是非常缓慢地才充分意识到其政治存在，其审美层面的存在和意愿则要实现得更为缓慢。他们在审美上仍然是庸俗的小资产者。另一方面，视野的开阔，生活节奏的快速变化，不断演变的无数胚芽以及由此产生的诸多危机，被大艺术家们更加迅速地察觉或者猜测到，并在他们那里产生了乍看之下令人惊奇的一些图像和表达形式。还有一些人，特别是在这一时代的末期，对这种辉煌文明的不稳定性以及威胁它的种种灾难有着或多或少清晰的认识，便通过一些奇怪而又隐约令人恐惧的作品表达这种认识，或者以矛盾和极端的观点来刺激公众。其中很多人并不花费任何功夫来让他们所写的东西易于理解，或是出于对公众的鄙视，或是出于对自身灵感的崇拜，或是出于某种悲剧性的弱点，使其难以做到既真实又简明。其结果便是，很多一流作家（但也包括画家、音乐家等等）在生活中与广大公众没有接触，或者只是在经过了很多斗争和误解之后才赢得了公众。而且几乎所有人，尤其是在法国，都把普通的中产阶级公众视为他们的敌人,是他们鄙视和憎恨的对象。只要想想伟大的象征主义诗人波德莱尔、兰波和马拉美,想想司汤达、福楼拜、巴雷斯(Barrès)[1]或者纪德等作家的态度,想想超现实主义运动,就能意识到一种几乎是悲剧性的情境,而公众的结构和作家的傲气也同样促成了这种境况。我们还可以举出很多其他例子,在其他艺术领域和其他欧洲国家,特别是在德国,也能找到大量例子。人们甚至相信,这是一种必要的、无可避免的境况,而且历来就存在,即一位大诗人或一位大艺术家不一定能被大多数同时代人所理解,其天才只能向后世显现。可这是一个错误。历来就有一些情形,如嫉妒、阴谋以及特别的环境,使得天才作家无法赢得他应当享有的声誉。也总有一些短暂的风尚和视角的错误,使得这位天才作家显得不如一些远逊于他的对手。但是,作为一个只有少数例外的几乎带有普遍性的规则,杰出作家与公众之间的鸿沟是世界大战之前最后一个世纪的特有现象。

3)虽然如此,对于欧洲的智识和文学活动来说,19世纪仍是最丰富也最辉煌的时代之一。这首先要归功于思想和言论的自

---

[1] 莫里斯·巴雷斯(Maurice Barrès, 1862—1923),法国作家和政治家,其个人主义和民族主义倾向在同时代人中有着很大影响。他的《自我崇拜》(*Le Culte du moi*)三部曲于1888—1891年间出版,对自我进行了严格的剖析。此后,他的个人主义进一步发展为对故土的忠诚和强烈的民族主义,于1897—1902年间发表总题为《民族精力的小说》(*Le Roman de l'énergie nationale*)的三部曲,其中最有名的是1897年出版的第一部即《离开本根的人》(*Les Déracinés*)。巴雷斯抱有反犹主义思想,在"德雷福斯事件"(*L'affaire Dreyfus*)中亦是反德雷福斯派的主要代表之一。

219 由。在先前的几个世纪里，这种自由从来没有能发展到如此程度或者拥有如此广泛的基础。公众舆论变得越发强大，也越发自由，这使得政府实际上不可能通过采取措施来压制思想，而复旧势力想要采取此类措施的所有尝试亦是徒劳。中产阶级文明以自由主义为基础。宽容、思想自由交流、力量自由发挥的原则与这种文明的起源和本质是如此密不可分，以至于该文明不得不允许表达一些有损于其自身生命的思想，并允许参与讨论这些思想。这些颠覆性的构想正是由中产阶级文明内部发展而来。大资本尽管在很长一段时间内凭借其经济实力成功地镇压或阻止了社会主义运动，却未能压制其思想和纲领，而这些思想和纲领必然会引发越发大胆和有效的尝试，来让自身得以实现。只有在致命的危险时刻，中产阶级文明才在某几个欧洲国家放弃了自由思想和言论自由的原则，这便是该文明的终结。由于害怕被消灭，这个文明自我毁灭了。然而，这种自我毁灭并未在所有地方发生。盎格鲁－撒克逊国家和其他几个国家进行了抵制。我们很快就将看到，是否有可能在一个改变了的世界中，在一种新的形式下保持这种自由。而任何一个体验过这种自由的人，都不会愿意在失去它的情况下生活。[1]

　　在19世纪下半叶和20世纪初，这种自由近乎不受限制。由于资本主义制度下的中产阶级从智识和艺术的角度几乎毫无组织，一些最为多样、最为大胆，往往也最为古怪的观念和艺术形式便找到了保护人和资源。对这些观念和艺术形式而言，各种阻力只

1　写于1943年。——原注

能起到宣传作用，冷漠才是唯一对其构成威胁的危险。在各类信仰和影响近乎无秩序的多样性促进之下，文学生产中的种种形式和表达有着极大的个人自由，以至于很难根据其风格和倾向对作品进行分类。然而，在罗曼语国家中，还是能注意到几个特别重要的发展，在法国最为明显。

4）抒情诗的形式大量涌现。人们模仿各个时代和民族的抒情诗形式，也发明了一些新的、更自由的形式。诗律的改革甚至称得上是革命，这总是在法国被大声宣扬。不过，可不要因此上当。在语言和诗句方面，法国人实际上还是非常保守的，即使最具革命性的人也是如此。很多在内容和精神上极具新意的诗歌都是以一种古典和传统的诗句形式写成。由 12 个音节组成的伟大古典诗句即亚历山大体仍旧保持了其主导地位。当维克多·雨果引入某些新的细微差别，允许对顿挫进行位移，允许诗句结尾与句法分隔不重合（即跨行）时，这便是一场革命了。但是，被彻底改变的是抒情诗的语言，是从彼特拉克主义继承下来的比拟、形象和隐喻的宝库。1800 年前后，所有这些财富都与旧有的欧洲社会一并沉没了。在某些浪漫派身上，仍能找到这一财富的残留，但是总体而言，一种新的诗歌语言正是因浪漫派才得以形成。这种语言要更加个人化，更为直接，更加别具一格，有着千变万化的风景，以及更为亲切的也更贴近现实的比拟。浪漫派几乎都是注重个人灵魂之情感的诗人，他们用时而宁静，时而热情，更多的时候哀怨而忧郁的悠长旋律，来歌唱这些情感。旋律中夹杂着叹息、呐喊、呼号，总是铿锵有力。他们试图在读者的灵魂中激起长长的回声，使其陷入情感、梦境、热情和无限绝望的朦胧之境，就连他们关于史诗或哲学主体的诗歌也是灵魂的铿锵有力的倾诉。

到19世纪中叶，开始出现了一种复旧。有几位诗人厌恶了情感的尽情倾吐和含糊不清，感到需要一种更严格、更客观也更精确的美。他们培育对感觉的精准描绘，偏爱庄严雄伟的平静感或荒野感，而这些感觉并不给个人的情感抒发提供任何出口。对秀丽风景和异域风情的崇拜之感早在维克多·雨果和另外几位浪漫主义者那里便有所酝酿。但是现在，这种感觉带有了一种不动声色的冷静态度，与浪漫主义形成对立。这就是被称为巴纳斯（Le Parnasse）[1]的流派，为首者是勒贡特·德·里尔（Leconte de Lisle）[2]。在其艺术的颇为有限的框架内，他是一位令人仰慕的诗人。与此同时，对感觉的崇拜也以另一种有趣得多的方式发生演变，而这也和巴纳斯派运动密切相关。有几位诗人体会到了一些此前不为人知或至少未被表达的感觉。这些感觉往往受到倦怠（ennui）的暗示，而这种倦怠又是由现代文明以及诗人身处其中

1　巴纳斯派是19世纪的法国诗派，也被译为高蹈派，其名称出自文学杂志《现代巴纳斯》(*Le Parnasse contemporain*)。"巴纳斯"即古希腊神话中缪斯的住处——巴纳斯山（Mont Parnasse）。

2　全名为夏尔-玛丽-勒内·勒贡特·德·里尔（Charles-Marie-René Leconte de Lisle, 1818—1894），法国诗人，巴纳斯派的领袖，在19世纪下半叶的法国文坛享有崇高地位。他有着悲观的人生态度，深受斯多葛主义影响，反对浪漫主义，倡导严谨、节制、非个人化的诗歌，代表作为《古代诗集》(*Poèmes antiques*)、《蛮荒诗集》(*Poèmes barbares*) 和《悲剧诗集》(*Poèmes tragiques*) 等。勒贡特·德·里尔是他的姓，也是人们通常对他的称呼。

的迷惘所引起的。诗人在惯用的诗歌语言形式中不再找得到能满足其表达意愿的工具，便开始深刻地改变诗歌中言语的功能。这种功能有着双重性，而且历来如此。在诗歌中，言语不只是理性认识的工具，它还具有唤起感觉的力量。言语的唤起功能是语言中固有的，甚至在一定程度上留存于日常用语之中。在18世纪，这一功能颇受忽视，或者只以某种装饰性和外在的方式被使用。那个时代高雅的理性主义即便在诗歌中也只能领略理性所能轻易把握和分析的事物。即使是浪漫派，在赋予诗歌言语远远更多的唤起价值（valeur évocatrice）的同时，其言辞（énoncé）也保持了本质上的理性特点。因而，诗歌言语的表达，即便是一些模糊的情感和内心的流露，对于智识的理解力而言也仍是可接受的。但是，在19世纪下半叶的几位诗人那里，在象征主义者那里，言语的唤起功能被置于首要地位，其作为智识理解力工具的作用则变得问题重重，有时毫无效果。言语功能的这种激进的改变趋向于强化其唤起和产生幻觉的能力。这一点即使放在现代也并非无例可依（只需回忆一下贡戈拉，见第166页）。但是，与中产阶级文明的经济、科学和技术活动处于同一时代的象征主义诗歌却是一种引人注目甚至自相矛盾的现象。

象征主义的创立者是与勒贡特·德·里尔同时代的夏尔·波德莱尔（Charles Baudelaire, 1821—1867）。在他的后继者中，最著名的诗人是斯特凡·马拉美（Stéphane Mallarmé, 1842—1898）、保尔·魏尔伦（Paul Verlaine, 1844—1896）和阿尔图尔·兰波（Arthur Rimbaud, 1854—1891）。象征主义者基于对感觉的即刻利用以及想象力可以从中引出的幻象，大大拓展了诗歌所能呈现的感觉的范围。他们发现了一些不为人知的、潜意识的感觉，或者一些看上去丑陋、粗俗，且在诗歌中不被容许的感觉。他们发现了不同感官激发的印象之间的应和（correspondances）[1]，得以通过这种手法，对极具暗示性的幻象加以表达，并揭示出一些有着强烈真实性的心境。而象征主义者最美的诗句中或隐或现的道德困境，在以一种极为特别的方式显示于他们每个人身上之时，也展现了一个时代的病理的诸多症状。这个时代的辉煌文明包含了一场巨大危机的胚芽。象征主义者的很多诗句显然令人费解，他们的形象令人吃惊，他们怀着一种局外人难以理解的态度，面对广大公众时颇为傲慢且时而有激烈的革命性，其中的几位还表现出对恶习的崇尚。这些都让同时代的中产阶级感到嫌恶，使其对象征主义者或是漠不关心，或是充满敌意。但是，后一个世代即1870至1900年之间出生的那代人中的精英则完全被象征主义者的魅力所折服，不仅仅在法国，在别的国家亦是如此，尤其是在德国。现代诗歌正是建立在象征主义者的表达形式和审美构想基础之上的。

---

1 这里指的是波德莱尔的诗集《恶之花》（*Les Fleurs du Mal*）中的名诗《应和》（*Correspondances*）。这是各类有关象征主义的著述中经常提到的一首十四行诗，表达了人类各感官之间相互应和，以及人的心灵与自然界之间相互应和的思想。此诗的第二诗节明确提及"应和"，现抄录于此："如同悠长的回声遥遥地汇合 / 在一个混沌深邃的统一体中 / 广大浩漫好像黑夜连着光明—— / 芳香、颜色和声音在互相应和。"（夏尔·波德莱尔：《恶之花》，郭宏安译，商务印书馆2018年版。）

5）19 世纪最重要也最高产的文学征服是对日常现实的征服。其中最广为流传的形式是现实主义长篇小说或短篇小说，但这种征服的效果也体现于舞台和电影，甚至体现于抒情诗之中。历史小说原先本质上是浪漫主义的创造，现实主义小说则由几位作家在法国创造。这几位作家与浪漫主义者是同时代人，却与后者有着明显区分。他们是司汤达（Stendhal）（真名亨利·贝尔［Henri Beyle, 1783—1842］），还有奥诺雷·德·巴尔扎克（Honoré de Balzac, 1799—1850）。早在 1830 年前后，即最早的现实主义小说出版前不久，维克多·雨果及其团体就已经宣告了作为现代现实主义之基础的美学原理。正是文体混合的原理，使人得以用严肃的甚至是悲剧性的手法处理日常现实，包括其中的社会、政治、经济、心理等全部人类问题。古典美学谴责这项原理，明确地将高级风格和悲剧概念与对当下生活一般现实的任何接触相分离，即使是中间体裁，如正人君子之间的喜剧[1]、箴言[2]、人物素描[3]等，也只允许通过合宜性、概括性和道德主义，用一种有限的形式描绘日常生活。维克多·雨果向全部的古典主义美学高声宣战，但是他在一种过于肤浅的戏剧形式中构思文体混用观念，而这种形式与 19 世纪的现实太不相符。雨果说过，要混合崇高与怪诞。从这些话中可以看出，他更多地指向一种小说式（romanesque）的诗化，而不是生活的现实。

1　此处指莫里哀的喜剧。
2　此处指拉罗什富科的《箴言集》（*Réflexions ou sentences et maximes morales*）。
3　此处指拉布吕耶尔的《品格论》。

司汤达以其小说《红与黑》(1831)成为现代现实主义小说的真正创始人。巴尔扎克《人间喜剧》的最初几卷也在近乎同一时间问世。巴尔扎克打算在此书中呈现全部当代生活的一幅全景图。只需把司汤达或巴尔扎克的几页书与先前莫里哀、菲勒蒂埃、勒萨日、普雷沃神父、狄德罗等人的不论哪部写实作品相比较，就会意识到，政治、经济和社会生活只是在司汤达和巴尔扎克之后才进入文学，并带有其全部的广度和所有的问题。这是同时代的、当下的生活，并不被视作道德主义者的那种概括而静止的形式，而是被视作一组现象，其深层起因、相互依存关系和活跃性也一并被呈现。还应注意到，任何人，不分社会地位，都可以扮演一个悲剧角色，而悲剧情节的场景也不再必须是贵族、王家或英雄的环境。在法国，在某些限定条件下甚至可以说是在欧洲，正是司汤达和巴尔扎克最早实现了现代形式的文体混合。这种混合通常被称为现实主义，在我看来是现代文学中最重要也最有效的形式。现实主义密切跟踪我们生活的快速变化，越来越多地包含人们在尘世间的生活，并使人们能够对其所处的具体现实有一个概览，为其赋予一种对当下的知觉。长期以来，法国作家一直处于现实主义运动的最前沿。居斯塔夫·福楼拜（Gustave Flaubert, 1821—1880）在他的几部作品中，特别是在其小说《包法利夫人》中，对小资产者进行了精辟的分析，而埃米尔·左拉（Émile Zola, 1840—1902）在描述同时代的一个家族即卢贡-马卡尔家族的"自然史"的系列小说中引入了生物学的唯物主义方法。自19世纪下半叶以来，一些斯堪的纳维亚作家，特别是伟大的俄罗斯作家们，对现代现实主义产生了深刻影响。现代现实主义在所有国家都得到了强劲的发展，尤其在德国和盎格鲁－撒克逊国家。现实主义在广大公众当中引发的反响要远大于象征主义者们的艺术，这也引发了现实主义小说、戏剧和电影的大量产出。这构成了一种危险，而只要公众，或者确切地说是人民，不会自发拒绝那些对现实的种种假造中过分的甜美、琐碎的小说化或者幼稚的简化，这就一直会构成一种危险。

6）在我们所讨论的时代行将结束时，19世纪道德文明的两极，即属于精英的极端主观主义和属于大众的新生的集体主义，表现出一种相互接近的趋势。我们可以举出这种接近（rapprochement）的几个迹象。例如，某些作家的开端和精神结构显然是个人主义，甚至是极端个人主义的，却转向了集体主义观念，或是拥抱民族主义神秘论（mystique nationaliste），或是拥抱共产主义。法国的巴雷斯和纪德便是如此。在现实主义的一个非常有趣的发展中，也可以看到两极的接近。主观主义被引入现实主义艺术之中，这很自然，甚至也合乎司汤达的传统，所产生的作品则提供了非常个人化且往往很奇怪的人类生活形象。这些形象以一种异乎寻常且意料之外的方式审视和归纳各种人和事，从一个特别的角度展开社会学或心理学分析，阐明了一些以前未被注意或者被忽视的现象。这种发展受到现代哲学某些倾向的支持，也促使关于现实的构想趋于崩解。现实不再被认为是客观和单一的，而越来越被理解为意识的功能。这使得一个全体共有的客观现实的概念被不同的现实所取代，而它们是因注视现实的个人或群体的意识而有所不同。这些个人或群体本身会根据其性情和境况而变化，其看待现实中种种现象的方式亦会变化。故而，统一且不可分割的现实被不同层次的现实所取代，这即是一种有意识的视角主义（perspectivisme）。一些现代作家向我们展示的，不是现象 A 的客观图景，而是某一时刻出现在人物 B 的意识中的现象 A，也可能为我们呈现一幅关于 A 的完全不同的景象，或是在人物 C 的意识之中，或是在人物 B 自己另一时刻的生命的意识中。

第一位系统而持续地把世界比作意识的功能的这一构想加以应用的作家是法国小说家马塞尔·普鲁斯特（Marcel Proust）。他创作了题为《追忆似水年华》（À la recherche du temps perdu）的系列小说。欧洲和美国的其他作家也依循了同样的道路，有时却会发现一些与普鲁斯特的视角主义颇为不同的形式。然而，我们的视野的扩展始于 16 世纪，并以越来越快的节奏推进，使我们看到日益增长的一大团现象、生活形式和同时存在的活动，这就把视角主义施加给了我们。尽管视角主义在源头上是主观主义的，它却是对我们所生活的世界实现一种具体综合的最有效的方法。如普鲁斯特所言，这个世界对我们所有人来说都是真实的，对每个人来说又都不相同。屏幕的技术可以在片刻间给我们提供一整套形象，而这些形象构成了与同一主题相关且同时发生的一组现象，这为视角主义提供了新的表达手法，与我们生活的多重现实相符。言语艺术无法取得这样的结果。但若是它无法将外在现象的视角主义推至屏幕那么远，那么就唯有言语艺术才能表达人类意识的一种综合的视角主义，从而重构其统一性。

第四部分

书目指南

　　以下篇幅中给出的书单是为学生和一般初学者准备的。因此，这份书单主要包含一些引论（introduction）和目录（répertoire）。在这些书中，可以找到更专门的书目，使人能够更深入地了解自己想要研究的特定问题。在文学史作品的书目说明中，还可以找到不同作者的校勘本。对于一项科学研究而言，有必要使用相关作者的现存最佳校勘本。一般而言，最佳校勘本也是最新的。每一条来自一位作者、一本学术书或者一篇期刊文章的引文都必须附有一条脚注，准确说明其来源（作者、书名、版本、期刊名称、出版地点和日期、卷数、页数、诗歌或诗句的编号，等等）。如果用缩写来引用书名（例如，ThLL 表示《拉丁语词库》[*Thesaurus linguae latinae*]，或者 R 表示《罗曼语区》期刊 [*Romania*]），则应给出一张表，按字母顺序排列。最好避免

loc. cit 的缩写，以免让读者花费功夫找寻前面的引文，而这项工作往往漫长而乏味。较为适宜的是简要地重复标题。

学生们经常会需要某条不属于罗曼语语文学领域的信息，例如关于历史、法律、经济、艺术等方面的问题。如果他不知道到哪里找这条信息，那么最好去查阅现代大百科全书（德语、英语、法语、意大利语）中的一本。其中的词条通常很出色，而且总会给出丰富的书目说明。

我们的书目将以两部分构成。一部分关于语言学，另一部分关于文学。在 19 世纪，人们曾多次尝试将罗曼语语文学的这两个部分合并为一部"百科全书"。我们引用这些百科全书中最后也是最重要的一部，其中的好几卷一直极其珍贵：Gröber, Gustav, et al., *Grundiss der romanischen Philologie*, Strassburg, 1888 et ss. ; 第二版中还收有多卷。

书目指南

A. 语言学

I. 普通语言学和语言学方法论

Saussure, F. de: *Cours de linguistique générale*, Genève 1916, 3e éd. Paris 1931 (traduction espagnole Buenos Aires 1955).

Meillet, A.: *Introduction à l'étude comparative des langues européennes*, 7e éd Paris 1935.

Devoto, G.: *Origini indoeuropee*, Firenze 1962.

Meillet, A.: *Linguistique historique et linguistique générale*, 2 vol. Paris 1921, 1936.

Brunot, F.: *La pensée et la langue*, 3e éd. 1936.

Bally, Ch.: *Linguistique générale et linguistigue française*, Berne 1944².

Grammont, M.: *Traité de phonétique*. Paris 1933.

Wartburg, W, v.: *Einführung in Problematik und Methodik der Sprachwissenschaf*, Halle 1943, édition française, Paris 1946, ²1962(Tübingen).

Hocket, Ch. F.: *A Course in Modern Linguistics*, New York 1958.

在对唯心学派的形成做出贡献的书籍中（第20页），我想提及的是：

Croce, Benedetto: *Estetica come scienza dell'espressione e linguistica generale*. Bari.

Vossler, K.: *Gesammelte Aufsätze zur Sprachphilosophie*, München 1923.

Vossler, K.: *Geist und Kultur in der Sprache*. Heidelberg 1925.

Porzig, W.: *Das Wunder der Sprache*, Bern 1950, ²1957.

Borst, Arno: *Der Turmbau zu Babel*, I/IV, Stuttgart 1957—1963.

II. 词　典

a) 拉丁语

Thesaurus linguae latinae. Leipzig, depuis 1900; en cours de publication.

Forcellini-de-Vit: *Totius latinitatis lexicon*. Prati 1858—1875.

中世纪历史文献中的拉丁文：

Ducange, Ch.: *Glossarium mediae et infimae latinitatis.* Ed, L. Favre. 10 vol. (le neuvième contient un glossaire d'ancien français). Graz 1954 (Niort 1883—1887 年版的影印本。第一版于 17 世纪末问世)。

Blaise, A.: *Dictionnaire latin-français des auteurs chrétiens*, Strasbourg 1954.

Souter, A.: *A Glossary of later Latin.* London 1949, ² 1957, (Oxford).

Mittellateinisches Wörterbuch bis zum ausgehenden 13. Jahrhundert, hgg. von der Bayerischen Akademie der Wissenschaften und der deutschen Akademie der Wissenschaften zu Berlin, München, en cours de publication depuis 1959.

b) 罗曼语言概览

Meyer-Lübke, W.: *Romanisches etymologisches Wörterb.* 3. Aufl. Heidelberg 1935.

c) 法　语

1. 词源词典

Wartburg, W. v.: *Französisches etymologisches Wörterbuch*, Bonn, plus tard Leipzig et Berlin, (depuis 1944 Bâle) en cours de publication depuis 1928. 收录了所有高卢罗曼语词汇，包括多种语言和普罗旺斯语。

Gamillscheg, E.: *Etymologisches Wörterbuch der französischen Sprache*, Heidelberg 1928.

Bloch, O. (et W. von Wartburg): *Dictionnaire étymologique de la langue française.* 3e éd. refondue par W. v. W., Paris 1960.

Dauzat, Albert: *Dictionnaire étymologique de la langue française.* Paris 1938. 7e éd. rev. et augm. 1947.

2. 通用词典

Dictionnaire de l'Académie Française. 8e éd. 2 vol. Paris 1932—1935. (Première éd. 1694).

Littré, E.: *Dictionnaire de la langue française.* 7 vol. Paris 1956—1958.

Darmesteter, A., et A. Hatzfeld, avec la collaboration de A. Thomas: *Dictionnaire général de la langue française*, 2 vol. Paris 1895. 1900.

Robert, P.: *Dictionnaire alphabétique et analogigue de la langue française*, Paris, en cours de publication depuis 1951.

3. 针对特定时期的特殊词典

Godefroy, F.: *Dictionnaire de l'ancienne langue française.* 10 vol. Paris 1881—1902.

Tobler, A., und E. Lommatzsch: *Altfranzösisches Wörterbuch*, Berlin-Wiesbaden en cours de publication depuis 1925.

Grandsaignes d'Hauterive: *Dictionnaire d'ancien français, Moyen âge et Renaissance*, Paris 1947.

(关于古法语,我们还可以使用 L. Clédat 的小型词汇表[1]、Foerster 和 Breuer 为克雷蒂安·德·特鲁瓦作品编写的词典[2],以及下文 B 中引用的大多数文选中的词汇表。)

Huguet, E.: *Dictionnaire de la langue française du 16e siècle.* Paris, en cours de publication depuis 1925.

d) 古普罗旺斯语

Raynouard, M.: *Lexique roman ou dictionnaire de la langue des Troubadours* ... 6 vol. Paris 1838—1844.

Levy, E.: *Provenzalisches Supplementwörterbuch.* Fortges, v. C. Appel. 8 Tle, Leipzig 1894—1924.

Levy, E.: *Petit dictionnaire provençal-français.* Heidelberg 1909 (réimpr. 1961).

e) 意大利语

1. 词源词典

Battisti, C.: Alessio, G.: *Dizionario etimologico italiano I/V*, Firenze 1950—1957.

---

1 指 Léon Clédat 编写的 *Petit Glossaire du vieux français, précédé d'une introduction grammaticale*,初版于 1887 年。

2 指 Wendelin Foerster 和 Hermann Breuer 编写的 *Kristian von Troyes: Wörterbuch zu seinen sämtlichen Werken*,初版于 1914 年。

Prati, A.: *Vocabolario etimologico italiano*, Milano 1951.

2. 通用词典

Vocabolario degli Accademici della Crusca. 5a impressione, Firenze; Depuis 1863.

Tommaseo, Niccolò e B. Bellini: *Dizionario della lingua italiana.* Nouvelle édition. 6 vol. Torino 1929.

Petrocchi, P.: *Novo dizionario universale della lingua italiana.* Milano I/II 1894—1900.

Battaglia, S.: *Grande dizionario della lingua italiana*, Torino depuis 1961.

f) 西班牙语

1. 词源词典

Corominas, J.: *Diccionario crítico etimológico de la lengua castellana*, 4 vol, Berna 1954.

García de Diego, V.: *Diccionario etimológico español e hispánico*, Madrid 1954.

2. 通用词典

Covarrubias: *Tesoro della lengua castellana.* Madrid 1611, réimpr. Barcelone 1943.

Diccionario de la lengua castellana...compuesto por la Real

Academia española. Madrid, première édition 1726—1739, 14e éd. 1914, 15e éd. 1956.

g) 葡萄牙语

1. 词源词典

Antenor Nascentes: *Dicionário etimológico da língua portuguêsa*, 2 vol. Rio de Janeiro 1932—1952.

Caldas Aulete, F. J.: *Dicionário contemporâneo de língua portuguêsa.* 2a ed. 2 vol. Lisboa 1925.

Caldas Aulete, F. J.: *Dicionário contemporâneo da língua portuguêsa*, V, Rio 1958.

Figueiredo, C. de: *Novo Dicionário de Lingua Portuguesa*, 5a ed. Lisboa 1939. ed.

h) 加泰罗尼亚语

Diccionari Català—Valencià—Balear, redactat de Mn. Antoni Ma. Alcover y En Francesch, de B. Moll, Palma de Mallorca X 1930—1962.

i) 罗马尼亚语

1. 词源词典

Puscariu, S.: *Etymologisches Wörterbuch der rumänischen Sprache.* Heidelberg 1905.

Cioranescu, A.: *Diccionario etimológico rumano*, La Laguna, en cours de publication depuis 1958.

2. 通用词典

Dictionarul limbii Romîne, IV, Bucuresti 1955—1957.
Dictionarul limbii romîne moderne, Bucuresti 1958.
Dictionarul enciclopedic romîn, Bucuresti 1962 ff.
Dictionarul limbii romîne literare contemporane. Academia Republicii Populare Romîne, 1955.

k) 撒丁语

Wagner, M. L.: *Dizionario etimologico sardo*, Heidelberg, en cours de publication depuis 1957.

l) 雷蒂亚-罗曼语

Dicziunari rumantsch grischun, publichà da la Sociètà Retorumantscha..., Cuoira, en cours de publication depuis 1939.

m) 语言学术语

Marouzeau, J.: *Lexique de la terminologie linguistique*, Paris 1933.
Hofmann, J. B. et Rubenbauer, H.: *Wörterbuch der grammatischen und metrischen Terminologie*, Heidelberg 1950.
Lázaro Carreter, F.: *Diccionario de términos filológicos*, Madrid 1953.

Sprachwissenschaftliches Wörterbuch, hgg. von Johann Knobloch, Heidelberg, en cours de publication depuis 1961.

III. 语言地理学

Gamillscheg, E.: *Die Sprachgeographie und ihre Ergebnisse für die allgemeine Sprachwissenschaft*, Bielefeld und Leipzig 1928.

Jaberg, K.: *Aspects géographiques du langage*, Paris 1936.

Dauzat, A.: *La géographie linguistigue*. Nouv. éd., Paris 1943.

Coseriu, E.: *La geografía lingüística*, Montevideo 1956.

Alvar, M.: *Los nuevos atlas lingüísticos de la Romania*, Granada 1961.

最重要的罗曼语语言地图集是以下这些:

Atlas linguistique de la France, publié par J. Gilliéron et E. Edmont. Paris 1902—1912.

Sprach-und Sachatlas Italiens und der Südschweiz, von K. Jaberg und J. Jud, Zofingen 1928 ff.

Atlasul linguistic Român (sous la direction de Sextil Puscariu), Cluj 1938 ss. (Ser. noua 1956 ff.)

Griera, A.: *Atlas lingüistic de Catalunya*. Barcelona 1923—1926.

Atlas lingüístico de la Península ibérica. Madrid 1962 ss.

此外还有许多方言词典。

IV. 罗曼语语法和历史

a) 罗曼语言概览

对 19 世纪全部工作进行总结的奠基性著作是

Meyer-Lübke, W.: *Grammaire des langues romanes*, 4 vol. Paris 1890—1902.

Lausberg, H.: *Romanische Sprachwissenschaft*, 5 vol. Berlin 1956 ff. (1er vol.²1963).

Kuhn, A.: *Romanische Philologie*, I. Die Romanischen Sprachen, Bern 1951.

Tagliavini, C.: *Le origini delle lingue neolatine*, Bologna 1959.

Elcock, W.—D.: *The Romance Languages*, London 1960.

Meyer-Lübke,W.: *Einführung in das Studium der romanischen Sprachwissenschaft*, 3. Aufl. Heidelberg 1920（有一个较新的西班牙语修订扩充版）此书太难了，根本无法像书名所承诺的那样作为入门读物。

以下书籍对初学者来说更容易接受：

Bourciez, E.: *Eléments de linguistique romane*. 3e éd. Paris 1930. 这是一本历史语法书。

Wartburg, W. von: *Die Entstehung der romanischen Völker*, Halle 1939 éd. franç.: *Les origines des peuples romans*. Trad, de l'allemand. Paris 1941. 此书介绍了截至公元 1000 年语言和文明形成的历史。

Meier, Harri: *Die Entstehung der romanischen Sprachen und*

Nationen, Frankfurt 1941.

Iordon, I.: *Einführung in die Geschichte und Methoden der Romanischen Sprachwissenschaft*. Berlin 1962.

Grandgent, Ch. H.: *An introduction to Vulgar Latin*. Boston 1907；trad. italienne 1914. (强烈推荐 Fr. de B. Moll 的西班牙译本, *Introducción al latín vulgar*, Madrid 1952).

Battisti, C.: *Avviamento allo studio del latino volgare*, Bari 1949.

Vossler, K.: *Einführung ins Vulgärlatein*, hgg. von H. Schmeck, München 1955.

Slotty, F.: *Vulgärlateinisches Übungsbuch*. Bonn 1918.

Hofmann, J. B.: *Lateinische Umgangssprache*. Heidelberg 1926.

Maurer Jr., Th. H.: *Gramática do Latim Vulgar*, Rio 1959.

Sofer, J.: *Zur Problematik des Vulgärlateins*, Wien 1963.

Väänäncn, V.: *Introduction au latin vulgaire*, Paris 1964.

Maurer Jr., Th. H.: *O Problema do Latim Vulgar*, Rio 1963.

Haadsma, R. A. et Nuchelmans, J.: *Précis de Latin Vulgaire*, Groningen 1963.

Reichenkron, G.: *Historische Grammatik des Vulgärlateins*, Wiesbaden 1964 ff.

b) 法语语言

1. 语言的历史

Brunot, Ferdinand: *Histoire de la langue française*. 13 vol. Paris, depuis 1905.

Kukenheim, Louis: *Esquisse historique de la linguistique française et de ses rapports avec la linguistique générale.* Leiden 1962.

Vossler, K.: *Frankreichs Kultur und Sprache.* 2 Aufl, Heidelberg 1929.

Dauzat, A.: *Histoire de la langue française.* Paris 1930.

Wartburg, W. von: *Evolution et structure de la langue française.* Paris 1934. 5e édition Berne 1958.

Bruneau, Ch.: *Petite histoire de la langue française*, 2 vol., Paris 1955—1958.

François, A.: *Histoire de la langue française cultivée des origines à nos jours*, 2 vol. Genève 1959.

2. 历史语法

Brunot, F., et Ch. Bruneau: *Précis de grammaire historique de la langue française.* Paris 1933.

Nyrop, K.: *Grammaire historique de la langue française.* 6 vol. (dont le 1er en 3e, le second en 2e. éd.) Copenhague 1908—1930.

Meyer-Lübke, W.: *Historische Grammatik der französischen Sprache.* 2 vol. Heidelberg 1913—1921.

Regula. M.: *Historische Grammatik des Französischen.* 2 vol., Heidelberg 1955—1956.

3. 古法语

Anglade, J.: *Grammaire élémentaire de l'ancien français*, 3e éd. Paris 1926.

Schwan, E. et D. Behrens: *Grammaire de l'ancien français*. Trad. française. Leipzig 1932. (L'édition originale, en allemand, a été souvent réimprimée).

Foulet, L.: *Petite syntaxe de l'ancien français*, 3e éd. Paris 1930—^{4}1963.

Alessio, G.: *Grammatica storica francese*, 2 vol. Bari 1951—1955.

Fouché, P.: *Phonétique historique du français*. 3 vol., Paris 1952—1960.

Rheinfelder, H.: *Altfranzösische Gramratik, Lautlehre 2e éd.*, München 1953 (^{3}1962).

Vorerzsch, K.: *Einführung in das Studium der altfranzösischen Sprache*. 8e éd. bearbeitet von Gerhard Rohlfs. Tübingen 1955.

Rohlfs, G.: *Vom Vulgärlatein zum Altfranzösischen. Einführung in das Studium der altfranzösischen Sprache*. Tübingen 1960, ^{2}1963.

在 B 节中引用的大多数古法语文选都包含一个多少有些简明扼要的语法总表。

4. 法语语言学的不同部分

Grammont, M.: *Traité pratique de prononciation française*. 2e éd. Paris 1921.

Tobler, A.: *Vermischte Beiträge zur französischen Grammatik.* 2. Aufl. Leipzig 1902—1908. (S'occupe surtout de problèmes de syntaxe historique).

Lerd, E.: *Historische französische Syntax.* Leipzig, 1925—1934. 3 vol.

Wartburg, W. von et Zumchor, P.: *Précis de syntaxe du français contemporain.* Berne 1947.

Sneyders de Vogel, K.: *Syntaxe historique du français.* 2e éd. Groningue 1927.

Gamillscheg, E.: *Historische französische Syntax.* Tübingen 1957.

Darmesteter, A.: *La vie des mots étudiée dans leur signification.* 15e éd. Paris 1925.

Bréal, M.: *Essai de sémantique.* 4e éd. Paris 1908.

Gamillscheg, E.: *Französische Bedeutungslehre*, Tübingen 1951.

Ullmann, S.: *Précis de sémantique française*, Berne 1952 (^{2}1959).

Dauzat, A.: *Les noms de lieux, origine et évolution.* 2e éd. Paris 1928.

Vincent, A.: *Toponymie de la France.* Bruxelles 1937.

Dauzat, A.: *Les noms de personnes, origine et évolution.* 3 éd. Paris 1928.

Bally, Ch.: *Traité de stylistique française.* 2 vol. 2e éd. Heidelberg 1921.

Bauche, H.: *Le langage populaire.* Paris 1928.

c) 普罗旺斯语语言

Grandgent, C. H.: *An outline of the phonology and morphology of old Provençal*, Boston 1905.

Schultz-Gora, O.: *Altprovenzalisches Elementarbuch*. 3. Aufl. Heidelberg 1915.

此外，还可以参阅 IVa) 项中引用的罗曼诸语言比较语法，尤其是 Meyer-Lübke 和 Bourciez 的著作，以及下文 B 节中引用的普罗旺斯语文集，这些文集几乎都包含一份语法概要。

d) 意大利语语言

Wiese, B.: *Altitalienisches Elementarbuch*, Heidelberg 1905.

D'Ovidio, Fr. et W. Meyer-Lübke: *Grammatica storica della lingua e dei dialetti. italiani*. Milano 1906 (L'original, en allemand, a paru dans la scconde édition du premier volume du *Grundriß der romanischen Philologie* de Gröber).

Meyer-Lübke, W.: *Grammatica storica comparata della lingua italiana e dei dialetti toscani*. Nuova ed. Torino 1927. (trad. de l'allem.)

Bertoni, G.: *Italia dialettale*. Milano 1916.

Devoto, G.: *Profilo di storia linguistica italiana*, Firenze 1953.

Rohlfs, G.: *Historische Grammatik der italienischen Sprache*, 3 vol. Bern 1949—1954.

Migliorini, B.: *Storia della lingua italiana*, Firenze 1960.

e) 西班牙语语言

Menéndez Pidal, R.: *Orígenes del Español.* 2a ed. Tomo I. Madrid 1929 (^{3}1950).

Menéndez Pidal, R.: *Manual de Gramática histórica española,* 4a ed. Madrid 1918 (^{8}1949).

Hanssen: *Gramática histórica de la lengua castellana.* Halle 1913.

Zauner, A.: *Altspanisches Elementarbuch.* 2. Aufl. Heidelberg 1921.

Entwistle, W. J.: *The Spanish Language together with Portuguese, Catalan and Basque.* London 1951.

Lapesa, R.: *Historia de la lengua española.* 4e éd. Madrid 1959.

Enciclopedia lingüística hispánica, Madrid, en cours de publication depuis 1960.

Baldinger, Kurt: *Die Herausbildung der Sprachräume auf der Pyrenäenhalbinsel,* Berlin 1958 (trad. esp. augm. Madrid 1964).

f) 加泰罗尼亚语语言

Meyer-Lübke, W.: *Das Katalanische.* Heidelberg 1925.

Huber, J.: *Katalanische Grammatik,* Heidelberg 1929.

Fabra, P.: *Gramática catalana.* 6a ed. Barcelona 1931.

Fabra, P.: *Abrégé de grammaire catalane.* Paris 1928.

Griera, A.: *Gramática histórica del Català antic.* Barcelona 1931.

Badía Marguerit, A.: *Gramática histórica catalana,* Barcelona

1951.

Moll, F. de B.: *Gramática histórica catalana*. Madrid 1952.

g) 葡萄牙语语言

Leite de Vasconcellos, J.: *Esquisse d'une dialectologie portugaise*. Paris 1901.

Huber, J.: *Altportugiesisches Elementarbuch*. Heidelberg 1933.

Williams, E. B.: *From Latin to Portuguese*, Philadelphia 1938.

Silva Neto, S. da: *História da língua portuguêsa*, Rio de Janeiro 1952 ss.

h) 罗马尼亚语语言

Densusianu, O.: *Histoire de la langue roumaine*. 2 vol. Paris 1901/1914.

Tiktin, H.: *Rumänisches Elementarbuch*. Heidelberg 1905.

Puscariu: *Geschichte der rumänischen Sprache*, übersetzt von H. Kuen, Leipzig 1944.

Weigand, G.: *Praktische Grammatik der rumänischen Sprache*. 2. Aufl. Leipzig 1918.

Tagliavini, C.: *Grammatica della lingua rumena*. Heidelberg 1923.

Tagliavini, C.: *Rumänische Konversationsgrammatik*, Heidelberg 1933.

Cartianu, A., Levitchi, L., Stefanescu-Drăgănesti: *A Course in Modern Rumanian*, Bucuresti 1958 ff. (II)

Pop, S.: *Grammaire Roumaine*, Bern 1948.

Popinccanu, I.: *Rumänische Elementargrammatik*, Tübingen ²1962.

i) 撒丁语语言

Wagner, M. L.: *La lingua sarda: Forma, storia, spirito*, Bern 1951.

B. 文 学

I. 概论（引言、方法、文学文体学、中世纪拉丁文学）

Saintsbury, G.: *A history of criticism and literary taste in Europe from the earliest texts to the present day*, 3.vol. 4th ed. London 1922/1923.

Wellek, R.: *A History of Modern Criticism*, I/II New Haven 1955 (Geschichte der Literaturkritik, Darmstadt 1959).

Lanson, G.: *Méthodes d'histoire littéraire*. Paris 1925.

Collomp, P.: *La critique des textes*. Paris 1931.

Rothacker, E.: *Einleitung in die Geisteswissenschaften*. 2. Aufl. 1930.

Kayser, Wolfgang: *Das sprachliche Kunstwerk*. 5. Aufl. Bern 1959.

Wellek, R. et Warren, A.: *Theory of Literature*. New York 1956; traduction allemande Bad Homburg vor der Höhe 1959 (livre de poche allemand 1962).

Gadamer, H. G.: *Wahrheit und Methode*, Tübingen 1960, ²1964.

Ingarden, R.: *Das literarische Kunstwerk*, Tübingen ²1960.

有关比较文学的信息可参见我们将在期刊清单中提及的各期《比较文学杂志》(*Revue de littérature comparée*)

Betz, L. P.et F. Baldensperger: *La littérature comparée*. 2e éd. Strasbourg 1904.

至于文学风格分析,它是在一些艺术史家(海因里希·沃尔夫林和马克斯·德沃夏克[1])的相应方法的影响下发展起来的。在贝内德托·克罗齐、卡尔·福斯勒和利奥·斯皮策的众多文学批评著作中,可以找到令罗曼语学者感兴趣的一些例子。最末这位所作的大量文章因其语言学基础而特别具有启发性,这些文章收录在以下各卷中:

Spitzer, L.: *Stilstudien*, 2 vol. München 1928, ²1961.

Spitzer, L.: *Romanische Stil-und Literaturstudien*, 2 vol. Marburg 1931.

Guiraud, P.: *La stylistique*, Paris 1954.

Spitzer, L.: *Linguistics and Literary History. Princeton*, New Jersey 1948.

Spitzer, L.: *Romanische Literaturstudien* 1936—1956,Tübingen 1959.

---

[1] 马克斯·德沃夏克(Max Dvořák, 1874—1921),奥地利艺术史家,维也纳艺术史学派的代表人物之一,著有《作为精神史的美术史》(*Kunstgeschichte als Geistesgeschichte*)。

Hatzfeld, H.: *Bibliografía crítica de la nueva estilística aplicada a las literaturas románicas*, Madrid 1955.

最近出版了一本尝试根据文本分析整个欧洲历史上某些文学现象之演变的论著：

Auerbach, E.: *Mimesis*. Dargestellte Wirklichkeit in der abendländischen Literatur. Bern 1946 (^{2}1959).

文学风格的分析可以为关于时代的学说提供语文学基础，而该学说自威廉·狄尔泰的著作问世以来，已在各地深入发展，尤其是在德国。后文我们将引述赫伊津哈先生关于中世纪衰落的著作，这是近年来此类研究最杰出的典型。

对于中世纪的拉丁文学（研究这些文学对于理解中世纪的俗语作品不可或缺），我将提到一些手册和文选：

Manitius, M.: *Geschichte der lateinischen Literatur des Mittelalters*. 3 vol. München 1911—1931 (Handbuch der Alterrumswissenschaften).

Strecker, Karl: *Introduction to Medieval Latin*. Berlin 1957.

Langosch, Karl: *Lateinisches Mittelalter*. Darmstadt 1963.

Wright, F. A., et T. A. Sinclair: *A History of Later Latin Literature*, London 1931.

Ghellinck, J. de: *La littérature latine au Moyen Âge*. Paris 1939.

Ghellinck, J. de: *L'essor de la littérature latine au 12e siècle*, 2 vol. Bruxelles-Paris 1946.

Harrington, K. P.: *Medieval Latin*. Boston 1925.

Beeson, Charles H.: *A Primer of Medieval Latin*, Chicago 1925.
一部在德国以《永恒的罗马》(*Roma aeterma*) 为题出版的文选的第二卷收录了中世纪和文艺复兴时期的一些拉丁文文本。

有关中世纪拉丁文学对俗语文学的影响。应特别参考埃德蒙·法拉尔（Edmond Faral）[1]的作品和库尔提乌斯[2]的大书：

Curtius. E. R.: *Europäische Literatur und lateinisches Mittelalter*. Bern 1948 (^{4}1963).

Curtius, E, R.: *Gesammelte Aufsätze zur romanischen Philologie*, Bern und München 1960.

II. 法国文学

a) 书　目

Lanson, G.: *Manuel bibliographique de la littérature française moderne*, 3e éd. Paris 1925.

Federn, R.: *Répertoire bibliographique de la littérature française des origines à 1911*. Leipzig und Berlin 1913.

1　埃德蒙·法拉尔（Edmond Faral, 1882—1958），法国中世纪文学专家，曾执掌法兰西公学院"中世纪拉丁文学"讲席。此处主要指他的《中世纪拉丁文学》(*La Littérature latine du Moyen Âge*) 和《对中世纪故事和风雅传奇的来源的研究》(*Recherches sur les sources latines des contes et romans courtois du Moyen Âge*) 等书。

2　恩斯特·R·库尔提乌斯（Ernst Robert Curtius, 1886—1956），德国罗曼语语文学家。此处提及的是其代表作《欧洲文学与拉丁中世纪》(*La Littérature européenne et le Moyen Âge latin*)。

Giraud, J.: *Manuel de bibliographie littéraire pour les 16e, 17e et 18e siècles 1921—1935*: Paris 1939.

Thieme: *Bibliographie de la littérature française de 1800 à 1930.* Paris 1933, 3 vol. 1930—1939, (en cours de publication) Genf 1948.

Cabeen, D. C.: *A Critical Bibliography of French Literature.* 4 vol., Syracuse 1947.

Bossuat, R.: *Manuel bibliographique de la littérature française du Moyen Âge.* Melun 1951 (deux suppléments postérieurs).

Cioranesco, A.: *Bibliographie de la littérature française du seizième siècle.* Paris 1959.

Klapp, O.: *Bibliographie der französischen Literaturwissenschaft.* (trois vol. parus) 1er vol. Frankfurt 1960. 2e vol. 1961. 3e vol 1963. 4e vol. sous presse.

关于书目方面的问题，还可以查考法文或文学领域以外的出版物，例如：

Brunet, J. C.: *Manuel du libraire et de l'amateur de livres.* 6 vol. 5e éd. Paris 1860—1865 (Réimpression Berlin 1922).

Catalogue général des livres imprimés de la Bibliothèque Nationale. (Auteurs.) 已经出版的有第 1—171 卷（A-Sheip），继续出版中。

Eppelsheimer, H. W.: *Handbuch der Weltliteratur. Von den Anfängen bis zur Gegenwart.* 3e éd., Frankfurt 1960.

还可以查考对应的英国和美国的目录（大英博物馆所属图书馆的印刷书籍目录；由美国国会图书馆印刷卡片呈现的书籍目录）。如需最近出版的书目，则应参阅期刊。

b) 法国文学通史

这类通史为数众多。在最为晚近的通史中，有以下几部特别需要提及：

Petit de Julleville: *Histoire de la langue et de la littérature françaises des origines à 1900*, publiée sous la direction de L. Petit de Juleville, 8 vol. Paris 1896—1899.

Lanson, Gustave: *Histoire de la littérature française*. Paris (très souvent rééditée: la 21e éd. est de 1930). Ed. illustrée 2 vol. 1923.

Calvet, J.: *Histoire de la littérature française,* publ. sous la dir. de J. Calvet. 8 vol. Paris 1931—1938.

Bédier, J. et Hazard, P.: *Histoire de la littérature française* illustrée, publiée sous la dir. de J. B. et P. H., 2 vol. Paris 1923 (1949).

Bédier, J., A. Jeanroy, F. Picavet et F. Strowski: *Histoire des lettres*, 12e et 13e volumes de G. Hanotaux: *Histoire de la nation française*, Paris 1921—1923.

Mornet, Daniel: *Histoire de la littérature et de la pensée françaises*. Paris 1924 (traduction anglaise, New York 1935).

Brunschvig, M.: *Notre littérarure étudiée dans les textes.* 3 vol, 14e éd, rev. et augm., Paris 1947.

Jan, E. von: *Französische Literaturgeschichte in Grundzügen*, 3e éd. Heidelberg 1949.

The Oxford Companion to French Literature. Oxford 1959.

在先前的作品中，让我们提及最为古老的一部：

由圣莫尔修道会的本笃会士们于巴黎 1733 至 1763 年编订的 12 卷《法兰西文学史》(*Histoire littéraire de la France*)，从 1814 年起由法兰西文学院成员继续修订，超过 20 卷：包含高卢的拉丁文学、法语文学和普罗旺斯语文学，一直到中世纪末。

横跨多个时期的文学史和评论集：

Sainte-Beuve, Ch. -A.: *Causeries du lundi.* 15 vol. 3e (en partie 5e éd.) Paris 1857—1876: *Nouveaux lundis.* 13 vol. Paris 1863—1870: *Portraits littéraires.* 3 vol. Paris 1862—1864.(nom. éd. La Pléiade, Paris 1952).

Brunetière, F.: *Histoire de la littérature française classique.* 3 vol. Paris 1905—1913.

Brunetière, F.: *L'évolution des genres dans l'histoire de la littérature française.* Paris 1890.

Van Tieghem, P.: *Petite histoire des grandes doctrines littéraires en France.* Paris 1946(1962).

Faguet, E.: *Seizième siècle, Etudes littéraires.* Paris 1893; *Dix-septième siècle.* Paris 1885; *Dix-huitième siècle.* Paris 1890;

Dix-neuvième siècle. Paris 1887.

c) 法国文学中的韵文和散文

Tobler, A.: *Vom französischen Versbau alter und neuer Zeit.* 6. Aufl. Leipzig 1921.

Grammont, M.: *Petit traité de versification française*, 4e éd. Paris 1921.

Grammont, M.: *Le vers français.* 3e éd. Paris 1923.

Verrier, Paul: *Le vers français.* 3 vol. Paris 1931—1932.

Suchier, W.: *Französische Verslehre auf historischer Grundlage.* Tübingen 1952.

Elwert, W. Th.: *Französische Metrik*, München 1961.

Lanson, G.: *L'art de la prose*, 2e éd. Paris 1909.

d) 中世纪

Dictionnaire des Lettres Françaises, sous la direction du Cardinal G. Grentes. *Le moyen âge*, Paris 1964.

Paris, Gaston: *La littérature française au moyen âge.* 2e éd. Paris 1888.

Paris, Gaston: *La poésie du moyen âge*, 2e éd. 2 vol. Paris 1885—1895.

Paris, Gaston: *Poèmes et légendes du M. Â. Paris 1900—Légendes du M. Â.* Paris 1903.

Paris, Gaston: *Mélanges de littérature française du moyen âge.* Paris 1912.

Cohen, Gustave, dans: *Histoire du moyen âge, tome VIII: La civilisation occidentale au moyen âge.* Paris 1934. (包含中世纪欧洲诸文学的总体发展)。

Pauphilet, A.: *Le Moyen Age.* Paris 1937 (由福蒂纳·斯特罗夫斯基 (Fortunat Strowski) 和乔治·穆利尼耶 (Georges Moulinier) 编著的《法国文学史》).

Homes, Urban T.: *A history of old French literature.* Chapel Hill, N. C., 1937 (多次重印).

Zumthor, P.: *Histoire littéraire de la France médiévale (VIe-XIVe siècles)*, Paris 1954.

Bossuat, A.: *Le Moyen Âge.* Paris 1958.

Bossuat, R.: *Le Moyen Âge.* Paris 1955.

Viscardi, A.: *Storia delle letterature d'oc e d'oil.* Milano 1955.

Kukenheim, L. et H. Roussel: *Guide de la littérature française du Moyen Age.* Leiden 1957.

Cohen, G.: *La grande clarté du moyen âge.* New York 1943.

Langlois, Ch.-V.: *La vie en France au Moyen Âge*, nouv. éd. 4 vol. Paris 1926—1928.

Evans, J.: *La civilisation en France au Moyen Âge.* Paris 1930.

Bédier, J.: *Les légendes épiques.* 4 vol. 3e éd. Paris 1926—1929.

Bédier, J.: *Les fabliaux.* 5e éd, Paris 1925.

Jeanroy, A.: *Les origines de la poésie lyrique en France au Moyen Âge.* 3e éd. Paris 1925.

Cohen, G.: *Le théâtre en France au Moyen Âge.* 2 vol. Paris 1928—1931.

Hofer, St.: *Geschichte der mittelfranzösischen Literatur.* 2 Bde. Berlin und Leipzig 1933 ff. (Gröber, Grundriß, Neue Folge).

Huizinga, J.: *Le déclin du moyen âge* (trad. du hollandais). Paris 1932. 德文版在慕尼黑出版，并多次重印。

几部中世纪文学选集：

Paris, G., et E. Langlois: *Chrestomathie du moyen âge.* Paris (souvent réimprimé)

Bartsch, K. et L. Wiese: *Chrestomathie de l'ancien français* (8e-15e siècles) accompagnée d'une grammaire et d'un glossaire, 13e éd. Leipzig 1927.

Henry, A.: *Chrestomathie de la littérature en ancien français.* Berne 1953.

在众多其他文选（Bertoni、Clédat、Constans、Glaser、Lerch、Studer-Waters、Voretzsch）中，我只会提及：

Foerster, W.et E. Koschwitz.: *Altfranzösisches Übungsbuch.* 7. Aufl. Leipzig 1932, 因为此书提供的最古老的文献采用古文书学的复制方式，即对手稿的内容进行精确的复制，这就让学生得以对出版者的工作有所了解。

e) 文艺复兴

Tilley, A.: *The literature of the French Renaissance*. 2 vol. Cambridge 1904.

Lefranc, A.: *Grands écrivains français de la Renaissance*. Paris 1914.

Simone, F.: *Il Rinascimento francese* Torino, 1961.

Dictionnaire des lettres françaises, publié sous la direction du Cardinal Georges Grente, *Le seizième siècle*, Paris 1951.

Darmesteter, A. et A. Hatzfeld: *Le seizième siècle. Tableau de la littérature et de la langue, suivi de Morceaux choisis des principaux écrivains*. Paris, souvent réimprimé.

在此还要加上 b 项中提到的法盖（Faguet）关于 16 世纪的论著，以及一部小型文选。

Plattard, J.: *Anthologie du XVIe siècle français*. London etc. 1930.

关于这一时期的文学的第一部现代著作是：

Sainte-Beuve: *Tableau historique et critique de la poésie française et du théâtre français au 16e siècle*, première éd. 1828.

f) 17 世纪

关于古典主义文学的总体研究为数众多。

在 b) 项提及的通史中所包含的研究中，布吕内蒂埃（Brunetière）[1]和朗松（Lanson）[2]的研究尤为有用，也尤为有意思。在此，我首先要提到一部著名的杰作，它所包含的文学主题比其标题所承诺的要多得多：

Sainte-Beuve, Ch. -A.: *Port-Royal*, 5 vol., Paris 1840—1859: 3e éd: 1867—1871. 7 vol.; souvent réimprimé, r. la nom, éd. (La Pléiadc), Paris 1952.

我将补充一些有关社会、文学学说以及戏剧的书籍。对于旧制度（17、18 世纪）的社会，首先要提到丹纳的作品，如《旧制度》与《大革命》（*L'Ancien régime* et *La Révolution*）[3]、《批评和历史论文集》（*Essais de critique et d'histoire*）、《拉封丹及其寓言诗》（*La Fontaine et ses fables*）。在较为晚近的书籍中，我将提及：

---

1 费迪南·布吕内蒂埃（Ferdinand Brunetière, 1849—1906），法国文学史家、批评家，著有《批评的演变》（*L'Évolution de la critique*）、《19 世纪抒情诗的演变》（*Évolution de la poésie lyrique au XIXe siècle*）、《法国文学史教程》（*Manuel de l'histoire de la littérature française*）以及八卷本《对法国文学史的批判性研究》（*Études critiques sur l'histoire de la littérature française*）等众多著作。

2 居斯塔夫·朗松（Gustave Lanson, 1857—1934），法国文学史家、批评家、文学教育家，主张以客观的、历史的方式研究作品并用科学精神探索文学规律，著有《法国文学史》（*Histoire de la littérature française*）、《法国近代文学目录学教程》（*Manuel bibliographique de la littérature française moderne*）以及多位作家的专题研究。

3 此处指的是丹纳的巨著《现代法国的起源》（*Les Origines de la France contemporaine*）中有关旧制度和大革命的两卷。

Magendie, M.: *La politesse mondaine et les théories de l'honnêteté de 1600 à 1660.* 2 vol. Paris 1925.

Bray, René: *La formation de la doctrine classique.* Paris 1927 (1961).

Auerbach, E.: *Das französische Publikum des 17. Jahrhunderts.* München 1933. dans: *Vier Untersuchungen zur Geschichte der französischen Bildung,* Bern 1951.

Peyre, Henri: *Le Classicisme français,* New York 1942.

Bénichou, P.: *Morales du Grand Siècle.* 6e éd Paris 1948.

Tortel, J.: *Le préclassicisme français,* Paris 1952.

Adam, A.: *Histoire de la littérature française au XVIIe siècle,* 5 vol. Paris 1956.

Dictionnaire des Lettres Françaises, publié sous la direction du Cardinal Georges Grentes, *Le Dix-septième siècle.* Paris 1954.

关于戏剧

Despois, E.: *Le théâtre français sous Louis XIV.* 2e éd. Paris 1882.

Rigal, E.: *Le théâtre français avant la période classique.* Paris 1901.

Lanson, G.: *Esquisse d'une histoire de la tragédie française,* Nouv. éd. revue. Paris 1927.

Lancaster, H. Carrington: *A history of French dramatic literature in the seventeenth century,* 3 parts in 6 volumes. Baltimore and Oxford 1929—1936.

最后，还有关于"伟大世纪"末期的两本书。

Tilley, A.: *The decline of the age of Louis XIV or French: literature 1687—1715.* Cambridge 1929.

Hazard, Paul: *La crise de la conscience européenne, 1680—1715*, 2 vol., Paris 1935.

g) 18 世纪

前文 b) 项中提到的朗松的章节和法盖关于 18 世纪的著作可以作为入门书，还可以引用一本德文书：

Hettner, A.: *Geschichte der französischen Literatur im achtzehnten Jahrhundert.* 7. Aufl. Braunschweig 1913.

作为概览性研究。至于其他方面，我只想提及最近关于影响和潮流问题的几部特别有意思的论著。

Groethuysen, B.: *Origines de l'esprit bourgeois en France.* 2 vol. Paris 1927 (L'édition allemande a paru à Halle.)

Cassirer, E.: *Die Philosophie der Aufklärung*, Tübingen 1932.

Schalk, F.: *Einleitung in die Enzyklopädie der französischen Aufklärung.* München 1936.

Schalk, F.: *Studien zur französischen Aufklärung.* München 1964.

Hazard, Paul: *La pensée européenne au 18e siècle*, 3 vol. Paris 1946.

Valjavec, F.: *Geschichte der abendländischen Aufklärung*, Wien-München 1961.

Mornet, D.: *Les origines intellectuelles de la révolution française*

(1715—1787) 4e ed. Paris 1947.

Morner, D.: *Le Romantisme en France au 18e siècle*. 3e éd Paris 1933.

Monglond, A.: *Le Préromantisme français*. 2 vol. Grenoble 1930.

Dictionnaire des lettres françaises, publié sous la direction du Cardinal Georges Grente, *Le dix-huitième siècle*, 2 vol. Paris 1960.

h) 19 世纪和 20 世纪

Sainte-Beuve, Ch.-A.: *Chateaubriand et son groupe littéraire sous l'Empire*. 2 vol. Paris 1861, nom. éd, p. M. Allem, Paris 1948, 2 vol.

Souriau, M.: *Histoire du Romantisme en France*. 3 vol. Paris 1927—1928.

Strowski, F.: *Tableau de la littérature française au 19e et au 20e siècle*. Nouv. éd. Paris 1925.

Thibaudet, A.: *Histoire de la littérature française de 1789 à nos jours*. 1936.

Raymond, A.: *De Baudelaire au surréalisme*, Paris 1933, ^{2}1946.

Lalou, R.: *Histoire de la littérature française contemporaine*. 2 vol. Paris 1941.

Friedrich, H.: *Drei Klassiker des französischen Romans*. 4. Auflage Frankfurt 1961.

III. 普罗旺斯文学

Pillet, A.: *Bibliographie der Troubadours*. Halle 1933.

Anglade, J.: *Les troubadours*, 4e éd. Paris 1929.

Jeanroy, A.: *La poésie lyrique des troubadours*. 3 vol. Paris 1934ss.

Bartsch, K.: *Chrestomathie provençale*. 6e éd. Marburg 1904.

Appel, C.: *Provenzalische Chrestomathie*. 6. Aufl. Leipzig 1930.

Crescini, V.: *Manuale per l'avviamento agli studi provenzali*. 3a ed. Milano 1926.

Hill, R. Th. and Bergin, Th. G.: *Anthology of the Provençal troubadours*. New Haven, London 1941.

Lommatzsch, E.: *Leben und Lieder der provenzalischen Troubadours, mit einem musikalischen Anhang von F. Gennrid*, 2 Bde, Berlin 1957 und 1959.

IV. 意大利文学

De Sanctis, F.: *Storia della letteratura italiana*. 2 vol.: Œuvre célèbre, parue vers 1870, souvent réimprimée, p. ex. Milano 1928 et Bari 1933. éd. allemande (Kröncr). Stuttgart 1940.

D'Ancona, Alessandro, et O. Bacci: *Manuale della letterature italiana*. 5 vol Firenze 1892—1994. (Anthologie avec introductions.) Nouvelle édition (6 vol.) Firenze 1925.

Monaci, E.: *Crestomazia italiana dei primi secoli con prospetto grammarical e glossario*. Città di Castello 1912.

Flora, F.: *Storia della letteratura italiana*, 5 vol., Milano 1940 et suiv.

Sapegno, N.: *Compendio di storia della letteratura italiana*, 3 vol. Firenze 1941 et suiv.

Vossler, K.: *Italienische Literaturgeschichte*, Berlin 1948.

Friedrich, H.: *Epochen der italienischen Lyrik*, Frankfurt 1964.

关于意大利文学整体的最重要的现代著作是在米兰问世的十卷本《意大利文学史》(*Storia letteraria d'Italia*)。每个时期由不同的教授负责撰写。各卷的最新版本于 1930 年之后问世。

Hauvette, H.: *Littérature italienne*. 5e éd. Paris 1921.

在此无法一一列出贝内德托·克罗齐的多卷文学和批评论文，它们是深入研究意大利文学不可或缺的资料。

V. 西班牙文学

Foulché-Delbose, R. et L. Barrau-Dihigo: *Manuel de l'hispanisant*. I. New York 1959.

Simón Diaz, J.: *Bibliografía de la literatura hispánica*, Madrid en cours de publication depuis 1950.

Sévis, H.: *Manual de Bibliografía de la literatura española*. I. Syracuse, New York 1948.

Fitzmaurice-Kelly, J.: *Historia de la literatura española*, trad. por A. Bopilla y San Martin. 4a ed. Madrid 1926. (L'original est en anglais). Trad. française 1904. Trad. allemande, avec des suppléments de A. Hämel, Heidelberg 1925.

Hurtado, J.y A. Palencia: *Historia de la literatura española*. 3a ed. Madrid 1932.

Pfandl, L.: *Spanische Literaturgeschichte* (Mittelalter und Renaissance). Leipzig 1923.

Pfandl, L.: *Geschichte der spanischen Nationalireratur in ihrer Blütezeit*. Freiburg 1929. (Traduction espagnole Barcelona 1952).

Valbuena Prat, A.: *Historia de la literatura española 3 vol.* Barcelona 1957.

García López, J.: *Historia de la literatura española*. 5e éd. Barcelona 1959.

Río, Angel del: *Historia de la literatura española*. 2 vol. New York 1948 (Plusieurs fois réimprimé).

Historia general de las literaturas hispánicas, publicada bajo la dirección de G. Diaz-Plaja. Barcelona, en cours de publication depuis 1949.

Diéz-Echarri, E. et Roca Franquesa, J. M.: *Historia de la literatura española e hispanoamericana*, Madrid 1960.

Blecua, J. M.: *Historia y textos de la literatura española*. 2 vol. Zaragoza 1950.

Menéndez Pidal, R.: *La España del Cid*. Madrid 1929.

Castro, Américo: *La realidad histórica de España*, Madrid 1954.

在为数众多的文选中，我想提及的是：

Menéndez y Pelayo, M.: *Antología de poetas líricos castellanos*. Madrid 1890—1908.

Menéndez Pidal, R.: *Antología de prosistas castellanos*. Madrid 1917.

Fitzmaurice-Kelly, J.: *The Oxford Book of Spanish Verse*. Oxford 1920.

Río, A. del y A. A. de del: *Antología general de la literatura española*. Verso, Prosa, Teatro. 2 vol. New York, Madrid 1954.

Mulertt, W.: *Lesebuch der älteren spanischen Literatur von den Anfängen bis 1800*. Halle 1927.

Werner, Ernst: *Blütenlese der älteren spanischen Literatur*. Leipzip-Berlin 1926.

VI. 葡萄牙文学

Bell, A. F. G.: *Portuguese Bibliography*. London 1922.

Bell, A. F. G.: *Portuguese Literature*. London 1922.

Mendes dos Remédios: *História da literatura portuguesa desde as origens até a actualidade*. 5a ed. Lisboa 1921.

Le Gentil, G.: *La littérature portugaise*, Paris 1935.

Figueiredo, F. de: *História literária de Portugal* (séculos XII—XX). Coimbra 1944.

Saraiva, A. J.: *História dá literatura portuguêsa*, 4e éd. L.isboa 1957.

Grande dicionário das literaturas portuguêsa, galega e brasileira (éd. Prado Coelho), Lisboa 1960.

Lopes, O. et Saraiva, A. J.: *História da literatura portuguêsa*, Lisboa 1956.

VII. 加泰罗尼亚文学

Silvestre, G.: *História sumária de la literatura catalana*. Barcelona 1932.

Riquer, M. de: *Resumen de literatura catalana*, Barcelona 1947.

Ruiz i Calonja, J.: *História de la literatura catalana*, Barcelona 1954.

VIII. 雷蒂亚－罗曼文学

Decurtins, C.: *Rätoromanische Chrestomathie*. 13 Bde. Erlangen 1888—1919.

IX. 罗马尼亚文学

Hanes Petre V.: *Histoire de la littérature roumaine*. Paris 1934.

Munteano, B.: *Panorama de la littérature roumaine contemporaine*. Paris 1938.

Ruffini, Mario: *Antologia rumena moderna 1940* (Instituto di fl. rom. di Roma)

G. Lupi: *Storia della letteratura rumena*, 1955.

C. 期 刊

我只能选取其中的一些。罗曼语语文学中历史最悠久、可以说是最经典的两本期刊是：

Romania. *Recueil trimestriel consacré à l'étude des langues et littératures romanes.* Fondée par P. Meyer et G. Paris, dirigée actuellement par F. Lecoy. Paris, depuis 1872.

Zeitschrift für romanische Philologie, Fondée par G. Gröber, dirigée actuellement par K, Baldinger, Tübingen, depuis 1877. Avec des volumes de supplément consacrés à la bibliographie et une série d'études nommée Beihefte.

在涵盖整个罗曼语语文学领域的其他期刊中，我想提及以下期刊：

Romanische Forschungen. Frankfurt, depuis 1882.

The Romanic Review, New York, depuis 1910.

Archivum Romanicum, Firenze, 1917—1942.

Volkstum und Kultur der Romanen, Hamburg, 1928—1943.

Romance Philology, University of California Press, depuis 1947.

Les Lettres romanes, Louvain, depuis 1946.

Romanistisches Jahrbuch, Hamburg, depuis 1948.

Filologia Romanza, Torino, depuis 1954.

专门研究罗曼语语言学的期刊：

Revue des langues romanes, Paris, depuis 1870.

Wörter und Sachen, Heidelberg, depuis 1909—1940.

Revue de linguistique romane, Paris, depuis 1925.

Vox romanica, Zürich-Leipzig-Paris, depuis 1936.

主要专注于法语研究的期刊：

Zeitschrift für französische Sprache und Literatur, Jena et Leipzig depuis 1879.

Studi Francesi, Torino, depuis 1957.

致力于法国文学研究的期刊：

Revue d'histoire littéraire de la France, Paris, depuis 1894.

Humanisme et Renaissance, Paris, depuis 1934 (pour le 16e siècle).

致力于法语语言学研究的期刊：

Le Français moderne, Paris, depuis 1933.

专注于意大利语研究的期刊：

关于文学

Giornale storico della letteratura italiana. Torino, depuis 1883.

Italica. Evanston, Illinois, depuis 1924.

关于语言学

Archivio glottologico italiano, Fondé par G. J. Ascoli et P. G. Goidanich. Torino, depuis 1873.

L'Italia dialettale. Pisa, depuis 1925.

Lingua nostra. Firenze, depuis 1939.

专注于西班牙语研究的期刊：

Bulletin hispanique, Bordeaux, depuis 1899.

Revista de filologia española. Madrid, depuis 1914.

Hispanic Review. Philadelphia, depuis 1933.

Revista de filologia hispaánica. Buenos Aires. 1939—1946.

Nueva Revista de filologia hispánica, México, depuis 1947.

专注于葡萄牙语研究的期刊:

Boletim de filologia. Lisboa, depuis 1932.

Biblos, depuis 1934. *Revista de Portugal*, depuis 1942.

Revista Portuguesa de Filologia, depuis 1947.

专注于加泰罗尼亚语研究的期刊:

Estudis universitaris catalans. Barcelona, depuis 1907.

专注于罗马尼亚语研究的期刊:

Bulletin linguistique, (Faculté des Lettres de Bucarest.) Paris, Bucuresti, depuis 1933.

几份重要的现代语文学刊物（罗曼语、英语和德语）:

Archiv für das Studium der neueren Sprachen. Braunschwcig, depuis 1846.

Modern Language Notes. Baltimore, depuis 1886.

Publications of the Modern Language Associacion of America. New York (D'abord Baltimore and Cambridge Mass.), depuis 1885.

Neuphilologische Mitteilungen. Helsinki, depuis 1899.

Modern Philology. Chicago, depuis 1903.

Les Langues modernes. Paris, depuis 1903.

Modern Language Review. Cambridge, depuis 1906.

Studies in Philology. Chapel Hill, North Carolina, depuis 1906.

Germanisch-romanische Monatsschrift, Heidelberg, 1909—1943, et depuis 1950.

Neophilologus, Groningen, depuis 1915.

Studia neophilogica. Uppsala, depuis 1928.

仅供刊登书评:

Literaturblatt für germanische und romanische Philologie. Heilbronn, 1884—1943.

中世纪研究的专门期刊:

Studi medievali. Torino 1904—1913; Bologna 1923—1927; depuis 1928.

Speculum. Cambridge Mass., depuis 1926.

Medium Aevum. Oxford, depuis 1932.

Cahiers de civilisation médiévale, Poitiers 1958 ff.

关于比较文学:

Revue de littérature comparée, depuis 1921.

Comparative Literature. Eugene, Oregon, depuis 1948.

最后,让我们提及几种对欧洲文学研究尤为重要的更具综合性的刊物:

La Critica. Rivista di letteratura, storia e filosofia. Bari, 1908—1944, 1945 *Quaderni di Critica* (1945/46). 这份刊物收录了贝内德托·克罗齐的所有论文。

Deutsche Vierteljahrsschrift für Literaturwissenschaft und Geistesgeschichte. Halle, 1923—1944, Stuttgart depuis 1949.

索　引

（所有页码为原书页码，即本书边码）

Absolutisme 专制主义 143, 147, 152, 172s., 179, 190s., 212

Académie française 法兰西学士院 175

Acropole 雅典卫城 26

Adam, jeu d'《亚当剧》111 s.

Adam de la Halle 亚当·德·拉阿勒 109, 114

Alain 阿兰，见 Chartier

Alarcón 阿拉尔孔，见 Ruiz

Albigeois 阿尔比派 109

Alemán, Mateo 马特奥·阿莱曼 170

Alemans 阿勒曼尼人 59, 61, 68, 86

Alexandre le Grand 亚历山大大帝 38

Alexandre, roman d'《亚历山大传奇》105

Alexandrie 亚历山大港 9, 15, 22, 95

Alexis, chanson d'《圣阿莱克西之歌》100, 104

Alfieri, Vittorio 维托里奥·阿尔菲耶里 248 215

Alix de Blois 布洛瓦的阿利克斯 105

Allégorisme 讽喻性 114, 116 ss.

Alphonse X (el Sabio, 西班牙国王) 131

Alphonse III (de Portugal)（葡萄牙的）阿方索三世 134

Amadis 阿玛迪斯 132, 169, 170

Ambroise 安布罗斯，见 Saint-A.

Amyot, Jacques 雅克·阿米约 157

Angles 盎格鲁人 62, 67

Anglonorman (dialecte) 盎格鲁－诺曼语（方言）67, 100, 101, 107, 111

Anne d'Autriche 奥地利的安妮 173

Apologue 寓言诗，见 Fable 和 La Fontaine

Arabes 阿拉伯人 32, 60, 65 ss., 68, 82,

86, 130, 164
Archétype 原型 11
Aretino, Pietro 皮埃特罗·阿雷蒂诺 151
Argensola, Lupercio et Bartolomé 卢佩西奥·阿亨索拉和巴托洛梅·阿亨索拉 167
Arianisme 阿里乌主义 61
Ariosto, Ludovico 卢多维科·阿里奥斯托 149, 150, 187
Aristote, aristotélisme 亚里士多德, 亚里士多德主义 34, 96, 118, 188
Armorique 阿摩里卡 62
Arnauld, la famille, Antoine, la mère Angélique 阿尔诺家族, 安托万·阿尔诺, 安热莉克·阿尔诺嬷嬷 176, 181
Arnaut Daniel 阿尔诺·达尼埃尔 109
Arnaut de Mareuil 马勒伊的阿尔诺 109
Arts libéraux 自由艺术 96
Artus 亚瑟 105s.
Aube 破晓歌 169
Aubigné, Agrippa d' 阿格里帕·多比涅 155s., 158
Aucassin et Nicolette《屋卡珊与尼格莱特》107
Augustin 奥古斯丁, 见 Saint-Augustin
Autos sacramentales 圣礼剧 168
Auzias 奥西亚斯, 见 March
Avares 阿瓦尔人 64

Bajuvares, les 巴伐利亚部族 61, 68
Balzac, H. de 奥诺雷·德·巴尔扎克 215, 222s.

Barrès, Maurice 莫里斯·巴雷斯 218, 224
Baroque (style) 巴洛克风格 151, 165, 166
Bartas, Guillaume de Salluste du 纪尧姆·德·萨吕斯特·杜·巴塔斯 155
Baudelaire, Charles 夏尔·波德莱尔 218, 221
Bayle, Pierre 皮埃尔·贝尔 195 s.
Beatrice 贝阿特丽齐 123, 124
Beaumarchais 博马舍 207
Bédier, J. 约瑟夫·贝迪耶 103
Bellay, Joachim du 若阿基姆·杜贝莱 154, 155
Bembo, Pietro 彼得罗·本博 149, 151
Bénédictins 本笃会 12, 27
Benoît 本笃, 见 Saint-B.
Béranger, Pierre Jean de 皮埃尔-让·德·贝朗瑞 215
Berceo, Gonzalo de 贡萨洛·德·贝塞奥 130
Bernard de Clairvaux 明谷的伯纳德 96, 97
Bernart de Ventadorn 贝尔纳·德·文塔多尔 109
Béroul 贝鲁尔 106
Bertran de Born 贝尔特兰·德·博尔 109
Beyle, Henri 亨利·贝尔, 见 Stendhal
Bible《圣经》12, 48, 53, 57, 98, 111, 136, 201
Bibliothèque nationale (法国) 国家图书馆 23
Boccaccio, Giovanni 乔万尼·薄伽丘 10, 36, 115, 125, 126 ss., 129, 132,

索　引

148, 149, 151, 157, 171, 187

Bodin, Jean 让·博丹 154

Boétie, E. de la 艾蒂安·德·拉博埃西 162

Boileau-Despréaux, Nicolas 尼古拉·布瓦洛－德普雷奥 149, 173, 176

Boiardo 博亚尔多 150

Bonaventure 圣波纳文图拉，见 Saint B.

Bopp, F. 弗朗茨·博普 17

Boscán de Almogáver, Juan 胡安·博斯坎·阿莫加维尔 165

Bossuet, Jacques-Bénigne 雅克－贝尼涅·波舒埃 173, 180, 182

Bouddha 佛像 26

Bourbons 波旁家族 153, 215

Bourgogne, le duc de 勃艮第公爵 189 s.

Brantôme 布兰托姆 157

Bretons, Bretagne 布列塔尼人，布列塔尼 62

British Museum 大英博物馆 23

Brunschvicg, L. 莱昂·布伦士维格 182

Bruno, Giordano 焦尔达诺·布鲁诺 152

Burckhardt, J. 雅各布·布克哈特 30, 31, 135

Burgondes 勃艮第人 60 s., 62, 64, 68, 82

Bussy-Rabutin, Roger de 比西·拉比旦 189

Byzance 拜占庭 64, 65, 68

Cafés 咖啡馆 194

Calderón de la Barca, Pedro 佩德罗·卡尔德隆·德·拉·巴尔卡 168, 169

Calisto y Melibea 卡利斯托和梅利贝娅，见 Celestina

Calvin, calvinisme 加尔文，加尔文宗 139 s., 143, 153, 154, 157

Camisards 卡米撒派 180

Camões, Luís de 路易斯·德·卡蒙斯 171 s.

Campanella, Tommaso 托马索·康帕内拉 152

Cancioneiro da Ajuda《阿茹达宫诗歌集》134

Cancionero de Baena《巴埃纳诗歌集》132

Cancionero general (Hernando del Castillo)《歌曲大全》（埃尔南多·德·卡斯蒂略）132

Cancionero de Stúñiga《斯图尼加歌集》132

Carrillo, Luis 卡里略 166

Carolingiens 加洛林家族 65, 68, 70, 101

Cartésianisme, cartésiens 笛卡尔主义，笛卡尔哲学的，见 Descartes

Carthage 迦太基 38, 126

Castiglione, Baldassare 巴尔达萨雷·卡斯蒂廖内 151, 165

Castillan 卡斯蒂利亚语 66, 67, 86

Castillo Solórzano, Alonso del 阿隆索·德·卡斯蒂略·索罗萨诺 171

Castillejo, Cristóbal de 克里斯托瓦尔·德·卡斯蒂列霍 165

Castro, Guillén de 纪廉·德·卡斯特罗 169, 183

Casuistique 决疑论 180
Catalan 加泰罗尼亚语 66, 86, 87, 134
Catherine de Médicis 凯瑟琳・德・美第奇 153, 154
Catholique, catholicisme 天主教徒,天主教 55 s., 67, 94 ss., 138 s., 180, 182, 212
Celestina《赛莱斯蒂娜》132, 167, 169
Celtes 凯尔特人 38, 40, 62, 82
Cento Novelle Antiche《一百个古代故事》122
Cent Nouvelles Nouvelles《新短篇小说百部》115
Cercamon 塞尔卡蒙 109
Cervantes Saavedra, Miguel de 米格尔・德・塞万提斯・萨韦德拉 57, 132, 167, 168, 169, 170, 171
Chanson de croisade 十字军东征之歌 104
Chanson de geste 武功歌 100 ss., 105, 121, 130, 150
Chanson de toile 织布歌 107
Charlemagne 查理曼 40, 65, 66, 68, 101 s.
Charles Martel 查理・马特 66
Charles d'Orléans 夏尔・德・奥尔良 119
Charles VIII 查理八世 152
Charles IX 查理九世 153
Charles-Quint 查理五世 152, 163, 169
Charron, Pierre 皮埃尔・沙朗 162
Chartier, Alain 阿兰・夏蒂埃 119
Chateaubriand 夏多布里昂 210, 214
Chaucer, Geoffrey 杰弗雷・乔叟 118
Chénier, André 安德烈・舍尼埃 207 s.

Chrétien de Troyes 克雷蒂安・德・特鲁瓦 105 s., 109
Christianisme 基督教 9, 34, 49 ss., 95 s., 102, 104, 135, 148, 195, 201
Christine de Pisan 克里斯蒂娜・德・皮桑 119
Cicéron 西塞罗 34, 43, 48, 126
Cid, le《熙德》130, 183
Cifar, el Caballero 西法尔骑士
Cîteaux 熙笃 95
Clari, Robert, 见 Robert de Clari
Clovis 克洛维 62, 63
Cluny 克吕尼 95
Commedia dell'arte 即兴喜剧 152
Comédie larmoyante 流泪喜剧 192, 203
Comines, Philippe de 菲利普・德・科米纳 120
Composition 合成 85, 154
Comte, Auguste 奥古斯特・孔德 29
Condillac, Étienne de 艾蒂安・德・孔狄亚克 202
Confrérie de la Passion 耶稣受难同行会 112, 113, 115, 156
Conjecture 推测 12
Constant, Benj. 邦雅曼・贡斯当 210, 214
Constantin le Grand 君士坦丁大帝 39, 52
Conceptisme 警句主义 166
Contre-Réforme 反宗教改革 140, 152, 163, 165, 179, 180
Coplas de Mingo Revulgo《明哥・雷扶耳哥短歌集》133
Corneille, Pierre 皮埃尔・高乃依 169,

索 引

173, 183, 184, 185, 196
Courier, Paul-Louis 保罗-路易·库里耶 215
Couvents 修道院 54 s., 96, 103
Croce, Benedetto 贝内德托·克罗齐 20, 29, 31, 35
Croisades 十字军东征 29, 70, 93, 102, 104, 109, 110
Cuaderna vía 四行同韵 131
Cueva, Juan de la 库埃瓦 167
Cultismo 夸饰主义 166
Dacie 达契亚 59
D'Alembert, Jean 达朗贝尔 201 s.
Dalmate 达尔马提亚语 59, 86
Dante 但丁 10, 12, 23, 31, 32, 34, 44, 118, 121, 122 ss., 127, 128, 129, 132, 136, 148
Découvertes 发现 137, 142, 195
Deffand, Mme du 德芳夫人 194
Delacroix, Eugène 欧仁·德拉克洛瓦 215
Dérivation 派生 85, 154
De Sanctis, Francesco 弗朗切斯科·德·桑克蒂斯 28
Descartes, cartésiens, cartésianisme 笛卡尔，笛卡尔哲学的，笛卡尔主义 173, 183, 196, 197
Deschamps, Eustache 厄斯塔什·德尚 119
Desengaño 幻灭 164
Des Périers, Bonaventure 博纳旺蒂尔·德·佩里耶 157

Dialectes 方言 15, 18, 20, 21
Diderot, Denis 德尼·狄德罗 201 s., 203, 222
Diez, F. 弗里德里希·迪茨 17
Dilthey, W. 威廉·狄尔泰 29
Diniz (roi de Portugal)（葡萄牙国王）迪尼斯 134
Dioclétien 戴克里先 39
Diphtongaison 二合元音化 71 s.
Dolce Stil Nuovo 温柔新体派 122 s., 126

Église 教会 46, 53 ss., 67 s., 70, 91, 94 s., 138 s., 179
Égypte 埃及 10
Éléonore d'Aquitaine reine d'Angleterre 英格兰女王、阿基坦的埃莱奥诺尔 106, 110
Encina, Juan del 胡安·德尔·恩西纳 167
Encyclopédie《百科全书》191, 195, 201 ss., 212
Énéas, roman d'《埃涅阿斯传奇》105
Enrique IV roi d'Espagne 西班牙国王恩里克四世 133
Entremeses 幕间剧 167, 168
Érasme de Rotterdam 鹿特丹的伊拉斯谟 163
Ercilla y Zúñiga, A. d' 阿隆索·德·埃尔西利亚·伊·苏尼加 171
Ésope 伊索 116, 187
Este (famille) 埃斯特家族 148, 150, 151
Estienne, Henri 亨利·艾蒂安 154

Étrusques 伊特鲁里亚人 38
Exotisme 异域情调 192 s.

Fable 寓言诗 116, 187
Fabliau 故事诗 114, 115 s., 157
Fail, Noël du 诺埃尔·杜·法尔 157
Farce 滑稽剧 114, 156
Fauchet, Claude 克劳德·福谢 27, 154
Fénelon 费奈隆 173, 180, 182, 189 s.
Féodalité 封建制度 68, 69 s., 93 s., 102, 104
Ferdinand d'Aragon 阿拉贡的费迪南多 133
Flaubert, Gustave 居斯塔夫·福楼拜 218, 223
Fontenelle 丰特奈尔 196
Foscolo, Ugo 乌哥·福斯科洛 215
Français 法语 70, 72 ss., 87 ss., 153 s., 173 ss., 193
François d'Assise, 见 Saint-François
François de Sales, 见 Saint François
Francs 法兰克人 48, 60, 61, 62 ss. 65, 66, 68, 82
Francoprovençal 法兰克-普罗旺斯语 64, 87
Frédéric II (Hohenstaufen, empereur allemand)（霍亨陶芬家族的德意志皇帝）腓特烈二世 121
Frédéric II (Hohenzollern, roi de Prusse)（霍亨索伦家族的普鲁士国王）腓特烈二世 193, 198
Froissart, Jean 让·傅华萨 110, 119

Fronde 投石党运动 173, 187, 189
Furetière, Antoine 安托万·菲勒蒂埃 188, 222

Galfred de Monmouth 蒙茅斯的杰弗里 105
Galilei, Galileo 伽利略·伽利莱 152
Galicien 加利西亚语, 见 Portugais
Gama, Vasco da 瓦斯科·达·伽马 172
Ganelon 甘尼仑 101 s.
Garcilaso de la Vega, 加尔西拉索·德·拉·维加 voir Vega
Garnier de Pont-Saint-Maxence 圣马克桑斯桥的加尼耶 111
Garnier, Robert 罗贝尔·加尼耶 156
Gaulois 高卢人, 见 Celtes
Gautier, Théophile 泰奥菲尔·戈蒂耶 214
Geistesgeschichte 精神史 20, 29, 30, 31
Génie du peuple 民众的天才, 见 Volksgeist 民族精神
Géographie linguistique 语言地理学 21
George, Stefan 斯特凡·格奥尔格 29
Germains 日耳曼人 39, 40, 41, 49, 58 ss., 64, 67, 82
Gide, André 安德烈·纪德 218, 224
Gilliéron, Jules 儒勒·吉列龙 20 s.
Giotto 乔托 145
Giraut de Bornelh 吉罗·德·博尔内 109
Goethe, J. W. von 约翰·沃尔夫冈·冯·歌德 23, 28, 31, 32, 208

索　引

Goldoni, Carlo 卡洛·哥尔多尼 215
Góngora, Luis de 路易斯·德·贡戈拉 166 s., 221
Goths 哥特人（也参见 Ostrogoths, Visigoths）59, 82, 99
Gothique（风格）99
Graal 圣杯 106
Gracián, Baltasar 巴尔塔萨尔·格拉西安 172
Grégoire le Grand 大格列高利 55
Grégoire de Tours 图尔教会主教格列高利 48
Greuze, Jean-Baptiste 让-巴蒂斯特·格勒兹 203
Grimm, Jacob 雅各布·格林 17, 28
Guarini, Battista 瓜里尼 149
Guevara, Antonio de 安东尼奥·德·格瓦拉 169 s.
Guicciardini, Francesco 弗朗切斯科·圭恰尔迪尼 151
Guilhem de Peitieu 阿基坦公爵、普瓦捷的纪尧姆九世 103, 108, 109
Guinizelli, Guido 圭多·圭尼泽利 122
Guise (famille) 吉斯家族 153
Gundolf, Friedrich 弗里德里希·贡多尔夫 29

Hardy, Alexander 亚历山大·哈迪 156, 182
Hegel, G. W. F. 黑格尔 28, 29, 30, 212, 214
Héliodore 赫利奥多罗斯 170

Helvétius 爱尔维修 202
Henri II d'Angleterre 英格兰的亨利二世 110, 111
Henri II de France 亨利二世 153, 154, 156
Henri IV 亨利四世 153, 155, 156, 157, 172, 173, 175
Herder, J. G. 约翰·戈特弗里德·赫尔德 16, 28, 211
Herrera, Fernando de 费尔南多·德·埃雷拉 165
Hita, l'archiprêtre de 伊塔大司铎，见 Ruiz
Hohenstaufen, les 霍亨斯陶芬家族 67, 121
Holbach, le baron d' 霍尔巴赫男爵 202
Homère 荷马 9, 32
Hugo, Victor 维克多·雨果 208, 209, 214, 220, 222
Huizinga, J. 赫伊津哈 31, 119
Humanisme 人文主义 10, 96, 97, 128 s., 133 s., 136, 138, 140, 146, 148 s., 153 s., 165
Humboldt, W. von 威廉·冯·洪堡 16
Huns 匈人 60, 61
Husserl, Edmund 埃德蒙·胡塞尔 35

Imprimerie 印刷术 13, 44, 129, 140 s., 217
Inscriptions 铭文 48
Isabelle de Castille 卡斯蒂利亚的伊莎贝尔 133

Italien 意大利语 70, 72 ss., 86
Italiques 古意大利人 38

Jacopone da Todi 托迪的雅各布内 122
Jansénius, Jansénisme 詹森，詹森主义 180 ss., 183 s., 187
Jaufre Rudel 若弗雷·吕戴尔 109
Jeanne d'Arc 贞德 118
Jérusalem 耶路撒冷 50 ss.
Jésuites 耶稣会 12, 140, 164, 180 ss.
Jeu-parti 辩论游戏 109
Jodelle, Étienne 艾蒂安·若代勒 156
Joinville, Jehan de 让·德·茹安维尔 110
Joseph d'Arimathie 亚利马太的约瑟 106
Juan de la Cruz 胡安·德·拉·克鲁斯 164, 165
Juan Manuel, Don 唐·胡安·曼努埃尔 131
Juifs 犹太人 49 ss.
Juifs espagnols 西班牙犹太人 45, 169, 164

Labé, Louise 路易丝·拉贝 155
La Bruyère, Jean de 让·德·拉布吕耶尔 173, 188
Laclos, Ch. de 肖德洛·德·拉克洛 192
Lafayette, Madame de 拉法耶特夫人 189
La Fontaine, Jean de 让·德·拉封丹 116, 173, 183, 187
Lamartine, Alphonse de 阿方斯·德·拉马丁 210, 214
Lancelot, Claude 克洛德·朗瑟洛 176

Langobards 伦巴第人 62, 64 s., 68, 82
Lara (los siete infantes de) 拉腊（《拉腊七王之歌》）130
La Rochefoucauld, François duc de 弗朗索瓦·德·拉罗什富科公爵 173, 187
Laudi 劳达赞歌 122
Lazarillo de Tormes《托美斯河上的小癞子》170
Lebrija, A. de, 见 Nebrija
Leconte de Lisle, Charles 勒孔特·德·里尔 220 s.
Leibniz, G. W. 莱布尼茨 201
Leopardi, Giacomo 贾科莫·莱奥帕尔迪 215
Lesage, Alain-René 阿兰·勒内·勒萨日 170, 171, 192, 222
Lespinasse, Mlle de 莱斯皮纳斯小姐 194
Libertins spirituels 精神的自由派 139, 157
Leonardo da Vinci 列奥纳多·达·芬奇 145
Liturgie 礼拜仪式 34, 55, 56
Locke, John 约翰·洛克 200
López de Ayala, Pero 佩罗·洛佩斯·德·阿亚拉 132, 133
Lorenzo de' Medici (il Magnifico) 洛伦佐·德·美第奇（"豪华者洛伦佐"）148, 150
Lorris, Guillaume de 纪尧姆·德·洛里斯 117
Louis IX (Saint-Louis) 路易九世（圣路易）110

索　引

Louis XI 路易十世 120, 152
Louis XII 路易十二 152
Louis XIII 路易十三 172, 173, 175, 189
Louis XIV 路易十四 173, 176, 178 ss., 183 s., 185, 188 s., 190 s., 193, 196, 198
Louis XV 路易十五 191, 197
Louis XVI 路易十六 191
Loyola, Íñigo de 依纳爵·罗耀拉 164
León, Luis de 路易斯·德·莱昂 165
Llull, Ramon 拉蒙·柳利 134
Luther, Martin 马丁·路德 136, 139 s.

Machaut, Guillaume de 纪尧姆·德·马肖 119
Machiavelli, Niccolò 尼科洛·马基雅维利 147 s., 149, 151
Maintenon, Mme de 曼特侬夫人 184, 189
Malebranche, Nicolas 尼古拉·马勒伯朗士 179
Malherbe, François de 弗朗索瓦·德·马莱伯 149, 154, 174 ss.
Mallarmé, Stéphane 斯特凡·马拉美 218, 221
Manrique, Gómez 高梅斯·曼里克 133
Manrique, Jorge 豪尔赫·曼里克 133
Manzoni, Alessandro 亚历山德罗·曼佐尼 215
Marcabru 马卡布鲁 109
Marc-Aurèle 马可·奥勒留 59, 170
March, Auzias 奥西亚斯·马尔希 134

Marcomans 马科曼尼人 59
Marguerite de Navarre 纳瓦尔的玛格丽特 139, 156 s.
Marie de Champagne 香槟的玛丽 105
Marie de France 法兰西的玛丽 107
Marie de Médicis, reine de France 173
Marivaux, Pierre de 皮埃尔·德·马里沃 192
Marot, Clément 克莱芒·马罗 155, 156, 157
Marx, Karl 卡尔·马克思 212
Mazarin, le cardinal de 173 枢机主教马扎然
Médicis (la famille de) 美第奇家族 128, 148
Mena, Juan de 胡安·德·梅纳 133
Menéndez Pidal, Ramón 拉蒙·梅嫩德斯·皮达尔 21, 130
Mérimée, Prosper 普罗斯佩·梅里美 215
Mérovingiens 墨洛温家族 62, 65
Mester de clerecia 教士诗 131
Mester de yoglaria 游唱诗 131
Meun, Jean de 让·德·默恩 117 s.
Meyer-Lübke, W. 威廉·迈尔-吕布克 19
Michelangelo 米开朗基罗 145, 146
Michelet, Jules 儒勒·米什莱 28, 135, 215
Mingo Revulgo 明哥·雷扶耳哥，见 Coplas
Mirabeau 米拉波 207

Miracles 圣迹剧 113
Molière 莫里哀 178, 185 s., 187, 196, 222
Montaigne, Michel de 米歇尔·德·蒙田 13, 32, 158, 159 ss., 177, 182, 187
Montalvo, Garci de 加尔西·德·蒙塔尔沃 169
Montchrestien, Antoine de 安托万·德·蒙克雷迪安 156
Montemayor, Jorge de 豪尔赫·德·蒙提马约尔 150, 170
Montesquieu 孟德斯鸠 195, 198 ss., 207, 212
Monluc, Blaise de 布莱斯·德·蒙吕克 157
Moralisme, moralistes 道德主义，道德主义者 186 s., 192
Moralités, les 道德剧 114
Moréri 莫雷里 196
Moriscos 摩里斯科人 164
Morlaques 莫拉克人 59
Moyen Âge 中世纪 9, 10, 12, 24, 26, 31, 34, 43, 54, 55, 64, 91 ss., 145 ss., 202, 209, 211 s., 215
Mozart, W. A. 莫扎特 169
Muntaner, Ramon 拉蒙·蒙塔内尔 134
Musset, Alfred de 阿尔弗雷德·德·缪塞 210, 214
Mystères 神秘剧 112, 115, 168

Nantes, édit de《南特敕令》153, 179, 180
Napoléon, époque napoléonienne 拿破仑，拿破仑时代 207, 210, 214, 215
Nebrija, A. de 安东尼奥·德·内夫里哈 134
Néron 尼禄 48
Nicole, Pierre 皮埃尔·尼科尔 181
Nibelungen《尼伯龙人之歌》61
Normans 诺曼人 67
Nouvelles, Cent Nouv., 见 Cent
Novela picaresca 流浪汉小说 170
Novellino《新故事集》, 见 Cento Novelle antiche

Odoacre 奥多亚塞 61
Opéra 歌剧 152
Ostrogoths 东哥特人 61, 62, 68
Ovide 奥维德 106, 169

Palatalisation 腭音化 73, 74 ss.
Paléographie 古文书学 14
Palissy, Bernard 贝尔纳·帕里希 154
Pamphilus《潘菲勒斯》169
Pannonie 潘诺尼亚 59, 64
Pape, Papauté 教宗，教廷 54, 65, 67, 121
Papyrus 莎草纸 10, 13
Paré, Ambroise 安布鲁瓦兹·帕雷 154
Parini, Giuseppe 朱塞佩·帕里尼 215
Parnasse 巴纳斯派 220
Parthes 帕提亚人 39
Pascal, Blaise 布莱斯·帕斯卡尔 13, 181 s., 187
Pasquier, Étienne 艾蒂安·帕基耶 27, 154
Passion de Clermont-Ferrand 克莱蒙－费朗图书馆的基督受难诗 99

Passions 受难剧 112

Pathelin, La farce de Maître《巴特兰律师的滑稽剧》115

Peregrinatio Aetheriae《艾瑟里亚的朝圣之旅》48

Pérez de Guzmán, Fernán 费尔南·贝莱斯·德·古斯曼 133

Pétrarque 彼特拉克 10, 125 s., 127, 128, 129, 132, 148, 149, 166

Pétrone 佩特罗尼乌斯 48

Philippe II roi d'Espagne 西班牙国王菲利普二世 163

Philippe d'Orléans (le régent) 菲利普·德·奥尔良（摄政王）191

Phonologie 音位学 22

Physiocrates 重农论者 202

Pie II, pape (Enea Silvio Piccolomini) 教宗庇护二世（艾伊尼阿斯·西尔维乌斯·比科罗米尼）128 s.

Pisan, Christine de 克里斯蒂娜·德·皮桑，见 Christine

Platon, Platonisme 柏拉图，柏拉图主义 138, 139, 146, 148, 151, 152, 155, 157, 165

Planh 挽歌 109

Plautus 普劳图斯 48

Pléiade 七星诗社 154, 155 s., 174, 175, 182

Plutarque 普鲁塔克 157

Politiques "政治家" 153

Poliziano, Angelo 安杰洛·波利齐亚诺 148, 149

Pompéi 庞贝 48, 73

Port-Royal 波尔－罗亚尔 176, 181

Portugais 葡萄牙语 66, 67, 86

Positivisme 实证主义 18, 19, 29, 30, 202

Préciosité, précieuses 纤巧之风，女才子 149, 175, 178, 183, 187, 188

Prévost, l'abbé 普雷沃神父 192, 222

Protestantisme 新教 139, 172

Proust, Marcel 马塞尔·普鲁斯特 224

Provence 普罗旺斯 62, 87, 126

Provençal 普罗旺斯语 64, 70, 72 s., 87, 88, 104, 108

Public 公众 33, 141 s., 162, 177, 179, 194, 217 s.

Pulci, Luigi 卢伊吉·普尔奇 150

Querelle des Anciens et des Modernes 古今之争 191

Quesnay, François 弗朗索瓦·魁奈 202

Quevedo, Francisco Gómez de 弗朗西斯科·戈麦斯·德·克维多 166, 170, 171, 172

Quiétisme 寂静主义 182, 190

Quinze joies de mariage《婚礼的十五种喜悦》115, 119

Rabelais, François 弗朗索瓦·拉伯雷 32, 158 s., 162

Racine, Jean 让·拉辛 26, 31, 173, 183 ss., 205

Rambouillet, la marquise de 朗布依埃侯爵夫人 178

Raphaël 拉斐尔 145, 146

Rappresentazioni, sacre 祝圣演出 122

Reconquista 收复失地运动 60, 66

Réforme 宗教改革 12, 138 ss., 145, 153, 157, 195

Régence 摄政时期 189, 191, 196 s., 198

Régnier, Mathurin 马蒂兰·雷尼耶 175

Renaissance 文艺复兴 9, 10, 24, 25, 34, 44, 46, 92, 96 s., 123, 128, 135 ss., 211

Retz, le cardinal de 雷斯枢机主教 189

Rhétie 雷蒂亚 61

Rhétoroman 雷蒂亚-罗曼语 61, 86

Rhétoriqueurs 修辞学派 119

Richard de Saint-Victor 圣维克多的理查德 96

Richelieu, le cardinal de 枢机主教黎塞留 172 s., 175, 179, 182

Rienzo, Cola di 科拉·迪·里恩佐 125

Rimbaud, Arthur 阿尔图尔·兰波 218, 221

Risorgimento 意大利复兴运动 215

Robe, noblesse de 穿袍贵族 153, 160, 177, 179, 198

Robert de Clari 罗贝尔·德·克拉里 110

Roland (chanson de)《罗兰之歌》101 ss., 130

Roman (Style) 罗曼式风格 98 s.

Roman courtois 风雅传奇 104 ss., 132, 150

Roman du Renart《列那狐传奇》115 s。

Roman de la Rose《玫瑰传奇》114, 116 ss., 121

Roman de Thèbes《忒拜传奇》105

Roman de Troie《特洛伊传奇》105

Romances 谣曲 107, 134, 167

Romantisme 浪漫主义 17, 26, 28, 31, 33, 126, 208 ss., 217, 220

Ronsard, Pierre de 皮埃尔·德·龙沙 155

Roumains 罗马尼亚人 59

Rousseau, Jean-Jacques 让-雅克·卢梭 32, 194, 202, 204 ss., 209, 212

Ruiz de Alarcón, Juan 胡安·鲁伊斯·德·阿拉尔孔 169

Ruiz, Juan, Arcipreste de Hita 伊塔大司铎胡安·鲁伊斯 131 s.

Rutebeuf 吕特伯夫 109

Saint-Ambroise 圣安布罗斯 55, 97

Saint-Augustin 圣奥古斯丁 53, 57, 97, 180

Saint-Barthélémy (nuit de) 圣·巴托洛缪之夜 153

Saint-Benoît 圣本笃 54

Saint-Bonaventure 圣波纳文图拉 96

Saint-Cyran 圣西朗 181

Sainte-Beuve, Charles-Augustin 圣伯夫 156, 214

Sainte-Eulalie (la chanson de)《圣女欧拉丽之歌》99 s.

Saint-Evremond, Charles de 圣·艾弗蒙 189

Saint-François d'Assise 阿西西的圣方济各 122

Saint François de Sales 圣方济各·沙雷氏 180

Saint-Jérôme 圣哲罗姆 53, 97

索　引

Saint Louis 圣路易，见 Louis IX
Saint-Maur (Congrégation de) 圣摩尔修道会 27
Saint-Paul 圣保罗 51, 52
Saint-Pierre 圣彼得 50, 54
Saint-Simon 圣西蒙 189
Saint-Thomas 圣托马斯，见 Thomas d'Aquin et Thomas de Canterbury
Salas Barbadillo, Alonso 萨拉斯·巴尔瓦迪略 170
Sanche IV roi d'Espagne 西班牙国王桑乔四世 131
Sannazaro 桑纳扎罗 150, 170
Santa Teresa 圣特雷沙，见 Teresa
Santillana (marqués de) 桑地亚纳侯爵 133
Sarde 撒丁语 86
Saussure, F. de 费迪南·德·索绪尔 17, 19, 20, 21
Saxons 撒克逊人 62, 67
Scherer, W. 威廉·舍雷尔 30
Schiller, Friedrich 弗里德里希·席勒 32
Schlegel, August Wilhelm 奥古斯特·威廉·冯·施莱格尔 28
Schuchardt, Hugo 胡戈·舒哈特 18, 19
Scarron, Pierre 保罗·斯卡龙 188
Scève, Maurice 莫里斯·塞弗 155
Scolastique 经院哲学 96, 118, 138, 159, 164, 166
Senancour, Étienne de 艾蒂安·德·塞南库尔 210, 214
Seneca, Lucius Annaeus 塞内加 156
Serres, Olivier de 奥利维耶·德·塞尔 154
Sévigné, Madame de 塞维涅夫人 189
Seyssel, Claude de 克劳德·德·塞塞尔 157
Shakespeare, W. 莎士比亚 14, 23, 25, 26, 31, 32, 33, 57, 197, 208, 213
Sigle 首字母缩合词 12
Silva de Romances《谣曲集林》134
Sirventès 道德诗 109
Sonnet 十四行诗 121, 126, 155
Sordello 索尔代洛 121
Sorel, Charles 夏尔·索雷尔 188
Soties 傻剧 114
Spitzer, L. 利奥·斯皮策 19, 35
Sponsus《新郎》111
Staël, Madame de 斯塔尔夫人 209, 214
Stendhal (Henri Beyle) 司汤达（亨利·贝尔）215, 218, 222 s.
Strasbourg, serments de《斯特拉斯堡誓言》70, 91
Sturm und Drang 狂飙突进运动 209, 211
Suárez, Francisco 弗朗西斯科·苏亚雷斯 164
Substrat, superstrat 底层语言，上层语言 44, 58, 81 s.
Symbolisme 象征主义 217, 218

Taine, Hippolyte 伊波利特·丹纳 29
Tasso, Torquato 托尔夸托·塔索 149, 151, 152
Tenson 论争诗 109
Tercet 三行诗节 121, 124

Teresa de Jesús, Santa 特雷沙·德·赫苏斯 164
Théodéric 狄奥多里克 61
Théophraste 泰奥弗拉斯托斯 188
Thomas d'Aquin 托马斯·阿奎那 96, 138
Thomas (auteur de Tristan) 托马（《特利斯当》的作者）106
Thomas de Canterbury 坎特伯雷的圣托马斯 110
Thucydide 修昔底德 157
Tibère 提比略 50
Tiraboschi, Girolamo 吉罗拉莫·迪拉博斯基 27
Tirso de Molina 蒂尔索·德·莫利纳 169
Torres Naharro 托雷斯·那阿罗 167
Trente (concile de) 特利腾大公会议 140
Trissino, Gian Giorgio 特利西诺 149
Tristan et Iseut 特利斯当与伊瑟 106
Troie, roman de 《特洛伊传奇》105
Turgot 杜阁

Uhland, Ludwig 乌兰德 28
Universités 大学 96, 152
Urfé, Honoré d' 奥诺雷·杜尔菲 150, 188

Valéry, Paul 保尔·瓦莱里 183
Vandales 汪达尔人 55, 60
Variantes 变体 12
Vaugelas, Claude Fabre de 克洛德·法夫尔·德·沃热拉 175
Vauvenargues 沃韦纳格 205
Vega, Garcilaso de la 加尔西拉索·德·拉·维加 165
Vega, Félix Lope de 费利克斯·洛佩·德·维加 166, 167 s., 169, 170
Vélez de Guevara, Luis 路易斯·贝莱斯·德·格瓦拉 171
Verlaine, Paul 保尔·魏尔伦 221
Vico, Giambattista 加姆巴蒂斯塔·维柯 13, 16, 215
Vigny, Alfred de 阿尔弗雷德·德·维尼 210, 214
Vikings, les 维京人，见 Normans
Villehardouin, Geoffroi de 若弗鲁瓦·德·维尔阿杜安 110
Villena, Enrique de 恩里盖·德·维耶纳 133
Villers-Cotterêts, édit de 维莱科特雷敕令 153
Villon, François 弗朗索瓦·维庸 118 ss.
Virgile 维吉尔 43, 124, 126, 133, 148
Visigoths, les 西哥特人 60, 61, 62, 64, 66, 68
Volksgeist 民族精神 28, 102, 211
Voltaire 伏尔泰 23, 182, 193, 195, 197 s., 201, 212
Vossler, K. 卡尔·福斯勒 20, 21

Wace 瓦斯 110
Wartburg, W. von 瓦尔特·冯·瓦特堡 63, 86
Wölfflin, Heinrich 海因里希·沃尔夫林 36

Zola, Émile 埃米尔·左拉 223

译后记

《伊斯坦布尔讲稿：罗曼语语文学导论》(以下简称《导论》)的中译本即将付梓，内心颇感欣慰。此书的原标题是《罗曼语语文学研究导论》，法文原文是 *Introduction aux études de philologie romane*，起初是一份课程讲义，写于1943年的土耳其伊斯坦布尔，其时奥尔巴赫也正在撰写《摹仿论》。奥尔巴赫是罗曼语语文学家，但是他的大多数学术论著仍以母语德语写成。用法文撰写《导论》，这种选择源于特定时空背景下的教学要求，即用法语讲课，为他的土耳其学生呈现罗曼语语文学研究的轮廓。20世纪三四十年代的土耳其刚刚经历凯末尔的改革，教育体系迅速现代化，也吸引了一大批来自欧洲，特别是德国的学者前去任教。奥尔巴赫考虑到土耳其学生的文化背景，在《导论》的前三部分先后解答了三个宏大的问题，即什么是语文学

("语文学及其不同形式"),什么是罗曼语言("罗曼语言的起源")以及什么是罗曼文学史("文学时期概览")。在第四部分即"书目指南"中,他还附上了与语文学研究相关的众多重要参考文献。此书的写作初衷是为教学服务,故而奥尔巴赫在行文中务求清晰易懂、深入浅出,力避故弄玄虚或掉书袋。在平实的讲述中,奥尔巴赫充分展现了自身深厚的文学积淀和独特的治学方法。作为精通法文的非母语者,奥尔巴赫的文风朴实而干净,可能不像一些法国本土学者的论著那样妙笔生花、文采斐然,也鲜有华丽、灵动或戏谑的用法,但是表意非常精准,是严谨的学术语言。

对我而言,能读到这本书,并有机会将其翻译成中文,是很幸运的一件事。在我从芝加哥大学罗曼语言文学系博士毕业,即将入职北京大学比较文学与比较文化研究所之际,比较所所长张辉教授向我推荐了奥尔巴赫的这部法文著作,建议我把第一部分即"语文学及其不同形式"翻译成中文,因为该部分在1961年出版的题为《罗曼语言文学导论:拉丁语、法语、西班牙语、普罗旺斯语、意大利语》(*Introduction to Romance Languages and Literature – Latin, French, Spanish, Provençal, Italian*)的英译本中并未被纳入。英译者盖伊·丹尼尔斯(Guy Daniels)对此给出的理由是,有关语文学的基本介绍对于西方读者而言属于常识,因而无需翻译。然而,在翻译的过程中,我逐渐意识到,该部分并非无关紧要,而是全书的关键,起着提纲挈领的作用。其中特别谈到,文学研究的基本方法应当是文本解释,兼有对文本的仔细分析和对历史语境的宏观考量，而在文学研究内部，目录学、传记和审美批评又构成了文学史的基础。奥尔巴赫倡导的这种语文学的视角和方法在后文中有着具体体现，贯穿全书的始终。实际上，正是因为有了第一部分，奥尔巴赫的这部书才成为对语文学和文学史研究有着重要参考价值的"罗曼语语文学研究导论"，而不只是一般性的"罗曼语言文学导论"。第一部分的翻译告一段落之后，我意犹未尽，萌生了翻译全书的想法。这既是追求工作成果的完整性，也源于一种自我提升的动机，即借由翻译时对语句的细致推敲来具体地感知奥尔巴赫的治学进路，更好地学习和体悟他对语文学、罗曼语言和罗曼文学史的理解。事实上，在法国文学和比较文学相关课程的备课过程中，奥尔巴赫的这本书对我有过多方面的启发。北大比较所的张辉老师也很鼓励我翻译完全书，并把它列入他和张沛老师共同主编的商务印书馆"文学与思想译丛"。

关于奥尔巴赫文学史书写的独特建树，我在译者序中已有所总结。随着翻译的进展，我对此也有了更加深入的体会。全书正文分为三大部分，除了"语文学及其不同形式"之外，另有第二部分"罗曼语言的起源"和占据全书一半以上篇幅的第三部分即"文学时期概览"。换言之，这本书的整体线索是，先讲述语文学，再介绍罗曼语言，最后才勾画罗曼文学简史。如前所述，第一部分展现了奥尔巴赫的基本思路和方法。第二部分和第三部分则从多个角度出发，审视罗曼语言和文学从古至今的发展演变，可谓举重若轻，深入浅出。文中所用的法文并不难懂，但是奥尔巴赫的知识面极为广博，信手拈来地列举了与罗曼语言和文学有关的大量人名、作品名和概念，也包含对诸多社会历史因素的评论和分析。其中有很多内容我先前并不熟悉，故而翻译的过程对我而言也是学习的过程。记得最为棘手的是第二部分第五节，即"语言发展趋势"。该节从语音、词法、句法、词汇等多个角度出发，勾勒了不同罗曼语言的历史发展，包含众多语言学术语和用例。例如，"语音"部分分别从"元音体系"和"辅音体系"两个方面对语音演变情况做了细致描述，所举的例子甚至具体到单个音节中某个字母发音的细微变化。又如"词汇"部分谈到少数拉丁语词汇在罗曼语言中被舍弃或发生改变的情况，以多种罗曼语言如法语、意大利语、西班牙语、葡萄牙语、加泰罗尼亚语中的很多具体单词为例，来梳理其总体趋势。由于自己在历史语言学知识方面的欠缺，这部分的翻译令我望而生畏。我先是译完了全书其余部分，最终才鼓起勇气，努力查阅相关资料，一点点攻下了这个堡垒。

除此之外，这本书的翻译难点主要在于三个方面：1）注释的补充；2）专名的译法；3）重要词汇的译法。

首先是注释的补充。《导论》的原书仅仅在临近末尾的部分有一条注释，用于说明文中的某句话有着特定的历史语境。为了让读者更好地理解书中提及的众多专名和概念，我添加了四百多条注释，共有三万多字。为此，我查阅了多种中外文资料，如《法国文学词典》(*Dictionnaire des lettres françaises*) 从中世纪到 19 世纪的各卷，《不列颠百科全书》(*Encyclopedia*

Britannica），以及国内出版的多种罗曼文学史，如柳鸣九的三卷本《法国文学史》（人民文学出版社 2007 年版），沈石岩的《西班牙文学史》（北京大学出版社 2006 年版）和陈众议的《西班牙文学：黄金世纪研究》（译林出版社 2007 年版），张世华的《意大利文学史》（上海外语教育出版社 2003 年版），玛莉亚·布埃斯库撰写、姚越秀翻译的《葡萄牙文学史》（中国文联出版公司 1998 年版）等等。绝大多数注释均是对原文所涉内容的解释和说明，也有少量注释对原文进行了补充和修正。例如，在介绍中世纪加泰罗尼亚哲学家拉蒙·柳利（Ramon Llull）时，奥尔巴赫在原文中提供的生卒年是 1235 至 1315 年，我则根据《不列颠百科全书》的信息，将其微调为 1232/1233 至 1315/1316 年，并在注释中加以说明。又如，奥尔巴赫在原文中提到《谣曲集林》（*Silva de Romances*）于 1750 或 1751 年出版于萨拉戈萨，我在注释中根据"世界书目简编"（Universal Short Title Catalogue）数据库的信息将此书的初版时间修正为 1550—1551 年。

其二是专名的译法。我参考的资料包括上述罗曼文学史，商务印书馆出版的"汉译世界学术名著丛书"、各语种姓名译名词典和《外国地名译名手册》《不列颠百科全书》（国际中文版），以及经典作品较受认可的中译本。总的原则是尽量采用中文学界较为通行的译法。试举几例如下：对于克维多的 *La vida del Buscón*，我依循《西班牙流浪汉小说选》（人民文学出版社 1997 年版）的译法，将其译为《骗子外传》；对于卢梭政治哲学的重要术语如 associé、communauté 和 volonté générale 等，我按照何兆武版《社会契约论》的译法，将其译为"结合者""集体""公意"等；对于《罗兰之歌》中的专有名称，我仿效杨宪益译本的处理方式，将 pair 译为"侯爷"，将 Ganelon 译为"甘尼仑"，但是 Charlemagne 则并未采用他的"查理王"，而是译成更为通行的"查理曼"；对于14世纪上半叶的西班牙文学巨著 *El Libro de buen amor*，有"真爱之书"和"真爱诗集"两种译法，前者更贴近西班牙语标题的字面含义，后者则更准确地描述了此书的实际内容，我以沈石岩编著的《西班牙文学史》为准，统一处理成"真爱诗集"；对于与《圣经》和基督教相关的专名和概念，我以和合本为准，并参照香港原道交流学会制作的术语对照查询表；对于当时德国学界惯用的"印度—日耳曼"（Indogermanique）的表述，我在翻译时均按中文学界的习惯改为"印欧"，如"印欧部族"和"印欧语系"。

需要说明的是，奥尔巴赫的《导论》中提及各类人名时，有时采用全名，有时只用姓。我的做法是完全遵照原文的面貌。原文若为全名，我在译文中也写全名，原文为姓，我就在译文正文中只写姓，并在注释中加注全名。同样地，奥尔巴赫在提及法文以外的其他罗曼文学的专名时，有时用原文，有时用法文，我在译名括号加注时也尊重原著的写法，并在注释中适当补充一些信息。

其三则是重要词汇的译法。为了最大限度呈现原文面貌，我尽可能采用一一对应的方式翻译常见词汇，例如将 Antiquité 固定译为"古典时代"，将 honnête homme 及其复数形式 honnêtes gens 固定译为"正人君子"。对于意涵复杂、难以用单一译法处理的词,我会确定几种固定译法,并根据具体情境选用。例如,roman 的本意是用罗曼语(而非拉丁文)撰写的故事,在现代法语中的一般含义则是"小说"。如果把中世纪的 roman 译为"小说",则会破坏已有的通行译法(如 Le Roman de la Rose 通常被译为《玫瑰传奇》),而如果把后世如 19 世纪的 roman 译为"传奇",则同样不符合现有的表达习惯。由此,我做了人为区分,即把古典时代和中世纪的 roman 统一译为"传奇",而把中世纪以后的 roman 统一译为"小说"。又如 bourgeois 一词最初的含义是中世纪城镇中的自由民,后来也被用于指代"市民"或"中产阶级"。马克思笔下的 bourgeois / bourgeoisie 则被翻译成与"无产阶级"相对的"资产阶级"。在本书的翻译中,我根据不同的语境,分别采用"市民""中产阶级""资产者"等译法,使其尽量贴近原著语境中的含义。此外,有些词在汉语中带有特定的感情色彩,我也需要在译法上多加斟酌。例如,奥尔巴赫提到,很多浪漫主义者都是 antirévolutionnaires 和 réactionnaires。如果按字面含义将其直译成"反革命"和"反动派",则不可避免会使其带有强烈的负面感情色彩,从而偏离奥尔巴赫的原意。我将其译为"革命的反对者"和"复旧者",以最大限度忠实于原著。

作为译者,在处理各类难点并力求准确翻译之外,我也特别看重译文的可读性。从读者的角度看,奥尔巴赫的法文造诣很高,却并非无懈可击。举例来讲,有时奥尔巴赫会在相邻的语句甚至是同一句话的两个分句中重复使用某个词。如果认定作者不是有意为之而只是出于疏忽，我会稍作调整，通过选取同义词来避免重复，既忠实于原意，又不至于让译文显得冗赘。奥尔巴赫的原文中还附有许多括号，作为对某些词句或概念的补充说明。在保持原意的前提下，我有时会把括号删去，避免让括号影响阅读，让译文更加通顺流畅。另外，需要说明的是，《导论》的原著只有每一小节才会重起一段。如果小节较长，则往往连续几页不分段。我根据原书内容划分了一些自然段，尽量提升读者的阅读体验。

翻译学术著作从来不是一件轻松的事，译文的推敲打磨更是永无止境。虽然我已竭尽所能，但是限于本人水平，译文一定还有不尽如人意之处，恳请广大读者提出宝贵意见，供再版时修改。《导论》是我在商务印书馆出版的第二部学术译著。感谢商务印书馆对我的信任，感谢郭心鹏编辑为本书的编校所做的辛勤努力。感谢北大比较所的各位同仁自我入职以来所给予的真诚关心和帮助。在翻译的过程中，我还曾向多位专家请教各类专名的译法，其中包括北大比较所张沛老师，北大英语系梅申友老师，北大西葡意语系范晔老师、卜珊老师、郑楠老师、成沫老师，北大德语系胡蔚老师，北大中文系李子鹤老师，北京外国语大学欧语学院意大利语专业李婧敬老师，上海师范大学人文学院李腾老师等，谨在此向他们表达诚挚的谢意。最后，感谢我的父母，是他们给了我从事学术翻译和学术研究最有力和最温暖的支持。

《导论》的中译本终于要问世了。它让我们在八十年后的今天，也能有幸像当年的学生一样聆听奥尔巴赫的教诲，从他的治学方法中获得有益的启迪。与土耳其学生类似，中文读者同样有着非西方的文化背景，或许更容易接受奥尔巴赫在这本书中对罗曼语语文学的分析和讲述。期盼《导论》在中文世界的旅程也能激发一些回响。

高　冀

2024 年 5 月于北京海淀

图书在版编目(CIP)数据

伊斯坦布尔讲稿：罗曼语语文学导论 / (德)埃里希·奥尔巴赫著；高冀译. -- 北京：商务印书馆，2025. -- (文学与思想译丛). -- ISBN 978-7-100-24596-8

Ⅰ.I546.092

中国国家版本馆CIP数据核字第202470DZ01号

权利保留，侵权必究。

文学与思想译丛
伊斯坦布尔讲稿
罗曼语语文学导论
〔德〕埃里希·奥尔巴赫　著
　　　高　冀译

商 务 印 书 馆 出 版
（北京王府井大街36号　邮政编码100710）
商 务 印 书 馆 发 行
北京盛通印刷股份有限公司印刷
ISBN　978-7-100-24596-8

2025年4月第1版	开本 880×1240 1/32
2025年4月第1次印刷	印张 14⅜

定价：108.00元